雪漠密码

陈彦瑾 著

作家出版社

图书在版编目（CIP）数据

雪漠密码 / 陈彦瑾著. -- 北京：作家出版社，2020.5
（2020.7 重印）

ISBN 978-7-5212-0871-9

Ⅰ.①雪…　Ⅱ.①陈…　Ⅲ.①传记文学-中国-当代　Ⅳ.①I25

中国版本图书馆 CIP 数据核字（2020）第 019868 号

雪漠密码

作　　者：陈彦瑾
责任编辑：田小爽
装帧设计：薛　怡
出版发行：作家出版社有限公司
社　　址：北京农展馆南里 10 号　　邮　　编：100125
电话传真：86-10-65067186（发行中心及邮购部）
　　　　　86-10-65004079（总编室）
E-mail: zuojia@zuojia. net. cn
http:// www. zuojiachubanshe. com
印　　刷：河北鹏润印刷有限公司
成品尺寸：145×210
字　　数：340 千
印　　张：12.75
版　　次：2020 年 5 月第 1 版
印　　次：2020 年 7 月第 2 次印刷
ISBN 978-7-5212-0871-9
定　　价：58.00 元

文学让人成为人，成为真正的人，成为更好的人。

——题记

目 录

写在前面

一

《雪漠密码》类似于作家雪漠的文学评传，它是迄今第一本研究雪漠的专著，也可以说是最全面、最深入的雪漠研究专著，但它不是一本中规中矩的学术书，也不是单纯作为学术研究的作家论，确切说，它是研究者与研究对象的生命相遇。

相遇需要缘分，缘分看似玄妙，但就阅读来说，它的本质其实是理解。理解是读懂的前提，读懂又是研究和评价的前提。不论是读人还是读书，世上大多数的误读和错过其实都源于不理解，唯有理解，才能带来真正的读懂和相遇。

《雪漠密码》要表达的，就是我对作家雪漠其人其作的一些理解，不单单是文学层面的解读、研究、评价，更渗透着生命层面的追问、反观、感悟、体会与影响——追问生命的意义，反观生命的真相，感悟生命的奥秘，体会生命的苦乐，而生命的影响，既在于有关生命的知识边界的拓宽，更在于生命自身的成长——这一切，皆源于相遇。

或许，对于每一个不想糊糊涂涂度过此生的人来说，他总会因为自己对待生命的认真态度，而在人生的某个阶段，与一些人、一些事、一些书籍相遇，并因此获得生命的启示和答案。尽管具体的人、事、书不尽相同，但相遇瞬间的被点亮，相遇时的心灵共振，以及相遇带来的生命成长，却是一样的。

所以，当看到北大教授钱理群先生将自己一生的鲁迅研究概括为"与鲁迅生命的相遇"（钱理群：《我与鲁迅生命的相遇》）时，我知道，我的这种"相遇式研究"非但不孤，而且无意中与一位大学者走在了同一条道路上。钱先生描述他与鲁迅生命相遇的认知和感受，于我心有戚戚焉。如：

> 他要进入你的内心，你也要进入他的内心，然后纠缠成一团，发生灵魂的冲突或者灵魂的共振。

> 我们每个人身上都有某些被遮蔽的东西，你自己不自觉，由于鲁迅的撞击这些东西被激发了出来。你和鲁迅产生了共振，这种共振的结果不是说你服从鲁迅，而是你说出自己的新的话，那些潜藏在你内心深处更加深刻的话，所以跟鲁迅发生心的碰撞，其实是对你新的唤醒，对自我的新的发现。

> 读鲁迅作品是要有缘分的，你拒绝他的时候就说明你和鲁迅无缘，无缘就各走各的路，天下大得很，可读的书多得很，不必在一棵树上吊死。缘分是什么意思呢？就是心灵的接通，心灵共振。所谓阅读鲁迅，用学术的语言来说，就是"读者作为一个独立的生命个体，凭借自己的悟性或理智，通过鲁迅作品，与同样独立的鲁迅生命个体相遇"，有缘分就相遇，没缘分就不能相遇，两个生命都是独立而自主的……

这些话，字字句句都打在了我心坎上。他说的，也正是我这几年阅读和研究雪漠的一些认知和感受。

这种"注重学术研究的生命特质"，"注重研究者与研究对象以及研究成果的接受者（读者）之间的生命的交融的研究"，钱先生认为是具有普遍性的，至少是构成了学术研究的一个派别——他称之为"生命学派"——的基本特征。而这一学派的开创者、最重要的代表之一，是同为鲁迅研究大家的王富仁先生。（钱理群：《知我者走了，而我还活着》）

"生命学派"不同于"知识学派"。"生命学派"的阅读和研究不是为了获得纯粹知识性的东西，而是要进入研究对象的内心世界，同它进行心灵的撞击，更要融入自己的生命体验，产生水乳交融的理解和认知。这两点，也正是《雪漠密码》的写作姿态。

未承想自己的研究志向与"生命学派"不谋而合。这也许受益于我的硕士导师赵祖谟先生，赵老师擅长抛开理论知识，纯粹用美感和直觉去赏析作品；又或许，每一个认真对待生命的研究者，对生命的追问和探究都如同蕴藉心头的火山，期待着命定的相遇把它点燃。虽然从成就和影响来说，雪漠与鲁迅、我与钱先生不可同日而语，但仅就"相遇"和"点燃"而言，却没有多大差别——可能明显不同的是，钱先生或许只能透过鲁迅作品去相遇鲁迅生命，而我因为与雪漠同时代，又是雪漠作品的编辑，不仅可以透过作品去相遇，还可透过同时代的读者、评论家去相遇，更可与雪漠本人相遇于作品之外。

二

所以，这本书既写了我作为编辑、研究者与雪漠的相遇，也写了评论家们、读者们与雪漠的相遇，归根结底，写的是人与人、人与文学的相遇，以及因为相遇，带来的人的发现、人的成长。在我看来，文学即人学，写作即召唤，阅读即相遇。

高尔基的"文学是人学"这句话，曾是 20 世纪 80 年代初文学回归的一面旗帜，三十多年后的今天，恐怕已经很少有人记起它了，正如钱理群先生在《我们怎样读名著》中所说：

文学的核心，文学创作与文学阅读的出发点与归宿，都是"人"，是人的心灵，人的感情，人的精神，而不是其他。其实教育、出版的核心、出发点、归宿，也是"人"；正是"立人"，把文学、艺术、教育、出版……都统一起来了——这几乎是常识，却是人们最容易忽略、忘却的。

容易忽略、忘却的原因是，时代不同了。在商品经济时代，无论是高尔基的"文学是人学"，还是鲁迅先生的文学"立人"，都仿佛是文学前世的常识了，今天人们更愿意将文学等同于商品，将商品价值、名利效应奉为文学和作家的新常识。那么，《雪漠密码》选择一位商品价值和名利效应都不是特别大的作家，通过他展示一个"人"的文学养成、文学追求、文学创作和文学影响——他如何为了写作修炼人格、升华生命，读者如何因为阅读获得人格提升和生命成长，文学如何让人成为人、成为真正的人、成为更好的人，这样一本书，在今天不但显得不合时宜，而且简直是对常识新贵的一种漠视和挑战，又或者说，是要进行一场招魂——将文学前世的"立人"之魂、"人学"之魂召唤回来，认认真真探讨文学与人、文学与生命的诸多话题。

因为缘分，因为相遇，这些话题因雪漠而被激活、延伸、具体化。我把1963年生于甘肃武威的西部作家雪漠作为个案，试图透过他，去理解这时代的某一类作家，某一种人格，或者说，某一个生命，与文学的纠缠关系。例如：他对生命有何探究？他对人格有何追求？他如何从脚下这片土地吸取创作营养？他如何成为"这样一个"作家？他为何写作？他为何写这样的作品？他为何这样写而不是那样写？读者喜欢他什么？他与读者的关系为何如此密切？他对读者的影响究竟在哪些方面？评论家如何评价他？文坛如何看待他？肯定和误读的背后，是什么在左右人们对他的看法？尤其是：作为一类作家，一种人格，一个生命，他的写作给同时代的我们提供了哪些有价值的探索和启示，又在哪些方面深刻地影响了我们？比如，他对人格和生命境界的极限式追求，对人心和人性的极限式探索，对极致善的乌托邦式描绘，对神秘世界的在场式书写，对灵魂世界的建构和呈现，对历史、神话、宗教、哲学、传统文化、民间文化的广泛吸收和运用，以及他的灵魂喷涌式的写作状态，他的人格修炼先于写作、作品境界取决于作家人格、好作品必须有益于世界的写作观，等等。

这些问题如此真切，又如此深邃，像黑丝绒上的一颗颗珍珠，散发着迷人的光泽，吸引我在长达八年的时间里，如同探索生命奥秘一样，去探究，去思考，去解密。直到写完这本书，我才发现，其实所有问题都指向一个答案，那是近乎本源的终极回答，类似于生命的DNA。所以，本书的名字就叫"雪漠密码"——雪漠的文学密码、文化密码，也是雪漠的生命密码。而它究竟是什么？探索它的意义何在？或者说，这个类似DNA的答案，如何超越雪漠"这一个"而获得普遍意义？在书中，我给出了回答。

三

需要特别强调的是，尽管有北大中文系现当代文学硕士的学术训练和理论储备，有二十年编辑工作的文学阅历和眼光，有雪漠作品八年的阅读经验，有对雪漠文学活动的八年跟踪，我仍觉得，要理解、读懂雪漠并诠释其文学价值和意义，仅仅有文学储备是不够的，还必须对西部文化尤其对儒释道传统文化有深入的了解——不仅是知识层面的了解，更是生命层面的体会和领悟。因为，文学和文化正是构成雪漠世界的两大基石，也是雪漠个人生命和作品生命的两条主动脉。

或者诗意地说，文学和文化是雪漠世界的故乡与山河。如果不身临其境地进入他的故乡，领略他的山河，只是远眺甚至远隔千里之外，那么，你将很难理解和读懂他的世界，相遇的缘分很可能就错失了。

雪漠是典型的西部作家，他的文学作品以长篇小说为主，如《大漠祭》《猎原》《白虎关》《西夏咒》《西夏的苍狼》《无死的金刚心》《野狐岭》，每一部都渗透着西部文化和传统文化精神；他的文化作品如"光明大手印系列""心灵瑜伽系列""雪漠心学大系"，以及《空空之外》《老子的心事》等，则广泛涉猎儒释道传统文化。

所以，在过去八年，我花了大量时间和心力去补文化课——读儒释道经典，并在生活中领悟和实践经典的教诲，通过修心，升华自己。不知不觉，生命出现了一些可喜的变化，再对照变化反刍经典，便油然生起一种对中国传统文化的切肤体认。那些藏在文字背后的深言大义，已如发肤手足般明白亲切，这时再读雪漠作品，更觉一览无遗，没有任何障碍。

至于西部文化，只要热爱西部、深入西部，多到西部尤其到雪漠家乡河西走廊一带走走，多读相关的书籍，便觉熟悉如乡亲了。

文学研究需要援引文化储备的例子，我最近看到的有两则。其一仍是钱理群先生在《我与鲁迅生命的相遇》一文中提到的。他的一个学生在研究鲁迅《野草》时，发现《野草》与佛教很有关系，于是想研究佛教。另一个例子是上海大学历史系的成庆老师，在许知远《十三邀·寻找谭嗣同》节目里接受采访时说，他在研究谭嗣同、康有为、梁启超、章太炎等晚清知识分子时，发现他们均深受佛学影响，研究者如果对佛学一无所知，将无法深入理解他们在一些重大事件中的选择，于是他一度转向了佛学研究。

钱先生和成庆老师还不约而同提到，中国文化讲究内在悟性和身体力行的生命实践，因此学者的研究不能仅仅是知识涉猎，还必须用生命去验证，也即按传统文化的要求在生活中去实践。钱先生对他的学生这样教诲：

第一，佛教著作相当难读，你要读佛，就别去看些阐释佛经的小册子，你就直接去读原文，什么也别管就这么硬读。第二，你读佛经（不仅指佛经，也包括整个中国传统文化），有两大难关，或者说有两大危险。首先要读懂就很不容易。这个"读懂"有两个意思，一是读懂字面意思，恐怕现在很多中文系的学生读古文都没有过关。还有更重要的一点：即使文字懂了也不等于真懂，中国传统文化讲悟性，你有没有悟性，你感悟不到，文字搞懂也没用，这就是有缘无缘。读佛经你没有缘分的话是读不进的，你得有缘分，你得读进去，读进去以后还有一个更大的问题：你出不出得来。佛经和中国传统文化可以用四个字来概括：博大精深，你进入这博大精深的世界以后，就被它征服了。征服意味着什么呢？被它俘虏了，你跳不出去，像如来佛手掌，你跳来跳去跳不出手心，你越读越觉得它了不起，越觉得了不起你就越跳不出来，不知不觉间你成了它的奴隶，那你就完了，你何苦去读呢？所以跳出来更难。

对照这番教诲，反求诸己，我觉得自己对传统文化的学习，缘分与悟性兼备，也曾深入经藏，沉迷其中，而真正跳出来，要归功于一场突如其来的人生挫折。本书就写于这场挫折砸下来，生命一阵剧烈震荡后的短期休克效应中。

四

本书初稿写于 2017 年 11 月 28 日。为了逃避一场挫折，我把自己封闭在一间小屋里，在一种极为特殊的状态下，二十多天里洋洋洒洒写了十多万字。写完后又填充了很多引文和资料（除作品引文外，主要参考雪漠自传体长篇散文《一个人的西部》，雪漠解读自己作品的小说集《深夜的蚕豆声》，以及分别由雷达、陈晓明两位老师主编的雪漠研究资料集《解读雪漠》《揭秘〈野狐岭〉——西部文学的自觉与自信》），于 2018 年 2 月 23 日完成二稿。然后就把书稿放下了，未承想一放就是一年。

这一年，生命继续低沉，简直黯淡无光。很多个黑暗瞬间，都想再度逃避，拿起书稿，像写初稿时那样，进入一种状态，修改出自己满意的定稿，但奇怪的是，我无法再进入当初的状态了。

那二十多天的写作，是一次生命的喷涌。除了后来填充的引文和资料性文字，大多是在不经思考的状态下汩汩流出的。很多段落没有分段，因为写的时候一气呵成，无从停顿。文中还常常出现第二人称"你"——需要说明的是，这个"你"其实指的不是正在阅读的您，而是我自己，包括过去的我，以及成长了的我。

所以，这本书更像是我与我的对话，一家之言，个人色彩浓郁。

当有人问我这本书的目标读者是谁时，做了二十年图书编辑的我竟一时无语。后来想，也许就是我自己，以及和我一样认真对待生命的人，还有那些已经相遇或未来相遇的雪漠读者和文学爱好者吧。

遗憾的是，我最期待的阅读者，已经不在人世了——他就是发现雪漠的著名评论家雷达老师。写这本书之前，我正在编辑雷老师的评论集《雷达观潮》，二稿写完时，《雷达观潮》已出版。但我没告诉雷老师自己在写这样一本书，总想等时间充裕时将书稿认真修改一遍后，再请雷老师批评指正。想不到，他竟于 2018 年 3 月 31 日突然离世，这本书永远无法与他相遇，永远得不到他的评价了。

时间带走一个个相遇的生命，相遇越发显得弥足珍贵。

2018 年年底，当我终于走出低迷，准备坐下来，在理性乃至挑剔的审视下，把书稿细细打磨一遍时，我发现，那便要近乎重写了。对于一些特殊状态下自动流出的文字，我也总不忍心用理性的剪刀加以修剪。反复几次后，除了删去一些过于激情四溢的表达，以及为了照顾阅读适当分段之外，其他尽量保持原貌，包括一些主观色彩浓郁的句段，一些纯属个人感受的见解，一些一气呵成无法分段的长段落。我也保留了大段列举的作品内容，这样读者可以省去对照翻书的时间；而几乎全文照录的研讨会内容，则为了方便读者了解评论家们对雪漠的解读和评价，这些声音无疑比我的个人解读更为客观也更为重要，毕竟，他们代表文坛。

总之，除了附录和这篇前言，我尽量让《雪漠密码》以它诞生时的模样与世界赤裸相见，为了留住一份可遇不可求的相遇记录。

所以，本书若有任何让您不舒服、让您不认同、让您不理解的地方，我都要向您说声抱歉，并承认：它的确不完美，它只是一家之言，而且，它只是一块璞玉，未经雕琢，瑕瑜互见。而若您阅读本书时，有心灵的共振或灵魂的冲突，或者有相见恨晚之感，哪怕有一点点会心的感触、一点点启发、一点点受用，我都会向您伸出双手，拥抱我们生命的相遇。

阅读的意义在于相遇和成长。感恩遇见！

2019 年 2 月 15 日于北京世外桃源

引　生命的相遇

雪漠是谁？

他是国家一级作家，他是甘肃省作家协会副主席，他是冯牧文学奖等多种奖项获得者，他是儒释道传统文化学者……而他究竟是谁？

如果去除一切社会附加于人的身份标签，世上绝大多数人，恐怕都将面目模糊、乏味可陈，没有多少值得注意和谈论的地方。但作家不一样。作家可以在他的作品里与你赤裸相见，雪漠也不例外。《大漠祭》《猎原》《白虎关》《西夏咒》《西夏的苍狼》《无死的金刚心》《野狐岭》《一个人的西部》《深夜的蚕豆声》《匈奴的子孙》……每一部作品都是一个世界，里面都住着一个真实的雪漠。

倘若你也卸下理论、概念、潮流、身份、趣味附加于阅读的标签，全然以真诚的心走入他的世界，你会与他赤裸相见。就像他说的，文学的本质就是灵魂和生命本身，而非一个潮流，一个个理论，一个个概念。

那么，你会发现：

他是一个人，一个战胜了自我、改变了命运、完成了人格的人，一个生命旅途上的过来人，一个真正的明白人。

他是一种存在，挑战了生命的广度和高度，洞悉了生命的真相，亲证了生命的真谛。

他是生命的艺术家，他和他的作品同为生命的大书，等待你的遇见与阅读。

你会发现：

你们同为人类，同样面对人的·生必然要面对的生老病死、爱恨情仇、柴米油盐、命运的磨难、活着的意义、灵魂的安放、信仰的求索、生命的归处等生命议题。他的作品中的议题是你曾经、正在或将要面对的，所以，你们必然会在某个时刻相遇。而他对这些议题的书写，让你茅塞顿开，让你醍醐灌顶，让你感动落泪，让你身不由己走入他的世界，看到生命的真实风景，就像一根针被吸入磁山，从此你的生命便与他的生命发生关系了。

这是他常说的相遇——生命的相遇。每一次阅读都是一次相遇，在阅读中感受他的气息，在他的气息氤氲下，你的生命也悄悄发生着变化。

你和他一起攀登生命的高峰，那些汗水与梦想，那些曲折与艰辛，你们一同品尝；那些感动与默契，那些壮美与清凉，你们一同享受。你们是同往冈仁波齐的朝圣者，你们朝的是生命的冈仁波齐，在你因为发现而惊喜的时候，在你因为挫折而懈怠的时候，在你因为怀疑而动摇的时候，在你因为虔信而步履坚定的时候，雪漠都在你身旁，以过来人的智慧，与你分享灵魂历练的疼痛与欢欣。

不仅如此，他告诉你生命当有另一种风景，那里，才是生命本有的真相，那里，存放着人类世界中那些伟大参悟者的心与灵魂，他们都在告诉你：人的一生当如此走过，生命当如此对待，自我当如此超越，命运当如此改变……而雪漠只是比你先一步见到这些灵魂与心。他把对生命真谛的亲证写入他的作品，在他的讲座中讲出来，于是阅读、倾听和对话成为你与雪漠相遇的最重要方式。

相遇是生命的彼此进入。你进入他的生命，他进入你的生命。他不再是你世界之外无关痛痒的人，他的作品也不仅仅是一部部书，而是一个个活泼泼的生命。就这样，你一部一部阅读，一次一次听讲，一步一步走近雪漠，走入他的文学世界，走进他的生命世界。你的生命因此发生变化。这是超越时空的相遇，这是终极的相遇，这是你我他的相遇，这是生命的相遇，这是真正的人与人、心与心、灵魂与灵魂、生命与生命的相遇。

相遇让你读懂了雪漠，也让你成为了雪漠。

这时，雪漠和雪漠作品才真正对你有了意义。

第一章　他的文学道路

或许，打碎一切隔阂，跨越所有界限，将消弭了自我的纯真赤裸之心全然交出去，期待一场真诚的生命相遇，是你进入雪漠世界的唯一入口，而这也正是雪漠缔造他的文学世界的秘密所在，只是你无论如何都无法想象，这秘密的发现和彰显浸透着怎样曳血带泪的求索，回荡着怎样孤独凄厉的长夜哭。这秘密从种子孕育到破土发芽，长成苗、长成秧，抽枝发叶，长成大树，明明白白地站在他文学世界的核心，散发无处不在的清凉气息，其间又经过了怎样漫长的岁月。

第一节　最初的种子

一、基因与梦想

在五十二岁完成的长篇自传体散文《一个人的西部》中，雪漠以过来人的明白和沧桑回顾了那段求索岁月。

1963 年生于甘肃武威洪祥乡陈儿村的雪漠，是大西北腾格里沙漠边缘一户农家的孩子，成长于贫瘠大漠、荒芜年代，有着这一代人共同的饥饿、贫困记忆，也有着与众不同的命运之路，这种"与众不同"甚至从命运的起点就显露了端倪。

　　　　　　　　　　　　　雪漠密码

孩提时的雪漠，清贫未能稀释童年奇思异想的快乐，特立独行的个性为思想和庸碌划出了必要的距离，替父亲放牧枣红马的闲散时光饲养了恣意浪漫的想象力，而天空一样湛蓝无云、镜湖一样无波无纹的清澈之心，过目不忘的记忆力，始终明白自己需要什么的清醒意识，以及对民间文化和书籍与生俱来的痴爱，都是命运赐给这位农民之子的天赋礼物。如果说，在那偏远、落后、贫穷以至全村都找不到一本书可看的沙湾小村，要想成为作家，对任何人来说都近乎不可能，但对于拥有天赋礼物的雪漠，对于从小浸淫于凉州贤孝、初中开始搜集写作素材、高中痴读《红楼梦》和雪莱诗歌的他，成为作家却是命运的必然。虽然在文学道路的起点，没有可以指点的老师，没有更多的书籍，他的文学生命就像一颗埋在泥土里的种子，一个混沌无形的胚胎，充满了莫测的未知，但就像胚胎本具有生命的全息，他独特的文学基因其实也正含藏于最初的种子里。

小时候，爹总在农闲时请来瞎贤，唱贤孝。

因为贫穷，小时候的我很少有书读，只有从贤孝中汲取营养。

那时凉州乡下，几乎是没有闲书的。唐诗宋词啥的，根本就看不到。虽然我记忆力很好，但记下的，也就是那些课本，此外就是舅舅教的那些命相学呀，符咒呀，贤孝唱词呀，民歌呀之类。

——《一个人的西部》

(本章引文未注明出处者，皆引自此书)

从小耳濡目染的贤孝和舅舅熏陶的民间神秘文化，代表土地的博大、浑厚与性灵；初中养成的搜集素材的习惯也让雪漠始终与西部乡土脐带相连，他未来的文学之树早早显露了轮廓：根系往生养他的厚土伸展，饱满、鲜活的养分沿着粗壮的经脉输送至每一个枝丫叶片，尤其沧桑、嘶哑的贤孝，那是大地的呐喊、大地的诗篇，回荡着悲天悯人的大气和周遍于芸芸众生的大爱，成为他文学生命里挥之不去的一种味道、一种气息、一种脉搏。

"熟悉贤孝的朋友会发现，只要他愿意，我所有的小说，他都能用贤孝的方式来演唱。"从处女作《长烟落日处》开始，对凉州贤孝的描写几乎伴随了雪漠后来的整个创作生涯。所以他常说："凉州贤孝是我的第一位文学启蒙老师。"

对于家境贫寒的农家子弟雪漠来说，文学梦和作家梦既是与生俱来的梦想，也是伴随着改变命运的强烈愿望在他心田里生根发芽、抽枝散叶的。怪的是，生于农民家庭的他生下来就怕晒太阳，在太阳下待久了会头昏、流鼻血，便没法像弟妹们那样下地干农活，村里人就叫他"白肋巴"，意思是不常在太阳下干活的懒汉，肋巴都没有晒黑。他当然不是懒，他只是干不动农活，相比干活，他更喜欢读书——正是这天生的喜好，让他跟父辈和弟妹们的人生有了一道明显的分水岭。

从小雪漠就清楚自己真正需要什么，不愿像父母那样守着土地，为了养儿引孙活一辈子，他想改变命运，过一种更有意义的人生，而读书是唯一的出路。所以整个中学时代，读书占了大部分的时间，他很少想别的，包括情窦初开的那些遐想。他说："我深深地明白，只有读书，才是我唯一的出路。"每学期，他从不多的口粮里省下钱来买书，常常吃不饱，但"宁愿饿着肚子，难为着身体，也不饿着灵魂"。他一开始就是在为人生和命运而读书，自然比那些为生活和消遣而读书的人付出更多，收获也更多。后来，实现梦想后，他已经不需要靠读书改变命运了，但他仍把读书当做写作、禅修之外的人生第三件事，对书籍有种与生俱来的痴爱。对雪漠来说，读书是生命中最愉悦的滋养和享受。有时候，读书仿佛是他给自己做的一种立竿见影的精神美容，每当疲惫时，只要花上一两个小时读书，他立马就红光满面、神采奕奕了。这是很多人亲眼所见的"读书奇观"。

十七岁那年，人生第一次挫折随着高考落榜降临，但幸运的是，命运向雪漠伸出了另一只手，他考上了中专——武威师范学校。从此，他摆脱了当农民的命运——这并不是说他不愿与农民为伍，而是说，他终于可以全力以赴去追求文学的梦想，不用担心那分灵气被繁重而艰辛的生存所磨灭了。在《一个人的西部》中，雪漠坦言："我并不是看不起农民，而是因为，我一旦成了农民，就摆脱不了那种繁重的农活，就没有机会读书、写作了。我的一些同学，天分虽然很高，但叫农活压得没了灵性。在西部，那块土地独有的文化氛围赋予了人很多的灵气，这些天赋都需要开发和挖掘，一旦开发出来，他们就会是闪耀的明星。但，那块土地的贫乏，生存的艰辛，又会扼杀人的灵气。很多人在沉重的生存压力之下，不得不放弃梦想。我从村里老人的身上，从爹妈的身上，从很多人的身上，都看到了西部农民的那种苦难命运。"

对脚下这片黄土，少年雪漠的心情很复杂，可谓既爱之又恨之，也深深知道自己只有拿起笔，才能吼出这块土地的沧桑，才能让大漠之上苦苦挣扎的人们的生存——他们的苦乐、高贵和卑微——走入世界的眼眸。二十年后，他在长篇小说《大漠祭》《猎原》《白虎关》中，实现了少年的宏愿。

二、独特的文学养成

在武威师范的两年里，雪漠从学校图书馆饱读了大量文学经典。"每周，我们可以去图书馆借一次书。我一般都借小说，我囫囵吞枣地读了很多名著。至今，好些内容都忘了。但读书的目的，不一定要达到记忆。你通过读书，首先知道世界上还有另外一种生活、另外一个世界。它跟我看到的世界不一样，那些异质的书，开阔了我的眼界。我知道了很多作家，如雨果、司汤达等等，他们的几乎所有作品

（只要国内有译本）我都读了。"

那时他还不喜欢托尔斯泰慢吞吞的叙述——倒是高尔基的作品能读进去；那时他差不多把现当代的中国小说名家都看了一遍，却没有找到一个像后来爱托尔斯泰、陀思妥耶夫斯基那样"爱得疯狂的"，相比之下，他更喜欢老庄"会当凌绝顶，一览众山小"的智慧气象。直到三十岁后他才明白，很多中国小说名家们和世界文豪托尔斯泰的距离不在技巧，而在境界和胸怀。当他真正读懂托尔斯泰的大气和悲悯时，他才真正爱上他。这种爱，"是深入骨髓的爱，是真爱，是灵魂深处的那种爱，近乎一种信仰"，只有生起这种爱时，"你才能进入托尔斯泰的灵魂，才能与他产生共振"。

所以，雪漠常说："爱托尔斯泰是需要资格的。"资格其实就是境界和胸怀。

这个时期，雪漠也开始有意识地在日记里训练写作基本功，记录一些生活见闻，积累写作素材，学习描写人物、事件、对话、心理，继续童年放牧枣红马时的想象力训练。通往文学殿堂的道路就这样一点一滴在每天的日记里秘密展开——写日记也成为他直到今天的每日必修课。除了练笔，写日记还是雪漠修炼人格的重要方式，日记本是他拷问灵魂、真诚忏悔、严厉自省的密室。在《一个人的西部》中，他说："读武威师范的那时，我每次看完电影，都会很懊恼，觉得自己浪费了时间，然后就会在日记中大段大段地谴责自己，希望自己不要再犯。这种谴责，也是一种自省，在我的生命中，这是一个非常重要的内容。我的好多进步，都源于一直以来的自省和忏悔。"

除读书、练笔外，雪漠还抓紧时间练武，每天举一对三十六斤的哑铃四百次，踢各种腿法一百次，练《易筋经》一个小时，如是等等。雪漠从小练武，且师从名家。小学时他是学校武术队队长，中学时跟外公的师父贺万义拳师正式学习拳法和内功，《达摩易筋经》就学于此时。贺万义的师父苏效武是马步青骑五军十大武术教官之一，他们都是凉州有名的武学大家。武术之于雪漠，和文学、音乐、神秘文化一样，也是一种与生俱来的爱好，他学武，既出于对侠义精神的崇尚、对武学大家人格修为和精神力量的敬佩，更是为了强健自己的身体和心灵。

很小的时候雪漠就明白："一个男人要是没有强健的体魄和心灵，就什么都做不成。如果一个人很早就疾病缠身，他能做的事定然会相对少很多。"他是一个始终将梦想清晰地挂在眼前的人，所有的取舍都围绕梦想展开，而强健的体魄和强悍的灵魂是洒满汗水的追梦路上所必需的，所以他把习武坚持下来了。《一个人的西部》中，回顾师范生活时雪漠说："我每天很早起床，禅修后，就到操场上举四百下哑铃，然后打拳。那哑铃，有十八公斤重。虽然有点累，可是我坚持下来了。因为，我明明白白地知道自己这辈子要做什么。这种愿力，是支持我前进的动力。我需要一个好身体来支撑我的大愿。"

正是练武的原因，雪漠的意志一直很强悍，一直积极向上，从未消极沉沦过，即使后来身处命运的低谷，他也没有向噩梦般的挫折屈服，他始终跟命运抗争，跟对手——不完善的自己——抗争。他说："无论在什么样的梦中，我都能打败别人"，这个"别人"，其实也包括他想要战胜的自己。不过，实际上雪漠在武学上也确实有了不得的真功夫。十九岁那年，他教训了几个窜到村子里欺负老人的外村二流子，有人找他比武，他只稍稍露两手就令对方拜服了。他的武功境界在《一个人的西部》中有所透露："那时节，我已练铁砂掌、《易筋经》多年，轻轻一拍，一堆当地的硬核桃就成了面粉状。我可以叫任何人打我的胸腹；我可以用胳膊跟钢筋对打，将它打得像面条一样；我能轻松地翻越任何一道我手指能够抓到的墙壁。二十五岁之前，这一切，曾让我在当地赢得了相当的尊重。"

还有一件生命中重要的事也开启于武威师范的两年里——他拜了凉州松涛寺住持吴乃旦喇嘛为师，正式学习禅修。雪漠不到十岁就跟随舅舅学习道家修定、坐静、存想，在禅修方面也很有天分，一点就通，而且很快运用于学习生活。他发现："学习和修行之间，有着密切的关系。假如我能坚持禅修，学习效率也会很好；假如哪一天我撒懒，不禅修，学习的状态就会非常糟糕。"

对雪漠来说，禅修既是天性里的爱好，也是改变命运、实现梦想的最重要力量——禅修教会他必须放下万缘，做好生命中最重要的那件事——后来他在文学上、事业上的成就，都得益于禅修。所以他说："我的一生里，其实只做一件事：完善我自己。这完善的方式，主要是禅修、读书和写作。后来，那读书和写作，其实也成我的禅修了。我的一生里，一直在禅修。"

现在看来，武威师范的两年是雪漠文学生命最重要的养成期。他一生里只做的三件事——读书、写作、禅修——都正式开启于这两年。而武术，因为和文学梦的关系不是最紧密，后来割舍了，只作为强身健体的一种爱好。

从小，雪漠就有一种与生俱来的智慧，似乎对人生一切事都明明白白，任何时候都知道自己该做什么，不该做什么。他说："十几岁时，我就开始规划自己的生活，什么该做，什么不该做，什么对梦想有益，什么会损害我的梦想，我分得清清楚楚。比如，我可以读书，可以关注世界，可以练武，可以写日记，但我不早恋，也不看过多的电影和电视。即使偶尔不能遵守，我也会在日记里反省自己，希望自己能改正。"

雪漠生命里始终有一分清醒，像是有一双从未合过的锐利之眼始终盯着自己，他总能清楚地知道自己需要什么，在任何时刻都能做出正确取舍。而他的取舍标准只有一个：是否有利于梦想的实现。这股清醒的选择力仿佛是命运护身符，让雪漠总是走在对的方向上，从未出现错乱。

十九岁到南安中学教书后，雪漠可以有微薄的工资买些书和文学杂志来读了。《一个人的西部》中这样写道："刚参加工作时，我有三十九块五毛钱的工资，除了吃饭，钱都买书和文学杂志了。我觉得哪些杂志比较重要，就会叫城里的邮政报亭给我留着，我定期去买。每次回家，我都会带上一网兜书。"后来到北安小学教书时，我也是这样。因为，那两所学校都很偏僻，附近没有买书的地方。有时礼拜六回家，我就把珍贵的书都放进一个大包里，用自行车捎回家里放着，回校时，再带上。我生怕它们丢了。我对书的热爱和珍惜，已到了一种痴迷的地步。这不仅仅是因为我天性爱书，也是一种理性的选择：在我们那片土地上，一个人想要走出去，改变命运，他唯一的希望，就是读书。"

上世纪 80 年代初期，对雪漠而言重要的文学杂志不外乎《当代》《收获》《十月》和甘肃本地的《飞天》这样一些。读书方面，善于描画民俗的沈从文、汪曾祺的作品令他爱不释手，一些欧美文学经典如《少年维特的烦恼》《变形记》《追忆似水年华》《局外人》，还有海明威、福克纳的作品，都是当时文学青年的必读，雪漠当然也读，但他更钟情俄罗斯文学，喜欢肖洛霍夫、索尔仁尼琴的小说。

那时，在偏远的西部乡村学校，能为乡村教师提供文学滋养的就只有城里的邮政报亭和书店了，它们如同为文学生命输送乳汁的母亲，是雪漠记忆中最温馨的风景。直到今天，邮政报亭几乎要退出历史舞台的时代，每到一个城市，他都要在街头寻找它，每次遇见残存的它，都要特意前去买几本其实可有可无的杂志。去邮政报亭买杂志、去书店买书，跟早起写作、留络腮胡、穿红色上衣一样，是雪漠雷打不动的习惯，他肯定会把它们坚持一生，而且，他总是把点点滴滴的坚持当做一种仪式，一种戒律，又或者是，一种为生命涂写暖色的行为艺术。

仪式之于雪漠，和读书、写作、禅修、练武一样，是完善自己、抵抗消解的重要方式，正是在仪式化的坚持下，生命抵抗了庸碌对梦想的消解，也抵抗了时间对记忆的消解。这种坚持，跟清醒的选择力一样，也是雪漠的命运护身符。所以他说："我在庸碌的环境下生活、工作了许多年，之所以我没有被消解，反而升华了，原因只有一点，就是我将很多东西化为了仪式，而不仅仅是想法。在《无死的金刚心》中，女主人公莎尔娃蒂说过这样的一段话：'我慢慢理解了仪式的重要性。一定要周而复始地坚持、强化、凝固。否则，我很容易麻木、遗忘。一旦麻木、遗忘，恶念、贪念就会乘虚而入，一点点侵占思想的时空，渐渐扩大地盘。'"

第二节　处女作的诞生

一、开窍：小说可以这样写

二十五岁那年，雪漠人生中的第一个贵人出现了，他是《飞天》杂志的编辑冉丹。《一个人的西部》记录了雪漠与冉丹的相遇："在北安小学的时候，我见到了《飞天》杂志的冉丹老师。他是来找另一位作者的。我见了他，但他并没有记住我。几年后，我才真正跟他认识了。他是我文学上的第一个贵人。几年后的1988年，朋友雪琪将我的小说推荐给冉丹，冉丹看后批语说：'此人的文字功底和文学感觉都极好。'就是这句话，让我看到了希望。那时，我的身边一直没有能够点拨我的人。我一直在寻找文学上的老师。冉丹的出现，让我看到了这种可能。"

冉丹推荐雪漠看那本早已风靡文坛的《百年孤独》。雪漠说："后来，我在同事的一堆旧书中找到了它。读了那本书，我才知道，原来小说还可以那样写。"

拉美作家马尔克斯的《百年孤独》1982年获得诺贝尔文学奖，1984年出版中文版，给中国文坛带来了巨大的震动和启示。批评家李洁非在《寻根文学：更新的开始（1984—1985）》中说，它为中国作家"提供了一个第三世界文学文本打破西方文学垄断地位的榜样，即以民族的文化、民族的情绪、民族的技巧来创作民族的艺术作品这样一种榜样"。（孔范今、施战军编：《中国新时期文学思潮研究资料（上册）》）这部小说不但直接催生了王安忆《小鲍庄》、韩少功《爸爸爸》、李杭育《最后一个渔佬儿》、阿城《棋王》为代表的"寻根派"文学，更在中国文坛掀起一股"拉美魔幻现实主义"旋风，后来莫言的"红高粱系列"即是这股旋风刮下的金苹果。

据说，当时《百年孤独》几乎出现在每一个中国作家的书桌上，而在西部一隅教书的雪漠，四年后才由别人推荐读到它，他脚下那块土地的荒远、闭塞可见一斑。在此文学的边地，一位汲汲于文学创作的乡村教师，他走过的道路注定是洒满辛酸和汗水的。

二、文学岩浆的首次喷发

和很多作家一样，看了《百年孤独》之后，雪漠"大吃一惊，还可以这样写小说？！我一下子开窍了"，于是文如泉涌，在一种浓浓的感觉的裹挟下，写出了处女作《长烟落日处》。

这是一个语言精练、别有韵味的中篇小说，写了从小氤氲于雪漠生命中的凉州贤孝，还有融入他血液的西部乡村生活。小说人物贾瞎仙、陈玉文、陈卓都有村子里的生活原型，故事展开的背景西山堡、边湾河也可以在凉州农村找到相似的存在，其中凉州民俗风情的描画据说得益于沈从文《边城》的启发。

无疑，这是涌动于雪漠体内的文学岩浆的一次小小喷发，而《百年孤独》和《边城》，不过是替他打开岩浆出口的命运之手。《一个人的西部》写到了这篇小说的诞生细节："记得那时，我白天上课，一到晚上，坐在书桌前，文字就自然而然地流出来了，流了一个多礼拜，就成了一个中篇。"这篇小说一字未改发表在1988年第8期《飞天》杂志上，获得了甘肃省第三届优秀作品奖。

一夜之间，雪漠从一个名不见经传的文学青年，变成了甘肃省青年作家，这在甘肃文坛引起了不小震动。《武威报》主编李田夫特意带记者到南安中学采访他，报道的标题是《小树欲参天》；批评家陈德宏写书评说，雪漠是一棵生机盎然的小树，日后必然成长为参天大树；还有人将《长烟落日处》和茅盾的《追求》、托尔斯泰的《童年》类比，说它虽显稚嫩，却有一种鲜活的、雪漠独有的东西，由此可以断定，雪漠将来必成大作家……

得到鼓励的雪漠开始雄心勃勃地计划为西部农民写一部大书，即后来的《大漠祭》，但他发现自己根本无法完成。那时，他对灵魂的描写还很弱，进入不了人物的内心，也就写不活人物。而且，更重要的是，连接文学岩浆的那根管道似乎堵住了。

回顾这段往事时雪漠说："二十五岁时，我就写出了《长烟落日处》，还获了甘肃省的奖，赢得了许多好评。但我没有满足，而是有了一个更大的梦想：为农民写一部书，为他们说说话，留住一个时代。这个念想很好，但它变成了我心上的另一种绳索，把我牢牢地套住了。当我发现自己写不出这样的作品时，就立刻失语了，什么也写不出来了。"

想要写出比《长烟落日处》更好的小说的念想，像层层堆积、凝固冷却的火山灰，阻碍了文学岩浆的喷发。《一个人的西部》中这样描述当时的情形："我确实得到了鼓励，也有了更大的信心，但信心的背后，是一份沉重的压力，因为我想要写出一种更好的小说。这种压力，反倒让我一个字都写不出来，即使有时能写出一些文字，也不是我想要的感觉，而是那种充满了机心的东西。那时节的我，陷入了一种浓浓的失重感，变得非常焦虑。那时，我经常对着书桌坐上几个小时，却一个字都写不出来，心里很是焦虑、恐慌，却没有一点办法。生命中的污垢在阻碍我流出灵魂里的文字，而我的人格，在当时，也没有达到我期待的那种境界。所以，我只有精进地努力。有时，我甚至会对自己写出的东西感到恶心，于是屡废屡写，屡写屡废。底稿越积越高，成功的希望，却仍然很渺茫。大部分时间里，我只是盯着面前的几张稿纸，期待灵感在不期然间降临。但是，被执着堵住的管道，却无法让我流出真心。"

第三节 瓶颈与梦魇

一、80年代文坛

这是很多作家都会遇到的创作瓶颈，实质是他的文学道路出现了十字路口，他的脚步开始彷徨、犹疑、停顿，他心中所想和脚下步伐不一致，他不知道前往哪个方向才能找到心中呼之欲出的文学果实，他面临着文学道路的选择。

如果将目光从腾格里沙漠边乡村小学里的年轻作家身上移开，鸟瞰一下他所处的20世纪80年代文坛的风云雷电，你会更能理解雪漠那时面临的选择，他的彷徨，他的苦恼，他"想要的感觉"是什么，他恶心的"充满机心的东西"又指什么。

20世纪80年代是中国文学激情与梦想、喧哗与骚动、奔跑与狂欢的年代。70年代末，经历"文革"封闭、蒙蔽的中国作家，在以反思小说、伤痕小说对现实主义文学补课的同时，开始由第一批前往西方考察的人带回的信息惊讶地了解到，原来，巴尔扎克、莫泊桑、狄更斯、托尔斯泰、陀思妥耶夫斯基、果戈理、契诃夫这些19世纪现实主义大师早已过时了，有一个叫卡夫卡的作家写了一篇小说《变形记》，竟写某个人早晨醒来时发现自己变成了虫子，他被认为是更伟大的小说家。

从此，中国文学超英赶美、逐新猎奇的80年代风云大戏拉开了序幕，而"新潮"和"现代"是这场大戏里激动人心的主角。作家们的书桌上扫荡过各路"新潮"，从意识流到新小说，从存在主义到黑色幽默，从超现实主义到魔幻现实主义。在卡夫卡、乔伊斯、普鲁斯特、伍尔夫、福克纳、罗伯-格里耶、诺曼梅勒、纳博科夫、马尔克斯、博尔赫斯等现代主义文学大师的启发下，中国作家拿出了一批有现代味道的作品，如王蒙《夜的眼》、刘索拉《你别无选择》、残雪

《苍老的浮云》、莫言《透明的红萝卜》等。那时，几乎每年都有激荡潮流的作品问世，每年都有热闹的主义、流派、思潮以标新立异的命名出现。短短几年，作家们便把西方文学近一个世纪的文学花样都尝试过了。

生于1963年的雪漠，他为文之初的1984年是寻根派的滥觞年，1985年是现代派的狂喜年，之后是先锋派登场，到他写出处女作《长烟落日处》并决心创作《大漠祭》的1988年，正是"新潮"最后的狂欢即将盛极而衰的时刻。在以马原《冈底斯的诱惑》、余华《鲜血梅花》、格非《褐色鸟群》、孙甘露《我是少年酒坛子》、洪峰《极地之侧》为代表的先锋小说登峰造极的文学实验的最后冲刺下，80年代文学那根向着"现代"狂飙突进的激情之弦就快要绷断了，告别激情、妥协疲软、一地鸡毛的新写实主义正埋伏其后，即将登场。

实际上，从先锋派出场的1986、1987年起，文坛就开始出现了对"新潮"的嘲讽声音，比如"伪现代派"之说。批评者认为，西方现代派文学是欧美现代社会土壤结出的果实，接的是地球另一半的地气，现代小说形式、技巧背后有作家深刻的生存体验和思想内涵，形式与内容是高度统一的；而中国作家的新潮实验纯粹是技巧和形式的表皮模仿，缺乏社会土壤和生活体验的活性支撑，难以学其神髓，是脱离现实的无根之木、无皮之毛。

二、与潮流决裂

作为文学青年，雪漠的早期练笔难说不受文坛潮流影响，他经常阅读的文学杂志可谓潮流的晴雨表，他的文学观念、写作笔法无法不沾染流行的写作风气，即便《长烟落日处》这样喷涌而出的作品，现在看也还带着些拘谨和着力，有用力过猛的痕迹。而后来的《大漠祭》，我们看到的是浑朴天真、自然天成，一派从容坦荡、宁静质朴。

虽然从美学上来说，"质朴派"不一定就比"形式派"更高明，但浮夸、矫情、食洋不化、形式大于内容、实验大于体验的确是当时一些"伪现代派"小说的通病，效仿心态下写出来的东西，正是雪漠说的那种"充满机心的东西"。在文学道路的十字路口，他真诚地反省："我发现，自己已走错了路：我以往的所有创作，凭的是感觉，加上一些自以为是的投机取巧。而写人的功力，却弱得可怜。更糟糕的是，我被伪现代派玷污了，染上了浮夸的文风，失去了一个优秀作家应有的质朴。"

这时，技巧和灵魂、浮夸和质朴、投机和功力发生了博弈，选择显而易见，雪漠要的是灵魂、质朴和功力，这才是他心目中伟大作家该有的素质。他说："如果我按照当时流行的那种'现代派'的手法来写，我会写出很好的故事来，也会叙述得很精彩，但是我绝不会写出托尔斯泰、陀思妥耶夫斯基那样的作品来。我会成为中国很好的作家，但我不会成为伟大的作家。"于是，他决定抛弃"被伪现代派玷污"的熟练笔法，重新练笔，寻找通向伟大作家的道路。

这次与潮流的决裂是彻底的，此后雪漠的文学艺术一直走在大多数人百舸争流的潮流之外，不迎合市场，不写时尚流行的东西，只写从心灵流淌出来的。他说："我不是不会写时下流行的那种小说，我也会故弄玄虚，也会卖弄技巧，不信你看看我的《博物馆里的灵魂》。这样的小说，有许多人正在写，或者已经写了。世上已有了那么多的花花叙述，也不缺我一个。我写的，并不是好些人眼中的小说，我只写我应该写的那种小说。它也许不合时宜，但它却是从我心灵流淌出的质朴和真诚。"

直到今天，雪漠的每一部作品的诞生都与文坛潮流毫不相干，只与他内心真实感受到的强有力的生活有关。他清醒地选择了这样一条路："即使我成了作家，也是一个游离于文坛之外的边缘人，有一种内心的远离。我必须与文坛保持一定的距离，才能在精神上保持独立。所以，一个作家，既要扎实地深入生活，汲取营养，更要有出离心，要实现超越，这样，才能有大的格局。"

90 年代初先锋派谢幕之后，随着商业社会的日益成熟，市民趣味、消费主义、娱乐狂欢日益成为文学的潮流乃至主流，而雪漠不合时宜地走着一条属于自己的文学之路，这条路上鲜有同行者，空旷寂寥的小路上，孤独照耀着的是作家精神、人格和灵魂的路灯，就像美国诗人弗罗斯特《未选择的路》诗里描绘的："一片树林里分出两条路／而我选了人迹更少的一条／从此决定了我一生的道路。"

三、废墟上的重建

然而，道路虽已选择，瓶颈却没有一蹴而就打破，接踵而来的，是抛弃熟练笔法后的一片废墟。每天凌晨三点开始的练笔，写下的不过是些残垣断壁。旧的已抛弃，新的未形成，文学的火山一派死寂，岩浆找不到出口，便郁闷成浓烟密布的梦魇，足足弥漫了五年。雪漠在《一个人的西部》中如是回忆：

> 这是噩梦般的岁月，苦不堪言。每天凌晨三时，我像被赶往屠宰场的猪一样，龇牙咧嘴，从床上爬起，先是禅修，然后走向书桌，进行单调、乏味的练笔。为了能在凌晨三时前起床，我在夜里大量喝水，尿一憋，就起床，因为那闹铃声，再也吵不醒疲惫的我了。我不求发表，不求成篇，纯粹地练笔，单调而乏味。如影随形的，是寂寞和孤独。

> 朋友一个个离我而去，他们无法忍受我祥林嫂谈阿毛一样谈文学，家乡也是一片嘘声，因为我再也没写出一篇像样的东西，更因为没时间巴结上司，我被惩罚性地随意调动工作，丧家犬似的东奔西颠；四下里一片黑暗，看不到一点出路和希望，我时时游荡在深夜的街头，疯子般号叫，老想拿把刀插入心脏。

这真是旁人无法想象的漫漫长夜，跌跌撞撞挣扎前行的路上，有彷徨，有无助，有彻骨的孤独，有焦灼的寻觅，有长夜里的哭醒，有深夜街头的号叫，有把刀插入心脏的冲动，有为文学殉道的决绝——

当年的我，就像一个失去了声音的歌手，焦虑、恐惧、痛苦。我每天清晨坐在书桌前，等待着心里流出我想要的文字，但时间一分一秒地过去，我却什么都流不出来。偶尔写出一些文字，也不是我想要的感觉。那时，我就会更加焦虑，更加痛苦。晚上，我像幽灵一样在街上游走，想找到一个能跟我谈文学、谈梦想的人。因为，那时节，心里的渴望快要把我给压垮了，我总是感到窒息。我想，就这样殉文学吧！但那灵魂深处的压力和焦虑，却让我难以忍受。我看不到一点儿希望。

这段梦魇被称之为"大死"，它是雪漠文学之路上生死攸关的五年。

第二章　他的文学思想

当然，雪漠走出了梦魇，不然不会有《大漠祭》，不会有后来一次次的文学喷涌。他是怎样走出来的？他倚仗什么火把走出漫漫长夜？当对文学的执着把生命勒到极致时，那使他绝处逢生、大死大活的信念是什么？拯救他的，必也是日后成全他的。他绚烂的文学生命，他的文学思想和文学信仰，其实也正孕育于这生死攸关的五年。

第一节　修炼人格

一、伟大文学的秘密

在《一个人的西部》中，雪漠说："我的方法，就是修炼人格，破除生命中所有的执着，等待那管道的真正畅通。此后，我又修炼了整整七年，最后才流出了我需要的东西。"

为什么涅克拉索夫一见到陀思妥耶夫斯基的《穷人》和托尔斯泰的《童年》，就断言作者将来必成大作家？这则文坛佳话使雪漠窥见了伟大文学的秘密：

> 一个作家，在执笔之初，甚至执笔之前，就几乎决定了

其将来。正如一个青苹果，虽小，却具有了成为大苹果的基因，而山芋，无论如何施肥浇水，成熟的，终究是山芋。作家亦然，其心灵和文学观念，决定了他日后的成就。除非，他进行过脱胎换骨式的灵魂历练。

——《一个人的西部》

（本章引文未注明出处者，皆引自此书）

这秘密坚定了雪漠的"文学之悟"：伟大的心灵才能孕育伟大的作品，老鼠是生不出狮子的，苹果也不可能孕育山芋，作家的人格决定了文学的品质，作家的胸怀决定了文学的气象，文学只有融入自我超越的大海，才可能趋向博大与永恒。所以，在写出伟大作品之前，作家应进行脱胎换骨的灵魂历练，先让自己成为大海。

是什么在阻碍作家成为大海？是狭隘的心灵，是负累重重的自我，以及欲求、虚荣、概念、趣味、潮流等，它们如同一道道绳索，将生命捆缚成平庸、自恋、功利、傲慢的小东西。当作家与世界隔着一个固执的"我"，他便无法真实地融入世界，也就无法进入人物的内心和灵魂，无法写出真实的生活。

大多数完全受自我驱使的文学，结果都会异化为谋生手段和满足欲求的工具。贪婪的自我渴望以文学换取名利，机心和竞争是它惯有的外表；傲慢的自我沾沾自喜于自己的趣味，自恋、圈子化是它最舒服的姿态；愚痴的自我躲在流行趣味的温床上昏睡，跟风、模仿是它的产物；妒忌和愤怒的自我是一对双生子，文学成了泄愤的工具；作秀的自我把文学当做秀场，真诚被驱逐出它虚张声势的堡垒……

其实，它们不仅是作家的自我，也是人类的自我，每个人身上或多或少都可以找到它们的表情和姿态。作家如果不能彻底战胜它们，他的文学就难以逃脱自我的渊薮，无法摆脱自我的局限而难以向上伸展，实现飞跃。而伟大文学的品质是真诚、博大、超越、永恒，与它要表现的世界浑然一体，它只能诞生于大海一样自由无碍的心灵。在俄罗斯文学中，这样的文学被认为是"人类通往上帝的桥梁"，而桥梁的制造者被称为"圣人作家"，其中就有托尔斯泰、陀思妥耶夫斯基。他们也是雪漠文学思想的启迪者、引路人。

二、梦想为何遥不可及

当雪漠发现伟大文学的秘密后，战胜自我的工作就变得刻不容缓了。其实，从少年时代起，他就总在日记里自我反省、自我忏悔，很多毛病和习气，都逃不过他严苛的眼睛，如他所说："我常常在日记里记录自己的每一个小毛病，包括坏念头、坏倾向之类，它们都像是我解剖自己灵魂的手术刀。我常常把自己捅得鲜血淋淋，将习气和毛病都放在心灵的镜子前，让自己好好地看清楚。"

实在说，这是一个长期与自己较劲、与自我搏斗的勇士，一个生命中只有读书、写作、禅修三件事的纯粹的追梦人，一个始终明白自己该做什么不该做什么的清醒的观照者，他的生命内容已经简单到了极致，除了文学的梦想之外，已经无所求甚至无所爱了，包括弹吉他、唱歌、练武等爱好。只要可能干扰对梦想的追逐，他都毫不犹豫地舍弃，更不要说一些发财机会、一些可以让自己生活得更安逸的机会、一些可以让自己名利双收的功利性写作了。

在《一个人的西部》中，雪漠说："我从小就不太在乎金钱物质之类的东西，一方面是因为西部文化对我的熏陶，另一方面，正是因为从小就对死亡有了很深的感悟。这种感悟一直伴随着我的生命，让我很早就有了一个比较终极的参照系——生死的参照系，当我将很多东西放在死亡面前时，就会发现，它们没有真正的意义。你也只有时时提醒自己，你的身体，只是一个暂时的载体，你的名字，也是一个暂时的标签，它们此刻存在，下一刻，就有可能会消失，或许过上几十年，或许过上百年，但世界上，没有不会消失的躯体，没有了躯体，你这时争夺的一切都没了意义。"

所以他从来不贪、不争、不求、不算计、不妒忌、不为得失乱心、不混日子、不怕孤独。他的人格境界已经超越了很多庸碌之辈，他也最大限度地剔除了所有干扰梦想的障碍，定力和专注力都非常好。不论在哪里，不论在什么环境下，除必要的工作之外，他都只做读书、写作、禅修这三件事，心里从不装别的，恋爱也干扰不了，结婚当天还雷打不动在读书，吃饭都成问题的时候也没放弃读书、写作与禅修。他始终走在追梦路上，而且把生命中所有时间都用在了文学梦上，那么，他还有什么需要战胜的呢？梦想又为何遥不可及呢？

直到后来回顾过往时他才明白："对梦想的执着，让我放下了好多欲望，也放下了好多红尘的负累。我很少感觉到一般人的烦恼和诱惑。生命对我来说，也变得越来越简单了。它只有两条标准：第一，你能战胜自己吗？第二，你能实现生命的价值吗？但是，我没有意识到，那标准和梦想，也变成了桎梏心灵的枷锁，给我带来了巨大的障碍。我没有意识到这一点，只是一门心思地想要改变现状。从本质上看，当时的我，跟拼命赚钱的人并没有什么两样。只是，我们追求的东西不一样而已。"

在后来创作的《无死的金刚心》中，小说快要结尾的时候，雪漠用了"魔桶"一章写琼波浪觉找到奶格玛之前的最后一次历练，这是全书最震撼、最深刻的一笔。琼波浪觉在寻觅之路上已经历尽磨难，接受了种种不可思议的考验，读者以为他马上就要实现梦想，找到奶格玛了。没想到，雪漠让他掉入魔桶，和假奶格玛虚度了二十二年貌似梦想成真的生活。

如果了解雪漠的灵魂历练，你一定能从这一章读出作家自己的觉悟和慨叹。琼波浪觉二十二年的魔桶生活何尝不是雪漠梦魔的五年？假奶格玛何尝不是他拼力追求的文学梦？这里蕴含的深意是：当一个人排除所有干扰、扫清所有障碍，以为梦想触手可及的时候，其实，他正在拼力追寻的梦想本身已经成为梦想实现的最大障碍了。在追寻之心营造的幻觉下，梦想已经异化为一种改变现状的手段和一个追寻的目标、一个求索的对象，而不是梦想自己了。作为手段、目标和对象的奶格玛不是真奶格玛；同样，作为手段、目标和对象的文学也不是真正的文学。当梦想成为自我最大的执着，梦想便遥不可及。

换句话说，数十年孜孜以求的追寻，已经把一个"追梦的自我"饲养得无比庞大，以至于无法看清梦想的真实容颜——文学的本然了。文学为何存在？人类为何需要文学？作家为何写作？文学有何意义？只有对这些终极追问做出回答时，他才能领悟：文学不是手段，不是目的，也不是追寻的对象，甚至不是梦想，而是它自己。文学不需要任何人用生命去殉，只需要用生命去悟、去爱。只有在无贪无求的爱的目光下，才能见到文学的本然。当你被贪求阻隔，被求索异化为一个追求者而不是爱者时，你便无法靠近它，更无法进入它。它对于你就只意味着改变现状的一种手段，或是以发表、获奖为代表的一段成功人生，但它的本然和真意就离你越来越远了。

但这一切领悟的到来，却需要一个漫长的历练过程。因为，就像坚冰无法融化坚冰，执着也无法破除执着，除非给阳光足够时间的照耀。在梦魇第四年，你会看到坚冰融化的迹象和执着连根拔除的瞬间。

三、战胜自己

梦魇前四年，对梦想的执着让雪漠在任何环境都显得扎眼，他的工作被惩罚性地调来调去，但无论在哪，工作之余他都"躲进小屋成一统"，读书、禅修、写作，实践自己的文学之悟——升华心灵，修炼人格，战胜自己。

战胜自己的第一步是自省和忏悔，它需要巨大的真诚和勇气，掺不得半点假，否则就流于作秀。缺乏真诚的自省是对灵魂的撒谎，缺乏勇气的自省则是一种撒娇，它们不但无力，也不能持久，至多是一时的伟大情绪。对此，雪漠有深刻体会："伟大的情绪人人都有，但真正战胜了自己的人却没有几个，因为对自我的斗争若仅仅是一种情绪的话，这种情绪很快就会在繁忙庸碌的生活中消解掉，最后连影子都找不到了。"

而自我的习气、毛病是如此隐蔽、顽固、狡猾，不到鲜血淋漓的地步根本无法将它们清除干净。所以雪漠把这场斗争比喻为"剥自己心上的鳞"——"从自己心上，把恶俗卑劣的鳞甲一片一片地剥下来，有时，真是血肉模糊了，但我总能继续剥，以便让自己尽量完美一些。"

为了时时提醒自己，雪漠在南安中学宿舍门后贴了一张纸，上面写着"战胜自己"四个字，很长一段时间里都以这四个字为座右铭。后来换到北安小学、教委，换了好几个地方，但这四个字一直没换，就像信仰一样持久地矗立在他生命中。

回顾这段人生时雪漠说："那时候，战胜自己一直是我的目标，不管是信仰也好，文学也罢，都是我战胜自己最好的途径。因为我知道，只有战胜了自己，实现了超越，才能真正地改变命运。人与人最大的区别，不是财富，不是高权，不是物质类的东西，而是心灵。心变了，命才能真正改变。所以，我一直在跟自己的内心做斗争，时时训练自己的心，让心灵自主而强大。"

能够真诚自省和忏悔的作家不多，给雪漠指引和鼓舞的仍是托尔斯泰和陀思妥耶夫斯基。他说："托尔斯泰有过一段荒淫的生活，陀思妥耶夫斯基也是一个赌徒，但他们又是真心向往善美的，他们不断忏悔，才能走进人性的最深处，洞悉人类那种善恶交织的复杂情感，他们的文字，才能展现出史诗般的博大与丰富。那丰富不是别的，正是人性深处的泪与笑、真诚与虚伪、卑鄙与伟大。"

四、禅修的力量

"剥自己心上的鳞"的自我斗争如此惨烈，以至于仅仅靠天性里的真诚、勇气和良知还不足以彻底战胜自我，这时，武威师范时开始的禅修，为雪漠提供了更为强大的力量。

禅修是一种智慧观照，也是一种生命修炼，它通过传承千年的方法，清洗心灵的污垢，剔除灵魂的杂质，融化自我的坚冰。

禅修的思想认为生命原本清净，是贪、嗔、痴、慢、妒等自我的习气、执着、妄念污染了生命，于是有烦恼人生和坎坷命运。其实，自我并没有固定不变的本质，执着与妄念也都是无实质的情绪，它们如污泥，可清洗；如云烟，可吹散。通过自省、忏悔、静坐、持咒、念息、观想等一系列方法，禅修将生命从自我习气的缠缚下解放出来，还之以纯真无染的本来面貌，一如云开雾散，晴空万里。这个境界叫做开悟，或者说，见到真心。

真心是禅修对生命本有状态的说法，它是一种彻底消除了自我的无我的心灵状态，一种人与宇宙浑然一体的生命状态。所谓宇宙是我心，我心是宇宙，无你无我亦无他。真心拥有智慧、慈悲两种心灵素质。智慧像太阳一样照耀生命向上生长，慈悲像月光一样溶解生命于包容、平等的海洋，它们将生命的高度、广度拉升，扩充至无限，以至于消失了生命的边界而与宇宙合一。作家若能融入真心状态，让智慧和慈悲之光辉耀自己生命的苍穹，他便战胜了自我，实现了超越，接近于伟大了。

后来，当雪漠终于战胜自己，融入真心，他这样描绘实现心灵超越后的写作：

> 你会有一颗低到极致的心，有一种包容的态度，有一种充盈宇宙、遍及万物的慈悲，有一种毫无欲望的积极，你的心才算真正地打开了。这时，你的心才会属于你，你的笔也才会属于你。世界给你的馈赠，就是向你展示它所有的美，让你的心充满诗意。

> 你和世界就没了障碍，世界就会从你的笔下源源不断

地流出。你也就不用再去寻找灵感了，整个世界，所有在你的世界中出现过的场面，都会变成你的灵感：一草一木，一山一水，一哭一笑，一场纠纷，握紧的双手，微微吹拂的清风，孩子沾满了米粒的小脸……所有的感受，会像水一样流入你的世界，你的笔会像打开的水龙头一样流出它们。

然而，梦魇的五年里，他还很在乎自我的感受和欲求，执着于写出比《长烟落日处》更好的作品，执着于梦想的实现，执着于成功，于是心中充满焦虑。并且，他还没有找到写作的理由——不是作为手段和目的，而是作为文学的真谛、活着的意义的东西，他还没有找到。所以，那种生命内部的激情也没有被真正唤醒。正如后来他在一次访谈中所说："在西部有一种东西，是其他地方没有的。那就是，活着的时候，一定要寻找一个活着的理由。写作的时候，一定要寻找一个写作的理由。如果找不到活着的理由，就白活了。如果写作找不到理由，就没有任何的激情。"

在那些漫漫长夜里，自省和忏悔带来的血肉模糊的疼痛和惨烈甚至需要狼一样强悍的勇气来承受了，而梦想的太阳还藏在黑夜的尽头，遥不可及。雪漠说："那时的梦中，也在练笔。心灵是沉重不堪又痛苦不堪。身旁没有可探讨的朋友，眼前没有可请教的导师，陪伴自己的，只有须臾也离不开的莫合烟。心头更是漫长的黑暗，看不到一点儿希望。"

当生命和世界隔着自我的屏障，生命的激情沉睡着，这时的写作就只是些单调乏味的练笔了。

为了解除心灵的焦虑，雪漠将重心转向禅修。在学校上课时，每天早中晚各修一座，每座至少两个小时；放假看校园时，一天修四座，每天累计八小时以上；在教委时，禅修也占了除写作、读书、采访之外的所有时间，每天凌晨三点起来，日修四座，每座三小时……这是苦行僧一样的生命实践，目的是通过禅修，清洗自我的污垢，净化生命，他说："过去，我的所有修炼，包括学习，都是在用慈悲和智慧熏染自己，净化心灵，洗去贪婪，洗去嗔恨，洗去嫉妒，洗去一切阻止我变得更优秀、更伟大、更干净、更积极、更向上的东西。"

就这样，禅修一天天融化自我的坚冰，引导生命向上生长，向着慈悲与智慧兼具的心灵境界攀登，那里是文学自由飞翔的天空。同时，这一时期的大量读书使雪漠充实了学养、开阔了视野，大量采访也让他拥有了丰富鲜活的写作素材，这些都为作品的诞生备下了深厚的基础。所以，梦魇的岁月虽然被黑暗笼罩，黑暗中那卓然、饱满的文学生命却正在悄无声息地孕育着、默默生长着，只待最寒冷最黑暗的黎明时刻消去，曙光乍现，太阳一样喷薄而出了。

果然，1992 年 5 月，灵感又一次光顾了雪漠，当他偶尔忘掉要写出更好的小说的念想时，中篇小说《入窍》很顺畅地写出来了。但也就这一次灵光乍现，像是黎明前划过夜空的流星，倏忽而来，倏忽而去。此后很长一段时间里写作仍然时断时续，常常枯坐桌前一个字也写不出来。所以他说，《入窍》"是智慧光明对我心灵偶然的光顾。我能触摸到它，但认不出它，更留不住它。它不是呼之即来的存在"。

第二节　领悟死亡

一、生命的休克期

梦魇第四年的最后两个月，黎明前的黑暗以死亡阴影笼罩了他——二十七岁的弟弟被查出肝癌。目睹一个健壮生命在不到一个月的时间里迅速衰竭消瘦，经历问诊、手术、误诊的折磨后，不可遏制地走向死亡，陪伴弟弟度过最后阶段的雪漠看破了生命的无常。在死亡重锤的敲击下，他被命运粗暴地推到了一个绝望与希望、崩溃与重生的临界点。

"那段时间里发生的很多事，对我来说都没了实体，都像是水泡般忽生忽灭，除了家人的健康，我好像什么都不在乎了。唯一鲜活的，就是弟弟的死。"弟弟死后的几个月里，雪漠进入了一种半痴呆状态："人问啥，我都不知道，反应不过来。"虽然还是坚持读书、禅修，但写不出任何东西，写作基本上中断了。面对木然呆滞的他，很多人以为他疯了、傻了，但他其实是处于生命的休克期，类似于禅修里前后际中断的惊愕状态。他并没有疯，他只是将自己封闭起来，专注于内心正悄悄酝酿的一场浴火重生的革命——将执着的大树连根拔起，实现生命的终极超越。

这是命运馈赠的觉悟良机，虽然是以痛失至亲的灾难方式出现。《无死的金刚心》中，琼波浪觉最重要的觉悟契机也来自死亡——丧子之痛让假奶格玛哭泣不已，这个细节使琼波浪觉窥破了她是假，也窥破了二十二年貌似信仰的生活是假。于是，死亡像命运之手，将惊醒的琼波浪觉一把拎起，甩出了魔桶。这一片段，写的正是雪漠这次经历的疼痛与觉悟。

其实，雪漠对死亡并不陌生，甚至说，他对死亡的思考有着超出常人的早慧和早熟。在西部农村，从小就"老见花圈孝衣在漠风中飘，老听到死亡的讯息，老见友人瞬息间变成了鬼，老听人叹某人的死亡"的他，十岁时就从村里的发丧队伍里窥见了死亡："那天，我发现村里有人死了，他闭着眼不动弹，脸色很难看，人们把他装进一个大箱子里面——大人们说，那是棺材——然后埋进土里，很多人都在哭。第二天，他消失了，一切都不属于他了。又过了不久，他的亲人们不哭了，谈论他的人也少了，他的媳妇成了别人的老婆，他的孩子也开始叫另一个人爹爹。他啥也没留下，就连活过的痕迹，也渐渐消失了——这就是死亡。"

从此，死亡像摆脱不了的黑洞如影随形日夜跟着他，令他恐惧得"昼夜发抖"。长大后更渐渐明白，"不但人会死，那月亮，那太阳，这地球，都会有死的一天"，那么，"既然终究都得死，这活着，究竟有啥意义"？他发现，"死亡来临时，读的书没有意义，盖的房没有意义，写的文章没有意义。若真能写出传世之作，但一想宇宙也有寿命，便知那所谓传世的，仍是个巨大的虚无。地球命尽之日，托尔斯泰也没有意义"，这一发现，令他"许久地万念俱灰"。(雪漠：《猎原·后记》)

死亡是生命必然的终点，但不是每个人都能早早意识到它的存在，更不是每个人都能从终点出发反思起点，活出一段有意义的人生。大多数人浑浑噩噩一辈子，直到死亡来临也没活明白，可谓糊里糊涂来糊里糊涂去。雪漠却早早发现了死亡，早早发出了追问：既然生命终有时限，人生当如何度过？是庸庸碌碌还是留下值得被记住的理由？是浑浑噩噩还是创造属于自己的意义和价值？无意义的人生等同于混日子，庸碌像附骨之疽一样黏着于生命，直到最后一刻，肉体已冰凉，灵魂的翅膀也会被它死死捆缚，沉重地坠落虚无的深渊。

二、文学的真谛

每个人呱呱坠地生而为人时，都必然要面对有生必有死的问题，也必然要面对漫长的一生如何度过的问题。死亡令人害怕，虚无同样令人害怕。这在海德格尔的《存在与时间》里，表述为畏（死亡）与烦（无聊、虚无、庸碌）。

这是人类与生俱来的两种怕。

也许是为了抵抗这两种怕，人类发明了梦想。在梦想照耀下，人生的一切都披上了意义的光泽，死亡也在此耀眼光芒里，隐遁了令人畏惧的表情。夸父追日，死而无憾；朝闻道，夕死可矣。梦想和真理，是人类对死亡与虚无的战胜。

文学也一样。文学正是诞生于对死亡与虚无的惧怕，诞生于对意义和价值的寻找。

死亡让人类发现，生命的本质其实就是一段有限的时间，一个早已写好句号的过程。在此过程，所有的瞬间都在飞快地成为记忆，所有的记忆所有的歌哭笑泪都在飞快地消散于尘风归于无迹，时间带走一切，冲刷一切，终止一切。时间是生命的真相，也是生命的魔咒。

"人生就是这样，一切都会不断地成为过去，变成记忆，然后被自己与他人所遗忘。假如我们不以某种形式留下一些值得别人记住的东西，那么我们的人生就会像苍蝇划过虚空一样，留不下任何痕迹，活了多久，都像从没活过一样。"（雪漠：《文心》）于是，作家如同时间的赛跑者、人类记忆的捕手，面对永不停息的伤逝之忧，在岁月的尘风里奋力抢救活过的证据，定格生命的记忆，创造出比肉体生命更为持久的精神生命。写作的意义也正在于此：抢救、定格、创造。如果不能为人类提供意义，写作就不过是在给庸碌增添庸碌，给无聊增加无聊，给虚无填充虚无。写作必须抵抗庸碌和虚无，必须超越死亡，创造永恒的精神生命。精神生命即意义，即文学的真谛。

三、抵抗庸碌

对雪漠来说，也许是出于本能的爱，也许是出于改变命运的念想，或是对死亡、庸碌的惧怕，以及对意义的寻找，总之，少年时代起他就确立了文学的梦想，想要活出一段有意义的人生。正是对梦想的追逐，让不断飞逝的生命散发出意义的光泽。而无意义的虚度——庸碌，却总想将生命从意义的光辉里拽入混沌的虚无。

庸碌意味着对梦想的消解。

因此，在雪漠看来，庸碌是生命的大敌。他从灵魂深处厌恶庸碌，惧怕庸碌。"那时，我每一本日记的封面，都写着这样一段文字：'当你翻开日记时，你是否想到，自己已经把最宝贵的组成生命的材料无辜浪费了许多？你愿意这辈子庸庸碌碌无所作为吗？'我当然不愿意，我从灵魂深处厌恶庸碌。"

死亡之剑时时悬在头上，他总怕来不及，怕生命消逝后什么也没留下，怕活过一场空空荡荡，怕一切都被庸碌的大口吞噬，怕生命终将归于虚无。

正是这种怕，使雪漠从少年时代起就过着一种与死神赛跑的紧张生活。他总是在搜集各种素材，总是在读书，总是在禅修，总是在写作，总是在练武，从未挥霍过生命。面对任何事，他都以死亡为参照系来衡量，所有跟梦想无关的事，都被视为对生命的浪费而舍弃。他最警惕的是庸碌对梦想的消解，所以对时间的珍惜更是争分夺秒到了极致，花时间比葛朗台花金钱还吝啬。只有把每一天的分分秒秒都用于追逐梦想时，他才觉得生命没有虚度。

"我对自己是否珍惜时间的考量，是用小时来计算的。一天读书多少个小时，修行多少个小时，写作多少个小时，全都有量化的标准。"《一个人的西部》中有很多类似的量化记录，此外，零碎时间也不放过："每天早上一起床，我就会打开录音机，一边洗漱打扫，一边听录音，背诵我录下的东西。这个习惯跟背诵唐诗宋词的习惯一样，我坚持了很久。后来，我到小学里教书，没有食堂，只能自己做饭，我就在做饭、擀面的地方，贴满了要背诵的资料。因为，我难有大块时间单独补充这些营养，只能充分利用做饭、吃饭、上厕所、走路等零散时间。生命每延长一天，就是命运对我的恩赐，然而，它也意味着我的生命又少了一天，所以，我必须跟死神抢时间，把我健康活着的每一分每一秒都用在刀刃上。"

尽管已经做到极致了，雪漠仍总觉得没有抓住时间，总觉得没有作为。这种跟死神抢时间、跟庸碌抢作为的心态，给他带来了巨大的焦虑——"我最大的焦虑，就是时间的飞逝引起的焦虑。我总觉得自己不够珍惜时间，总觉得自己没有把握好生命中的每一秒，总感到生命像流水那样飞逝，也总是因为不能更好地珍惜时间而陷入恶性循环。"

到这地步时，那些争分夺秒的量化记录，包括对梦想的坚持、对成功的期待，其实也变成桎梏心灵的枷锁了。要彻底打碎枷锁，需要从生命内部领悟写作的意义。而这个契机，始于弟弟的死亡教诲。

四、写作的理由

这是真切的领悟：对死亡思考一千遍，不如真正亲历一次至亲的死亡。

思考死亡或许会使你更珍惜生命，亲历死亡则会使你懂得如何去珍惜，如何去相信，或者说，真正懂得什么该珍惜，什么该放下；什么该留住，什么该舍弃；什么该相信，什么该看破，什么该在乎，什么该忽略。

正是死亡的教诲，使人类领悟了生命的真谛。弟弟的死亡，同样也馈赠了雪漠许多珍贵的领悟，如：

"那段时间里发生的很多事，都让我深深地感到了无常。虽然我一直把生死作为参照系，来做每一个决定，但真正遇到至亲死亡时，那种巨大的冲击感，还是不一样的。那时节，我才终于明白了什么叫经历死亡。那时的觉受，是我生命中最重要的体验之一。它让我明白了生命的脆弱和无奈，我直观地感到，当一个人走向死亡的时候，什么都带不走。包括他的亲人，他的朋友，他的肉体，等等，陪着他的，只有自己的灵魂。"——他领悟了肉体的易朽和灵魂的不朽。

如："弟弟死后，除了不满三岁的女儿和才出生两个月的儿子外，还留下几页日记。他死后，房子、家具、衣服等一切都成了别人的，甚至包括他的妻子。但那几页日记却是他的，上面记载着他的心灵挣扎，这使我忽然感悟到生命的易逝和文章的相对永恒。"——他领悟了生命的易逝和文学的相对永恒。

如："自那以后，我的人生中便没了啥执着。一想到所有贪婪的最终归宿不过是坟墓时，还有什么放不下呢？在死亡面前，名利呀啥的真成过眼云烟了。"——他领悟了名利的虚幻和贪婪的归宿。

又如："每个人的生命空间都非常有限，生命时间也很有限，而人的一生里，能留下意义的东西，其实并不多。好些人活了一辈子，有过辉煌，有过潇洒，有过得意，但到头来，对别人产生不了任何价值，也就什么都没有留下。他们哪怕非常优秀，也只是茫茫人海中的水滴，被岁月的艳阳一照，就蒸发得无影无踪了。这样的活着，只是对生命的消耗，有啥意义？"——他领悟了活着的意义在于对世界产生价值。

再如："当我看到佛舍身饲虎和割肉喂鹰时，我忽然发现了意义。这意义，便是那精神。那虎鹰和肉身，均已化为灰尘，但那精神，却以故事为载体，传递给千年间活过的人。这精神会照亮心灵，许多人因此离苦得乐了。这，便是意义。文学的意义亦然。其意义，非名，非利，而在于文学该有的那种精神。前者如过眼烟云，后者则可能相对永恒。"——他由佛陀的无我、利众的大乘精神，领悟了文学的意义在于照亮心灵的文学精神。

的确，不仅人格伟大的佛陀，那些伟大作家的精神生命也都活在了他们的作品里。写作的理由非名、非利，而在于创造对世界有价值的精神生命。所以，雪漠说："我追求一种比肉体更永恒的意义，一种更高意义上的利众行为。就是说，我追求的那个东西，不但要利益我自己，还要给世界带来某种价值。这也是我的写作理由之一。"

后来，在《大漠祭》后记里，雪漠更明确总结了他的文学观："文学是要为世界提供贪婪的诱因、罪恶的助缘、娱乐的帮闲，还是要给世界带来宽容、安详、清凉和博爱？我认为，好的文学必须做到：这世上，有它比没它好，读它比不读好。因为它的存在，能使这世界相对美好一些。如果达不到这一点，就不是好文学，就没有存在的理由。以这个标准衡量，时下的好些文学作品，其实已丧失了存在的理由。"

他的文学标准不是别人叫好，也不是自以为好，而是能够给世界带来宽容、安详、清凉、博爱等美好的价值，一句话，能够利益世界的文学才是好文学。这一文学观毫不掩饰对佛陀大乘精神的认同和借用。他也把写作视为自己为众生服务的手段，申明写作的两个理由：

一是创造价值："当这个世界日渐陷入狭小、贪婪、仇恨、热恼时，希望文学能为我们的灵魂带来清凉。我认为，文学应该有一分光明，有一种能使我们的灵魂豁然有悟的智慧，它能使我们远离愚痴、仇恨、贪婪和狭隘。"

二是定格存在："将一些即将消失的存在定格下来。我指的不仅仅是农业文明，不仅仅是生活，更是灵魂。对前者，《大漠祭》《猎原》《白虎关》着力较多；对后者，《西夏咒》《西夏的苍狼》《无死的金刚心》更为侧重。"

至此，雪漠解决了被执着追梦所遮蔽的根本问题——文学的本然，写作的理由。何为文学、为何写作，跟何为生命、为何活着一样，是作家绕不过去的根本问题，他必须做出回答，他的回答便构成他自己的文学思想。只有找到自己的文学思想，作家才真正长大成人，面对世界才有自己的定力和智慧，才能说出"世界，我不迎合你"的豪言壮语，才能专注于自己的文学世界的建构。此时，手中的笔才有方向，才知道自己该写下什么、舍弃什么，才清楚自己在乎什么、不在乎什么，才能在得失毁誉中八风不动、我自陶然，这时，他才称得上是一个成熟的作家。而成熟只是向伟大迈出的第一步，伟大来自人格和境界，伟大需要漫长的历练，伟大也需要一份感动，在历练中接近伟大，在感动中读懂伟大。

第三节　禅修之果

一、禅修与文学

关于文学和写作的这些领悟与思想当然不仅仅来自弟弟的死亡教诲，更来自多年持之以恒的禅修。雪漠说："那时节，无论做什么事，我都会观照自己的心，看看有没有执着。执着是由贪婪产生的。不管你贪婪的对象是什么，不管你焦躁的理由是什么，它最终都会让你丧失慈悲心和清净心。我时时提醒自己：一切都会过去，当你的身体消失，你的呼吸停止，你贪婪的对象就会离开你。那时，你就会明白，其实它从来都不曾属于你。"

这里说的对心的观照和提醒即是禅修。

禅修不仅仅是心灵修炼的方法，也是对生命真谛的发现、信奉和践行，它是一套完整的心灵思想和生命思想。它从变化如川流、本质为虚幻的生命真相出发，寻找生命的意义和价值，寻找抵抗无常的永生，于是发现生命的真谛就在于人心本有的慈悲和智慧。慈悲即大爱，智慧即大善，它们如同心灵的日月，共同照耀生命向上生长、突破、超越、升华以至于无限、永恒。"日月两盏灯，天地一台戏"，这句雪漠经常引用的西部谚语不仅说出生命如戏这一亘古真相，也说出照亮生命的其实只有心灵的日月——慈悲和智慧——这一亘古真谛。这是东方人的生命观，也是佛陀传下的大乘精神的核心。

生命的意义和价值就在于心灵的照亮，照亮自己，照亮他人，照亮世界。这是生命得以永恒的秘密，也是文学得以永恒的秘密。青年时代的雪漠曾在一本日记的封面摘抄了雨果的一句话："有一种比大海更大的景象，那便是天空；还有一种比天空更大的景象，那便是人的内心。"在他眼中，文学承载着人类最伟大、最崇高的一种情感和精神——对人类存在的观照，对人类心灵的探索，对人类命运的关注。因此，"文学的力量不在于改变世界，而在于改变人心，它能让人永远走在向上的路上，永远不会变得麻木自私，永远不会忘掉世界和人类，永远不会变成一座孤岛"。正是在对"人心"的观照、洞察和对人心的探索、改变上，禅修与文学有着异曲同工之妙；而且，终极来看，人类需要文学和需要禅修没有多大区别，它们都是人类战胜死亡、改变命运的武器，都是对无常和庸碌的抵抗，都是对生命意义的追寻和回答。作家若能发现禅修与文学之间相互契合的秘密，便可借助禅修升华自己的心灵，亲尝智慧和慈悲的心灵果实，那么，他的写作也会被慈悲和智慧照亮，并经由阅读照亮读者、照亮世界。

古往今来，少有作家发现这个秘密，能将这秘密践行于文学创作的更是寥寥无几。而雪漠因为兼具禅修和文学的双重经验，他成了这秘密的发现者、践行者和印证者。在他心中，文学有着和禅修一样神圣不可亵渎的信仰光辉，也有着和禅修一样纯粹高蹈的精神要求。他说写作的理由在于"为我们的灵魂带来清凉"，在于"将一些即将消失的存在定格下来"，相应地，这需要作家心灵的智慧观照和慈悲包容——只有智慧能带来清凉，只有慈悲能定格存在。智慧和慈悲不仅是大乘精神的双翼，也是文学精神的双翼。

雪漠文学思想的独特性，在于他以禅修之果孕育写作之果，用大乘之翼负载文学之翼，他对文学，有着圣徒般的信仰情怀。实际上，当禅修取得成就后，他生命时空里的一切，行住坐卧、衣食住行、读书写作、讲座对话，都不离心灵的慈悲和智慧，就像水分子不离氢原子和氧原子一样。面对这样一个作家，或许我们只能如茨威格评陀思妥耶夫斯基时所说，谈论他"对我们内心世界的重要性是困难的和责任重大的，因为这一个独一无二的人的广度和未来都需要一种新的标准"。（茨威格：《三大师》）

二、执着达到巅峰

禅修对心灵的净化不但是一个漫长的过程，也是一个曳血带泪的过程，就像《追鱼》里的鲤鱼精，她要脱胎换骨为人，就必须经历大火烧烤、剥鳞扒皮的焦灼、撕裂和疼痛。灵魂的脱胎换骨亦如此。

弟弟的死虽然使雪漠有了很多感悟，破除了很多执着，但真正迎来脱胎换骨，却还须一个历练和升华的过程，那个被称为"大活"的时刻终于到来时，已经是三年之后了。此前，他仍被想要写出更好小说的执着困扰着，而正是这个念想带来的期待和压力，堵塞了文学喷涌的管道。那段时间，他工作的教委环境也非常庸碌，如同置身大染缸，他必须以最大的毅力和警觉来抵御庸碌。为了写作上不受干扰，他拒绝了一次次的发财机会，变得穷困潦倒，常常身无分文。"有时，到处搜寻一些旧报，才能换来一顿菜钱。没有住房，没有写作空间，一家三口，只有十平米的一间单位宿舍。夜里，两顺一逆地排列，才能挤在一张单人床上。工作环境，更是十分闭塞，整日浸泡在庸碌里。"

"我最怕自己变成'狼孩'。因为许多自命不凡的文友，就是在不知不觉中失去了自我，变成庸碌的细胞，满足于蝇营狗苟。"为了避免被环境同化，雪漠留下胡须，作为绝不妥协的宣言："那时节，我就是通过坚守胡子，坚守了我的个性和梦想的。在那段时间里，每天，我只要一照镜子，胡子就会提醒我：别被同化！战胜自己！我就能时时提起警觉，没有被红尘卷了去。"

同时，他从口里挤出钱来，用以购书。他知道，只有大量读书，才能超越闭塞的环境，不被同化。漫漫长夜里，梦想如此渺远，但它是唯一的光亮和温馨。而弟弟离世后，那点光亮似乎要被吹熄了，他只能靠夜以继日的禅修来抵御执着的狂风。

"1992 年 3 月到 12 月，一共九个月间，我读书三百六十六个小时，写作二百一十七个小时，平均每天写作不到一个小时，那段时间，真是我生命中最大的绝境了。但是我仍然不想放弃。虽然弟弟的事告一段落后，我又开始写作，但仍然写不出能让自己满意的东西，生命于是变成了一种煎熬。我只能将几乎所有的生命用于禅修。"那时，雪漠一天修四座，每座两到三个小时，但不论禅修还是写作，仍然没有出现质的飞跃，他的心灵承受已经快到极限了，"那条系在我和梦想之间的红丝带，也发出了撕裂的声音"。

又过了一年，他对"写出好作品"的执着达到了顶峰："无论在做什么，我都想着写作，我只想写出令自己满意的作品。我非常害怕，怕那坚持了多年的梦想，会无疾而终。我整天都在练笔，就连梦里也在练笔，我很想找到一个能与之灵魂沟通的人，向他倾诉我的期待。但迎接我的，只有孤独。"

但写作状态仍然不佳。看不到希望的他情绪变得激昂易怒，灵魂深处感到窒息、痛苦和热恼，已接近于疯狂的边缘。而且，就快三十而立，文学上的出路还一片迷茫，他面临绝处逢生的选择：要么疯狂，要么放下。

三、放下文学

1993年10月，雪漠做出重要决定：放下一直视为生命意义的文学，放下一直视为活着的理由的写作，放下一直苦苦追寻的梦想——

> 放下文学就没有执着了。可以说在我的生命中，二十五岁到三十岁之间，最大的执着是文学，除此之外没有任何执着，包括对生命本体的执着，生或是死都已不考虑了。那时候，白天、晚上，甚至做梦，都在不停地练笔，整天就是那种执着与念头，如何练好文学，和别人聊天聊的也是文学，对文学的执着像虚空一样充满我的整个生命，可一旦放下它，就把最大的执着放下了。

做出决定的瞬间，他突然没了目标，陷入一种失重感。就像《无死的金刚心》中，年轻的本波法王琼波浪觉要放弃法座，离开从小长大的本波寺院时，不由自主跌入一种无着无落的情绪、一种无依无靠的孤独，像茫茫大海里的一片落叶，又像飘游在秋风中的黄叶，一方面有了异样的轻松，一方面又对未来茫然。

这是与过去撕裂时必须克服的心理关，失重来源于惯性，它试图将断裂填平，以摆脱无着无落的茫然。于是，雪漠每天诵《金刚经》，用经文里的慈悲和智慧熏染心灵，让心一天天变得安详、清凉。渐渐地，他全然放下了对过去的牵挂，也放下了对未来的担忧。他不再逼自己写作，只专注禅修，净化灵魂。读书、采访、练笔也都不带目的性，不再是为了写出更好的小说，而纯粹出于无目的的爱。这样心里便少了很多压力和负担，渐渐体会到一种从未有过的自由畅快。"就这样，我放下了自己在乎了十几年，甚至曾经视为生命意义的东西，我放下了所有执着，我有了很强的专注力，我有了真正的信仰。"

真正的信仰，不是对梦想的执着追寻，而是放下自己，无条件去爱。文学也一样。文学不需要苦苦追寻，而需要全然无我地去爱。所以，后来雪漠总是告诫他的学生，不论读书、写作、禅修、信仰，不论做什么，都应出于爱而非用。爱是无条件、无目的、非功利的；用则是为了达成某个目的，是手段，是功利。

这段时间，借着教委工作的便利，雪漠经常外出采访，回到家就整理采访录音，为写作储备了大量素材。他几乎跑遍了整个凉州，用双脚夯实了文学的土壤。《一个人的西部》中说："写作上，我记下了大量的典型人物，对他们那些具有代表性的行为进行了分析，对很多人物的个性、心理，我已经了如指掌了，在后来的创作中，能写透人性，能写活人物，就跟那几年的训练和积累有很大的关系。而且，我的小说里有很多人物，其原型都来自这个生命阶段。比如《西夏咒》中，谝子的原型之一，是我家乡的一个贫协主席，他为人霸道，大字不识，却口若悬河，是那个年代有名的红人；《西夏咒》中宽三的原型之一，是南安中学的一个体育老师，他没有才学，却看不起任何有才学的人，见到领导一副嘴脸，面对我们，又是另一副嘴脸。"

这个时期的读书仍以俄罗斯文学为主，主要是托尔斯泰、陀思妥耶夫斯基的小说，雪漠把他们的作品放在案头，精读了好几遍，有的还在书上做了批注。这时，他已经能读懂托尔斯泰，能进入他的灵魂世界，能跟他对话了。托尔斯泰的作品就像人性的舞台和灵魂的剧场，他心灵的宽广和悲悯深深地打动了雪漠："在他的作品中，我甚至嗅到了凉州贤孝的味道：它们都有历史画卷般的气势和价值，对琐碎生活的描写都很到位，而且，它们的情感深刻而细腻，对人物心理的剖析也很深入，能让人产生强烈的真实感和灵魂共鸣。"

这说明，此时雪漠在文学上的境界已经升华了很多，如果境界达不到，是不可能读懂托尔斯泰，更不可能爱上他的，就像十七岁时在武威师范图书馆，面对托尔斯泰只会觉得叙述之慢不堪忍受。所以雪漠总说，读托尔斯泰需要资格，资格就是胸怀和境界。

禅修，诵经，读书，采访，所有这些都在默默滋养着文学生命的成长，就像黎明前的黑暗，正酝酿着呼之欲出的喷薄，生命中的"大活"时刻就在不远处了。

1993 年 11 月，文学女神终于在长夜尽头向雪漠露出了朝霞般的微笑。一天夜里，神秘的灵感再次光顾了他，短篇小说《新疆爷》不期而至。它是在一夜之间流出的，浑然天成，像浸过生活之水的玉石一样，散发着慈悲的光泽。当那孤独的卖果子的老人走入雪漠笔下，他甚至能感受到他的脉搏和心跳。他知道，连通文学岩浆的那根管道开始疏通了。此后，灵感就成了心灵的常客，短短一周内又数次光顾了他，灵魂里连续流淌出《黄昏》《磨坊》《丈夫》《掘坟》《马二》《马大》等六个短篇小说，他发现自己可以进入任何人物的心灵，可以进入任何他想进入的状态与境界。这时，他知道终于可以写《大漠祭》了。

阴历十月二十，三十岁生日那天，雪漠剃发闭关，躲到了一个连妻儿都不知所在的地方，开始与世隔绝的创作。这时的他已全然放下文学梦，不考虑发表，不考虑成功，只为完成心中呼之欲出的作品，甚至对这"完成"也没有丝毫执着。在那个被命名为"红云窟"的关房里，日子一天天过去，仍然是每日禅修、读书、写作，灵感来了就写，灵感走了就禅修，一禅修灵感就又回来了，于是接着再写。不知不觉，七年前那个必须让自己先成为大海、必须从清净无染的真心流出伟大作品的念想，在每一天苦行僧生活的熬炼下，让雪漠度过了噩梦般的"大死"岁月，迎来了"大活"时刻，而激活这时刻的，是禅修上的一次飞跃。

四、禅修上的飞跃

1995 年 5 月，四川活佛桑杰华旦来到武威，与松涛寺的吴乃旦师父互相参印，雪漠这时才知道，原来少年时就开始跟随吴乃旦师父修炼的禅法传承，是北宋时期藏地瑜伽士琼波浪觉从印度取回的香巴噶举法脉，活佛和吴师父分别是此法脉的藏地和汉地传承人。

如同灯泡接到了一个巨大的供电系统，在见到活佛几天内，雪漠的禅修突飞猛进，基因突变一样迅速实现了飞跃，很快证到了禅修的最高境界——此法脉称之为光明大手印，这是香巴噶举对亲证了慈悲和智慧的生命境界的一种表述。那么，它究竟是怎样的境界、怎样的体验？在《一个人的西部》中雪漠有这样一些描述：

> 它像太阳，遍照我的整个生命，也像劫火，烧尽了我的所有迷惑。而且，那证境非常稳固，我不需要保任，心中也没有保任的概念。不管修还是不修，我都是那样，不是我在找它，也不是我留住了它，而是，我本身就是它。

> 我总是处于一种明空中，无嗔，无贪，也无疑。我的心始终是安宁的。就连别人骂我时，我也如如不动了。我不执着很多东西了。不执着，就是一种智慧，而且是一种究竟的智慧。它不是仰仗某个神佛，而是一种贪欲息止后的安宁。

> 你的心，就像无云晴空，明朗无比。你看得见云彩的美丽，能觉出微风的轻柔，摸得到雨水的清凉，听得见小鸟的歌唱……你是清醒的，敏感的，又是淡然的。你太清楚世界的纷繁，但纷繁的世界干扰不了你。你还是你，却不是过去那个愚痴的你。

我总是感到有一种巨大的来自外部世界的力量介入——我也称之为暗能量——总是有一股大海般的力量在我的生命里运行。它真的进入了我的中脉，打开我的每一个脉结。当所有的脉结都被打开时，我进入了一种大乐、大空、大光明的境界。我仿佛能进入任何时空，能跟任何信息场沟通，几乎所有的障碍都被清除了。

后来，便觉得自己和另一个伟大的神秘存在已融为一体了，总觉得四周都是眼睛。我没有任何隐私，也不需要隐瞒什么，更没有丝毫的压迫感，只觉得到处都是光明朗然。我时刻充满着大乐，好像没有了身体，走路时就像充满了气的气球那样，在街上飘。就连跑步，或是做体力活时，我也没有累不累的感觉。

这些生命体验无疑超越了现有的理论和概念，甚至科学上的暗物质、暗能量、超心理学现象等也只是勉强的说法。在普通人看来，慈悲和智慧显发的光明境界是不可思议的，那种宇宙是我心、我心是宇宙、一切都是一体、没有自他分别的生命状态如隔山如隔纱，只能凭想象去理解和揣摩，因为他们与世界横亘着一座自我的大山，生命被二元对立的自他分别左右着。但是，在历史上无数亲尝此境界的禅修实践者眼中，这些体验却也不是多么神奇，而是生命本有的现象，只是普通人没有经过禅修训练，本有的真心没有显发，所以觉得神奇。其实，真心并非神奇，而是本来如此，所以在禅修的思想里真心也叫本元心、平常心。

"无论什么时候，我都能写作；无论什么时候，我都在禅修；无论什么时候，我都有一种大乐。写作时，我既心静如水，又大乐充盈，文字不断从笔下喷出。"实现超越后的雪漠，在周遍一切的爱的境界里，孤立的自我已消弭，灵魂的污垢已清除，真心的暖阳遍照生命所有时空，写作也进入了真心状态。于是，《大漠祭》如同跃出云海的朝阳从生命深处喷薄而出，同时喷出的还有《猎原》《白虎关》《西夏咒》的种子胚胎，等待日后生长成熟。

《大漠祭》之后，禅修的果实——智慧和慈悲——就成为雪漠的生命本能了，从此再也没有离开过他。回眸来路，他经历的脱胎换骨的灵魂历练，剥鳞一样惨烈的自省忏悔，梦魇一样的心灵绝境，十二年的苦行生活，所有这些恐怕都不是一般作家所能承受和坚持的。历史上禅修证境达到顶峰的修行者很多，但没有一个是写出大作品的小说家；世界上被称为大文豪的作家很多，但没有一个是以生命亲证了禅修最高境界的，从这个角度看，雪漠的确是"独一无二"的。

《大漠祭》出版后，因为批评家雷达老师的慧眼识珠和着力推荐，作品迅速为中国文坛所接受，入围了第六届茅盾文学奖，获得了第三届冯牧文学奖。雪漠一夜成名了，用《小说评论》主编李星的话说，一夜之间完成了"从小学教师到著名作家"的神话。这是雪漠的命运转折之书，但这并不仅仅意味着从此他有了"专业作家"的身份，或是"著名作家"的名号，而是说，他有了通向"大作家"的通行证。

第三章　他的写作秘密

第一节　没有了自己

一、风格的形成

《大漠祭》的完成标志着雪漠文学上的成熟。成熟，是一种气象，一种境界，也意味着形成了自己独有的风格，可以向世界展示自己的独特存在了。

在西部腾格里沙漠边的沙湾小村，一户农民的日常生活铺展出一幅自然坦荡、浑然天成、笔酣墨饱的画卷。没有突兀的败笔，没有尖锐的情绪，没有紧张的线条，没有刻意的描摹，一切都像呼吸一样自自然然，却又不松松垮垮，人物、事件、环境像写意画一样随意涂抹，却又不支离破碎，因为自然、随意、松弛中有饱满的精神和饱满的生活，它们为小说提供了巨大的整体感，就像那片大漠，一粒粒饱满的生活的沙粒被饱满的精神吹出了自由的沙脊，吹出了天然的沙丘，吹出了酣畅阔大的气象，吹出了天高地远的格局，吹出了天地间的宁静与鲜活、浑厚与尊严。

这是雪漠一直在用生命酝酿的那部真正的好作品，虽然十二年的光阴有些漫长，但十二年的成长也有着令人欣慰的飞跃。十二年，生命已被汗水浇灌成熟，三十七岁的他以一部终于践约的好作品，向世界展示属于他的风格。

此时，无我之爱已深入到他亲证的生命真谛和文学真谛的核心，他清澈的目光在宁静的注视下辉耀了现实的世俗性，照亮了他通过灵魂历练达到的文学上的深度和广度。他以消弭了自我的真心爱现实、爱世界，爱他笔下的人物、脚下的土地，爱每一个已经或将要进入他文学世界的生命，爱是写作的理由，爱是写作的激情，在他的文学世界里，无我之爱也是这样照亮一个个岁月尘风中渐行渐远的生命和灵魂。

这时的他与感知的世界没有任何隔阂了。他的真心像水融入大海一样融入世界，一种无欲无求、周遍一切的爱油然生起，这便是禅修说的慈悲。慈悲是自我消弭后无你无我的敏感体贴，是生命与生命贴心贴肺的状态，是敏锐的感知，是诗意的母体，也是作家创作激情的来源。慈悲者是宁静的，宁静者没有自己，高度宁静下的慈悲蕴含着丰富的诗意，像镜子一样透明，宁静地照出世界上的一切，照亮一切生命存在，包括人物的内心与灵魂。

这时候，作家可以自由无碍地进入他想要表达的生命时空。这时候，他就是自己笔下的人物，就是大自然，就是沙漠、就是骆驼、就是鹰、就是狼、就是老顺、就是莹儿、就是兰兰、就是灵官、就是憨头、就是猛子……就是他相遇的所有生命、所有存在。他无须刻意营造人物的语言，人物自己在说话；他无须刻意进入人物的灵魂，他就是人物，他就是灵魂的出口。这时，他的作品，便是生命本身，是无可复制的生命文本。沈从文说自己是贴着人物写，而雪漠是成为人物写，写大漠是，写狼是，写骆驼也是，写所有的人物都是。所以，他说：

> 写作的时候我并没有挖空心思去考虑语言，只有一种无
> 我的状态，完全融入到描写的对象，人物、景物、实物、场

面之中。甚至于这个时候我都没有创作或写作的概念。真正在写作的时候是没有语言的，脑子里没有文字，没有构思，只有一种巨大的诗意力量的涌动。但是我笔下的人物有语言，什么样的人物就有什么样的语言。农民就有农民的语言，凉州人就有凉州人的语言，当你进入这个人物的时候，或者你成为这个人物的时候，你必然会有这种语言。

——陈晓明主编：《揭秘〈野狐岭〉

——西部文学的自觉与自信》

（本章引文未注明出处者，皆引自此书）

二、"我"消失了

其实，在西部土生土长的雪漠，大漠的一切早已融入他的生命。农民们的心态、语言、思维已经成为血液里的东西了，他们的日常生活细节也都储存在了记忆里，何况从初中起就搜集素材、不断深入土地采访，整个河西走廊用双脚丈量过无数遍，那块土地对雪漠来说已熟悉如观自己掌纹。十二年的困顿是因为心里总想写出更好的作品，正是这分期待和渴求阻碍了生命深处的灵魂流淌，当他终于打破障碍、破除执着时，过往岁月里积累下的一切，就都变成了灵魂中的乐符，在笔端汩汩流淌而出。无须思考，无须营构，无须遣词造句，无须一切人为作意，当"我"消失的时候，笔下流淌的一切就有了"天籁的味道"。这时，他体会到了从未有过的写作的快乐：

那真是快乐，我没有了自己，没有了文字，没有了写作，没有了成功，只有一种灵魂绽放的快乐。"文思泉涌"四个字，已不足以形容那快乐了，它灵动、丰富、柔软，它让我感到，我不是自己，我跟一个巨大的存在融为一体，我在述说着它的故事，我在流淌着它的灵魂。我甚至觉得，在那些瞬间里，我就是它。如此自信的我，就有了一种自由的酣畅。我才知道，原来这就是酣畅。发明"酣畅"这个词的人，是不是也有过这样的经历？我甚至没有了快乐不快乐的概念，我就像一缕自由的风。灵魂如风。我像风那样，在虚空中跳舞，尽情地洒下我心中跳动的音符。我的笔，跟我的灵魂连在了一起，我流出的世界，显得极为饱满，而且高度真实。

天籁，快乐，自由，酣畅，流淌，没有了自己，特别是"我不是自己，我跟一个巨大的存在融为一体，我在述说着它的故事，我在流淌着它的灵魂。我甚至觉得，在那些瞬间里，我就是它"，这些描述真切道出了雪漠文学创作的独异之处，也让他的写作始终笼罩着一种不可思议的神秘气息。类似的表述在后来的创作谈中不断出现，包括他常常提到的"喷涌状态"。在一次访谈中，雪漠说：

> 我的创作有一个特点，所有的创作都是喷涌式的。《大漠祭》之后的所有作品都是文学创作上的喷涌。在《大漠祭》之前和《大漠祭》写作都是非常痛苦的，是一个非常严格的文学功底以及文学素质本身的训练过程。《大漠祭》之后这种训练就没有了，因为文学本身的东西已经变成了我的血肉，这时候就像呼吸一样，非常自然，不需要刻意地去打磨和锤炼，《大漠祭》之后的所有作品其实是在流淌着一种灵魂，流淌着不同时期的雪漠的灵魂。

不同时期的灵魂感知不同时期的生活，不同时期的生活又呈现为不同时期的风格，风格即秘密，正如台湾女作家陈玉慧评杜拉斯时所说："作家的秘密和他们的作品都很像。作家的秘密便是他们的作品风格。"（陈玉慧：《无关巴黎的雪》)

与《大漠祭》一起总括为"大漠三部曲"的《猎原》《白虎关》，

虽然都是由"老顺一家"铺展出的大漠生活画卷，但和《大漠祭》沙漠一样自然宽坦的风格不同，写祁连山脚下猎人生活的《猎原》，风格更接近于高山的感觉，有种西部大山的峻拔、内敛、收涩的味道，文字也像西部山地的猎人，精瘦、精干、精到，没有一分多余；《白虎关》的风格也如其名，漠风的干爽清新里夹杂了从塞外刮进来的铜臭味，世纪交替的时代风在大漠刮出了白虎关的淘金热，更在大漠儿女心中刮出了一道道新旧交替的心理关、灵魂关，像大漠上一座座壁立的沙丘，光明和阴影在这里博弈，狂风卷出一波波浑浊的尘沙，把人心打得疼痛而又无奈。三部作品风格略有不同，却又都和各自书写的生活浑然一体、高度一致，写大漠生活就是大漠风格，写祁连山生活就是高山风格，写新旧交替的沙湾生活就是沙丘风格，包括后来写灵魂世界的几部作品，都有灵魂如风、如梦、如幻、如戏的风格，或梦魇般虚幻荒诞（《西夏咒》），或清风般自由空灵（《西夏的苍狼》），或幻境般示现真理（《无死的金刚心》），或剧场般启迪命运（《野狐岭》）……

一句话，他写什么就是什么。

第二节　无我之爱

一、神秘性的背后

雪漠说："我写作时，没有语言，没有结构，什么都没有，只有快乐，那种变成世上万物的快乐。你写什么，就是什么，不是它控制我，而是我变成它。"

因为，对于一个已经破除了执着、消解了自我的作家而言，他与世界已经没有隔阂，他可以进入土地的灵魂，感知它的脉搏和心跳，他可以进入任何他想进入的生命时空，包括物质生活之外的精神生活。事实上，已经证得周遍一切之爱的他，他就是土地，他就是生活，他和土地、生活是没有障碍的贴心贴肺。他的写作秘密就在于，他始终能感受到深沉如海的强有力的生活，这些生活已经远远超出了物质形态的显而易见的感官层面，而隐藏于物质世界背后的精神、灵魂和生命的幽深之处，对于这个层面，一般的文学形式已远远无法表达和表现了，那么，他的文学中就会出现一种新的形式，比如书写灵魂世界的《西夏咒》《西夏的苍狼》《无死的金刚心》《野狐岭》，每一部都有新的形式——但并非技巧意义上的，而是他感知到的世界本来就是一个巨大的混沌一样的说不清的世界。这是人们总觉得雪漠作品有种神秘性的原因。

实际上，土地的幽深和性灵本身就具有神秘性，神秘的意思是说理性无法阐释、科学无法明证。从小雪漠就生活在舅舅畅半仙带来的土地性灵的神秘文化氛围里，像呼吸空气一样接受熏陶，生命中自然就有了一种说不清的神秘基因。《一个人的西部》中说：

> 西部盛行神秘文化，因为老百姓相信它，觉得它有用。所以，精通神秘文化的二舅舅，就一直很受村里人的敬重。人们叫他畅半仙。就是说，在人们眼里，他能顶得上半个神仙。村里一旦有人想知道点啥，或者生了怪病，就会找二舅舅打卦、治病。比如，村里人丢了东西时，总会请二舅舅帮忙，二舅舅就会画上一张符，贴在擀面杖上，然后把擀面杖立在门后，念一阵咒子，让门神和土地神帮着找。怪的是，一般情况下，都能找得到。有一次，邻村有人丢了抽水机的电机，二舅舅就是这样帮他找回来的。如果念一次咒子找不到，二舅舅就会把擀面杖倒过来，再念一次。治病时，二舅舅用的也是这种功夫，他会先给来人算上一卦，看看对方是不是被哪个鬼冲了，再找对治之法。这种方法很像神婆的禳解，可二舅舅说，他的东西跟神婆的东西有本质上的区别，因为他有本草，也就是经典。他所说的经典，后来给了我。

"本草"即是一块土地上的精魂，集幽深和性灵、混沌和神秘于一身，说不清道不明，不可思议却又真实存在于民间，且为人们所信用。本草里记载的民间佛道文化，包括《野狐岭》写的招魂现象，在西部民间都很常见。《大漠祭》里祭神的表文，《西夏咒》里瘸拐大活剥人皮时念的止血咒，雪羽儿背着老母亲进老山时念的禁野兽的咒子，这些都来自舅舅的本草。对雪漠来说，从小耳濡目染的神秘文化就像是一种童子功，如呼吸一样正常，这也让他后来接触佛道文化与禅修时很容易深入其中，很容易领会其精髓。

很多超出眼睛和感官之外的存在都是理性无法说清的，但不能简单说就是迷信，因为它不是编造出来的，它确实存在于大自然，存在于土地的幽深处。而且是那么鲜活，涌动着深厚的力量，就像肥沃的黑色土壤一样，神秘而泛着灵性的光泽。当作家感受到它的时候，他熟悉的生活就会受到冲击，他固有的手法无法表现，只好用一种新的形式让它诞生。但他不是把它表现出来，因为理性无法表现它，他只是把它呈现出来、流淌出来。《西夏咒》《西夏的苍狼》《无死的金刚心》《野狐岭》都是这样诞生的。

在接受新疆石河子大学副教授张凡采访时雪漠说：

> 感知到的世界，它不是一种思维的东西，而是生命的一种能量的喷涌，是一种智慧的显现，是一种说不清道不明汹涌而来的一种东西，它出现在我的生命中。就是说，当我们每个人汲取了土地的营养，并且有一种巨大的包容心的时候，这时候各种人类存在的信息和能量都会在我们的生命中出现一种纠结不清的东西。托尔斯泰是这样，陀思妥耶夫斯基也这样。他们的纠结是因为不同的能量、不同的世界在他的生命中奔涌冲突。

对于这个感知到的说不清道不明的世界，雪漠不是在临摹，也不是在表现，而是在呈现，或者说创造——因为他呈现的世界是一般作家难以进入、难以感知的，因而在现有文学世界里是一种陌生——事实上，他也不是在创造，因为那个世界本来就存在于他的生命中了，它不是他的理性认知，而是感性的直观呈现，它和他是一体的，他只是作为母体和出口，以写作的方式让它"本来如此"地流淌出来而已，所以，他总是"写什么是什么"。更多的时候也不仅仅是流淌，当那个"本来如此"的世界在他生命内部发酵、饱满到极致时，就会像火山岩浆涌动、翻腾到一个爆发点一样，不可阻挡地喷涌而出。雪漠说："这个时候的写作者脑中是没有字的，更不要说技巧了，甚至写作者自己也消失了，他只是一个让海水汹涌而出的出口。"

二、感受土地的脉搏

从进入土地的灵魂、感知强有力的生活到"本来如此"的世界发酵至极点而像火山一样喷发，这几乎是雪漠每一部作品的诞生过程。《野狐岭》出版后，在上海思南读书会上回答读者提问时，雪漠曾这样总结他的创作过程：

> 我一般写一个作品的时候，对于一块土地的了解，必须有几个方面。第一个方面就是首先了解跟这块土地有关的所有的文字资料，包括历史的、现实的。历史的包括一些地方志之类的，甚至一些笔记类的记载。文字的，对于一个地方的了解，所有的文字能够收集到的我都会了解。第二，一定要寻找到这块土地上讲故事的人，如果你找到这个讲故事的人之后，那么这块土地很多东西就活了。这个讲故事的人，可能是一个，或者很多个，这个讲故事的人找到之后，他们的很多东西其实不是文字记载的，而是一种集体无意识，就

是一代一代的人流传下来的，一些群体记忆的东西，这是非常有价值的。很多作家可能就是因为这个原因，没有找到这个人，所以说他的东西缺乏一种鲜活和厚重。找到这个之后，不止一个，对无数的讲故事的人进行采访，采访的过程有时候很漫长，有时候长达十多年。《野狐岭》在漫长的几十年中间，我一直在积累相关的故事，寻找这些人。这个过程很漫长。然后紧接着第三步，就是去生活的那个地方，这个也很漫长。像写《野狐岭》的时候，我在二十多岁的时候就到齐飞卿的那个村庄上当老师，后来有意识地会在一个地方住很长时间。比如前年写甘南的一个小说，就在甘南的一个村庄住过半年。我的意思就是，用你的心去感受这块土地的脉搏。经过这三个阶段之后，你的作品，你可能对这块土地的历史也罢，现实也罢，就有了一种资料，这时候是资料还不是作品，因为作品要经过一个非常重要的灵魂的发酵的过程，找到一个激活的像核反应堆一样的那个点，这个点找到之后，当核反应饱满到一定的时候，它自然会爆发出来。这个时候作家不需要编什么故事，因为所有的人物都活了，所有的故事都向你涌来，这时候所有的人都是活的，这时候你好像一个母亲怀了孩子，经过十月怀胎必须生下来，这时候你没办法遏制的。我的所有创作就是这样，都要通过那三个阶段，以及最后的那种核反应堆一样的裂变。我说的这种最后的核反应，其实是用你的人生境界和智慧，把得到的那些东西全部打碎，变成你自己的营养的一个过程。这么多营养在你生命中汹涌，像《黄河大合唱》那样，会出现一种惊涛拍岸的东西。

"用你的心去感受这块土地的脉搏"，这是一种爱。对土地热爱、深爱、挚爱，才能在十几年甚至几十年的漫长时间里，千方百计搜集资料，寻找土地上讲故事的人，进入土地体验生活，把对土地一步步的深入了解和体验化为滋养作品的营养，成长自己、成长作品。这很像是母亲孕育小孩，雪漠这样比附："作家作为一个母亲，只是为她的孩子提供营养。至于孩子长什么样子，是单眼皮？双眼皮？是否长胡子？她没有办法去设计肚子里的孩子，甚至她不能确定自己的孩子是男是女。她所做的就是给孩子一种营养，给孩子一种健康的环境，让自己拥有最佳的生存状态。在这种情况下，还有就是让自己这个本体变得更伟大，不是一个小老鼠，不是一个小作家，让自己尽量地博大，生下一个大孩子。"

雪漠所有的小说都有漫长的成长期。《大漠祭》《猎原》《白虎关》，包括后来的《西夏咒》《西夏的苍狼》《无死的金刚心》《野狐岭》，在他为文之初的三十多年前，它们的种子、胚胎就都已经出现了，只是成长期不同，果实形态各异，且都不可掌控，不可预期，如他所说："我的所有的作品就像我的孩子一样，在孕育的过程中并不知道它什么时候出生，但成熟的时候就没有办法控制它的出生。"

《西夏咒》的成长期用了十年，有几次完全是重写，第一次重写是 2003 年 8 月在甘南挂职时，雪漠在藏地待了一年，采访、考察、搜集了那块土地上的大量素材，比如刘家峡山洞的传说、唐盘巴的传说、天女习俗、点酥油灯习俗、人头骨人皮鼓制法等，加上原有的凉州女飞贼贺玉儿的传说、舅舅和吴乃旦师父的神秘文化等，又经过几年时间的发酵、重写，才于 2010 年写成出版。

《野狐岭》的雏形出现更早、成长期更长。1983 年，二十岁的雪漠在北安小学教书时就想写凉州英雄齐飞卿的故事。北安小学所在地是齐飞卿的家乡，他一边采访一边写，两年后完成了十多万字的小说《风卷西凉道》，这是他真正的处女作，比 1988 年发表的《长烟落日处》更早。后来的几年里，他又深入西部，采访了马家驼队的子孙和当时健在的许多驼把式，了解到关于驼道、驼场的一切，在骆队、驼把式甚至骆驼都要从那块土地上消失之前，抢救出一批珍贵的一手资料，加上 2009 年移居岭南后搜集的木鱼歌资料，经过几年发酵，直到 2013 年五十岁时才完成《野狐岭》初稿，又经过两次大的修改后于 2014 年写成出版。

每一部小说创作前，雪漠都要花很长时间深入土地采访和体验。写《大漠祭》之前，他总去沙漠里待着，直到完全熟悉了沙漠生活；写《猎原》时，就常常跟猎人们泡在一起，得到他们的信任，甚至得到很多猎人们的"不传之秘"；写《白虎关》的时候，他去采访了沙漠盐池，又在淘金的双龙沟住了一段时间，跟沙娃们打成一片。

正是从土地上采集的故事、素材、传说，赋予作品肥沃而独特的养分。《西夏咒》的神秘民俗、隐秘历史，《野狐岭》的驼队生活、招魂现象，《大漠祭》的接鹰、放鹰、捋黄毛柴、猎狐等大漠生活，《猎原》的"与狼共存"的猎人生活，《白虎关》的盐池生活和沙娃淘金，《西夏的苍狼》的黑水国、黑喇嘛的传说等，都是历史记忆和现实生活在一块土地上沉淀下来的精魂，有着独一无二、不可再生、不可替代的价值。日后当这些生活、这些记忆在那块土地上消失时，人们就只能从雪漠的小说里去寻找了，这也是雪漠一直说的"定格"的意义。写作的理由之一便是定格，定格大地上即将消失的存在，生活、文化、生命、记忆，以及灵魂。

所以，《大漠祭》完成时，雪漠说："我认为文学的真正价值，就是忠实地记录一代'人'的生活，告诉当代，告诉世界，甚至告诉历史，在某个历史时期，有一代人曾这样活着。"《猎原》完成时，他又说："我的写作很简单，概而言之不过两点，一是：当人类日渐陷入狭小、热恼、贪婪、嗔恨时，希望真正的文学，应该能为我们带来清凉；另一个就是，即将消失的时代定格下来。"《白虎关》完成时，他在开篇写下题记说："当一个时代飞速消失的时候，我抢回了几撮灵魂的碎屑。"

实际上，像大地一样包容的定格意识本质是一种慈悲、一种博爱。正因为爱，所以才会珍惜、痛惜，才会用生命去跟时间赛跑，去奋力抢救大地上一天天消失的存在，才会像大地托起一切生命的悲欣一样，定格存在的驳杂与丰富。当雪漠将抢救下来的这些独特而饱满的土地精魂写入作品时，识货者就会惊呼："雪漠写的别人写不了！"《大漠祭》出版后，曾经有几个南方作家感慨说："我们写的，大家都知道，雪漠写的，只有他知道。"也有作家说："雪漠能写出《大漠祭》那样的小说，是因为他经历过一段不一样的生活，我们没有那样的经历，所以我们写不出那样饱满的生活。"（雪漠：《一个人的西部》）他们说对了一半。

的确，都市生活千篇一律，乡土生活独一无二；都市的灵魂干瘪扁平，土地的精魂饱满深厚。所以雪漠常年远离都市、深入土地采访，像拾麦穗者一样躬身田野，捡拾被遗忘在大地上的一串串精彩、饱满的生活麦穗，咀嚼消化后输送给作品滋养它长大，将来诞生的作品自然有着独特的基因、独特的骨血。但还不仅仅如此，更重要的是爱。爱土地、爱生活、爱文学，这份爱是不带任何功利的，不是为了什么，而是纯粹、无我的爱。拾麦穗者不但要亲自到田野里去，还要有发现的眼睛——发现也是源于爱，不然面对独一无二的素材也会视若无睹。作家的爱，是要用自己的灵魂去碰撞土地的灵魂，用自己的心去感知土地的脉搏、心跳，去体贴生活背后涌动的人心和灵魂的骚动，而不是浮光掠影、照猫画虎地把资料填充进作品。

所以，《新疆爷》虽然没有写多么独特的生活，那个普普通通的卖果子的孤独老人却那么鲜活、饱满、独一无二地站在了读者面前，因为他诞生于作家的爱。无我的爱让作家发现一个平凡卑微的小人物无欲无求的心灵；无我的爱让作家读懂为爱守候一生的老人无怨无悔的灵魂；无我的爱拨开琐屑、微贱的生存，让老人超然、高贵的灵魂照亮了作品，感动了读者。无我之爱才是"雪漠写的别人写不了"的真实秘密所在。

三、灵魂发酵的过程

在漫长的深入土地、感知强有力的生活之后，要把搜集的素材转化为作品，还需要经过一个"非常重要的灵魂的发酵的过程"。

当作家破除执着、消解自我、灵魂像大海一样博大时，便能以宽广、无我的爱包容、呈现一切存在，如同水渗入土地后与土地融合为一，在浑然一体中发酵。这个过程也有点像核反应堆——作家的生命境界和土地的精魂在混合发酵中不断裂变，作品在裂变中日益饱满、成熟，终于在一个激活核反应的爆点，火山爆发一样喷涌而出。

而这最终使作品诞生的爆点是什么呢？它像是人们常说的灵感，也是雪漠常说的一种诗意的、涌动的力量。它也许是土地本有的诗意、本有的爱，是被作家无我的爱激活、点燃的土地精魂的爱，当这两种爱相应相和达到浑然一体时，就会在某个极点，以文字的方式流淌出爱的果实。

所以，如果说作家是爱的母体、作品是爱的果实，灵感就是爱的相应、爱的激活。只有当作家全然放下自我时，才能以无我的爱与大地本有的爱相应，激活生命的积淀，使之转化为作品。整个过程，生命积淀固然重要，但激活生命积淀的无我之爱才是根本、才是关键，它才是雪漠创作的核心——它的另一个名字叫：慈悲。

实际上，《长烟落日处》这件最初作品的诞生，就透露了雪漠写作的玄机，如同灵光乍现的一道闪电，照亮了他未来的写作秘密。当时雪漠白天上课，晚上写作，一到晚上坐在书桌前，就被一种浓浓的感觉裹挟，文字就自然而然地流出来了。流了一个多礼拜，就成了一个中篇。但此后这股浓浓的感觉便消失了，他再也写不出这么好的作品了。为了等待它的出现，雪漠每天凌晨三点起来，坐在书桌前静静地等，一等就是五年。

起初的等待没有明确的"灵感"概念，更没有"灵魂发酵"和

"激活核反应"的意识，也不知道那种浓浓的感觉其实就是大自然本有的诗意、本有的爱。后来当雪漠把禅修跟等待结合起来，一边修一边等，浓浓的感觉就时不时又回来了，于是在灵魂流淌状态下，写出了《入窍》《新疆爷》《掘坟》《丈夫》等短篇小说。雪漠意识到这就是所谓的灵感。每当它降临时，他都感觉被一种巨大的力量笼罩着，好像是这股力量在参与写作。后来他发现，这股力量与禅修有着密切的关系。就像在武威师范读书时，坚持禅修学习效率就很好，不禅修学习状态就非常糟糕，这股力量也是随着禅修的进步而日益显露它的存在。

其实，禅修的本质就是要战胜自我、破除执着、亲证"无缘大慈，同体大悲"的无我之爱，这股力量也与执着的破除、自我的消弭、慈悲的显发有密切关系。当雪漠三十岁时放下文学、破除生命中最大执着，三十二岁更在禅修上实现飞跃后，横亘在"我"与世界之间的障碍彻底打碎了，"我"与世界没有隔阂，"我"不是自己，"我"其实是"无我"，"我跟一个巨大的存在融为一体"，也跟那神秘的诗意存在融为一体了。这时，每当写作时，那股力量就汹涌而来，笔端就流淌出似乎早已鲜活存在的作品。

四、神秘力量

不过刚开始的时候，这种"融为一体"的状态还不稳定，因为禅者破除执着后还有习气干扰，就像尿桶倒干净尿液后还有余味残留，禅者需要继续修炼、清除习气，直到余味全部清洗干净。这个清除习气的过程，正是写作《大漠祭》的七年。

写《大漠祭》的时候，雪漠仍是一边禅修一边写作。神秘力量降临时，就在它的笼罩下汩汩滔滔地喷涌；神秘力量走了，就禅修，一禅修，神秘力量又回来了，于是接着喷涌。《大漠祭》写完之后，2001年写《猎原》时，他可以驾驭文字的饱满和喷涌了，2008年写完《白虎关》之后，他就完全地和这股力量打成一片、相融合了。

此后，这股力量一直伴随着雪漠，再也没有离开。除非有一种功利性的因素，比如想写畅销书，就会干扰破坏它，否则它与他永远是一体的。任何时候，不论写作还是对话、演讲，雪漠都不需要准备，文字和讲话自然而然就流淌出来，所以他在任何时候、任何场合都可以出口成章。比如，2009 年 11 月在法国参加中法文学论坛时，翻译本来已经译好一篇文章想让雪漠照着念，但开场时又说可以不按稿子念，直接讲，雪漠就把稿子扔在一边。这时，那股巨大的力量瞬间涌来，像写作时一样，他成了一个核反应的出口，喷涌而出的便是那篇《文学与灵性》的主题演讲。

这股巨大的、涌动的、诗意的、神秘的力量究竟是什么？科学以暗物质、暗能量指代，文学以灵感、神性、文学女神称呼，虽然都是一些勉为其难的命名，但在雪漠眼中，它并非虚幻的主观臆想，而是实实在在的存在。"这是作家对生活非常熟悉、对描写对象的情感非常饱满之后的一种爆发状态。其实，这是一种大爱的力量、诗意的力量，是土地孕育的一种力量。它可以让一个作家产生这种力量，不是多么地神秘。比如，巴金写作《家》《春》《秋》的时候，也是这样的，他心中的那个世界已经活了。"

明明白白地感知这股力量存在的雪漠，常以"巨大的神秘力量""高于人类的巨大存在""大自然本有的诗意存在""涌动的诗意的力量"等说法称呼它，在他看来，它的本质，就是一种大爱的力量。只是，对于一般作家来说，这股力量或说灵感是无迹可寻、不可捉摸、无法预期的。你不知道它什么时候光顾、什么时候消失，它不是招之即来挥之即去的，它的降临和离去都在理性之外，它不属于作家自身，而是文学女神对作家不期而遇的眷顾。就像雪漠写《大漠祭》之前的状态，它的到来总是不期而至。但对于《大漠祭》之后的雪漠来说，已经战胜了自我、破除了执着、证得了无我之爱的他，就和自然本有的大爱力量融为一体了。此时，他就是灵感，灵感就是他，灵感并不外在于他，而是无你无我，无内无外，无相遇无别离，无附体无被附体，无倏忽而至无倏忽离开。他们是无隔阂的一体，无障碍的共振，无分离的相应。

所以，雪漠说："我写小说和一般作家有不太一样的地方。其他作家，可能更多的是构思、解构某些东西，而我写的时候，更多的是感受到一个世界。感受到这个世界之后，生命中就会产生一种涌动的、诗意的力量，促使我把这个写出来。写的时候，像火山一样喷涌。"

五、喷涌式写作

毫无疑问，喷涌式写作最典型的要数《西夏咒》，三十多万字的作品，整个都是由内而外喷涌而成。前面说过，《西夏咒》与《大漠祭》《猎原》《白虎关》在同一时期诞生雏形，2000年《大漠祭》出版时，《猎原》《白虎关》《西夏咒》的初稿都已经完成。但《西夏咒》经过十年搜集素材、几次重写的漫长孕育后，才发酵到呼之欲出的饱满状态。

据雪漠在《西夏咒》后记描述，2007年的某个中午，他正和妻子在街上走着的时候，突然感受到来自西夏文化的巨大灵性，一股巨大的力量海水一样涌来，心中有种想唱歌的陶醉，唱出的内容就是小说的开头："出了西部最大的都城长安，沿丝绸之路，继续西行，你就会看到一位唐朝诗人。千年了，他总在吟唱大家熟悉的歌：'黄河远上白云间，一片孤城万仞山。'那孤城，叫凉州。那山，自然是祁连山了，匈奴话叫天山。两千多年前，一个叫霍去病的人，惹出了匈奴汉子的搅天哭声……"

小说里大段的内容，在唱的时候就自己流出来了。雪漠赶快回家打开电脑打字，打字的时候内心始终有一种快乐、陶醉，激情喷涌，身不由己，不可遏制，吃饭都顾不过来。于是妻子就在一旁削苹果，一口一口喂他，最早的十多万字就是这样喷出来的。他说："在那种状态下，我的脑子里是没有字的，我只是让那个本有的巨大存在从笔下流出来而已，就像让海水汹涌而出的一个出口。这时，我自己也消失了。"

喷涌状态既是狂欢，也是宁静，因为自我消失时的无我状态是高度宁静的，高度宁静之中又有一种巨大的诗意，巨大的诗意带来巨大的狂欢，他的指头在键盘上跳舞，全身的肉也嘣嘣地跳，他就在那种狂欢与宁静并存的快乐中喷涌出了《西夏咒》。

如果说《西夏咒》整个是灵感的喷涌，到《野狐岭》时，雪漠甚至可以控制和干预灵感的喷涌了。他故意中断骆驼和骆驼客们的灵魂流淌，阻碍黄煞神、褐狮子、俏寡妇们的生命述说，加入作家自己的述说。所以，《野狐岭》的写作，标志着雪漠文学已进入随心所欲、幻变自如的阶段。此前的《大漠祭》《猎原》《白虎关》《西夏咒》《西夏的苍狼》《无死的金刚心》，都是纯粹的灵魂喷涌，完全是在灵感激活下的核反应爆发，完全不考虑读者与世界的反应，而《野狐岭》开始考虑读者和世界了，作家开始从完全被灵感控制的不由自主、不可遏制的喷涌式写作状态中抽离，尝试一种幻变术——雪漠称之为"玩"——其实是一种灵魂自由飞翔的状态。

《野狐岭》中，作家像是一个飘浮于灵魂剧场上空的巨大灵魂，俯瞰百年驼队里那些骆驼客、那些骆驼、那些驼场、那些恩怨情仇、那些革命大事、那些黄沙中的覆灭、那些末日里的救赎。时不时，他降落剧场，自由穿梭于人物之间，或埋伏线索，或打断讲述，或插科打诨，或颠倒顺序，把浑然一体、酣畅淋漓的喷涌故意幻变为碎片化的无序喧哗。这是雪漠创作出现的新状态，预示着未来无限的可能性。

第三节　真心写作

一、智慧性写作

有人把这种自我消解后的喷涌式写作称为自性写作——自性流淌的写作，自性也即真心——而雪漠称之为智慧性写作、真心写作。

正如宁静的水面蕴含幽深的世界，流动的河水却找不到这种世界，当作家完全消除自我欲求达到无我时，他一直处在破除执着的澄明之境里，心中没有任何杂念，永远是灵光显现的宁静，在这种高度宁静的状态下，便有一种饱满的诗意从生命深处涌动出来。这时，他与土地、自然、生活、人物达到一种天衣无缝的浑融，他的写作便超越了一般意义上的写作，而是一种非功利状态下的心灵飞翔，一种自我消弭时的智慧喷涌，一种破除执着后的自性流淌，一种享受生命本有的大爱之乐。这便是真心写作。

真心写作的前提是作家首先进行灵魂历练，破除执着，让生命本有的真心显发，让慈悲和智慧辉耀所有生命时空。这时候，作家的真心就是他生命中的太阳，写作和作品都是这颗太阳照耀下的生生不息。他像阳光一样，以无限的纯真、透明照射出无限的复杂、饱满；他仿佛是无色无味的透明出口，那些围绕自我轴心旋转的命运磨盘上的苦恼人生，那些高度复杂的人性纠结，那些形形色色的灵魂喧嚣，那些无穷无尽的命运故事，都在周遍一切的无我之爱的宁静、透明中喷涌出浑然天成的文学果实。

所以，伟大作品的秘密正是基于作家的灵魂修炼。因为，只有清凉的生命才能写出清凉的作品，只有亲证了慈悲和智慧的人才能给别人带来慈悲和智慧。作家的境界和作品的境界是高度合一的，如果不合一，要么是不诚实，要么是作秀。对此，雪漠自己也有明晰的总结："我的小说创作有一种神秘性，这个神秘性在于，我在文学上的探索主要是人格修炼，因为除了这个本体之外，别的就是在玩花招了。真正的创新，是一种从内到外的变化，而不是技巧上的变化，你必须有内功，就像独孤九剑必须配合紫霞神功一样，金庸武侠小说中说过，内外功必须合二为一才是高手。所以，我更多的时候是充实自己、完善自己，以一种传统的禅修让自己变得真是那样，而不是貌似那样，真的证得那个东西，而不是看起来像。看起来像的，有时就变成骗子了。"

通过灵魂修炼破除执着，达到自我消失的无我状态时，慈悲和智慧就会显发，作家就可以感受到一个大海一样广博的存在，这是作家的内功修炼；而通过长期深入土地采访、感知深沉如海的强有力的生活，吸收土地的精魂和生活的营养，这些可谓作家的外功修炼。当内外功夫相融发酵，饱满到极致的时候，博大而深厚的作品自然就从作家生命深处喷涌出来，这样的作品气象自然高远，境界也必然高蹈。

所以雪漠常说：作家就像一个母体，他其实知道肚子里有什么样的孩子。怀着狮子的，肯定能生下狮子。但只有当自己是狮子时，才可能怀上狮子，如果自己是老鼠，就永远生不下狮子。"要想生出狮子，你就得首先让自己变成狮子。那么你生下的孩子，才可能具有狮子的力量。"

很多作家不能进入真心写作的原因，在于他还没有让自己成为狮子，因为自我的执着和其他一些功利的原因，把自己跟土地、生活隔开了，跟世界隔开了，跟高于人类的诗意存在隔开了。他是在用自我的小心思写作，而不是先让自我消失，让自己成为大海。如同一个杯子只能晃出杯子里的水，却无论如何摇晃也晃不出大海，作家只有自己成为大海，他才能流出大海。伟大文学的秘密，就是先让作家自己成为大海。

二、天籁说与附体说

在 2010 年中国作协举办的《白虎关》《西夏咒》研讨会上，批评家们因为《西夏咒》发生了争执。雪漠说他写的是天籁之作："我写的时候，就让它完全自由地喷涌出来，最后就成了大家看到的样子。我不是在故弄玄虚，而是它本来就那样，我只是让它从灵魂中流淌出来。"

但天籁说立刻引起其中一位批评家的讥讽，而另一位批评家则认为作家说自己的作品是天籁，这是一种自信，也是一种可爱，更是一

个事实，这位批评家就是北大中文系教授陈晓明老师。他不但读出了
《西夏咒》的天籁韵味，还敏感地捕捉到了文字背后那股巨大的狂欢
的力量，他说："《西夏咒》的叙述几乎进入迷狂状态，被一股自发的
力量任性地推动。"他称《西夏咒》的写作为"附体的写作"：

> 《西夏咒》确实是一部奇特的极端之书，它要写出一个
> 受尽磨难的西夏，那里容纳了那么多的对善良的渴望，对平
> 安的祈求，但却是被罪恶、丑陋、阴险、凶残所覆盖。历史
> 如同碎片涌溢出来，那个叙述人，或者阿甲，或者雪漠，只
> 有如幽灵一般去俯视那样的大地，去追踪那些无尽的亡灵，
> 去审视掂量那些大悲大恸之事相，他如何写作？只有附体的
> 写作——他如神灵般附体于他书写的历史、故事与事相上；
> 他也是被附体的写作——如某个魂灵附着他的身上，那是阿
> 甲、琼或是什么一直未显身、未给出名分的哪个魂灵附着他
> 的身体上。如此附体的写作才有灵知通感，才有他在时空中
> 的穿越，才有文本如此随心所欲的穿插拼贴，才有文本的自
> 由变异与表演。
>
> ——陈晓明：《文本如何自由：从文化到宗教——从雪
> 漠的〈西夏咒〉谈起》（《人文杂志》2011年第4期）

附体的写作现象在文学创作中并不鲜见，巴金写《家》《春》
《秋》的时候，郭沫若写《女神》的时候，狄更斯写《艰难时世》的
时候，都称自己如魔鬼附体。雪漠也说写《西夏咒》《野狐岭》的时
候，那种喷涌状态有种鬼魂附体的感觉，仿佛大自然中有一股非常神
秘的力量在参与创作，"巨大的力量逼着你写，文字背后有一种奇怪
的东西，有一种涌动的力量存在"。他说："在我的创作中，我明明白
白地知道有这样一种力量。"

不过，雪漠以生命感知到的这种称之为神性或灵感的力量，在文

学领域还缺乏研究，文学研究更注重概念、理论、技巧和流派，却很少关注作家创作时的感性和感知。对此，雪漠自己借用科学解释说："科学也在关注这种神秘的力量，或被称为暗物质、暗能量。大自然中有让人类从自身之外关注的一种生命的力量，在过去也有人称之为灵感，或说神性。那这灵感来自于哪里？它不仅来自于作家本身，还来自于外界，可能有一种我们目前尚未弄清楚的存在，影响并参与作家的创作。换句话说，除了作家自身的内因之外，必然还有一种外因的存在，但这种体验一直没有得到批评界的关注，甚至说认可。"

因为，这种体验本来就高于批评。体验是无法被批评的，只能被感知、被理解。除非研究者也像雪漠一样进行灵魂修炼，达到自我消解的无我状态，才能亲身检验这种力量的存在，否则，他只能隔着玻璃触摸窗外的雪花，或是透过窗户感受阳光的温暖。他也可以提出一些想象、假设进行类比，比如用量子纠缠、暗物质、暗能量等科学理论来类比，但所有的类比都无法替代亲证，所有的假设都无法替代亲见，所有的想象都无法替代亲尝。就像听别人描述茶味跟自己品茶是两回事一样，除非亲自品过这种茶，才能真正说出茶滋味——但这种说出也是一种勉强，因为语言是无法完全复现体验的，批评和研究也无法真正阐释那些在现有理论、概念之外的生命体验。所以，要读懂和研究雪漠这样的作家，研究者可能也要对自己提出新的标准和要求。

北大教授陈晓明老师是最先感知到《西夏咒》文字背后那股力量的批评家，而且敏锐抓住了那股力量的特点：迷狂、自发、任性、跨界、自由、通感、灵知，也敏锐读出了高度宁静下灵魂喷涌带来的那种真实而又虚幻、虚幻而又真实的阅读感觉。尤其他说的"附体的写作"，其实更主要指作者本人像灵魂附体一样附着在他要表现的对象身上，与表现对象混融一体，而不仅仅是被附体——作者被某个叙述幽灵附体。因为无论是阿甲、琼还是"我"的叙述，都是作者雪漠的灵魂流淌，就像多棱水晶，是作家生命的不同切面，所以作家并不是被叙述幽灵附体，叙述幽灵本就是作家的不同人格。作家像灵魂一样附着于大地这一说法无疑更切合雪漠的写作状态。

在后来的一次作品研读课上，陈晓明老师的博士生丛治辰也敏锐捕捉到了《西夏咒》中的神性存在，他把《西夏咒》称为神品——由神性存在流淌出来的作品。在中国古典诗学里，神品代表着文学的最高境界。神品即是文学世界里的天籁，和自然界的天籁一样，诞生于生命本有的诗意，诞生于作家与大自然本有诗意（也即神性存在）的相应相和。神品非附体，而是作家生命与自然本有诗意的浑然一体；神品非人为，而是作家自我消失后无我状态下与自然本有诗意的共振。

三、浑然天成

《西夏咒》的形式感、叙述方式与之前的《大漠祭》《猎原》《白虎关》完全不同，但雪漠认为，它们都是他的天成之作。他总强调《西夏咒》的形式感并非技巧上的探索，而是自己对世界的感知，他感知到的世界本来如此，他不过是把一件天成之作原封不动地展示出来而已："《西夏咒》的呈现，是作家创作达到了一种境界，内心世界以及情感达到非常饱满状态的时候，自己就会喷涌出来的东西。我写出来之后，大家都觉得是现代派的，是先锋派的东西。但我写的时候，只是感受到一个巨大的存在，巨大的一个混沌的存在，有说不清的很多东西，当它一起向你涌来的时候，从你笔下喷涌而出的时候，这时候根本没有概念，也没有主义。这时候，任何主义套不住这个鲜活的东西，更不能用诸多概念性的东西把鲜活的生命扼杀。"

《西夏咒》和《大漠祭》《猎原》《白虎关》尽管同一时期播种，日后长出的果实却完全不一样，原因在于漫长的进入土地、感知生活的过程，以及随着步步深入土地、不断丰富感知，生命的各种积淀不断混合发酵，就会形成不同形式、不同风格的果实。但这些不同并非技巧层面的刻意为之，而是本来如此，就像火山喷发后，掉落的岩浆自然会凝固成不同形态，经过灵魂发酵的世界也是内容和形式高度统一的浑然天成。

雪漠说："我的写作，不是一种刻意的造作，没有作家所谓的构思和技巧，只有灵魂在流淌，在喷涌。因为我写作的时候，实质上自己和大自然是一体的，达成一种共振。"这种一体共振的状态，注定雪漠的写作与苦心孤诣的机心营构无关，与流行的技巧观念无关，也注定他的作品远离了机心、造作、概念、功利，而纯粹是天成之作。

为文三十多年，雪漠的每一部作品都可以说是文学岩浆喷涌而出、自然流淌出来的——《大漠祭》《猎原》《白虎关》《西夏咒》《西夏的苍狼》《无死的金刚心》《野狐岭》，没有一件重样，没有一件可以复制，没有一件可以重新再写，因为它们都是某次不期而遇的灵魂喷涌，无迹可寻，不可理喻，不可复制，无可替代，这样的作品，不是天籁，又是什么呢？

尤其一些饱满酣畅的华章，更是天作之绝笔。如《大漠祭》的憨头之死，《猎原》的母狼灰儿，《白虎关》的兰兰莹儿遭遇豺狗子，《西夏的苍狼》的白轻衣的灵魂倾诉，《无死的金刚心》的魔桶生活和秘密相遇，《野狐岭》的驼斗、骆驼客生活，《西夏咒》的煮食雪羽妈、深夜的蚕豆声、骑木驴、遛皮子——其实《西夏咒》全书都是饱满喷涌之作。

这样的天籁，你在贝多芬、莫扎特、瓦格纳的音乐里可以找到它，在歌德《浮士德》、但丁《神曲》、尼采《查拉斯图拉如是说》、乔伊斯《尤利西斯》里可以找到它，在托尔斯泰、陀思妥耶夫斯基、狄更斯、巴金的作品里可以找到它。和雪漠同时代的作家里，莫言的《食草家族》《生死疲劳》、王蒙的《闷与狂》、阿来的《尘埃落定》、高行健的《灵山》、阎连科的《坚硬如水》《四书》里也有它的踪迹。

浑然天成的作品，潮流无法归纳它，命名无法界定它，理论无法评判它。如果要将它们拽入历史，文学之神须独独为它们敞开一道言说之门，里面安放的是那些无法被概念、理论和潮流收编命名的文学作品，甚至也无法用小说、散文、诗歌这些分门别类的学科之名去分割。《西夏咒》《野狐岭》的形式都无法用现有概念去分析，"本土的先锋""挑战阅读经验"等只是对新奇、惊异的阅读感受的模糊表达，它们显示的文学经验远在现有的话语体系之外，需要全新的标准。

实际上，对于灵魂喷涌的天成之作，理性的分析和理论解读是无力的，它们等待的其实不是分析和解读，而是生命的相遇，就像自然界的天籁，它们等待的不是批评和研究，而是一个个生命真切的聆听。

第四章　他的文学世界：大漠三部曲

第一节　慈悲的河床

在宁静、深沉、博大的慈悲的河床上，大河滔滔，时而惊涛骇浪，时而潺潺涓流，时而激流盘旋，时而跃出浪花。《大漠祭》《猎原》《白虎关》《西夏咒》《西夏的苍狼》《无死的金刚心》《野狐岭》，别样的风景闪耀着一样的光泽，不同的浪花散发着同样的气息。所有的差异都具有同一性，所有的果实都飘散着质朴的芬芳，所有的丰富都过滤为单纯，所有的喷涌都结晶为宁静，所有的复杂都提纯为天真，所有的纠结都释放为坦然，所有的苦难都升华为微笑，所有的罪恶都宽谅为怜悯，所有的梦境都清醒为真理……

这是慈悲提供的无边的整体性，无边不但意味着无限与永恒，无边还意味着没有边界与隔阂，无边是最广大也最精微，无边是包容一切的体贴入微，像阳光、空气、水、呼吸，无处不在的透明。这是世界的整体性，也是生命的整体性，这是慈悲，慈悲是生命对生命的体贴敏感，慈悲是无你无我的贴心贴肺，慈悲是对世界无条件的爱，慈悲是对生活巨大的感受力，慈悲是对风一样吹过的生命痕迹的定格，慈悲是对纷繁复杂人生的宁静观照，慈悲是对人性纠结命运磨难的关怀，慈悲是"在你的病里疼痛我自己"，慈悲是"为了你不被迷失，我只好迷失我自己"（雪漠：《拜月的狐儿》）。慈悲是雪漠的生命境界，慈悲也是雪漠文学的境界呈现。当慈悲成为他的生命本能，他的每一部作品都是慈悲的境界呈现。

世界不是因为飞机高铁火箭宇宙飞船的发明而变得辽阔和真实，世界是因为慈悲而变得辽阔和真实。慈悲可以超越所有界限，人和人的界限，人和动物的界限，人和自然的界限，人和死亡的界限，人和地狱的界限……慈悲可以自由无碍地进入任何人物、任何事物、任何时空，和世界各个角落的生命贴心贴肺，呼吸它们的呼吸，疼痛它们的疼痛，叹息它们的叹息，孤独它们的孤独，诗意它们的诗意。

无始以来的岁月尘风吹走了太多的生命痕迹，亘古的天地间飘荡着无数生命渐行渐远的呐喊，新疆爷、老顺、莹儿、灵官、兰兰、紫晓、黑歌手、琼、雪羽儿、莎尔娃蒂、琼波浪觉、木鱼妹、马在波，还有桀骜不驯的鹰、追捕阴影里逃窜的兔子、温顺的羊、向人类复仇的狼、风沙里奔走寻找孩子的母狼、被猎枪打中还挣扎着给小狐喂奶的母狐、拜月的白狐子、凶残的豺狗子、争风吃醋的骆驼，还有沉静辽阔的沙漠、沙漠上的日出日落、黄毛柴们、芨芨草们、沙娃娃们，还有奶格玛、金刚亥母，还有博物馆的灵魂、骆驼客的幽魂们，还有藏身于物质世界后面那一个个深沉如海的灵魂世界……无数的生命，无数的灵魂，无数的呐喊，涌动着，喧嚣着，期待着慈悲将它们一一复活。

第二节　农民们

一、有心理有灵魂的农民

农民们走进了慈悲。慈悲消弭了人的身份界限，慈悲像藏污纳垢的大地，托起荒漠戈壁之上一个个卑微的存在，一群群躁动的灵魂。

在长篇小说《大漠祭》《猎原》《白虎关》里，在《新疆爷》《磨坊》《马大》《马二》等短篇小说里，农民们脱下了身份的外衣，还原为一个个人，一个个生命，一个个存在。在大漠边缘的沙湾小村，在古老的祁连山脚下，人们劳作、接鹰、放鹰、打猎、牧羊、争水、争草场、捉鬼、祭神、吵架、闲聊、偷情、相思、生老病死、家长里短，生存的艰辛、生活的欲求、命运的重压、爱情的诗意、死亡的无奈，一天天的日常小事叠加成了漫长的人生，仿佛就这样艰辛了千年，沉重了千年，无奈了千年。

时间消失了，空间消失了，天地间只有一个个活着的人，一幅幅饱满的生活画面，"没有中心事件，没有重大题材，没有伟大人物，没有崇高思想，只有一群艰辛生活着的农民"（雪漠：《大漠祭·后记》）。偶尔也吹进来"时代风"，交公粮、躲计划生育、抓偷猎、抓外国偷鹰贼、"嗷啊车"，日常生活里便添了沉重与愁苦，也添了故事与剧情。于是，沉寂的大漠喧哗了，喧哗过后又归于日常的沉寂，直到《白虎关》才由淘金热引来时代的轰鸣，开矿淘金的机器声撕碎了大漠的沉寂，震荡着农业文明的古老灵魂。惊讶、叹息、哀愁、贪婪、仇恨、妒忌、诱惑、逃离、抗争、死亡，传统活法在欲望的冲撞面前躲闪、妥协、坚守、坦然，没有时代的豪言壮语，只有生命的无奈、扭曲、疼痛、挣扎，如同大漠之下的暗河，涌动着一颗颗激荡的心灵。

这是中国文学里少有的农民，作为人和生命的农民，有心理有灵魂的农民。在柳青、赵树理、高晓声笔下，农民是社会政治的一员，他的日常是社会政治运动的漩涡；在张炜笔下，农民是为民族命运彻夜忧思的启蒙者，他的日常是民族未来的寓言；在鲁迅笔下，农民是知识精英批判的对象，他的日常是愚昧落后的国民性；在韩少功等寻根派笔下，农民是地域文化的承载者，他的日常是文化心理积淀的符号象征；在陈忠实笔下，农民是宗族社会的一员，他的日常是乡村宗法伦理生活；在莫言笔下，农民是野性的象征，他的日常是乡野奔放的生命力；在贾平凹笔下，农民是文人士大夫的假想，他的日常是一篇篇新式笔记体小说；在阎连科笔下，农民是政治寓言的主角，他的日常是一幕幕荒诞的政治奇想剧……

在雪漠笔下，农民卸下了时代、社会、政治、民族、宗族、国民性、文化符号、野性象征、文人假想、政治奇想等附加的重担，只是一个个活着的人，一个个鲜活的生命。支撑他们度过一生的，不是乡村伦理的道德扶手，不是民族国家的政治拐杖，也不是文化奇想的面包，而仅仅是生命的尊严和态度：新疆爷的"活人了世"；老顺的"老天能给，老子就能受"；兰兰的"金刚亥母本尊法"；不卖烟锅的四爷"天王老子也不卖"；以为自己要死了的莹儿在沙漠里埋下蓝外套，血书"莹儿爱灵官"；骆驼客的"脚总比路长""不管前面是啥路，我都必须走了去"……这是他们的尊严，这是他们的信仰，这是他们活着的理由，守住这个理由，就守住了生命的底线。而贫穷的生活、严酷的命运总想夺走他们的理由，他们就用更强悍的灵魂、更坚韧的精神来守护他们的理由，他们的守护大地一样沉默，磐石一样牢固，骆驼一样坚韧。

二、他们的活法

这就是西部的农民，物质的贫瘠饲养了精神的强大，命运的苦难成全了灵魂的强悍。一个个卑微、苦难却有着强大灵魂的生命就这样活着，在命运的沙尘暴里抗争着，他们是"沉默的大多数"，他们活得苍凉、活得寂寞、活得让人心疼，但他们活出了人的高贵和生命的尊严。

当雪漠说"我的无数农民父老就是这样活的，活得很艰辛，很无奈，也很坦然"的时候，你一定感受到了他心中浓浓的爱。写他的农民父老时，他是像赤子扑入母亲怀抱一样扑入他们的生活，浓浓的大爱化为笔端饱满的线条，写的时候完全没有自己，自己和他们已混融一体。他们也是他，他也是他们，读懂了他，你也就读懂了他们。那个从口粮里省出钱来买书的农村少年，宁可饿着肚子，也不饿着灵魂；那个为了守护梦想变得穷困潦倒的文学青年，有时到处搜寻一些旧报才能换来一顿菜钱，却对一次次发财机会不屑一顾，宁可失去好生活，也不失去梦想；那个为了守住胡子阵地的乡村教师，宁愿放弃常人求之不得的进城机会回到偏僻的乡下小学教书，也不剃掉象征个性和梦想的胡子；那个每天凌晨三点坐在桌前练笔的青年作家，为了写出人物的灵魂和内心，宁愿在冬天用凉水洗头、头顶冰碴禅修以清醒灵魂、升华灵魂，也不放弃文学的梦想而向功利、庸碌妥协……

于是，你读懂了新疆爷，一个在单调寂寞的日子里守着心中一点美好，无怨无悔、无求无争地守了一辈子的孤独老人；你读懂了看水磨坊的四爷，为了守住一只心爱的烟锅，宁愿睡磨烂胯部的破席子，也不向权势塌腰用烟锅换钱，结果被权势的大火烧死在磨坊，烟锅也不翼而飞；你理解了莹儿，吞下鸦片自杀也不嫁给屠汉，她不能让自己当眼睛一样守护的爱情遭到亵渎；你也理解了月儿，为了守住最后的美丽，在大漠里将被梅毒肆虐的身子投进火海……你从他们的选择，读出了大漠戈壁一样严酷的生存，读出了沙尘暴一样暴戾的命运，更读出了祁连山雪水一样纯真的坚守，一点点感动、一丝丝疼痛、一抹抹诗意从你心头升起，就像祁连山雪水流过荒芜的大漠，清凉滋润了你，感动打开了你的双眼。你看到了那片黄沙漫漫烟尘滚滚的大漠之上，一个个不屈的生命，顽强地守护着支撑自己的一小晕清凉，不是为了感动世界，仅仅为了守住生命的根，像那些沙生植物，沙枣树、芨芨草、黄毛柴、沙棘、臭蓬，生在荒芜世界就在荒芜里扎根，在荒芜里守住自己的根，坦然地活下去。

这是西部人的生命姿态，包括雪漠，也是用这样的姿态熬过梦魇岁月守住了梦想。在这个时代，在很多人都已经被功利文化阉割成精神上的侏儒和懦夫的时候，这样沉默而倔强的坚守是不是能让你看到生命别样的风景？

没有谁比雪漠自己更懂这份生命中的坚守，在《深夜的蚕豆声》中，他这样解读新疆爷：

新疆爷是活给自己的，他不是活给别人看的，他喜欢这样活，觉得人活一辈子，不用死命地争些什么，只要静静地活着，守住自己想守的东西，就是一种幸福。你如果问他为啥要守住这个东西，他是说不出的，任何一个有所守候的老百姓都说不出。因为，这种坚守是没有理由的，坚守本身就是理由。所以，质朴的新疆爷们不去争，从不给自己借口，贪婪一些不属于自己的东西。面对生活对他们的一切拷问，他们会要求自己活出人的高贵，守住灵魂的尊严。新疆爷的尊严，就是守候爱情，做一个不怕寂寞，甚至享受寂寞的人，他会守住这个东西，随顺命运中迎面而来的一切。这时，他就有了自己的从容和坚定。而这个不可动摇的东西，也会成为他灵魂的支点，只要这个支点没有倒塌，他的灵魂就有尊严。所以，坚守一种精神，是新疆爷们活着的理由，也是他们安心坦然的理由。个别学者以为农民没有灵魂，这是一种错觉，老一辈的西部农民不但有灵魂，而且他们的灵魂非常强大，这是很多比他们富有无数倍、聪明无数倍的人不具备的。所以，生活无论多么艰难，他们都非常快乐。你也许看过莫泊桑的《羊脂球》，你是否记得那个在大家的劝说下放弃坚守的可怜女子，你读懂了她在妥协后的痛苦，你就会明白这一点。尊严的倒塌，就是从放弃灵魂的坚守开始的。西部虽然贫瘠，但了解西部的人，总是对它肃然起敬，原因就在于这种不妥协、有坚守的文化，它是这块土地的灵魂。所以，西部大地哪怕再沧桑、再焦黄，也是一块值得尊重的土地。你到了这里，就会感受到一种无形的大力，它能横贯你的生命，让你为之震撼。

三、形形色色的农民心

在《深夜的蚕豆声》中，雪漠借西部作家之口，对前来采访的西方女汉学家说："个别学者以为农民没有灵魂，这是一种错觉，老一辈的西部农民不但有灵魂，而且他们的灵魂非常强大。"这些强大的灵魂，被雪漠定格在了他的小说里。

《白虎关》从第一页到最后一页，雪漠用大段的心理描写来呈现农民的心与灵魂。中国作协创研部原主任吴秉杰在2010年中国作协举办的《白虎关》《西夏咒》研讨会上说，这样大段大段的心理描写在一本书中是很难坚持下去的，但他看完《白虎关》后，发现整部小说都是心理描写，而且坚持下去了，越到后面越饱满，他感到很震撼。他知道，要在整部小说里写活人物的灵魂，需要作家自己灵魂的深度和力量。(雷达主编：《解读雪漠》)

最初，当雪漠决心写《大漠祭》时，困扰他的最大问题是进入不了人物的内心和灵魂。于是，他花了十二年时间历练自己的灵魂与心，在打碎自我、推倒自己与人物之间那堵墙之后，他和人物再没有隔阂了，他可以感知人物的脉搏和心跳，他可以进入人物的内心和灵魂，因为他已经没有自己，他仅仅是人物灵魂的出口，他当然能够用整部小说来流淌人物的心与灵魂，这是他已经练就的文学内功。文学外功则借鉴于他心仪的伟大作家托尔斯泰、陀思妥耶夫斯基。他说：

> 《大漠祭》《猎原》创作之前，我已经将托尔斯泰、陀思妥耶夫斯基读完了。我汲取了他们两人的精华，取了个中道，包括《白虎关》中人物心理的描写，以及灵魂的那种纠斗，都有他们两个人的特点。托尔斯泰虽着力于心理描写，但他在心理描写幅度上不如陀思妥耶夫斯基那么大，而且灵魂那种纠斗的东西没有那么深。所以，我取了中道，各取了

他们两人的一部分，注重于灵魂的描写，但不走极端，这在《白虎关》中体现得最为明显。

这三部作品，由托尔斯泰，雪漠继其大气——描写广阔的社会生活画面的雄心和气魄；由陀思妥耶夫斯基，雪漠继其深度——刻画人物心理和灵魂的笔力。《大漠祭》结构明显师承托尔斯泰和《红楼梦》，以生活纪事而不是故事为线索，每一节每一章都是一幅幅生活画面，构成一种整体氛围；《猎原》更采用短篇小说才用的横断面写法，拒绝叙述，纯以画笔描绘，像《战争与和平》，由生活画面而社会画面，精致与整体兼备；《白虎关》则用心理描画铺成小说，加入了陀思妥耶夫斯基对人物灵魂挖掘的深度和笔力，但不走极端，不像上世纪40年代路翎笔下的矿工，完全是陀思妥耶夫斯基式的扭曲乖张、没有节制的神经质。

写出《饥饿的郭素娥》的路翎，是在雪漠之前被人们惊叹为描画农民和矿工灵魂的高手，但他完全师承陀思妥耶夫斯基，人物灵魂总是真诚地夸张着，像大睁着眼凑近你的神经质。雪漠学习两位大师，则学其功夫而不留痕迹，如卖油翁，外功精湛已至化境，阅读时你根本感觉不到两位大师的存在，只有扑面而来的画面和灵魂的流淌。他其实更多时候不是在用某种笔法写灵魂与心，而是进入人物的心与灵魂，全凭内功之力将其袒露描画出来。在他笔下，一切都自然而然，没有作意，没有灌输，没有诱导，没有嫁接，没有象征，没有寓言。谁的语言就是谁的，谁的心就是谁的，每个人都是他自己，有属于自己的内心世界和生命气息。

比如，这是老顺的心，一颗淳朴的农民心，心疼牲口：

老顺背了草筐，进了牲口圈。一股熟悉的混合着牲口汗味和粪便的气息使他心里的温水荡了。这是他清晨必做的功课，也是他最愿意做的功课。这黑骡是魏没手子的那头青叫驴下的种，长起个头快，一岁，就俨然是个大牲口了。瘸五爷最眼热他的，就是这黑骡，老缠，要让给他。不成哟，别的，都能商量，唯有这牲口，最是老顺贴心贴肉的东西。舍不得哟！……瞧，这坯子，多好。腿长长的，灵丝丝的，像电视上的长腿模特儿，高贵着呢。这小东西恋人，一见老顺，总要用它那柔柔的白唇吻他的手。那滋味，嘿，啥都比不上哟。

——《大漠祭》

这是莹儿的心，即将被迫嫁人却痴守爱情的女人心，痛苦、无奈，心心念念爱人灵官：

　　不远处，便是大漠了，便是她无数次咀嚼过的大漠。这儿往北，便能到一个所在。那儿，有莹儿心中的洞房呢。在那个天大的洞房里，黄沙一波波荡着，荡出了她生命里最难忘的眩晕。……灵官，狠心的冤家。你是否忘了大漠？忘了那个曾用生命托了你，在孤寂中浮游的人？……她已变了，少了玫瑰红，多了沧桑纹。再见时，她已不再有当初的容颜。冤家，可知？

　　这大漠，一晕晕荡去，越荡越高，便成山了。听说，沙山深处，有拜月的狐儿。它们虔诚了心，拜呀拜呀，拜上百年，就能脱了狐体，修成人身。……可人身有啥好？你们狐儿，有国家保呢，谁来保我？

　　那拜月，能脱了女儿身吗？若能，我就拜他个地老天荒，修成个自由的狐身。能不？说呀，秋风？

　　那可爱的引弟，就冻死在沙山旮旯里。莹儿的心一下下抽动。灵官说引弟命苦，说别的女人虽苦，还能生存，而引弟，连这权利也给剥夺了。……冤家，又胡说了。还是早走的好，明摆的一个结局。咋走，也走不出命去。早死早脱孽。长大有啥好？嫁人有啥好？生存有啥好？

——《白虎关》

这是临死前的月儿的心，充满悔恨、恐惧、妄想与绝望：

她明明知道，她快要死了。

怪的是，她反倒迟钝了对死的恐惧。她相信死后还有灵魂。她只怕死后的孤单。有时，她甚至自私地想叫猛子跟她一块儿死。能和爱人一块儿死，是多么幸福的事呀。疼痛稍加平息时，她就会沿着那思路一直想下去。她很愿意从婚前开始联想，最美的镜头是她和猛子的相拥、接吻、做爱，而后两人并排躺在一张洁白的大床上，都染了病，但他们一点也不沮丧，而是更加热烈地闹——最多的场面当然是性爱——一天，他们死了，一齐死了。死的形式是从两具仍然美丽的尸体上飘出了更美丽的影子，蝴蝶一样翩翩起舞。他们会游世上最美的地方。那儿有花，有草，有清凌凌的水，此外，她实在想不出还能有哪种美法。……这时，她就很懊悔婚后没和猛子做爱，但这懊悔，仅仅是掠影似的一闪，因为疼痛很快就会提醒她想法的荒唐。她可实在不忍心叫猛子也忍受她这样的痛苦呀。

除了怕死后的灵魂孤独，她最怕的，就是猛子可能会和别人结婚。这是比死亡更糟的事，一想在另一场婚礼里，主角不是自己，而是另一个女子——怪的是，她长着莹儿的脸——她就觉得自己喘不过气来。只有在这时，对死的惧怕才会再一次袭来。死最大的可怕是把猛子从她怀中抢了去，送到另一个女人怀中。而她——若是真有灵魂——只会无助地哭泣。她甚至想象得出自己影子般的灵魂的哭泣模样。她就像没娘的孩子一样，蜷缩在洞房的炕角里，眼睁睁望着那两个冤家销魂地闹。这是她最不愿看到的场面。那场面却黏了来，硬在她脑中晃。她便觉得一只大手扼住了自己的喉咙，勒得她喘不过气来。也倒好，身体的疼痛倒因之淡了。我可不想死呀。她呻吟道。

这想象的未来的场景使她对猛子产生了怨恨，明知道这怨恨蛮不讲理，她还是说服不了自己。她甚至找了几条理由，来证明她恨得有理。明知道，猛子没陪她来兰州，是林业局的事脱不开身，但她偏要说他在躲避她，想要抛弃她。她甚至把婆婆当初想叫他俩离婚的事也扯到猛子头上。为了证明自己的论点，她找了许多证据。村里有不少这样的证据，女人尸骨未寒，男人就有了新欢。这一来，她万念俱灰，觉得心中的靠山倒了。一切都显出虚假来，啥都没有了意义。爱情，会随着她肉体的消失而消失，她学会的花儿亦然，还有金钱、房子、父母、兄弟，以及自己的青春、美丽等等，都没有了意义。她发现，生活中的一切原是个巨大的骗局。降临的死亡，立马就叫它们露出了原形。

假的。都是假的。她呻吟道。

一滴泪珠，滑出眼眶。她哽咽一声。见爹凑上前来问询，她扭过头去。她啥都不想说，谁都不想见。心被一种灰灰的感觉笼罩了。

她想，啥都原形毕露了。

——《白虎关》

大漠世界里，形形色色的农民，有形形色色的心：老顺的心是父爱，莹儿的心是爱情，灵官的心是爱夹杂愧疚与不甘，猛子的心是冲动的欲望，憨头的心是忠厚，兰兰的心是信仰，月儿的心是爱恨交加，双福的心是"靠本事致富"，黑羔子的心是"外面的世界很精彩"，孟八爷的心是"老先人传下的法有它的道理"，瘸五爷的心是大义灭亲，神婆的心是故弄玄虚，王秃子的心是仇恨，豁子的心是老实卑微，豁子女人的心是敞亮风流，炭毛子的心是播弄是非，炒面拐棍的心是软弱，张五的心是无奈的狠毒，白福的心是人性泯灭，莹儿爸的心是自欺欺人，徐麻子的心是猥琐，还有莹儿妈、灵官妈——亲家的心是口蜜腹剑、明争暗斗，还有毛旦、北柱、花球、白狗、魏没手子等乡村闲人的混混心……

作家的心如宽广的大漠，才能将无尽复杂的人心统统包容、定格、呈现。他们就像是他的亲人，他的父母、兄弟、姐妹，身上有光明——恋土、勤劳、慈爱、质朴、坚韧、豁达，也有阴暗——保守、愚顽、蛮横、迷信、迟钝、冲动。但他都爱他们，因为那是人性的弱点、生命的阴暗面，哪怕再卑贱再狠毒再愚昧，他也不施以审判，而只展示给读者。就像大地，只负责承载；就像太阳，只负责照耀。这里只有慈悲，这里没有恨铁不成钢的国民性批判，他笔下的亲人们可爱可怜唯独没有可恨，就像他自己说的："他们老实、愚蠢、狡猾、憨实，可爱又可怜。我对他们有许多情绪，但唯独没有的就是恨。对他们，我只'哀其不幸'，而从不'怒其不争'。因为他们也争，是毫无策略的争；也怒，是个性化情绪化的怒，可怜又可笑。这就是我的西部农民父老。"（雪漠：《大漠祭·后记》）

生命就是这样，除非经过脱胎换骨的灵魂历练，每个人的生命原色本来就是光影交织的杂色，杂色生命才是大漠世界的真实。

四、他们的命运

形形色色的心，又构成了形形色色的命运。命运是人类天空的亘古叹息，有人，就有命运，就有人生的起伏跌宕，就有命运泥潭的种种磨难，就有制造磨难之苦的暴力、罪恶、庸碌，就有承受磨难之痛的血腥、死亡、麻木、绝望，就有挣脱磨难、终止痛苦、改变命运的渴望、寻觅、信仰、升华、超越，就有了雪漠"大善铸心、命由心造"的命运叙事。

在路遥的《平凡的世界》里，农民的奋斗和命运取决于外部的人际关系、权力关系、国家政策，这样的命运叙事中国文学里比比皆是；五四小说把人物命运扣在救亡和启蒙的绳索上；战乱年代，战争当然成为主宰人物命运的巨手；"文革"后的伤痕小说、反思小说、知青小说，把命运的主宰力量归于社会政治环境、一时一地的国家政策、某个大人物的错误抉择；后来的改革小说、乡土小说、都市小说，也把命运诉诸人际关系、政策变化、权力法则、丛林法则。这样的命运叙事，将苦难过多地诉诸外部力量，人物仿佛是外部力量的奴隶，被动承受着时代、社会、政治等外在环境加诸他的命运，这和一些神魔小说把人的命运交由神力主宰其实没有太大区别。在雪漠笔下，命运的密码内在于人心。个人、群体乃至民族、历史、文化的命运，究竟来说，归结为人心善恶力量的博弈；而命运的终极超越与救赎，也取决于人心的终极超越与救赎。一句话：命由心造，大善铸心。战胜自己，才能改变命运。

只是，对于大漠儿女来说，命运是一个沉重的词，磨盘一样碾碎了无数挣扎的心。憨头被误诊，莹儿自杀，月儿自焚，王秃子自戕，兰兰遭毒打，引弟被亲生父亲扔到沙漠冻死，张五贫病而死，豁子、炒面拐棍、炭毛子械斗而死，大牛掉落盐池而死，四爷被权势的大火烧死，这么多的死亡，这么多的苦难，在大漠砸出一声声沉重的闷响，又被卷土而来的一阵阵漠风吹散了。大漠戈壁上的人们面对命运，虽然有"老天能给，老子能受"的骨气与豪情，却没有几人能真正参透命运、改变命运，大多数人只是顺从命运的磨盘，轮回出自己的疼痛与挣扎。

无数次，写到亲人们的苦难命运时，雪漠在深夜里放声痛哭。他以修炼而来的智慧明明白白地知道，唯有改变心灵，才能改变命运，但他无法把自己的明白塞给笔下的每一位亲人——那样也不真实。在大漠世界，他只想真实地"定格一种即将逝去的存在"，不论是悲伤还是欣喜，不论是光亮还是黑暗，或者是光影交织、前路未卜，他都忠实地记录下来。

在他笔下，不愿混日子的灵官、黑羔子走出大漠，去外面寻找命运的改变；在他笔下，双手沾满鲜血的猎人张五被癌症折磨得牛吼一样嚎叫，用最后的疼痛偿还了他带给无数动物痛苦的债；在他笔下，被城市诱惑的农家女儿月儿染上了丑陋的梅毒，被爱情救赎，在燃烧自己的大火中重拾了美丽，她倚在沙枣树上等待猛子的身影，深深地印在了许多读者的心里；在他笔下，背过千百条命债的老猎人孟八爷忏悔了，将给过他大半生荣耀的猎枪扔进火堆，还给猎神；在他笔下，被埋井底的猛子面对死亡思考了活着的意义，他的命运之路透进来了丝丝光亮；在他笔下，莹儿和兰兰穿越沙漠去盐池打工，九死一生回来后，莹儿在命运抗争中自杀了，兰兰继续靠虔诚的修炼改变心灵进而改变命运……

在他笔下，命运的撞击发出无奈的深重叹息，也迸射出一星两点希望的光亮，像大地上的萤火虫，黑夜里散发着诗意之光，有限地照亮生生不息的杂色生命们。"心变了，命才能变；心明了，路才能开"，"走出这沙窝窝，天下大得很"，"只要走出去，路会越来越宽的"，他借孟八爷之口，含蓄地说出命运改变的秘密，却没有让亲人们都彻底走出黑暗，走向光明，这样的智慧之声在作品里是含蓄的、微弱的，只是生活的大洪炉里迸出来的一点火星。相对于彻底的改变，作家更想定格和呈现，他只想把农民父老们的生存与抗争、无奈与求索、毁灭与希望，都定格下来，呈现给世界。这是他的慈悲，也是他的文学理想："我认为文学的真正价值，就是忠实地记录一代'人'的生活，告诉当代，告诉世界，甚至告诉历史，在某个历史时期，有一代人曾这样活着。""我的创作意图就是想平平静静告诉人们（包括现在活着的和将来出生的），在某个历史时期，有一群西部农民曾这样活着，曾这样很艰辛、很无奈、很坦然地活着。仅此而已。"

（雪漠：《大漠祭·后记》）

无条件的爱浸润着大漠世界，辉耀着农业文明的最后一抹晚霞。

第三节　动物们

一、消弭了界限

动物们走进了慈悲，慈悲消弭了人与动物的界限。在大漠世界里，狼、骆驼、鹰、豺狗子、狐狸、熊、狗、羊们并非童话主角，也不是环保卫士，而是和人一样，是天地间的一个个生命，是作家心灵里的一个个灵魂。在他笔下，所有动物在任何情况下的样貌、神态、习性、气味、动作、心理、灵魂，都写什么是什么，不仅仅是技艺精湛，而且是鲜活饱满得仿佛他就是动物，动物就是他。

泼了命寻孩子的母狼灰儿在沙尘暴中这样行走：

> 那黄云滚来了，近了，近了。一拨儿沙子打来，劲道奇猛，裹了灰儿身子。灰儿便不由自主地滚下阳洼了。风卷沙流，像泄洪，流下阳洼，差点淹了灰儿，灰儿一骨碌翻起身，抖抖毛，抖去毛中的沙子，它顺了风，蹿上一个阴洼。阴洼里沙上流，阳洼里沙下流，顺阴洼上，就不会被沙埋了。上了阴洼，灰儿连眼睛也睁不开了。这时，天空怕连空气都没了，全是沙子了。这鬼天气，真是少见。灰儿头朝南，背了风，叫沙鞭抽自己脊背去。那儿毛多，耐打，耐磨。不像面部，许多地方没毛，叫风沙拧成的鞭儿抽不了多久，便血糊糊了。

> ——《母狼灰儿》

灵魂有仙气的白狐在月光下、泉水边这样拜月：

狐子轻盈地起身，轻盈地跳上那个相对光坦的地方，向悬在空中的那个圆盘作起揖来，像后来城里人养的宠物狗那样，前爪相搭，一俯一仰。我想，作完揖后，狐子定然还会磕头吧，可没有，它只是在作揖。那时，我以为，它定然是谢月亮，赐给了那么好的水。拜月后的狐儿袅娜着远去了，像滴晶莹的露珠，渗入了大漠，也印入我的心。

——《大漠里的白狐子》

骆驼的叫声是直杠杠的，喝水的样子很香，"它先涮涮嘴，开始拌嘴，边拌嘴边呵气"，它的灵魂是忠厚善良，它也是《野狐岭》中比人更抢眼的生命存在。黄煞神、褐狮子、俏寡妇、长脖雁，它们在驼队的日常，放膘、塌膘、发情、争风吃醋、驼斗、起场、行走沙漠、吃草、喝水、遭遇狼袭、护主等等，活现了一个饱满生动的骆驼世界。

还有沙漠精灵沙娃娃：

沙娃娃形似壁虎，但不是壁虎。沙湾人把壁虎叫蛇鼠子。沙娃娃不是蛇鼠子。它是地道的沙的孩子——沙里生，沙里长，且在沙里游泳的生物。头像蟾蜍，身似鳄鱼，只是小，皮灰而花，与沙一色。不留神的话，看不出这块戈壁上会有那么多的沙娃娃。沙娃娃喜欢暴烈的太阳。天爷越热，越闷，沙娃娃越多，越欢势。盛夏的正午，天空没有一丝云，但你会看到沙滩上有游动的云，那便是一群游弋嬉戏的沙娃娃。

——《大漠祭》

还有《猎原》里孟八爷的老山狗，《野狐岭》里为寻找主人丢失的包袱冻死在沙漠的忠犬，它们的灵魂让人感动落泪。

二、鹰

《大漠祭》《猎原》都是以动物开篇。《大漠祭》开篇写鹰：

> 兔鹰来的时候，是白露前后。漠黄了，草长了，兔儿正
> 肥。焦躁了一夏的兔鹰便飞下祁连山，飞向这个叫腾格里的
> 大沙漠。
> 老顺就在大沙河里支好了他的网。
> 网用细绳缩成，三面，插成鼎立的三足，拴一个做诱饵
> 的鸽子。因兔儿日渐狡猾而饥肠辘辘的兔鹰便一头扎进了网。
> 兔鹰长着千里眼，看不见眼前三尺网。

"兔鹰长着千里眼，看不见眼前三尺网。"一句话道出鹰这种生命
存在的优势与弱点。因为这弱点，尽管鹰有着桀骜不驯的灵魂，却难
免被人类捕捉并驯服，驯服的过程叫按鹰，"就像把一张光亮挺括的
纸按得皱皱巴巴一样，猎人们把一个有血气有个性、英雄气十足的鹰
按成了一个驯服的毛虫"。不过，虽然被驯服了，按好的鹰仍有灵魂
的高下：

> "黄犟子"是个叫人咬牙的鹰，性子暴，难务息。但也
> 正说明它是个好鹰。就像千里马多是烈马、忠臣大多刚直一
> 样，性子越暴的鹰越可能是好鹰。一旦驯服，抓兔子是一把
> 好手，还不反。不像"青寡妇"这种次货，一落网，就乖，
> 就吃食，就叫人摸。面里驯服得很，可一丢手，它就逃之天
> 夭了。抓兔子？哼，闻兔屁去吧。

老顺喜欢刚烈的鹰，因为真正的鹰是不会被驯服的，要么一入网就气绝而死，"眼睛血红血红，放出可怕的光"；要么绝食而死，"在它饿成一把干毛、仿佛能被风卷飞时，它依然不望眼前的肉"。这才是真正的鹰的灵魂。因为鹰，老实忠厚的农民老顺的灵魂也有了一抹锐利的亮色，按鹰、放鹰时的老顺有着平日没有的自信。正是在对老顺按鹰、放鹰的描画中，雪漠用丰富、鲜活、细腻的笔触，复活了大漠兔鹰的灵魂。

三、狼

《猎原》的开篇写狼：

> 那狼，悠了身子，款款而来。开始，猛子以为是狼狗呢；也知道，过路子狗，不咬人。
>
> 日头爷白孤孤的，像月亮。一团云，在日头下浮着，溅出很亮的光来。云影子在地上飘忽，忽而明，忽而暗。娃儿们就叫："日头爷串庄子了——"
>
> 日头爷也是个娃儿，好奇心强，老串庄子。瞧，好大个云影子呀，像魔毡在窜。那狼，成毡上的虱子了。
>
> 一人叫："哎呀，黑胡子舅舅呀。"
>
> 猛子才发现，果然。那"狗"尾巴，直直的，夹在尻槽里，才知道，那真是狼。怪的是，心里却不怕。他知道，狼是土地爷的狗，叫封了口呢，不咬人。那狼也不慌，东嗅嗅，西闻闻，全不把世界放眼里，一副游山玩水的闲情。

"悠了身子，款款而来"，活现了狼的自信和从容不迫，也说明狼和人关系和谐，双方都不紧张。"黑胡子舅舅""土地爷的狗"道出狼在人心中的分量。在西部，舅舅是骨头主儿，地位等同父亲，可见人对狼的敬重；土地爷是寻常农户每年至少要祭一次的神，狼是土地爷的狗，听命于神，就更不寻常了。

而且，这些敬畏的称呼都是老先人传下的，老先人还传下关于狼的种种不可思议的习俗，比如："每遇瘟疫等灾，西部最有效的法儿便是给土地神上表文，请他派狗来撵瘟神。狼们也真听话，一长排儿排了，朝天长嚎，那瘟神就叫撵得没影了"，人们相信狼会谨遵土地爷给它立下的许多规矩，如"三六九，狼封口"——一个月里阴历逢三六九的九天里，"狼的牙巴骨就硬了，无论多饿，它也张不开口"；"二五八，狼打卦"——每逢二五八的九天里，狼一听人喊"二五八，狼打卦"，就"人一样立起，放松，身子倒向哪方，它就向哪方一溜烟扑去"，狼觅食前要卜测方向，"它倒的方向，定然有该死的黄羊"；"一四七，狼觅食"——每逢一四七的九天里，狼一定会觅食，人就该躲着点……"这一套，是祖先传下来的。看似无科学根据，可也不是无稽之谈"。

不过，这是人的祖先传下的规矩，狼的祖先也传下一套规矩："人不犯你，你就守了戒，封了口，不动他的牲畜。人若伤了你，你必须狠狠还击，叫那两脚动物从灵魂深处战栗。血债，要用血来偿。只有这样，他们才不敢轻易惹你。"

狼祸起于人对狼的侵犯。猛子误把小狼当黄羊打死，招来了母狼的复仇。《猎原》里，复仇的狼是日渐干涸的猪肚井世界涌动的暗流，自然法则的骄傲的王者，人类沉默而高贵的对手。暗中的较量总是人落下风：孟八爷下了夹脑，狼扒出夹脑耳子，旁边屙堆狼粪；牧人投下毒药，狼将药衔到一处，盖以粪尿。西部人称狼有状元之才，狼的灵魂冷静、机智、坦率、重情重义，足以让人类汗颜。

狼与人的较量就这样贯穿小说，狼的身影时不时出现，悲伤的长嚎时不时响起，在人心里敲出惊心动魄的鼓点。终于在《狼祸》一章鼓声大作，两派牧人为争草场和水井大打出手，复仇的狼冷眼旁观，最后瞅中时机将获胜一方的牲畜咬了个七零八落。这不是"螳螂捕蝉，黄雀在后"，仅仅因为获胜一方正是打死狼崽的仇家。狼遵循祖先传下的"人不犯我，我不犯人；人若犯我，我必犯人"之法则，它们的"反"有着替天行道的正义和悲壮。狼的灵魂有睚眦必报的一面，也有知恩图报的　面。《猎原》开头起于狼，结尾归于狼，孟八爷谢猎神后，人与狼和解了：

> 夜里，马灯下，女人正收拾东西。忽然，从窗外伸进两只毛爪子，肥硕，巨大，厚厚的肉垫上扎满了狗牙刺。女人捣捣孟八爷，示意他拿绳子绑了。孟八爷摇摇头，说："瞧，人家求你呢。"女人便大了胆，举了灯，把狗牙刺一一拔了；入肉太深的，也拿针挑了。然后，她拍拍爪子，说："去吧。好了。"
>
> 两个毛爪便收了回去。
>
> 次日清晨，门口躺着一只被狼咬死的黄羊。女人知道，这是狼谢她的。
>
> 一行梅花状的爪印，从门口，一直射向天际……

四、母狼灰儿

尽管和解，但那匹失去孩子的母狼仍令你揪心，因为你知道，和人一样，动物的生命也是只有一次，一旦失去，永不再来。在那个噩梦一样的夜晚，灰儿最疼爱的孩子瞎瞎喝水的时候，被躲在骆驼后面的猛子误当黄羊枪杀了，从此灰儿的心被噩梦咬烂了。

> 噩梦呀。风沙像噩梦，但总有醒的时候。瞎瞎呢？风沙息了时，有瞎瞎不？太阳明了时，有瞎瞎不？这沙子全飞了，这大漠消失了，有瞎瞎不？没了。瞎瞎没了。瞎瞎，我

的瞎瞎。这噩梦，醒不了了。

灰儿在沙尘暴里奔突，绝望地哀嚎，悲伤的灵魂在雪漠笔下喷涌而出，把你的心生生撞疼了：

沙泼水似的打来，风一直灌进胸腔。耳旁仍在怪响，这怪响，淹了天，淹了地，但淹不了心，也淹不了心里的瞎瞎。淹不了就好，灰儿不怕风，不怕沙，只怕心里的瞎瞎突地没了。一没了，瞎瞎就真死了。

那呻吟，又在风里游弋了，很弱，很轻。这是几天来耳中心中老响的呻吟，是受了委屈的瞎瞎独有的嗲声。瞎瞎嗲起来多鼻音，哼哼咛咛，像羽毛在心上搔。不像大壮二壮，多用喉音，跟那瘸狼一个腔调。还是我的瞎瞎好。瞎瞎的好是与生俱来的，还是个小毛团的时候，灰儿就觉得与瞎瞎有种贴心贴肺的默契。瞎瞎，我的瞎瞎。灰儿的心抽搐着，仍眯了眼，仍留了细细的缝，仍用睫毛挡了沙粒，望去。那黄沙滚滚的不远处，果然有个大柴棵。瞎瞎，正在下面长声地叫呢。

瞎瞎，我的瞎瞎。灰儿扑过去，强劲的风后拽它身子。沙鞭越加凶猛地抽打。它鼻腔酸了，像要流泪，说不清是沙抽的，还是激动所致。

憋了气，用足劲，逆风去。瞎瞎近了。瞎瞎笑了。瞎瞎叫妈妈了。瞎瞎扑了出来。

灰儿这才发现，那瞎瞎，原来是一只硕大的灰兔。

灰兔惊叫几声，逆风跑去，速度并不快，几下就能扑倒它，但灰儿却失了魂似的，呆痴了。

灰儿在暴风雨里奔突，你的眼泪也像雨水一样流下来：

　　风雨扑面打来。那雨点密，大，是典型的暴雨。灰儿的皮毛很快湿了，但灰儿不怕，相较于风沙，雨好受多了。

　　瞎瞎仍在前方呻吟，在倾诉般幽幽地哭。一道闪电劈来，照亮前方的水帘。那风雨，密密地织了，把天和地扯在一处了。那水帘一直远去，远去，远到天边了。或是没有了远处，把远近也像天地那样扯一起了。听得见瞎瞎的嚎，也嗅得出瞎瞎的味儿——怪？这味儿仿佛实了，一耸鼻，就扑鼻地浓——可是看不到瞎瞎。瞎瞎叫水淹了。瞎瞎在雨里无助地哭呢。瞎瞎缩在某个所在哭妈妈呢。一定是这样。灰儿鼻腔酸了，热热的液体涌出眼眶，和雨水交织在一起。

　　灰儿朝有瞎瞎的所在死命蹿去。瞎儿在哪儿？哪儿都有瞎瞎，灰儿就哪儿也去。叫那电闪吧，叫那雨泼吧，叫那风叫吧，灰儿心里有瞎瞎，就啥也不怕。瞎瞎，别怕，瞧，妈来了。

　　循了心头的声音，灰儿在雨里走着。雨似激流，行来，很是费劲。这不怕，怕的是耳旁的呜咽，忽而在前，忽而在后，忽而在左，忽而在右，叫灰儿无所适从了。那闪电，也许久不亮。风倒更激了，嗷嗷嗷，怪叫着。

　　灰儿萎倒在地，哭了。这次的嚎哭声，可把风雨声盖了。它厉厉地刺入黑黑的苍穹。

　　雪漠说，写灰儿的故事时他的心在流泪，读它时，我们的心又何尝不在流泪！多希望那只躲在柴棵下瑟瑟发抖的兔子是灰儿苦寻的瞎瞎，多希望风中游弋的呻吟是瞎瞎躲在某个角落呼唤妈妈，但瞎瞎真的死了，灰儿无论奔突到沙漠的哪个角落，无论怎么寻找它心中牵挂的那个影子，瞎瞎都寻不回来了。生命一旦消失了，就再也回不来了。

在《深夜的蚕豆声》里，雪漠解读这个故事时说："我也希望瞎瞎还活着，我多么希望瞎瞎就像我流出的那些文字一样，从柴棵下面跑出来，带着眼泪迎向它的妈妈。那个梦魇般的清晨，猛子那错误的枪响，我也希望它从来没有发生过。但我知道，每一个生命的背后，都有一杆猎枪，它随时都会发出巨响，让每一个生命走向死亡。瞎瞎的死亡，总会发生的。也许在很多年以后，也许那时它已失去了妈妈。那么，在沙尘暴里哭嚷着飞奔的，就会是瞎瞎，而不是灰儿，但那个场面也同样让人心碎。生命的每一次告别背后，都有很多个心碎的灵魂，但这样的场面，还是一次又一次地发生，我们没有办法拒绝。"

读《母狼灰儿》这一章时，你感受到另一个生命，感受到一个母亲的绝望和悲痛，同样的疼痛也在你心中生起，你意识到，作家那浓浓的慈悲已经磁化了你，你才知道何为慈悲，慈悲就是破除了隔阂、成见之后的那种生命之间贴心贴肺的爱。

五、母狐

同样在《大漠里的白狐子》，你的心也被这样一幕撞疼：

> 伯父的子弹打中了狐的脊梁，它上身挣起，下体却仍在瘫着。听到小狐的叫，母狐挣扎着，前腿用力捞着身子，挪向小狐。接下来，我看到一幅我忘不了的场景。母狐竟然搂过那小狐，喂起奶来。
>
> 一切声音都静了。别的狐子远逃了。老鼠进洞了。沙洼里，涨满轰轰的心跳。伯父熄了手电，一声长长的叹息。
>
> 许久，他说："它活不了了。去，抱了那小狐。"

复亮的光下，小狐不再吃奶，只惊恐地望我。那眼神，纯到极致。母狐倒很坦然，它知道自己活不了了，就是猎人放了它，它也活不了。这儿没水，在天大地大的沙漠里，狐居无定所，一个伤狐，活不了多久的。母狐的身子蜷成窝状，窝里，是自己的娃儿。想来，它是想替娃儿挡那再次扑来的子弹。

我作势伸手，母狐低吼一声，声音里有老虎的威严。我说："走吧。"伯父说："那小狐，会死的。"他上前，一枪托砸向母狐，母狐没躲，反倒挺了一下，显然，它怕枪托会砸向娃儿。

闷响之后，母狐软了。小狐呜呜着，声音真割心。

伯父叫我提了狐的后腿，他先割开狐嘴，几下便剥了狐皮。他将狐肉扔到沙上。怪的是，我发现，那已成一团肉的狐子，竟蠕动了，想来方才，仅仅是砸昏了它。

那团肉蠕动着，很快沾满沙子。我看到那眼已睁开。那是猩红的肉上的两粒水葡萄，却十分瘆人。水葡萄转动着，它在寻找小狐。也许，它听到了小狐的呜呜声，肉身一蠕一蠕，两根细细的骨头曾是前腿，虽没了皮，但仍在行使功能，蠕动的肉身，接近了小狐。

小狐却惊恐地躲开了。它向我移来，它眼中，那肉团，已不是自己的母亲。我听到伯父一声大叫。他灭了手电。

黑一下压来，罩了沙洼，分不清哪是狐，哪是人了。

这只母狐，被猎人打中后还强撑着身子给小狐喂奶，即便皮已被剥去，血淋淋的肉团身子还蠕动着向孩子靠近，眼睛水葡萄一样寻找它的孩子，已经认不出它的小狐却惊恐地躲开了……这一幕迸射的生命疼痛让冷酷的猎人也情不自禁大叫，灭了手电。这疼痛何尝不是作家的疼痛，这疼痛也钻进我们心里了，疼得心尖都颤抖了！我们渴望神的降临，渴望奇迹出现，像那些童话小说一样，上帝之手为母狐重新再生了皮毛，母狐和它的孩子在天堂温馨地依偎着……

但雪漠不是童话作家，他清醒地看见，生命的弱点有时不但可怕，而且实在太过残忍，人若不能通过修炼去掉生命的弱点，无穷无尽的痛苦便会不断发生，不但给别人带来痛苦，也给自己带来痛苦。所以生命的疼痛其实很无奈，伤害、掠夺、仇杀、血腥、暴力、死亡，每一种疼痛都无法避免地在无尽的轮回里发生着。痛苦到极致时，像面对母狼灰儿和母狐，你不由得从内心祈祷神的降临，但你也明明白白地知道，神并不干预生命之间的你争我夺，神只负责照耀，像沧桑的太阳一样，只负责默默照亮，让你看见生命的弱点和痛苦，让你看见自己内心的隔阂，看见另一些生命的疼痛，看见任何生命在面对死亡时，都会陷入恐惧、痛苦、不舍，看见任何生命失去孩子时都会疼痛、悲伤、绝望，它们跟你是一样的。当你看见这一点，你便真正对人、对动物、对世界生起了慈悲心，你便真正不负神的照亮。

第四节　自然

一、不仅是风景

自然走进了慈悲，慈悲消弭了人与自然的界限。和动物一样，大漠世界里的自然不仅仅是风景，而是一种生命，它不是客体，而是和人、动物生存相依、灵魂一体的生命。情景交融、人景合一也不足以说明人、动物与自然的那种灵魂相契了，就像在大山里喊出一嗓子，山谷定然会回应一样，自然在大漠世界里，也是这样与人、与动物音声相和、息息相通的。

祁连山是《猎原》里孟八爷们的猎场。猎人们在这里上演疯狂的围猎，鼓声响起，黄羊、鹿、狐狸、狼，动物们惊慌失措地奔突冲撞，纷纷掉进猎人的网，惊恐的眼神射穿了祁连山的疼痛，凄厉的哀鸣回荡着祁连山的悲鸣，而自然也依照它的法则，惩罚了那个最凶残的猎人……

沙漠是《大漠祭》里老顺、孟八爷、莹儿、兰兰们生存相依的生命背景。老顺们去沙漠放鹰抓兔了，孟八爷到沙漠辨踪猎狐狸，莹儿兰兰们进沙漠捋黄毛柴籽、打沙米粉，猛子月儿们在沙漠依偎谈恋爱，沙湾小村的日常离不开沙漠。沙山、沙海、沙丘、阴洼、阳洼、日出、日落、芨芨草、黄毛柴、沙娃娃、干爽的漠风、搅天的沙尘暴……雪漠笔下的沙漠也是活生生的生命，也有灵魂，严酷与诗意，宁静与喧哗，清新与雄浑，一幅幅笔酣墨饱的画面，依稀可以辨出托尔斯泰的笔致神韵。

例如，这是内疚到崩溃的灵官的世界，血色浓重地涂写在沙漠里：

> 一个血色黄昏里，天刮着旋涡儿风，太阳却猩红刺目。半空里有几块铅似的云，像是往地面沉。灰澄澄的云影子印在荒寂寂的沙丘上。沙丘上有个人，梦一样蹒跚着，脚步儿溅起的尘粒像一层薄薄的细雾，把他遮成了一个隐隐约约恍恍惚惚的影子。这便是灵官。黄昏的太阳像个大血球，挑在远处的山尖上，赐给灵官一个血淋淋的脊背。沙丘上的人影儿随着落日的下沉不断拉长，渐渐与天边的阴影相连接，水一样漫延开来。渐渐地，暮霭夹着尘雾降下来，如一个大铁锅，把灵官紧紧地扣在黑糊糊的沙漠里面……

这是第一次在沙漠过夜的灵官的世界，新鲜的遐想在夜幕下的沙漠铺展：

> 夜气轻柔地漫来，把大漠的温柔输入每一个毛孔，仿佛那不是空气，而是一种特殊的清洗剂，把人的五脏六腑都涤荡得干净了。灵官甚至听到夜气像水一样哗哗流动的声音。

天奇异地黑，因而也显得奇异地高。星星倒亮出一种虚假来。星光的哗闪使灵官感觉到嘈杂的喧嚣。若是有开关，他真想灭了它，让夜索性黑成一个固体。

这是漠黄草白的秋末清晨，灵官跟随村里人进沙漠的情景：

灵官们动身时，天灰蒙蒙的。日也不亮，像个巨大的乒乓球浮在半空，把天空分成了明暗两部分。球上面乌沉沉如浓烟滚，球下面白澄澄似灰粒飞。行不多久，天便开始吹丝儿风。渐渐地，风就大起来，啸叫的沙粒不停地扑打人的面孔。驼铃和风声交织在一起，飘向浩浩的沙洼。身前身后的沙粒土末像雾一样把他们朦朦胧胧罩起来，但人驼融成的黑点却依旧满怀希望地滚入猎猎的风沙。

这是牵着骆驼去大漠腹地寻梦的沙湾汉子眼里的沙漠：

沙窝里到处是残梦一样的枯黄色，到处是数十丈高的沙岭。游峰回旋，垄条纵横，纷乱错落，却又脉络分明。驼行沙岭间，如小舟在海中颠簸。阳光泄在沙上，沙岭便似在滚动闪烁，怒涛般卷向天边。

这是老顺一天的开始，沙湾小村清凉的早晨：

老顺戴了皮手套，托了"青寡妇"，出门。天空不很亮，飘一层似云似烟的东西。远的树和近的房屋因之虚了，朦胧得像洇了水的水墨画。

风，清冷。与其说是风，不如说是气。那是从大漠深处鼓荡而来的独有的气。"早穿皮袄午穿纱"的原因，就是因了这液体似的清冷也液体似的鼓荡的气。这气带了清晨特有的湿漉和大漠独有的严厉，刺透衣衫，刺透肌肤，一直凉到心里了。

村子醒了。牛的哞声悠长深沉，驴的嘶鸣激情澎湃。那羊叫，则绵绵的，柔柔的，像清风里游弋的蚕丝。

人们出门了，三三两两的，或拉牲口，或挑水桶，或干别的。一切都透着活力。昨日的疲惫和劳累已被睡眠洗尽，今天的一切正在开始。沙湾人不恋过去，不管将来，只重现在，每个早晨都是个美好的开端。

这是早饭前的沙漠：

天已大亮。太阳滚到了东方沙丘上，不亮，黄澄澄抹几缕血丝，如小母鸡下的处女蛋。这蛋疯魔似的滚，滚去了黄，滚去了红，滚成一个小而亮的乒乓球，浮在了沙海浪尖上空。

正午前，沙漠是这样的：

老顺父子走过这片戈壁时，太阳已到半空。距中午还有一段距离，白太阳就把暴虐施了出来。没有了风，没有了从沙漠腹地荡来的那股清凉如水的气。环戈壁而旋的沙岭挡住了流动的气流。万物开始进入了蒸笼。

这是动物们在沙漠留下的脚印：

这梅花状的爪印，便是狐子和狼的了。狐子的小，和猫爪印差不离，看去，是一溜直线，很少拐弯。那大些的，像狗爪印的，便是狼的了。狼是自由的动物，它没有狐子那么多的讲究，直哩，横哩，斜哩，想咋走，就咋走。

这是起风时的沙漠：

　　这是沙漠里特有的风，灼热，疯狂，肆虐。沙土到处是。小村在战栗。太阳缩出老远，躲在半空，成一点亮晕了。

这是孩子被猎人误杀的母狼悲伤奔突的沙漠世界，沙尘暴既来自沙漠，也来自疼痛到绝望的母亲的心：

　　这一场风依然很猛。黄尘满天，黄沙满天。那尘似凝在天幕上。那沙怪啸着疯，山就活了，在不易察觉的蠕动里，埋了田，埋了地，埋了人烟。

奔突到黄昏：

　　太阳在风沙里缩成个白点了，不亮，冷冷清清地悬在风沙上面，仿佛颤着，仿佛就要被风沙吹熄了。想来已到黄昏。天上有翻滚的黄烟，正搅拌似的滚，滚过来，便是更烈的风了。那风，会裹了沙，把天淹了，把那个亮点也吹熄。但灰儿却不怕，明知道瞎瞎死了，却总觉得瞎瞎在某个所在瑟缩着叫妈妈。

雷电交加的暴风雨来了：

　　一团红红的火球从云里落下，在大漠上滚来滚去，发出震耳的轰鸣和刺鼻的怪味……那火球，在沙漠里疯魔地滚着，也响着，声音和雷一样……雨泼得更凶，仿佛，天下的，已不是雨了，而是在泼水。这水，更因风的劲吹而激射了，打在脸上，很疼。灰儿有些冷了，心更冷。四周是很黑的夜。除了时不时撕扯天空的闪电外，夜凝成一块了，很像死。一想死，灰儿就哆嗦了。瞎瞎，莫非真掉进这样的黑里了？那我就找吧，把这黑，每一寸都摸过，不信还找不到你。灰儿长嚎一声，嚎声才出口，就叫暴风雨泼进沙里。

二、张开灵性之眼

太多的片段无法枚举。读过这样的文字，你才真正张开你的灵性之眼，看见了你脚下的大地和周围的世界。你心中那堵墙轰然倒塌了。你和世界没有隔阂了。你才知道，你活了这么久，却一直活在孤立的真空里；你走过这么多的土地，却从来没有真正了解脚下这块土地上的芸芸众生；你进入过这么多的世界，却从来没有真正看见它们千变万化的容颜。你走过的大地上有多少生命，每一种生命叫什么有什么习性有什么故事它的灵魂什么模样？你身处的世界，四季怎样轮回一天里的光阴怎样变化一朵花怎样开放一阵风怎样吹过一个人内心时时刻刻翻卷着怎样的潮汐海浪？你统统不知道。就像雪漠说的："你以为你很善良，其实你一直很麻木，很冷漠。"因为你没有爱，没有爱就不能敏锐地感受世界的瞬息变化，不能感受另一些生命的存在，不能感受他们的悲伤、欢欣、疼痛，也不能感受自己内心的瞬息变化——喜怒哀乐都以粗大冲动的方式冲撞你的时候，你才能看见它们。而当你看见它们的时候，你已经被自己的内心风暴吞噬了，你便看不见世界也看不见自己的心了。

其实，你一直都是自我那堵围墙里的困兽，你的眼睛虽然睁着，却看不见墙外的世界；你的生命虽然存在着，灵魂却困乏沉睡着。你这样的活着，不就是人们说的行尸走肉吗？那么，就读雪漠的小说，像《深夜的蚕豆声》里的"你"，跟随他去苏醒自己的灵魂，去唤醒心中的慈悲。其实很简单，只需要你放下自我，全然用心去感受，去体贴，去领悟。就像他在《深夜的蚕豆声》里对你的唤醒，试着在夜晚仰望星空："你会觉得黑夜很美，充满了诗意。你会怀着满满的陶醉，感受这风，倾听这水，触摸篝火的温度。生命于是圆满了，灵魂于是圆满了，心灵于是干净了，所有活着的感觉都苏醒了。"

或者试着到山里去——

　　我们进入了一个陌生的山谷，这里也有溪流，跟小屋附近的那条溪流很像。不知道，它们是不是同一条？水花随着大风打在我的脸上，凉凉的，很舒服，让我想起了山谷里的雨。可惜，这样的天气是不会下雨的，否则，我真想让你看看山谷的雨天。坐在小屋里，望着雨幕中的山谷，是一种很美的享受。你可以放飞自己的心灵，让它进入那片山谷，去窥探山谷中每一个未知的秘密。当然，现在也可以，你的心可以在大风中飞翔，让风带走它，让我的声音带走它，让它飘荡在西部人的故事里。你可以让你的头脑停一停，让你的心去感受它，去感受一个徘徊在黑暗中的、小小的生命。他的寂寞，他的迷惑，他的无助，就会刺伤了你。它会激起你内心一种很美的东西——悲悯。

第五节　死亡

一、憨头之死

死亡走进了慈悲，慈悲消弭了人与死亡的界限。这是最难写的，因为人死不能复生，作家无法从死者内部写出死亡全过程，甚至也很少有机会目睹他人死亡的全过程，大多数死亡描写就只能在想象中展开。很少有作家能像雪漠那样，钻进死亡写死亡，从而写出"憨头之死"这样的死亡绝笔。

《大漠祭》里，善良沉默的憨头被贪婪冷酷的医生误诊，不打麻药开刀手术。他的疼痛把母亲的心都碾碎了，他的呻吟把弟弟灵官的魂都搅碎了，而死亡没有因为亲人的悲痛和祈祷就停下它的脚步。死亡终于一步一步降临，直到钻进憨头体内，把他从内部吞没——这一过程，被雪漠细致而详尽地记录下来：

> 神婆走后不久，憨头闭上了发涩的眼。头部在轰轰，腹部也在轰轰。才打了杜冷丁，腹部的痛变钝了，咬紧牙，能忍受了。思维恍恍惚惚地游荡着。疲惫，极度的疲惫，而又难以入睡。是耗干了精力的清醒，是衰竭的清醒，是清醒的迷糊，是能理性思维却无法摆脱的噩梦。那恍惚，真像梦。但痛那么真实，腹部的包块那么真实。一切，都那么真实。
>
> 许久了。他觉得这病已经许久了，仿佛很遥远。健康的记忆退出了老远，退到一团团黄色的迷雾之外，像尘封的记忆。那时多好。那时不知道那时多好。健康消失了以后，才知道健康真好。健康是最大的幸福。
>
> 一切都远去了。一切。
>
> 脑中哗哗地闪过一些远去的镜头，很模糊。那些场景仿佛也乏了，很模糊。他恍恍惚惚辨出了它们：那是他小时候偷摘果子，那是与白狗为一根胡萝卜打架，那是娶媳妇，那是在与毛旦打架……远去了，远去了。一切归于腹部的疼痛。
>
> 很累。那是难以形容的累。乏极了，一切都乏。心跳很弱，弱得让他能感到心勉强的挣扎。呼吸是条细线，仿佛处处要断，时时要断，需要小心地用力才能将它抽出。气管里有东西挡着，影响了呼吸正常的进出，发出唑——唑——的

声响。

明知道死是悬在头顶的剑，随时会落下，但也顾不上怕它了。只嫌它来得快了些。他还没活明白，就要走了。他想起了道士们常说的那句"来者不知谁是你，去者不知你是谁"。真的。糊糊涂涂，不明不白，就要走了。不甘心，真不甘心。这辈子没活出个人样。白活了。该干的都没干，没来得及。要是知道这么快就要死的话，会咋样？一定有另一种活法。会咋活呢？不知道。但肯定要念书。这辈子，白活了。啥也没干，像苍蝇飞过虚空，没留下一点痕迹。

忽觉得天塌了，地陷了，到处在爆炸。石块重物下雨似的压向他，将他葬埋了。身体是异样地重。呼吸也压扁了。周身每一个毛孔都压着巨石，沉重至极。重。重。重。地在挤。天在压。巨石如雨下落。像梦魇，清醒的梦魇。他异常恐惧，想吼，想叫，想呻吟，但口中发不出一点声息。

不知过了多久，哗——重物忽然消失了。身心爆炸了，炸出满天的光。满天的碎玻璃反射着阳光，哗哗哗闪。到处是光，到处是水波一样的光。光在流动，在闪烁，在喧嚣，在追逐，在吵闹，像波光粼粼的水面，像无数飞翔的光鸟，乱嚷嚷，闹哄哄，在迸裂，在爆炸，在繁衍，在啸卷……动到极致，亮到极致。

四肢却触电似的酥麻了。周身经络里充满了铁屑。心脏成了强大的磁石。心脏被攒积的碎屑挤压，挤压，终而碎裂，渐成翻飞的萤火虫了。萤火虫翻飞着，嬉戏着，喧闹着，跳着生命的舞蹈，渐渐聚拢，聚拢，终成一盏朗然的灯。

那是生命之灯。灯光幽幽荡荡，柔，亮，虚静，空灵。一切都消失了。天地万物，形体，疼痛，都消融于虚静之中。只有灯在悠晃，晃出一分宁静，晃出一分超然。

忽地，灯熄了。

整个过程的文字描写不多，却出神入化地把死亡的觉受、体验细微逼真地复现出来——死亡钻进憨头的体内，从深处一点一点吞噬早已经枯槁的生命，吞一口放出一个信号，吞一口放出一个信号：先是脑中哗哗闪过一些远去的镜头，难以形容的累乏，呼吸是条细线仿佛处处要断时时要断，需要小心地用力才能将它抽出；忽然天塌地陷身体被石块样的重物挤压，呼吸也压扁了；不久，重物忽然消失，身心爆炸了，炸出满天的光，像无数飞翔的光鸟乱嚷嚷闹哄哄；接着，四肢酥麻了，周身经络里充满了铁屑，心脏碎裂成了翻飞的萤火虫，聚拢成一盏灯，那是生命之灯，幽荡、虚静；忽然，灯灭了，死亡的黑暗整个吞没了生命。

作家仿佛就是那个正在吞噬生命的死亡之魔，也仿佛是那个正被吞噬的死者本人，他和死亡和憨头已经混融一体了，他才能如此精微地洞察、描摹出死亡进程的信号和死者的种种觉受、体验。

这不是一般作家能写出来的，因为人死不能复生，作家不能亲历死亡后再拿起笔记录觉受，只有真正打通了生死界限、可以自由往来生死渡口的人，才能明明白白告诉世界死亡的真相。这是人类的梦想，而且，几千年来的确有许多人通过生命修炼战胜了死亡，实现了自主生死的梦想——许多高僧都可以在活着时亲尝死亡滋味，他们的经验不乏历史记载，死亡经典《西藏度亡经》便是类似经验的完整记录。雪漠或许借鉴了这些经验，比如"临死八相"等，但更可能，他也是通过生命修炼战胜了死亡的一员，不然，他不可能创造出"憨头之死"这样精绝的死亡艺术。后来，《一个人的西部》证实了这一猜想。书中，雪漠记录了自己禅修上实现飞跃后的一次亲历死亡："当智慧气契入不坏明点时，我经历了临终时四大消散时的临死八相，从此就光明朗然了。"

对于目睹弟弟离世的雪漠来说，作为弟弟原型的憨头之死，已不仅仅是定格于小说的死亡绝笔，更是定格于生命深处挥之不去的痛楚。生命对每个人都只有一次，一旦失去，就不会再来，这种永失至亲的疼痛，在《母狼灰儿》中也留下了刻骨的印记。母狼灰儿的疼痛里或许有雪漠母亲的影子，灵官的悔恨和疼痛里也有他自己的影子：

> "死"终于降临了。它的降临，使灵官发现自己犯了许多错误：没和憨头多喧，没问他有啥要求，没多陪陪他……如今，"死"把兄弟俩隔开了。他再也见不到憨头了。
>
> 听说，死人沾了活人的眼泪就要成精，很可怕。要是真这样，他倒希望憨头成精。无论成精后的憨头多么可怕，还是他哥，还是那个叫"憨头"的哥哥，总比永远见不到他好。

二、引弟之死

《大漠祭》里的引弟之死也将悲伤深深地烙进了你心里。可爱的引弟被亲生父亲哄骗到沙漠活活冻死，这不可思议的杀戮，在那时的贫穷西部却是一种普遍恶习。想要儿子的父亲们以各种方式让生下的丫头"莫名其妙"地死，是那个年代的西部人心照不宣的可怕的集体无意识，《长烟落日处》也写过这种罪恶。

你无法理解，但这样的悲剧却一次次在那荒凉的大漠上演，无数可爱的生命就这样消失了。引弟之死也许是雪漠为那些被愚痴吞噬的西部女孩的一次祭奠吧。他仿佛也钻进五岁小女孩心里去了，写出冰天雪地的大漠里，一个孤独地守着一堆"金子娃娃"（沙驴棒子），等爹拿红头绳回来像拴人参娃娃一样拴它们的小女孩，是怎样被寒冷一点一点吞噬。她被亲生父亲无情地扼杀，但她心里对父亲却只有信任、只有爱。读到这章时，你的心和作家的心一样疼到颤抖了。

死神踩着冰冷的步伐，向可爱的小女孩一步一步靠近。
先是夜幕降临，凉水一样的夜气漫上来，引弟冷得打哆嗦，牙齿打架：

　　沙山上很红的几抹光也叫夜气淹了。空气变成了凉水，漫过来，荡过去，不一会儿，引弟就打哆嗦了。爹穿走了他的大棉袄。是引弟硬叫穿的，爹拧了一会儿眉，就穿了。引弟的牙齿虽然打架，可她想，爹不冷就好。

月牙儿挂在天上，像一块冰。引弟望了一阵星星，脚已经冻木了：

　　引弟又觉出了冷。脚冻木了，她就跺脚。身子也煞凉煞凉的，她就使劲地跳，边跳边安慰自己：爹就来了，你急啥哩。

起风了，引弟冻出眼泪了：

　　风大起来，嗷嗷地叫着，卷向引弟。她连气都出不来了，她打个寒噤，使劲裹裹衣襟，可仍是冷。引弟眼泪都流出来了，她忍了又忍，才没有哭出声来。引弟抹把泪，四下里望望，想找个避风的地方，可又怕这些金娃娃跑了。

引弟快冻僵了：

　　引弟的脸上有针扎了。引弟的小手冻木了。引弟的身子冻成冰棍了。她把小手放到嘴上，不停地哈气，可还是冷。引弟想，怕是快成冰棍了。

引弟冻成冰棍了：

引弟咧咧嘴，用小手捂了眼睛，却觉得挨到脸上的是土块，木木的。沙子打过的地方也不显疼了。引弟咬咬小手，也觉不出疼，仿佛真成冰棍了。

引弟身子木了：

　　月牙儿又探出个梢儿了。风小了，却冷得木了。想来那鬼也叫冻跑了，声音渐渐小了，最后悄声没气了。可臭爹仍没来。好在引弟的身子早木了。木了好，木了就不太冻了。

冷到极致时引弟发出咯咯的笑：

　　忽然，引弟咯咯笑了。这笑，更是由不得自己了。引弟吓坏了。因为她听顺爷爷说过，冬天进沙窝，最怕笑，一笑，就要死了。

死亡像大网把可爱的小生命捕走了：

　　引弟一边咯咯地笑，一边望那些"金子娃娃"，心里念叨："你们可别乱跑呀。你们怕冷，是不是？不要紧，有我呢。"她费力地蹲下身，费力地坐下，费力解开上衣扣子，费力地把那些"金娃娃"捡了，一个一个地，揽在怀中，像她妈搂她那样，裹了衣襟，紧紧地抱了。
　　"这下，你们不冷了吧。"她想。
　　浓浓的睡意——其实是死亡——像一张大网，渐渐地罩住了引弟。
　　那笑却不停，像惨叫的野兔一样，瘆怪怪蹿出老远。

"第二天，同村的打沙米的人才在沙洼里发现冻得青紫青紫的引弟。"寒冷冻僵了引弟，也冻僵了你的心。

读这个故事时，你能感知引弟天真稚嫩的心，感知她对父亲无条件的信赖，感知她的寒战、冻木的小手小脚，冻冰的小脸、冻出的眼泪，感知她在被寒冷夺去生命时小小身体的细微觉受，你也仿佛听到她最后不由自主的咯咯笑。在这个过程中，寒冷和疼痛从你心中升起，还有怜悯，就像怜悯你自己的孩子，就像怜悯你自己，那么，此时你已经读懂了雪漠，读懂了慈悲。

第六节　大漠世界的回声

一、大漠世界

这就是 21 世纪第一个十年从雪漠作品里走出的大漠世界。这时候，商业文化和欲望都市正滚滚滔滔，职场、白领、商战、财富、物质、消费、市民才是文学的新宠，农民和乡土早已不是作家倾心的对象了。只有远离都市的遥远西部边地，还有一位作家与世隔绝地坚守着为农民父老写一部大书的梦想，用了二十年的黄金生命精心描绘着他的大漠世界。二十年的时间正好跨世纪，新旧各十年，他笔下的大漠世界，经过漫长的煎熬与酝酿，无数次的修改与重写，终于从上一个十年走到了下一个十年，从他的生命深处走出来，日常生活画面一幅幅从他心中流出来。

《大漠祭》《猎原》《白虎关》，三部作品构成百万字的大河小说，如天籁之音奏响，托尔斯泰式的宏伟清新的现实主义风格影影绰绰，仿佛一座大船，将沧桑大漠从 20 世纪载入了 21 世纪。漠风干爽清新，带点酸辛的泥土味，尘沙的粗粝打散了一地鸡毛的小市民趣味；辽阔的大漠、苍凉的贤孝、质朴的花儿，让散发肉欲、蝇营狗苟的欲望叙事自惭形秽。"开放式结构""心灵辩证法""生活画面描写""心灵画面描写"，谁说19世纪伟大的现实主义过时了？伟大没有时限，重要的是作家的心灵是不是伟大。如果作家的心像托尔斯泰一样博大，他的现实主义在任何时代都可以伟大。哪怕在所有文学都迎合时尚卖弄技巧用潮流和观念装点门面的时代，托尔斯泰式的现实主义也会因为坚守而高贵，因为孤独而伟大。无论如何，新世纪的中国文坛接受了这个饱满、鲜活的大漠世界。

三部作品，从阅读感受看，《猎原》的叙事最有张力，有种内在的紧张。南北沟两派牧人对水草的争夺箭在弦上，抓猎者对偷猎者的追捕、复仇的狼与人的对峙，叙事里暗机密布，同时加入很多作者对生命的感悟、思考，如同紧张的画面进来很多画外音，画面就不那么宁静了。《大漠祭》没有画外音，只有人物的声音，没有作者的声音，它是宁静的，它的画面由日常琐事构成，叙事自然松坦，相比《猎原》的张力，更有种浑然天成的味道。《白虎关》用了很多笔墨写人物内心，有时整节都是心理描写，阅读时需要深入人物精神世界，需要投入思考，于是有种沉重感、有点累，不像《大漠祭》，整个都是生活画面，读的时候无须思索，只需感受、感动，读得轻松，没有负担。《大漠祭》作者写的时候是水乳交融地扑进去，读者读的时候也容易水乳交融地扑进去，就像扑入大漠沙海，不需要门槛，也没有任何障碍，甚至都感觉不到自己已经全然融进去了，就这样无遮无拦地被吸引，被感动。所以，三部作品里，《大漠祭》出版后反响最大，最受欢迎，不是没有缘由的。

二、雷达发现《大漠祭》

《大漠祭》在2000年迅速在全国知名，被誉为"文坛黑马"，得益于批评家雷达老师的慧眼识珠和不遗余力的推荐。就像涅克拉索夫发现托尔斯泰和陀思妥耶夫斯基，雷达对雪漠的发现也全凭批评家敏锐的直觉、过人的眼力、精深的鉴赏力和热忱的文学理想。当时，雷达并不认识雪漠，是甘肃省作协主席王家达专门写信推荐，促成这次批评与作品的相遇。在 2002 年 12 月鲁迅文学院为《大漠祭》召开的研讨会上，雷达回顾了相遇的经过和最初的阅读印象：

> 记得前年，我收到一本书，是甘肃作协主席王家达寄来的，此前我并不认识雪漠。书里还附了一封信，说是你无论多忙，也一定要看看这本书，他说这书非常值得一读，你不会白看。书的封面上赫然写着："粗犷自然，大气磅礴，情节曲折，语言鲜活，朴素睿智，引人入胜，是真正意义上的西部小说和不可多得的艺术珍品。"看了以后，我觉得推荐给我的人没有讲假话，编者加在封面上的话也不应该说是商家的广告词语，基本是实事求是的。
>
> ——雷达主编：《解读雪漠》
>
> （本节引文未注明出处者，皆引自此书）

他认可了这部素未谋面、尚不知名的作家的作品，并在《小说评论》发表评论《生存的诗意与新乡土小说》说："从报上看到，有的读者对难得见到描写当代农村生活的优秀小说表示不满。这当然有一定的道理，少的确是少。然而，优异之作并非完全没有，长篇小说《大漠祭》便是一部出类拔萃的表现当代农村生活的作品。"

雷达对《大漠祭》的激赏首先是出于他的文学信念和批评期待。批评家李敬泽在《雷达观潮》序言中有这样一番知己者言："雷达是现实主义的坚定捍卫者——但绝不仅仅如此，在中国社会和中国文学的巨大转型中，雷达执着而雄辩的论证，为现实主义开辟了广阔的空间。对雷达来说，现实主义是信念，但信念不是教条，而是世界观和方法论，是推动变革和创造的实践活动，它不是为了规范世界，而是为了认识和改造世界。"

在中国，现实主义扎根最深的就是乡土文学。《大漠祭》诞生于世纪之交，当时，都市正替代乡村成为文学想象的中心，新一代作家缺乏乡村生活经验，也缺乏乡村表达的兴趣。而在雷达看来，中国文学离不开乡土经验和乡土提供的诗意，才有了上世纪鲁迅对国民性的审视、沈从文乡土牧歌的描写，以及新中国成立后柳青《创业史》这样的革命农民史诗。而80年代的《古船》、90年代的《白鹿原》，虽然也写乡村，但都是写发生在上个世纪的事，直到2000年前后，中国文学还缺少对当代农民生存状态及其在现代化背景下的精神追求的描写。所以，写西部农村当代生存的《大漠祭》正好满足了雷达的批评期待，让他惊喜地看到："乡土文学不会完结，新的乡土文学正在涌现。"

当然，更主要的原因还是雷达认为小说写得的确好。好在哪里？在《生存的诗意与新乡土小说》和《雪漠小说的意义》中，以及在鲁迅文学院雪漠作品研讨会上，雷达以过人的眼力和精深的文学鉴赏力如是评价说：

从贯注全书的那种深刻体验来看，不用作者的"自供状"也能看出，他的人物情事多有原型，是他的亲人和他最熟悉的村人。全书的那种从内向外涌动的鲜活和饱满，即使最有才气的"行走文学"的作者也很难达到。

所展示的审美风貌区别于以往的乡土创作。它没有中心的大事件，也没有揪人的悬念，只有一群老实的、憨厚的、狡猾的、可爱的、可怜的西部农民，他们自然地来到这里，自然地生活在这里。他们是卑微的，同时又是高尚的；他们过着卑微的生活，同时又有非常高尚的追求。

作品既是典型化的东西，又有相当的心理深度；既写了一年，又试图表达百年；既写的是一家，又写的是大家。作品从表面上看起来，是它那逼真的、灵动的、奇异的、生活化的描写，硬是靠人物和语言抓住了读者。

它的语言鲜活，有质感，既形象，又幽默，常常有对西部方言改造后的新思妙句。

我以为《大漠祭》真正感动我们的，是得之于对中国农民精神品性的深刻挖掘。它承继了我国的现实主义优良传统，饱融着一种强烈的忧患意识的正视现实人生的勇气。它不回避什么，包括不回避农民负担问题和大西北的贫困现状。它的审美根据是写出了生存的真实甚至是严峻的真实，因为只有这样才能起到真正激人奋进的作用。

当代文坛，这样的作品并不多。有些作家，名气可能比雪漠大得多，但在精细的程度上和掌握生活细节的程度上及作品动人的程度上，不一定就超过了《大漠祭》。

所以，雷达说："我觉得真正进入《大漠祭》文本，就会发现编者称它是'不可多得的艺术珍品'并不是妄言虚语，还是有相当的可信度。"并说："当代文学太需要精神钙片了，《大漠祭》正是一部充满钙质的作品。"

而雷达也深知，在西部这样的文学边地，一个写作者要走上文坛，殊为不易。所以他在很多场合不遗余力为《大漠祭》鼓与呼。正是在雷达的推荐下，《大漠祭》被中国小说学会列为2000年全国最优秀的五部长篇之一，开始引起文坛注意。批评家李星在《现代化语境下的西部生存情境》中定格了当时的一些细节：

2001年春天，中国小说学会"2000年中国小说排行榜"评委会在天津举行，在讨论中，一部陌生作家的长篇小说

《大漠祭》，突然被常务副会长雷达郑重推荐。这天下午应会长冯骥才之邀大家去一个叫大白楼的地方看他的私人收藏，下车后恰巧路边有一个书店，有人提议进去看看，于是这里仅有的五本《大漠祭》就被评委们全买了，并在部分评委中突击阅读。真实的西部人生存境况，执着的人生追求，加上作者雪漠西部文学新人的身份，《大漠祭》顺利进入仅有五部名额的该年度优秀长篇小说排行榜，作者的名字也始为文坛所知，并被认为是该年度中国文坛上的一匹西部"黑马"。此后的《大漠祭》又先后获得"上海市优秀图书一等奖""上海长中篇小说优秀作品大奖"、第三届"冯牧文学奖"等。

上海师范大学教授杨剑龙在《写出大漠中生命的奋斗与挣扎》中也提到过这次讨论："最初读到雪漠作品是在 2000 年小说排行榜讨论时，在新华书店买来他的长篇小说《大漠祭》，我几乎是连夜阅读的，我被深深震撼了：辽阔雄浑的大漠风光、窘困贫穷的生存状态、人物善良性格不幸命运等，在充满着乡土气息的西北农村原生态生活的描述中，给读者展示出一个独特的世界，表达出作者对于生活的真切体验与生命的深刻感悟。"想必他就是把书店仅有的五本《大漠祭》全买走并突击阅读的评委之一。

三、登上文坛

中国小说学会的认可为雪漠登上文坛迈出了关键一步，此前他是陌生作者、文学新人，此后他的名字开始为文坛所知，被认为是一匹"西部黑马"。而这匹黑马能够走向全国，仍然得益于雷达老师。雪漠在《一个人的西部》中回忆说："第三届冯牧文学奖的初评名单中，本来没有《大漠祭》，也是雷达老师向评委们推荐，评委们觉得不错，将《大漠祭》补入候选名单，才有了后来的全票通过并获得冯牧文学奖。"

2002 年第三届冯牧文学奖《大漠祭》的颁奖词由北大中文系教授曹文轩撰写：

在文学将相当多的篇幅交给缠绵、温情、感伤、庸常与颓废等情趣时，雪漠那充满生命气息的文字，对我们的阅读构成了一种强大的冲击力。西部风景的粗粝与苍茫，西部文化的源远流长，西部生活的原始与纯朴以及这一切所造成的特有的西部性格、西部情感和它们的表达方式，都意味着中国当代文学还有着广阔而丰富的资源有待开发。雪漠关注的不仅是西部人的生存方式，他还想通过对特殊的西部生活与境况的描绘，体会与揭示人类生存的基本状态。在当下文学叙述腔调日益趋于一致之时，雪漠语言风格的特色显得更为鲜明。短促有力、富有动感的句式，质朴而含意深厚的西部方言以及西部人简练而直率的言说方式，使我们获得一种新的审美感受。

在 4 月 6 日的颁奖仪式上，作家、解放军总政治部原副部长徐怀中说：

十年磨一剑只是一个传说，但却是雪漠文学事业的真实写照。以十几年时间，反复锤炼一部小说，没有内心深处的宁静，没有一番锲而不舍的追求，没有一种深远的文学理想和赤诚，是难以想象的。我们今天的文坛，太需要这种专心致志的创作态度。我劝大家读一读《大漠祭》，你会被西部农民生存境遇的真实性深深打动，你会体会到它跟充斥图书市场的文学快餐不同的品格，也会重温文学给予我们的那种真正意义上的审美体验。

同年又在雷达推荐下，《大漠祭》入围了第六届茅盾文学奖和第五届国家图书奖。《文汇报》评价说："作者以极其真切的情感，惊人的叙事状物的笔力，写出了奇特的西部民风和沉重的生存。"老作家欧阳文彬也在《新民晚报》发表《为〈大漠祭〉喝彩》说："我老眼昏花，已很少读长篇小说。前些日子翻开雪漠的《大漠祭》，居然被它牢牢吸住，一头扎了进去，随着书中人物的遭遇时忧时喜，甚至感叹落泪。掩卷之后心情仍然久久不能平静。我感动，也高兴，为大西北出了这样一位作家而高兴，为西部文学增添这样一部力作而高兴，情不自禁要为它喝彩。"

就这样，随着《大漠祭》迅速在全国知名，雪漠自信地站在了中国文坛上。《猎原》出版后，雷达也给出了"上乘之作"的评价："浑厚、大气、严酷、细腻，以生活的深刻性见长。"《白虎关》出版后，雷达有感于当时整个文坛的反应较寂寞，特意在博客撰文《08年我最看好的几部书》，把它列为2008年最好的小说之一，认为是"一部细节饱满、体验真切、结构致密，并能触及生死、永恒、人与自然等根本问题，闪烁着人性良知与尊严的辉光的小说，一部能让浮躁的心静下来的小说"。

无疑，改变了雪漠命运的雷达老师是他生命中最重要的文学贵人。有人猜测生于甘肃天水的雷达是出于乡党情结才推崇雪漠，雷达在《雪漠小说的意义》中回应说：

> 现在大家谈得多的是莫言的东西、阎连科的东西，没有多少人去谈雪漠的《大漠祭》，因为西部在整个文化话语中处于边缘化的状态。正因为我深感到西部处于边缘的位置，批评界很少有人把视线投向西部，投到甘肃这样的地方，所以我宣传雪漠的《大漠祭》的确是不遗余力的。我写文章也好，讲也好，与雪漠本人的关系已经并不很大。我讲的是我

们的西部文学。

更有人以功利心猜测雪漠和雷达定然有特殊关系，殊不知雪漠直到 2002 年到鲁院深造时才在课堂上第一次见到雷达，多少年里他连雷达老师住哪都不知道，他们之间是真正的君子之交淡如水。但雪漠内心一直尊雷达为恩师，雷达退休前他怕打扰恩师，很少主动联系，雷达退休后，他逢年过节都打电话问候，常寄些土特产以表念想，每次来北京，最重要的事就是探望雷达老师。

四、《猎原》得到的激赏

《大漠祭》之后，2004 年出版的《猎原》虽然饱满、酣畅不输《大漠祭》，却没有取得四年前《大漠祭》在文坛激起的那种激动人心的效应。而且，同样写活了狼，却没有像同一年出版的《狼图腾》那样，以"狼性法则"大热而成为畅销书。2008 年出版的《白虎关》更如雷达感慨，文坛反应可用"寂寞"二字概括。也许是"人生若只如初见"的心理定律，人们永远记住的是初见大漠世界时的欣喜和感动，后续之作不论多么精彩，也替代不了最初一瞥的感觉。

其实在作家心里也是这样。至今提到《大漠祭》，雪漠都如回望单纯美好的初恋一样，叹息自己再也不可能回到那个黄金岁月，回到人们说的"火钻钻"的年龄，用十二年的懵懂中求索的光阴，去哺育生命中的第一部大作品了。不过，虽然初恋如此美好，但初恋只是起点，只是出发，初恋之后，不论人生还是创作，都还要一步步走向成熟，走向巅峰。

所以，后来的《猎原》《白虎关》，虽然没有像《大漠祭》那样在全国取得强烈反响，但并不意味着艺术上不如《大漠祭》，其实，每一部都有超越《大漠祭》的地方。《猎原》在情节的抓人、命运的反思、人与狼及人与人争斗的象征寓意上，《白虎关》在人物心理的挖掘、精神的重生和灵魂的救赎上，都创下了《大漠祭》没有的文学成就。包括后来的《西夏咒》《西夏的苍狼》《无死的金刚心》《野狐岭》，每一部都有不可替代的成就，每一部都是雪漠文学生命里不可忽略的脚印，只有细细品读每一个脚印，才能看到作家的成长、新变、探索与成就，才能发现作家一系列成长和不同阶段的成就背后那个独有的文学密码。

其实，激赏《猎原》的批评家也很多，其中，《人民文学》主编崔道怡认为《猎原》"由生态而环保而争斗，由历史而当代而未来，以至'忧天'，臆想到人类的消亡、地球的毁灭。感受大无常，生发大悲悯"，是一部可以传世的作品。他在《文学报》上的评论《地球是这样毁灭的》常为研究者引用：

> 当前长篇小说为数甚多，不知有几部能留存下来？流传易，留存难。若跟那些仅以故事取悦读者的畅销书相比，《猎原》或许没有那么多的读者。但我相信，终究会有相当读者，读过之后能够萌生与我近似的感受。我还认为，只要人类尚未进入大同世界，其形象所昭示的意义便会长存。我甚至发奇想：为免西夏文书命运，应该借助先进科技，把这部书发射到另外一个星球去。亿万年之后，那个星球上的生命研究宇宙，《猎原》就会成为一份参照："噢，地球是这样毁灭的。"

但也许，正是"生态""环保"的解读掩盖了《猎原》的真实成就。《猎原》当然不是环保小说，由猪肚井世界寓意人类世界，由人与人、人与狼的争斗寓意人性的复杂、命运的求索和超越人类局限的大生命观，这些都是鲜明的、不言而喻的。可惜的是，《猎原》没有像此前的《大漠祭》、此后的《白虎关》那样开过作品研讨会，没有给批评家充分解读、评说提供更多机会。也许是吸取《猎原》的教训，《白虎关》出版后，在复旦大学、中国作协开了两次作品研讨会。

五、《白虎关》的两次研讨

在 2009 年的复旦大学研讨会上，雷达盛赞《白虎关》丰厚的精神性内涵，认为它"是近年来最好的小说之一"，"比《大漠祭》进了一层，不止是写法上的问题，主要是对人的信仰、对人的精神、对人活着的意义有较深入的思索"，而这正是物质高度发达下人心最匮乏的。雷达评价说：

> 我们现在的小说，写外在动作的比较多，故事编得很好的也很多，但能深入到人的精神深层的好小说非常少……兰兰、莹儿、猛子都是农村里最卑微的小人物，可是他们内心中想的问题，对活着意义的追问，却很不简单，饱含哲理。所以，进入《白虎关》我们会发现，它是直指人心的。其中主要写灵魂的救赎、精神的重生，渗透了一种浓厚的宗教精神……如果说它比当代的一些长篇小说高了一格，就高在这儿。

雷达还肯定了《白虎关》在复制时代"留住农业文明最后一抹晚霞"的意义："我们今天的生活本身就是雷同化的，我们的文学也会受到这种模式化生活的制约，作家的原创力极为匮乏。因此，作家要想走向世界，要想写出个性，就要重新挖掘地域文化和本土文化里尚未开发的东西。我们整个中外文学史都证明了作品之所以引起注意、之所以流传在文学史上都与浓郁的地域文化有很大关系的。"

复旦大学中文系主任陈思和教授从《白虎关》看到了西部文学中回荡的"民族的力量、民族的精气"，由此联想到萧红的《生死场》，认为"雪漠捡起来的是萧红的精神，是整个文学史上对我们民族精神

　　　　　　　　　　　　　　　雪漠密码

的一个探讨"。

《白虎关》对农民灵魂的书写也引起批评家们的讨论。华东师范大学中文系教授杨扬提出"农民有没有灵魂"的问题，认为托尔斯泰和鲁迅的小说里农民是有灵魂的，但中国当代小说中对农民的灵魂表现不多。巴金研究会秘书长周立民认为农民有没有灵魂这个问题的提出本身就是精英化的，农民只要是人，就面临很多人的问题，包括灵魂。上海大学中文系主任王光东教授认为《白虎关》"真正写出了中国农民之心"，"对中国农民心灵的把握那么细，在以前的乡土小说里很少能写得这么好"。同济大学中文系教授王鸿生赞赏雪漠为农民塑造灵魂的努力，认为过去把国民灵魂都看成是阿Q式的，这是一种国民性格，还不完全是灵魂。而雪漠写灵魂抓住一个关键词：盼头，也即希望，不甘心、不想白活一场的意志。其中兰兰的灵魂修炼，为女性的灵魂追求、精神追求引入了宗教，这在中国当代长篇小说中尤其是少见的。

在2010年的中国作协研讨会上，雷达再度由"当下流行的很多作品思想平面，强化外在动作，靠故事的意义而非人的精神性吸引读者"的现象，指出雪漠作品"直指人心"的意义和价值。他说，《白虎关》中几乎所有的人物都在欲望面前思索活着的意义，小说写了人的精神救赎和自我解脱，并试图重建精神信仰，"这是一部指向人心、剖析人心、拯救人心的作品"。

批评家吴秉杰认为《白虎关》是一本留给现在也留给历史的书，它对农民精神世界的开掘使它很难被取代。书中大量的心理描写具有很强的抒情性，并且贯穿全书，这种强大的心理描写功力在中国作家里是少见的。作品把西部农民的精神世界写得那么生动、抒情，尤其把莹儿和兰兰两个西部女性的命运拷问、生死挣扎写得惊心动魄，令人震撼。

中国作协创研部副主任彭学明认为雪漠的作品是守根的文学，而雪漠是活在自己精神世界里的作家，他的精神世界就是他的根、他的土地。和张承志一样，雪漠对他的根有一种宗教般的虔诚。《白虎关》中的兰兰、莹儿不但体现了人性的真善美，而且寄托了作家的文学理想。可贵的是，这一文学理想不是建立在自我的象牙塔上，而是建立在人性的、民族的、精神的根上，这是很有价值的。

中国作协创研部副主任何向阳强调，在当今乡村文明日渐消失的时代，雪漠的写作具有特别的意义。为乡村留影、为农民立传的创作思路，使雪漠贡献了"大漠三部曲"，堪称为农耕文明作精神传记的文本。随着乡村的日益消失，多年后，也许我们就只能从这样的文本中去寻找乡村的影子了。所以，这种写作对于一个作家来说是非常神圣的职责，这也是雪漠所说"写作是一种朝圣"的"圣"之所在。

当然，这些都是十多年前的往事了。"大漠三部曲"代表了雪漠创作的第一个高峰，那是一个作家用二十年的黄金生命造就的文学高峰，而今遥望，沧桑不免灌满心头，所谓青山依旧在，几度夕阳红。是的，一切都在逝去，一切都在远走，岁月的飓风卷起岁月的沙尘，吹走了它想吹走的一切。那片辽远的大漠，那些沧桑的故事，那些饱满的灵魂，都在风中远去了。就像雪漠在《深夜的蚕豆声》里感慨的："那一个个故事，那一个个人，一茬茬人终将消失，一幅幅生活画面即将消失，一个农业文明的时代即将消逝，那些爱过恨过的男人女人们，也走出了我们的视野，隐在漫天的黄尘之中了……我虽然能看到他们的身影，也能感受到他们灵魂的搏动，但我知道，我留不住他们。于是我挥挥手，说，你们去吧！但浓浓的牵挂，仍在心中发酵。我留不住岁月，我能留住的，只是对那岁月的凭吊。"

其实，他已经留住了他们，他把他们都留在了他的大漠世界里，留在了他的作品里，留在了每一个被感动的心里。这些人，这些事，这些生命，也在一次次的阅读中，获得了永生。三十年后再回首，无论你我还是他，最感欣慰的是，雪漠以定格于作品的大漠世界，实现了最初的文学理想："当世界在飞快地消失，没有任何办法挽留它的时候，我想用文学来定格这种存在。中国的农业文明几千年了，但真正写出农业文明和农民精神和心灵，以及灵魂的作品寥寥无几。在农业文明被历史亘古的黑夜淹没之前，我想保留一种东西，让我们的子孙看一看，他们的父辈曾经就这样活过，就这样纯朴地、痛苦地，当然也自然地、简单地、干净地、坚韧地活过。"

第五章　他的文学世界：灵魂三部曲

第一节　灵魂世界

《白虎关》写完后，雪漠告别了大漠世界和"老顺一家"。虽然他愿意用一生来写活一家农民，进而写活一个时代，但"另一个世界的生命"不断催促他，要求诞生，这就是后来陆续出版的《西夏咒》《西夏的苍狼》《无死的金刚心》。

这三部小说，人物、题材、时空、背景各异，但它们有诞生于同一世界的共同印记，比如：它们共同的主角是寻觅者和信仰者，共同的故事是灵魂寻觅与信仰救赎，共同的形式是灵魂叙事，共同的精神是信仰，共同的风格是象征或寓言……它们是来自人类灵魂世界的三姐妹，也有类似"老顺一家"的共同线索——"奶格玛传说"；它们延续了大漠世界的精神追问，也融入了作家的灵魂，演绎了作家自己生命中那段曳血带泪的灵魂历练和信仰求索，所以，它们被归结为"灵魂三部曲"。

"大漠三部曲"的生存叙事是写实的，托尔斯泰式现实主义光辉笼罩着这片文学高地。已经消解了自我、亲证了慈悲的作家，胸怀如浩瀚的大漠，对大漠生存的悲欣、苦乐不加挑剔地包容、定格、展示。对痛打兰兰、把亲生女儿引弟抱到沙漠活活冻死的白福，凶狠的盗猎者张五、鹞子，装神弄鬼的神婆，把女儿嫁给屠汉的莹儿妈等因人性弱点害人害己的乡村小人物，作家只写其生存之无奈、命运之可怜，而绝不作国民性批判。虽然他也为农民父老们的苦难命运在深夜里痛哭，而且，他以自身经历和修炼而来的智慧明明白白地知道，唯有改变心灵，才能改变命运，但他不予分析、批判和拯救，他只想定格、包容和呈现，只想告诉世界、告诉后人，大漠世界的人们就是这样艰辛地活着，他们承受着，他们沉默着，他们抗争，他们失败，他们挣扎，他们妥协，他们的卑微与尊严，他们的无奈与希望，他们的糊涂与明智，他们的弱点与优点，他们的软弱与坚强，他们的追问与信仰，都留在了这片浑朴的大漠里。

而且，对现实生活的近乎原生态的写实追求，也让作家无法超越时空、超越现实，把高于大漠世界的见识和境界塞给人物。虽然他已经不是贴着人物写，而是成为人物写，甚至可以钻进人物内心、和人物混融一体，但也只能是成为人物而不能替代或超越人物，他的叙事仍然囿于现实时空，囿于人物自己的生命状态，他不能把自己的思想、见识和智慧强塞给大漠世界的人物，而只能通过孟八爷、拉姆、兰兰等个别人物有限地、含蓄地说出一些符合他们生命状态的见识和感悟。所以，"大漠三部曲"更像是慈悲之书，作家宽广的慈悲浸润着大漠世界，将农业文明最后一抹晚霞定格在了博爱的天空。但他的思想、他的见识、他的智慧、他的信仰，则因现实主义的生存叙事而难以充分表达，更难以获得淋漓尽致的叙事呈现。

想必，这也是雪漠告别大漠世界、转向灵魂世界的一个写作上的理由。另一个原因，很可能来自雷达老师。2004 年《猎原》出版后，雷达在刊于《人民日报》（海外版）2004 年 6 月 18 日的文章《雪漠小说的意义》中，表达了他对雪漠创作的期待：

> 除了沙湾这个小社会之外，雪漠还能知道多少东西？他

会写沙湾小社会，会不会写之外的大社会？或者能不能把沙湾小社会放到大社会中去看？这个问题非常重要。雪漠在写作中有封闭倾向。他对我们民族的思维方式如天人合一的思考比较多，但他对国际的风云、世界的进程、人类的进程和人类精神上遇到的困境思考了多少？他的作品中人类性的东西有多少？我觉得，他需要有这种眼光，需要一种东西文化撞击后的眼光。雪漠虽也追求过形而上的东西，但对形而上和形而下的东西结合得不是很自然。我希望他能鸟瞰"沙湾"，鸟瞰"猪肚井"，鸟瞰凉州，让作家的主体意识站起来，把强烈的现代意识和对家乡的深刻了解结合起来。

民族的、世界的、人类的、现代的、形而上的，这些在后来出版的《西夏咒》《西夏的苍狼》《无死的金刚心》《野狐岭》中都得到了充分展现。此外，雪漠还加入了历史的、灵魂的、信仰的维度。"作家的主体意识"不但是"站起来"，"鸟瞰凉州"，而且是飞起来，鸟瞰世界，如同从笼中奔出的一匹野马。在这几部作品中，雪漠尽情展示其打碎一切束缚的叙事自由，尽情挥洒其写实、抒情、议论、寓言、象征等各种文体的写作才华，尽情表达其超越时空的见地和终极超越的生命智慧——在生存叙事之外，他创造了一种天马行空的灵魂叙事，不但超越时空、超越现实，还超越人物、超越感觉，甚至超越人类而站在终极智慧的形而上塔尖写作。他的生命境界，他以灵魂历练亲证的慈悲和智慧，便在这高度自由的不羁叙事中，获得了最大限度的呈现。

第二节　《西夏咒》：苦难与救赎

一、极致之书与土地秘史

最先诞生的《西夏咒》，就因灵魂叙事的极端自由和极端复杂，震惊了评论界。当然，令人震惊的还有它呈现的那些极端事件、极端经验，以及承载和面对、超越和救赎这些极端事件、极端经验的信仰精神——那种极度慈悲、极度勇敢和极度智慧。这部小说因而被陈晓明老师称为"极端之书"，它的确把一切都发挥到了极致，包括极端丰富的叙事文体。

《西夏咒》汇集了写实、幻觉、梦境、议论、抒情、对话、心理、采访、寓言、象征、禅诗、民间歌谣等各种文体，貌似破碎混乱，读起来却极有韵律且不落痕迹，洋溢着一股酒神精神的自由酣畅、近乎狂欢的涌动之气。它是极端的、极致的，又是浑然天成的、圆润饱满的，它的诸多"极端"让人目瞪口呆，它的浑然天成又给人汪洋恣肆的阅读快感。无论从何种角度看，它都是一部奇书，散发着惊艳气质。它是雪漠创作的转折和新变，也是此前文学积累和生命积淀的集中爆发。它代表雪漠迄今达到的文学高度。

我们别忘了，最初，它的种子是和"大漠三部曲"一起诞生的，虽然孕育时间不同、最终果实不同，但它们其实都有一个共同的母体——土地。它们都来自作家用脚步丈量过无数遍的西部大地，是作家常年深入土地采访的厚积薄发，只不过，"大漠三部曲"喷涌的是大地之上的生生不息，定格的是一部看得见的生活史和风俗史；《西夏咒》喷涌的是埋藏于大地深处的隐秘生活，定格的是一部看不见的苦难史和救赎史。

或者说，它是土地秘史的狂欢喷涌。作家以巨大的慈悲和勇气，将土地积淀千年的幽深、黑暗处的秘密呈现于笔端，就像打开了潘多拉的盒子。大量的民间秘密记忆，那些隐秘的、惊人的、残酷的、不可告人的群体性记忆和个人记忆，那些灾难记忆和耻辱记忆，那些人性泯灭的邪恶至极的记忆，都群魔出笼，遮天蔽日，把时空混沌的西部荒原，幻变出一幅幅真实而又虚幻的地狱图景：

饿殍漫山遍野，四处游荡着食人鬼，整个村子堕落了，笼罩在末日疯狂的欲望中。于是瘟疫发生了，狼祸发生了，人祸发生了。人迫害人、人折磨人、人吃人，人类自相残杀的种种惨剧都出现了。愚昧怯弱的瘸拐大把母亲背到河里淹死，吃人成性的阿番婆误吃了等待归来的儿子，吃人成性的舅妈连外甥女都不放过，全村人煮食雪羽儿妈，全村人围观用牛车碾断雪羽儿腿、围观妇女骑木驴游街、围观活剥人皮前的遛"皮子"……人类历史上各个时期的残忍事相，那些惨绝人寰的悲剧，那些闻所未闻的罪恶，在时间的长河中日积月累，积淀成河底的淤泥，层层渗入河床，隐藏于大地幽暗的深处，形成一部不忍卒读的土地秘史，一部梦魇般的人类苦难史。

梦魇中的灵魂渴望救赎，渴望逃离涂满杀戮之血的大地，渴望从灾难深重的记忆中被拯救，于是，救赎苦难的英雄——信仰者出现了。"在任何大灾难面前，人都会分为两种，一种是坚持底线的人，另一种是失去底线的人。灾难和苦难一样，都像一道分水岭，把人分到了左右两边，人的心灵能承受多大的重量，此时立见分晓，人的价值如何，此时也会立见分晓。"（雪漠：《深夜的蚕豆声》）

雪羽儿、琼、阿甲、久爷爷、吴和尚，他们既是受难者又是救赎者，他们在大灾难里守住了人性的底线，不但没有生起仇恨心，更没有复仇，甚至没有心灰意冷，而是守住自己精神的殿堂，在极致的苦难中升华了生命，以至善精神救赎了苦难，他们"像是尸骨间盛开的野花，美丽，纯净，毫不畏惧"。他们的故事像英雄传奇一样流传于民间，也在时间的长河中渗入大地，成为土地秘史的一部分。

传说中，雪羽儿是智慧空行母奶格玛的化身，她和琼以宗教修炼的双修方式救赎了苦难，升华为信仰图腾，供后人膜拜。把英雄升华为图腾，把人性中的至善力量上升为信仰，这是人类救赎苦难、战胜恐惧的普遍方式，由此形成的一个个民间信仰和宗教传说，既真实又传奇，既令人敬畏又给人安慰，在无尽岁月中也被土地收藏成为了秘史。包括土地本身，因其藏污纳垢的混沌性、包罗万象的神秘性，总有种说不清道不明的令人敬畏的力量，人们便将其也供奉为神。阿甲就是守护凉州千年的土地神，大地的守护神。

就这样，小说呈现的土地秘史混合了人类苦难史、英雄传奇、民间信仰和宗教传说，在小说开篇"本书缘起"，作者假托西夏岩窟发掘的八本书稿来承载这些秘史。八本书稿（《梦魇》《梦魇煞》《梦魇集注》《阿甲呓语》《空行母应化因缘》《金刚家训诂》《诅咒实录》《遗事历鉴》）总称为《西夏咒》。

作者还以"我"对八本书稿的"翻译、注疏、考据、注释、演绎"，交代了这些秘史的梦魇色彩——"最前面的一本称为《梦魇》，那点滴的文字透出的，真像梦魇"；隐秘色彩——"它有汉文和西夏文两种，一般内容用汉文写；在某些特殊年代里很容易被误解者，就用西夏文来写"；多样叙述——"书稿有八本，总称《西夏咒》。其书写的年代不一，编撰者不一，纸色不一，笔体不一，语气不一"；身份混乱——"在那堆书稿中，阿甲的身份却很是混乱，他在那几本书中常常出现，他时而是叙述者，时而是主人公，时而是见证者，时而在西夏，时而在现代……总之是混乱到了极致"；寓言色彩——"那些书稿中的内容，多涉及'金刚家'。它似乎是个家族的名字，但内涵又远远超过了一般意义上的家族，其寓言色彩极浓，很像传说中的独立王国"；时空混沌——"就书中记载看来，'金刚家'存在的年代也很是模糊，似乎是西夏，似乎是民国，又似乎是千年里的任何一个朝代。这样也好，以其模糊，本书反倒成了一个巨大的混沌"……

类似的自陈混乱的"写作者言"在叙述中时不时跳出来，如，"《梦魇》内容很混乱，分不清写的是西夏还是当代，也弄不清是现实还是梦幻，书中内容和人物也混沌一团，自相矛盾。但据后来的《金刚家训诂》称，它还是反映了金刚家的许多真实"；又如，"我一直没有弄清，《梦魇》中的琼、阿甲、雪羽儿等，跟其他书稿中的同名人物究竟是何种关系，他们虽然有着相同的名字，但似乎又有着相异的人生轨迹"……这让看起来虚虚实实的充满矛盾和缝隙的秘史讲述有了叙事的合法性，至少，你不会像冬烘先生一样，拿现实主义的尺子去较真。

整部小说就以这八本书稿为主体，通过见证者阿甲、智者"我"和寻觅者琼的讲述，将西部大地的秘史交错展开叙述。主要以阿甲和琼的讲述为主，八本书稿的内容交错穿插，还加入《安多政教史》《蕃汉要时掌中珠》等正史材料，以及"我"的对话、调侃、辩驳、自嘲、点拨、议论、延伸，或补充多种说法，或互相印证，或指出矛盾、缝隙，或颠覆、解构，或引入现代意识，或回溯远古西夏，形成秘史讲述的多视角、多义性、模糊性，以及纵横时空、自由出入文本内外的不羁叙事。

读的时候你很容易想到莫言的《生死疲劳》、马尔克斯的《百年孤独》，因为它们同样写的是土地秘史，同样具有秘史的叠加、混沌、黑暗、奇观、狂欢、传奇、象征等特质，所有这些特质用一个耳熟能详的词概括，或许就是魔幻现实主义吧。它的多重文本的叙述方式，也让你想到80年代后期的先锋派小说——如果说先锋的话，它也是从中国西部这一母体诞生的本土先锋，而不是从博尔赫斯马尔克斯那里舶来的先锋。

事实上，它的先锋叙事并不仅仅是形式，它本身也是内容，它是作家世界观的呈现，是作家思想和智慧的文学表达。如借叙事者"我"对本书形式的议论，作家表达了这样的超越智慧："为了避免诸多的考证和诠释麻烦，我更愿意将《梦魇》看成形而上的生活。它类似于科学家说的负宇宙，是世界这幅织锦的另一个侧面。"——在作家眼中，混沌本是超越现实的形而上生活本有的形态，而矛盾和缝隙也本来就是生活的真实，又如：

> 《梦魇煞》中的琼似乎是谝子的儿子，是金刚家的公子哥；《空行母应化因缘》中的琼仅仅具有僧人的身份；在本书开始时，琼是从尼泊尔朝圣归来的人；而在好多地方，他似乎又是西夏的僧侣……还有谝子、宽三等人，也多有自相矛盾之处，总之是缝隙四布，漏洞百出。但我也懒得将它们

编囿囵了。因为我发现，那诸多显现的矛盾，其实是最真实的生活。也许，多缝隙和漏洞，也算是本书的一大特色吧。

在超越智慧观照下，记忆有了另一个名字：宿命通——"你知道记忆吗？短的记忆叫记忆，长的记忆——当那长度超过了肉体极限时，它就有了另一个名字：宿命通。"

在超越智慧观照下，诸多人物一是多，多是一——"他说，傻瓜，你何必冬烘？在智者眼中，阿甲便是琼，琼便是阿甲，他跟你雪漠，原本是一体的呀！""芥子纳须弥。小小的你我，同样是琼、阿甲及诸多人类的全息。"

在超越智慧观照下，世事如幻如戏——"在阿甲的叙述中，琼又出现了。我一直没弄清，他叙述中的琼，跟生活中的琼究竟有啥关系？是不是同一个人？这种疑惑，同样适应于书中的其他人物，但我懒得去弄清这号问题，一是我没必要跟一个带点儿疯气的叙述者较劲，二是我发现世上许多事本来就是大幻化游戏，我怎能认假为真执幻为实？"

所以，雪漠从不把《西夏咒》的魔幻色彩、先锋味道仅仅看作是形式，他更愿意强调内容和形式的浑然天成，它并非诞生于某种主义或流派刻意为之的形式实验，而完全是作家生命的强力喷涌，是土地秘史融入作家灵魂后，在作家生命深处发酵、饱满到极致后的灵魂喷涌。他说写作时一直处在魔力喷涌状态，就像魔鬼附体一样，在巨大的神秘力量的推动下不由自主地喷涌写作，喷出什么就是什么，他并没有进行形式和技巧的修理。陈晓明老师慧眼独具，看到了《西夏咒》叙事背后涌动的力量和叙事的狂欢性，他以"附体的写作"比喻作家的喷涌姿态："雪漠像灵魂一样附着于西部大地，否则，他无法将那么多的黑暗、痛楚的事相描绘得如此逼真。"（陈晓明：《文本如何自由：从文化到宗教——从雪漠的〈西夏咒〉谈起》）这恐怕是迄今最切合《西夏咒》的批评了。

而从文本看，小说的魔幻色彩和先锋味道主要来自三个灵魂叙事者：阿甲是土地神，守护凉州的神灵，除漏尽通外，灵魂该有的五通——天眼通、天耳通、他心通、神足通、宿命通——他都有；琼"生来就有报通，开了天眼，能看到另一个空间的生灵"；"我"是证得了光明大手印智慧、比阿甲境界更高的智者。他们都超越了现实存在，既超越了时空，可以自由穿梭于过去和当下，也超越了现实，可以看见常人看不见的许多隐秘存在。他们其实是作者生命境界的不同呈现。他们的叙事充分体现了灵魂自由、通灵、超越的特点，有种打破一切界限后的自由酣畅的力量，和类似酒神精神的狂欢味道。比如：阿甲讲述雪羽儿走向她命定的寺院，石和尚推开庙门时的一瞬：

> 那未卜先知的石和尚正等她呢。不等她开口，就推开了的庙门。那声吱呀，撕裂天空般响，把我也惊出了一身冷汗呢。
>
> 哦呀，吓死我了。门侧被惊醒的促织虫也这样叫。

又如琼讲述饿极了的自己去麦地偷青的经过：

> 我走向麦地，麦地欢笑着迎接我。它们也知道那霉头是它们的病，会传染的。它们于是排了队，齐声向我喊叫：欢迎欢迎，热烈欢迎！我很喜欢它们的叫声。那些霉头们也飞快地伸过脑袋，说，揪我吧揪我吧。我恨不得长上二十只手。我边揪边将它们扔进口中，牙齿们也欢快地叫着。那股土腥味便爆炸一样，扑向我全身的毛孔。……我想，要给雪羽儿带些霉头去。霉头们齐叫成哩成哩。它们于是朝我的衣袋里涌。你见过收网时翻飞的鱼儿吗？对了，就那样。它们撞击着，嬉笑着，呼喊着。你根本不知道那时我有多伟大。天地间只有我和那些向我欢呼雀跃的霉头了。它们占领了我

所有的衣袋。我于是将背心塞入了裤腰，它们便开始往背心里涌集。它们像将要开赴前线的士兵那样兴奋。我甚至忘了日头爷正在山头上叫：娃子，我可要下山了。……直到天的颜色变得跟霉头一样时，我才想起该回去了。那些饿死鬼们的呻唤填满了山洼，他们伸出一只只枯骨般的手问我要霉头。我恶狠狠啐几口。你知道，鬼最怕人的唾沫。他们便讪讪地散开了，远远地望着我，涎液的流淌声瀑布般响。我的心软了，掏出一把霉头撒过去，边撒边喊：一变十十变百百变千千变万万变恒河沙。于是，那霉头充满了山洼，饿鬼们欢叫着扑了去。他们的吃食声跟老母猪吞面汤一样夸张。

正是在混沌、自由、通灵、超越的灵魂叙事里，堆积千年的罪恶和苦难（历史的、民族的、群体的、个人的、人类的）被巨大的慈悲从地狱里召唤出来，在终极智慧的观照下走出秘史，获得救赎。慈悲让叙事无限贴近罪恶和苦难，以细密饱满的写实呈现种种不忍卒读的极端经验；智慧让叙事超越罪恶和苦难，使浸透着耻辱与疼痛的极端经验透着巨大的象征意味和寓言色彩。金刚家和明王家争水打斗、瘸拐大背母亲送去河里淹死、阿番婆吃人、石碾子碾雪羽儿腿、村人煮食雪羽儿妈、舅母杀雪羽儿、批斗示众会、骑木驴游街、瘸拐大遛皮子、活剥人皮，这些场景折射的汪洋恣肆的人性恶透着虚幻、透着荒诞、透着象征，而人物、事件、细节却又历历在目般鲜明、逼真，极致的屠杀写得极精细、极真实、极饱满，仿佛作家就是屠杀的发明者、施行者，也是被杀的受害者和围观的看客。

这种整体的虚幻感和细节的真实感带来的奇特的阅读效果，被陈晓明老师敏锐指出："那些痛楚的经验写得极其逼真，写得白森森的"，但真实的场景上空又笼罩着梦魇般的虚幻感，"如同西部荒原上冬日的阳光照在泥土上的那种苍白，真实而又无力，虚幻而又真实"。（陈晓明：《文本如何自由：从文化到宗教——从雪漠的〈西夏咒〉谈起》）作者也在第十三章意识到了叙事的"忽而清晰如画，忽而一团混沌"，特意提示读者说："对那些不专心的读者而言，《梦魇》中的故事不太好看，因为它没有迎合我们的阅读习惯，它忽而清晰如画，忽而一团混沌。谁叫那是梦魇呢？但对于很有智慧的读者，《梦魇》就很精彩了，因为那里面，有着别处看不到的风景。"而在小说第一章，作者就交代了叙事在象征和实在之间的切换：

> 不知道琼是啥时到凉州的，书稿中的记载同样很模糊。因为，琼眼中的凉州，已超越了地理概念，成为一种象征，它已不再属于哪个具体的时代。正如佛经中常用"一时"来代替具体的历史时间一样，在智者眼中，时间仅仅是幻觉。
>
> 但琼在进入凉州的那一刻，象征还原为实在。在他的感觉里，那时的凉州死了，成了没有人烟的荒滩。那时，饥饿之魔正四下里乱舔。
>
> 中国历史上充满了这样的时代，饥饿已成为历史的梦魇。

整部小说的叙述就如琼在象征与实在之间的穿越行走，"忽而清晰如画，忽而一团混沌"。在智者眼中，一切存在都充满象征；在智者观照下，一切实在都显现出象征意味。但智者又不能不将象征还原为实在，不能不以慈悲进入真实存在，因为只有在慈悲的召唤下，那些触探人性底线的惨烈和痛楚才能从历史的幽暗处显现出来，也才能被智慧救赎。否则，它们将沉默、喑哑，被深深埋藏于土地深处，如同囚禁于黑暗地狱的幽魂，无法得到救度。所以，高度逼真的写实恰恰是救赎的前提。而高度逼真的写实既需要极度的慈悲、极度的勇气，使作家能够直面那些触探人性底线的痛楚和耻辱，也需要真刀真枪的写实功夫，使作家能够把那些痛楚和耻辱细密饱满地呈现出来。

同时，作家又不止步于"写得白森森"的暴力呈现，他总是将笔触伸向对罪恶的反思、追问和救赎，他总是将慈悲的呈现、定格与智慧的观照、超越合而为一。慈悲承载罪恶和痛苦，智慧观照罪恶和痛苦；慈悲显现罪恶和痛苦，智慧清洗罪恶和痛苦；慈悲定格罪恶和痛苦，智慧救赎罪恶和痛苦。慈悲有多宽广，救赎就有多宽广；慈悲有多深重，救赎就有多深重。如果说慈悲是大地与河床，智慧就是太阳和天空，它们是信仰的车轮、灵魂的双翼，缺一不可。尤其在对人性与历史缝隙里的"庸碌之恶"的挖掘，以及对人类苦难的追问与救赎上，慈悲与智慧的和合更为小说撑起了一片思想的高地。

二、庸碌之恶

小说里的三大施恶者，族长谝子是权势的代表，打手宽三是权势附庸的代表，村民瘸拐大是庸众的代表。作者以精练的笔触，三言两语就活现了族长谝子的跛扈和庸众对权势惧恨交加的心理：

> 谝子穿个黑色衣裳，风吹来。那衣襟一扇一扇，像带了谝子飞。

> 瘸拐大熬过了一生中最难熬的半个时辰，才见谝子横着身子，撑入大门。

一"飞"一"撑"，把谝子的嚣张跛扈活现出来。接下来，一"啐"一"怯"一"猫腰"，写出怯懦卑微的庸众对权势又恨又怕的心态：

> 一见谝子那跛扈样儿，瘸拐大就想啐他一口痰。整个金刚家，没有比谝子更讨厌的了。以前，也穷得夹不住尿。后来，倚穷卖穷，扯起杆子，劫大户，欺小户，用疯耳光猛扇救济过自己的恩人，折腾几年，就摇身一变，成了人上人。瞧那孙蛋，连走路时，也跟螃蟹一样横哩。

几个村人上去，跟谝子打个招呼。瘸拐大希望他们也啐谝子，可他们只是塌了塌腰。瘸拐大想，昨日个，该多啐他几下。一下是啐，十几下也是啐。但一想后果，却有些怯。

瘸拐大，你来。谝子叫。

瘸拐大就猫了腰过去。阿甲说，瘸拐大很想挺胸凸腹，可在谝子面前，已习惯了猫腰。他知道，谝子喜欢这样。金刚家的人都夸他老实。他能进家府祠驮水，能时不时给妈烧个山药，就是猫腰的功劳。

庸碌之恶在于麻木。庸碌者的灵魂是沉睡的，良知是麻痹的，既看不见自己被贪婪、愚昧、妒忌、仇恨、傲慢等人性弱点驱使造成的害人害己的痛苦，也看不见别人被伤害的痛苦。和平年代，庸碌者是行尸走肉的混世虫；灾难年代，庸碌者是麻木不仁的看客、包藏祸心的啦啦队和暴力罪恶的帮凶。对庸碌之恶如何泯灭人性，小说有入木三分的刻画。如：金刚家和明王家争水械斗打不过，想制造人命栽赃对手以争得理上的胜利，就选瘸拐大的老母亲做牺牲。人称大孝子的瘸拐大非常痛苦，但在谝子、宽三们的威逼下不得不屈从，把老母亲背到河里去淹死。一路上看客们为这丧失人伦的屠杀欢呼，这欢呼麻痹了痛苦、泯灭了良知，瘸拐大竟从中"品出了辉煌"，忘了自己是在屠杀自己的母亲——

嘿，瘸拐大。人们叫。

嘿，宽三。娃儿们叫。

瘸拐大高兴了。村里人竟把他和宽三并列了。这是从没有过的事。宽三是谁？是族长的红人，族丁的头儿。他瘸拐大，不过一个瘸腿的半边人。瘸拐大从夹道的烟火中品出了辉煌，却忘了肩上背着去送死的母亲。

同样，瘸拐大遛皮子也是在看客的喝彩下麻痹了良知，把罪恶当荣耀：

> 好哇！一群兽叫似的喝彩。
>
> 好哇！那群乌鸦也叫。它们知道，那剥了皮后的剩物，就是它们的美餐。
>
> 沿了牛车轧出的那条盘肠似的土道，灰尘裹了皮子下山去了，身后是无数看热闹的人。这戏法，只听过，多年没见人耍了。这瘸拐大，真是出尽了风头。不长日子，他竟出了三回大风头，一回是背着妈妈，一回是弄那木橛，这回又遛这皮子，他差不多成名人了。其名头，仅次于谝子和雪羽儿。瘸拐大显然也知道这一点。他兴奋地打着响嚏，像被大叫驴追赶的骚骡子。

又如：饿极时揪了一把麦子的雪羽儿妈被族人表决被煮食，除了琼抗议，庸众们都在谝子的威吓和政治手腕下举手赞同——

> 阿甲说，琼被族丁捆成了粽子，吊在马棚下。琼大叫，人命关天呀。你们咋这样？
>
> 听到这话，谝子脸色变了。他说，族人们说，你们叫煮，老子就煮。你们不叫煮，这族长帽子老子也不戴了。宽三说，你是族长，你说啥，就是啥。阿番婆却叫着，煮！煮！饿死鬼们也一阵阵吼："煮！"琼看到，族人们虽沉默着，但他们的喉结却上下飞动，他们在咽口水。琼想，他们定是眼馋雪羽儿妈的那身肉。
>
> 谝子直了声问，同意惩罚贼的，举个拳头。琼发现谝子不简单，他问的那话，没人敢不同意，就喊，他又偷换概念了，雪羽儿妈可不是贼。

谝子说，咋不是？偷了青苗，就是贼。同意的举拳头。

先是举起两个拳头，是宽三和瘸拐大，然后是跟雪羽儿妈吵过架的三个女人，然后有人开始张望。琼发现，饿死鬼们的拳头举得最高，但谝子看不到他们，也就不算数了。不过，还是有些拳头迟迟疑疑地高过了头。

你咋不举？谝子喝问一人。那人慌张地道，就举就举。

琼大声问，有你这样叫表决的吗？

谝子冷笑道，你也想尝尝鳖子的滋味？

琼说，当然想，你把我煮了，我算你是个长毛出血的。

谝子冷笑道，贼不犯，是遭数儿少。等你事发的那天，老子自会煮你。你咋不举？他又喝问一人。那人一缩脖子，也举了手。

家府祠里于是一片拳头了。

其实，庸众们举手，不仅因为对权势的惧怕，不仅因为胆小懦弱，更因为把吃人当正常，不以煮食同类为恶、为耻的可怕的麻木，也因为各人内心隐藏的恶——嫉妒或者报复：

谝子问，是慢火煮呢，是滚水烫？

族人们在这一点上分歧很大，男人们多赞成滚水烫，这样雪羽儿妈少受些苦，待水一开，丢进人去，很快就死了；女人们却多赞成慢火煮，这样她们就能叫雪羽儿妈多受受罪。先前能吃饱肚子时，她们的男人老拿雪羽儿比她们，嫌她们没雪羽儿干净，没雪羽儿俊，没雪羽儿水灵。她们永远忘不了自家男人望雪羽儿时的馋相，她们早想修理她了，她们早想软刀刀细绳绳地修理她了。修理不了她，能修理她妈也成。她们怎能叫她轻而易举地死掉？

又举了一次拳头，两派意见平分秋色。最后，谝子数了数，说多一个。雪羽儿妈就被架进了汤锅。

人为什么杀人？人类为何自相残杀，甚至对亲人下手，甚至煮食同类？这是《西夏咒》发出的追问，它发现，人类历史上写满了这样的屠杀——"《诅咒实录》中记录了金刚家的那次灾难。该书称，自打有了人类，那自相残杀的灾难就开始了。这罪恶，远远超越了国家、地域、种族、文化等，成了人类摆不脱的梦魇。某专家认为，单纯地考证其时代意义不大，因为几乎任何一个时代，都会有这样的事。"

从"自相残杀"这一角度看，历史惊人地相似，以至于你会失去历史存在感。所以阿甲说："金刚家的人没有历史感，千年了，他们老是那样子，变化的仅仅是：大明的没辫子，大清的有辫子，民国的剪辫子，仅仅如此。他们的心却留在了西夏，定格在被屠刀激起的呆怔里。"

人类历史上充满了"被屠刀激起的呆怔"，煮食同类的事件可能出现在任何一个历史时空，无数的"呆怔"连起来，时间消失了，历史停滞了，时代也打盹了，阿甲说："那个黄昏，从盹里醒来，我忽然失去了时间。换句话说，我不知道历史定格在哪个瞬间。后来，我一直请教别人，可没人告诉我。我翻呀翻呀，翻遍了历史，一直找不到我需要的字。你知道，许多时候，一个时代都会打盹的。"历史如同一片昏黄的水迹，水迹里是自相残杀的人类，"那感觉很模糊，像旧画上的水迹，一晕一晕，都泛黄了。水晕中的他们也在争斗，当然，人没现在多，可那脸上的邪乎样子，一样，一样呀。那好多东西，总会定格的"。

但作家并不关心人类为自己屠杀同类制造的各种理由，也不关心战争是正义还是非正义，相对于战争在历史上卷起的尘暴，他更关心灾难面前普通人内心的风暴。他说："要知道，历史的巨眼是忽略一般人的。没人去关注一个百姓的心事，虽然那内心的激烈程度不弱于一场战争，但历史却只记住战争，并将战争的制造者当成了英雄。"

在雪漠看来，历史上很多的战争和灾难，其实都发轫于人心之恶一闪念。《野狐岭》中，蒙汉驼队的争斗和汉人的自相残杀就始于豁子的挑拨，豁子的挑拨又始于他内心对齐飞卿的嫉恨，因为齐飞卿曾将自己一条豁牙狗唤作豁子。《西夏咒》更以对人心的精微洞察，写出人类自相残杀背后复杂细微的人心根由。谝子、宽三和族人们对雪羽儿母女、吴和尚的非人折磨，或出于报复或出于妒忌，或出于贪婪或出于愚昧，或出于对权势的畏惧、对弱者的歧视，或出于窥视、嫉恨、狭隘、恩将仇报等阴暗、扭曲心理，或仅仅就因为心里不舒服，看不惯、容不下庸众里的个性和优秀……总之，贪嗔痴慢妒混合成各种复杂微妙的恶，吞噬了人性、麻痹了良知，驱使人们制造种种自相残杀的灾难。

所以，对历史的追问，对历史不断上演的人迫害人、人杀人、人吃人等"人祸"根源的追问，作家更愿意归结为对人心的追问。他把聚光灯照进历史灾难下人心的复杂隐微处，看人心之恶如何生起，善与恶如何搏斗，善如何被恶吞噬，人心之恶如何导致行为之恶，个人的恶行如何蔓延为群体的恶行……而所有恶中，不以恶为恶的庸碌之恶、麻木之恶，因为对恶因、恶行的无视和助长，堪称恶中之大恶。

"瞧，都昏昏欲睡了，没个牛虻刺一下，自个儿就腐朽了。"当人吃人成为心照不宣的日常，煮食同类成为村里人的大聚餐，骑木驴、遛皮子等酷刑成为村人围观的竞技表演，当整个村子对人性泯灭的极致恶都无动于衷、习以为常时，读到这里，你一定想到了将"人血馒头"和"看客之恶"定格于文学的鲁迅，你理解了那个要砸碎铁屋子、将昏睡之人都砸醒的偏激的灵魂。是的，唤醒沉睡的灵魂需要偏激的声音，把麻木的神经扎出痛感甚至需要灾难相救了。于是，偏激的阿甲在村子里放咒，大声叫喊忏悔，刺痛生命的灾难——瘟疫——也蔓延开了。但昏睡的庸众们拒绝忏悔，把同样叫喊忏悔的传教士约翰辱骂殴打一顿，更将阿甲视为瘟疫的祸根，判处将他烧死。一位自称来自明王家的智者赶来相救说："听说你们这儿出了个放咒的，要处死。族长叫我来，你们不要我们要。我们那儿正缺个放咒的呢，谁都昏昏欲睡了。"庸众答："你要的，我们偏不给。他死定了。"

你一定从放咒的阿甲和把千年历史看作人与人争斗史的阿甲身上看到了鲁迅的影子，更从拒绝忏悔、围观暴力、为屠杀叫好的看客们身上看到了"国民性批判"和"启蒙思想"。是的，作家也对那个"偏激的幽灵"深怀敬仰：

> 我敬仰的一位，也具有狼性。他是人群中的异类。为诅咒另一类，他苦苦寻找着世上最黑的咒语。
>
> 那人一直没找到黑的咒语。所以他只好吐血。把烘干的黑血，化成文字。人们于是说他偏激。
>
> 不偏激的异类当然不懂，此人之伟大正在于偏激。他是庸碌中的反叛。他用吐出的所有黑血织成护轮，才抵御了千年的庸碌对他的同化。

正是从鲁迅身上，雪漠继承了一种"黑咒"——偏激，用来"杀度庸碌"；同时，他还在历史的某个沧桑的间隙里，从久爷爷代表的人类至善精神里继承了另一种黑咒，那是人类最黑的咒语——慈悲，他将用它来诅咒罪恶、救赎人心。

对看客心理刻画之精微、对人性洞察之深刻、对庸碌痛恨之偏激，皆可见出雪漠受鲁迅影响之深，但他并不止步于偏激的批判，而且，他的偏激只针对屠杀和屠杀的帮凶——为屠杀叫好的啦啦队，以及用各种理由掩盖屠杀的政客，他从不将批判和偏激指向那些躲在历史角落里的卑微小人物，对他们，他只想用最黑的咒语——慈悲——救赎，救赎他们被庸碌吞噬的心灵，因为在他看来，救赎了人心，也就救赎了历史。所以，他喊出了鲁迅没有喊出的忏悔，他写出了鲁迅没有写出的人心隐微处的善恶交锋和由此出发的灵魂救赎。比如：

瘸拐大活剥一个小伙子的人皮时，突然听到小伙子叫了一声"妈妈"，他想起自己的妈妈，想起自己对妈妈的想念和愧疚，才发现，自己剥皮的对象，也是一个活生生的人，是跟他一模一样的人。——"妈呀！那皮子叫。瘸拐大是很想妈的，还没张口，那皮子却叫了。瘸拐大奇怪了。他也会叫妈？他差点儿忘了，皮子也是人。这一叫，像石子在瘸拐大心上打了一下。"

其实，每个人心里都有与生俱来的善，这是人人皆有的良知、悲悯、真心。看到一个生命倒在血泊里，之所以麻木不仁，是因为他没有意识到，那是跟他一模一样的生命。当他意识到眼前的皮子不是"材料"而是一个"人"，一个和他一样有妈妈、在痛苦时会叫妈妈的生命时，这一点点良知的觉醒，就足以让庸碌者的麻木像太阳下的霜花一样消退。所以，"瘸拐大操起了刀子。妈呀。那皮子叫。这一下，瘸拐大顿时软了，他说，我不行了"。如果这时候，瘸拐大进一步忏悔，他的灵魂就会觉醒，他将再也拿不起刀子。但一旁的谝子赶快煽动仇恨，扑灭他心中刚刚冒出的星星之火——"谝子说，下了第一刀，以后就好弄了。别看这小子岁数不大，可也许，你那媳妇，就叫他操几百回了。"仅仅是语言编造的假想的仇恨，都足以像黑风一样熄灭人心中那朵微弱的良知的小火苗——"这一说，瘸拐大有气了。那么好的媳妇，那么好的一掐出水的媳妇，竟叫这小子操过。瘸拐大一狠心，剥起了第一刀。"

又如舅母杀雪羽儿时，善良到极致的雪羽儿还想从舅舅舅母身上捕捉一丝残存的人性，"舅母脸上写着犹豫"，舅舅一句"不要叫丫头受疼"，已让她大感欣慰。这个挑战伦理道德神经的细节，像噩梦一样荒诞离奇——

> 舅母的身影很高大，雪羽儿知道是自己睡倒的缘由。要是她站起来，舅母也不过是平常的身坯。她想，舅母为啥这样做呢？但答案明摆着。舅母的脸上写着犹豫，她定然也在斗争着自己。她知道舅母不喜欢她，但舅母毕竟是舅母，何

况她是给她家送狼肉来的。听得舅舅翻了个身，她知道舅舅醒着。听得舅舅悄声问，你真胡来？舅母没答话。舅舅就啥话也不说了。雪羽儿想，要是舅舅没醒来多好，他没醒，自己还有舅舅，他一醒，这一生她就再也没舅舅了。听得舅舅又说，不要叫丫头受疼。雪羽儿想，他总算还记得自己是外甥女儿。

整个过程，雪羽儿没有怨恨，而是显得淡定、冷静、充满悲悯。她甚至为舅舅感到难过，也为金刚家的局面感到震惊。雪漠以精微之笔，写出人性善恶之判就在良知一线，写出大饥荒年代人性之恶无限膨胀，善已无处容身的事实。

当一个人能认出恶、意识到作恶、忏悔作恶的时候，善就从心里生起了，善生起的时候，如同黑暗中透进了光亮，救赎也就启动了。救赎不是以恶惩恶，以暴治暴，救赎也不是批判、革命，靠外在力量改变命运，救赎只能建立在人心良知的萌动、个人灵魂的觉醒上，救赎只发生在每个人的灵魂内部，救赎只在每个人内心的善恶一念。一念恶为堕落，一念善为升华，去恶趋善，这就是救赎。而善，不仅仅是不害人，真正的善、绝对的善，是慈悲。慈悲又叫"无缘大慈，同体大悲"，那是对别人生命的感同身受，对别人生命疼痛的体贴敏感。三十里外有人打狗，赵州和尚未听其音，却感疼痛，这就是"无缘大慈，同体大悲"。当慈悲充溢你生命时，你会生起一种周遍一切的大爱，一种至善生命观。你会觉得，你和宇宙间一切生命都是心心相通的，你们是一个整体，任何生命都不应该被伤害，无论什么理由，任何人都没有权力去剥夺另一个人的生命。生命是平等的，生命对于每个人都只有一次，因此，伤害和剥夺他人生命是最大的恶，所有戕害生命的行为都是罪恶，即使是以民族大义为由的屠杀，也不值得歌颂，所有的屠杀都应该被谴责，杀人有罪！这就是雪漠借《西夏咒》喊出的最黑的咒语——慈悲。

借寻觅者琼写下的偏激文字，作者对岳飞、陆游、诸葛亮等"民族英雄"做了反思，对秦桧、冯道、洪承畴等"民族败类"做了辩护，他的标准只有一个：杀人有罪。不论何种理由，如果行为上杀了人，那么，这种行为就是罪恶，杀人之人就是罪人；如果行为上救了人，那么这种行为就是善行，救人之人就是英雄。在至善精神观照下，英雄和败类不以概念划分，而以行为的善恶划分。概念往往是别有用心的遮羞布，行为才真正见出人心之善恶。所以，作者说："别管民族，别管国家，别管人种，至少，用人类的尺码去衡量。那真理，至少渗透着一个字：善。"他以超越民族国家的绝对善的标准去看历史，这样一来，史书对民族英雄、民族败类的评判都可能被颠覆，而这种颠覆必然会冒犯历史，冒犯民族英雄的神圣感。正是在这一点上，《西夏咒》被一些评论家所诟病。

在 2010 年中国作协举办的《白虎关》《西夏咒》研讨会上，一位批评家以激烈言辞批评《西夏咒》的至善历史观是"文化犯罪"。温和一些的也在后来发表的评论文章中如是反诘："这样的历史评判显然失之偏颇。在人类还没有消灭国家、政府、民族等社会组织形式之前，宗教的至善原则无法取代与前者相关的一整套价值体系。投降退让不仅无法抵制侵略杀戮，反而可能招致更加严重的侮辱与伤害。按照雪漠的逻辑推演下去，则八年抗战也属于不义的战争，投降日本方能体现尊重生命的仁慈。这岂不滑稽？"（张懿红：《雪漠的思想探险：从启蒙到宗教》）在一次讲座现场，有读者对雪漠发出类似的诘问：日本人侵害你家人时，你是反抗还是投降？

雪漠回答：当然要反抗，但反抗不等于认同杀人，被迫杀人也是一种罪恶，所以，"我会一手拿起武器抗击，一手振臂高呼谴责杀人之恶"。他举历史上真实的例子说："有一年，西部出了一个暴君，屠杀了大量的佛教徒，造下了无数的罪恶。有一个非常勇敢的英雄僧人，他化装后来到这个暴君前，一箭射死了他，然后僧人逃走了。僧人当然拯救了很多无辜的人，但西部有这样一种文化理念：杀人是有罪的，无论你杀的是暴君也好，什么也罢，他这个杀人的行为本身是有罪的。后来，他一直没有资格给别人授戒。当别人请他授戒时，他说自己没有资格授戒，因为他已经杀过人了。"

雪漠认为，人类应该要有一种建立在绝对善的标准之上的理念和文化，告诉人们：杀人是罪恶，人类不应该杀人。无论什么理由杀人都是罪恶。只有这样，人类才可能减少罪恶。在他看来，只有谴责暴力的文化才能消灭暴力，而暴力并不能终止暴力。"赞美屠夫的文学是人类心灵上的毒瘤，我们必须割除它"，靠对极致善的信仰割除它。而历史上为屠夫叫好的啦啦队和帮凶太多了，所以他宁愿做偏激的鲁迅、做刺醒庸众的牛虻、做戳穿皇帝新衣的孩子。唯有偏激，才能把麻木的庸众叫醒；唯有冒犯，才能刺痛庸众的神经，引起反思。

三、人类性与世界性

《西夏咒》提出的"庸碌之恶""杀人有罪""灵魂救赎"等思想是具有人类性和世界性的。在对纳粹罪行的反思上，已有学者指出庸常之恶，他们研究发现，很多纳粹军官屠杀犹太人时，仅仅把屠杀当做一项制度化工作，而完全意识不到这是在犯罪。电影《索多玛120天》里，纳粹把人性底线以下的各种暴行冠以井井有条的制度化名目，缔造了一个荒诞的、毫无人性的地狱性质的"狂欢厅"。正是权势与庸碌的合谋，将暴力与罪恶合法化、庸常化、狂欢化，对这一现象的揭示和反思，《西夏咒》也站在了人类和世界的高度。而它喊出的"杀人有罪"的声音，与摩西十诫的"不可杀人"同出一辙。电影《血战钢锯岭》的主角就信仰"不可杀人"，他坚持自己的信仰，在战场上不拿枪，只以医生身份奋力救护伤员，赢得了战友们的尊重。在对罪恶的救赎上，无论东方哲学还是西方基督教，都认为救赎在于人心、在于灵魂，救赎始于忏悔，始于心中那与生俱来的善的光明。

电影《七磅》的主人公，因为疏忽导致车祸，妻子因车祸去世，迎面而来另外一辆车上的六条生命也因此逝去。事故之后，悔恨不已的他决定自杀，但在此之前，他想用生命去帮助一些需要帮助的人，以获得救赎。他把自己的肺给了他的兄弟本；他把一半肝脏给了一个在家庭服务和孩童福利保障中心上班的黑人女人；他把自己海边的房子送给了一个被男友虐待的女人，让她和她的孩子彻底离开了噩梦；他把自己的一个肾脏捐给了一位冰球教练；他为白血病儿童捐献了骨髓；他找到了适合自己角膜移植的女人，同时他爱上了那个适合自己心脏的女人 Emily Posa。完成救赎后，他决定用水母自杀。最后，他成为了 Emily 的心跳。这是西方基督教文化演绎的救赎故事，杀人有罪的观念使主人公不但以生命赎罪，更以舍身帮助他人来救赎自己，某种意义上，他何尝不是东方佛里舍身饲虎、割肉喂鹰的大菩萨？

《西夏咒》中，舅舅对传教士约翰说："你那经，我看了。那人，也是菩萨"，"你的博爱，我们叫慈悲"。约翰和阿甲都在劝人忏悔、劝人爱、劝人向善。忏悔是救赎的起步，没有自省和忏悔，就无法拨动庸碌之恶的昏沉的乌云，善与爱的光明就无法透进来。所以，作家对阿甲说："我欣赏你的忏悔，那是心底最亮的光明。这世上，最无耻的是无耻，我喜欢知耻的你。"而救赎的完成，有时只是一个善念。小说结尾，曾拒绝忏悔的屠汉，仅因一念之善得到救度，"从放下屠刀，到立地成佛，仅仅是因为那一点儿善念"；明王家也因出了一个智者，想救下正要被处死的阿甲，以此善行感召了一位智者娃儿的诞生，才躲过大水淹没的灭顶之灾。而死不悔改、拒绝忏悔的金刚家，被不期而至的大水杀度。这是必然的结局。

对于金刚家的覆灭，雪漠解释说："虽然雪羽儿每天修炼一种保护的仪轨，希望能让迫害了她和母亲的村子得到救赎，不要受到因果律的惩罚，但她的这份心成就的仅仅是自己的功德，她改变不了村子的命运。因为，任何外力如果缺少了自力的里应外合，都会失去真正的意义。"所谓自力，就是忏悔之心、改过之心、升华之心，以及相应的行为。缺少自力，神佛也救不了。所以《西夏咒》中雪漠借阿甲之口说："我虽然不能完全知道金刚家的过去，但却能知道金刚家的未来。因为金刚家人的心，决定了金刚家人的命。无论他们咋折腾，也逃不出自己的命去。"

当然，这些都是作家救赎思想的寓言化表达。事实上，小说通篇都回荡着演绎作家救赎思想的智慧之声。在极为丰富的文体中，小说始终贯通着一种文体，而且频繁出现，就是阿甲和"我"的议论。这些议论对走出幽暗秘史的人物、事件包括对历史本身进行评判，如同一双烛照时空的巨眼，以智者的无比清醒透彻的目光打量着大地上积淀千年的苦难，一切都看得明明白白，并以"要知道……""你知道……""是的……""定然……"等句式，说出终极超越的智慧之声。如：

> 那背了母亲进老山的雪羽儿太像天牛了，她不知道自己将走向何处。跟我一样，我也不知道自己将走向何处。跟人类一样，人类也不知自己将走向何处。就这样，我们都不知道自己走向何处。

> 雪羽儿的脚步溅起远去的尘埃。你知道那是历史的尘埃。它能模糊了人们的视线，但在智者的眼里，却手纹般清晰。

> 你知道她在演戏。天地的舞台好大呀，一茬茬的人卸了装，一茬茬的人又招摇着走来。你不管这些，你只在乎你上台时的那一瞬。你多想定格了它呀，可你明明知道，这世上，没有能定格的东西。谁都是演员，谁都在倏忽，谁都彩虹般虚朦，谁都闪电似稍纵即逝。那就别叹息吧，连那叹息者，也不过是炎阳下的露珠。

> 你知道岁月的屠刀，终究会削去所有的名字。

是的，那火是心的显现。这世界，啥不是心的显现呢？

雪羽儿还将那忽然流出的泪，当成了悲心的显现。这也是对的。当一个人忽然泪流满面时，他定然会被某种东西感动。那感动，也定然会使他生起慈悲之心。

你知道，心中没它们时，命里就没它们。你知道一切都是心的显现。

这世上，有许多词语。他们的本质都一样，就是折腾人心。这世上，同样有许多骗子，他们总能找到各种词语。每一种词语，都仅仅是折腾的理由。在那公共的词语下，表演的，其实还是骗子们的贪欲。

这些智慧之声汇合成超越所有文本之上的超级文本，像太阳照耀万物一样照耀书中所有人物、事件，照耀每一个场景每一段故事。读者阅读时，正是因为超越智慧的光明照耀，才没有被无尽岁月收藏的罪恶秘史拽入人类历史的梦魇。历史的梦魇唯有智慧的声音能刺破，历史的阴霾唯有智慧的太阳能照破。于是，作家从生命的太阳放出智慧的光线，从生命的大海发出智慧的声音，穿透层层血腥、苦难、耻辱记忆，对被梦魇窒息的灵魂进行救赎。在智慧女神的引领下，一个个受难的灵魂从幽暗浑浊的泥潭升腾出来，升向天空，像出淤泥而不染的荷花，绽放救赎的美丽和清凉。最典型的例子是《汤锅中的雪羽儿妈》这章。

村民煮食雪羽儿妈是屠杀的高潮。作家以高度的写实，写她如何被表决，如何被扔进汤锅，汤锅的水慢慢变热，火慢慢加大，她在水里扑腾，她的头发、皮肤、毛孔、眼睛在煮熟过程中的细微变化……作者把头探入沸水，去体会那被煎煮的灵魂，慈悲让被煎煮的灵魂从沸水中升腾出来，智慧对被煎煮的灵魂进行救赎：

死后，你的灵魂仍然会感到被煮沸的痛苦，火烤水煮的感觉会一直伴随你——

我看到了浮在汤锅中的那具肉体，像翻着白肚皮的死鱼。她的嘴一张一合也像缺水的鱼。一串串水泡在她身边咕嘟，意味着她正泡在沸水里。虽然三嫂说水沸时雪羽儿妈已死去，我还是觉得她那时仍感觉到了煎心的热。人的肉体已死，而灵魂仍被煮着。老祖宗说，人的临终一念是很要紧的，在神识要离体的瞬间，你要是想到极乐世界，就能到极乐世界；你要是被饥饿感所困，你就只能是饿死鬼。饿死鬼虽然已没了肉体，但他们仍是会感到饿的。你不知道，那饿的，其实是他们的灵魂，因为那饥饿感已渗透了他们的灵魂。雪羽儿妈也一样，她临咽气时，定然会感到自己被煮沸的痛苦，那痛苦同样也渗透了她的灵魂。在水的咕嘟声中，她无奈地望着肉体被煮烂。她看到一群饿死鬼正在垂涎她的尸体。她听到一堆咽唾沫的声音。她一定也看到被捆在马棚下的琼，她还看到了被火焰烤得神采奕奕的宽三的脸。她觉得一群群火蛇在自己体内乱窜，她肯定明白那种火烤水煮的感觉会伴她进入另一个生命时空。

和所有灵魂一样，你有了宿命通，所以你有穿越时空的见地了——

她发现人们捞出了她，剥了她的衣服，认真地清洗着。那样子，跟剔猪毛时一样认真。在沸水的发酵下，她的身子胖了好多。她明白那是水分的功劳。

她当然有了宿命通。谁都知道鬼是有五通的，她仅仅没有漏尽通——就是说她还有烦恼，否则的话，她也就解脱了。有了宿命通的她定然发现，在多年后的某个黄昏，有个作家会写她。她还看到会有一大批人骂他在胡编乱造。他们当然不相信人类中会有如此残忍的人。他们不明白在某个特定的历史时期，人类会群体地失去人性。一位叫荣格的心理学大师将这种现象名之为集体无意识。于是，在沸水中，她对多年之后的那个作家十分真诚地说，谢谢你。她知道，要不是他，后人早就忘了被同类煮食的那个母亲。

她甚至听到了批评家们的议论，对这个情节，他们也很不以为然，他们觉得不真实或是太血腥。你很想告诉他们，还有比这更残忍的事呢。但你仅仅是个新死的冤魂，你虽然有穿越时空的见地，却没法让迷者具有觉者的智慧。

别怕，你不会再死一次的，生命只有一次，你已经失去了——

你肯定会垂泪的。虽然你的泪很快会落入沸水，变成煮你的液体，但你别怕。你不是已死了嘛，你再也不会有性命之忧。虽然那沸水会一直煮沸你的灵魂，你像总是感到饥饿的饿鬼一样，你总是感觉到灼人的热浪。但别怕，你要明白，死了的你，不会再死一次。

别怨那些煮你的人，只怨你命不好——

从沸水里升华出你的灵魂，看一眼煮你的世界。你被他们煮着，更有人煮着他们，煮你的沸水终究会凉的——后来煮你的其实是你心中的热恼，所有的热水终究会凉的——伴随他们的热恼，也照样一直会伴下去的。除非有一种灵魂的清凉解除了热恼。你也不用怨那些健忘的人们，虽然有许多跟你一样的好人被煮死，但总有人不信的。谁也不愿想一些不愉快的事。谁都活得太累，都想打打麻将嘻嘻哈哈。你也不用玩深沉。死了就死了，只怨你命不好，遭遇了煮你的时代和煮你的人。

你无数次煮过羊，所以你的肉体也被煮，因果律会让你释怀——

你也许惋惜你的肌肤。年轻的时候，你总爱照镜子，那模样，总是千般的好，你总是嚼了杏仁涂上去保养。此刻却被沸水煮着，而且发白了。那白，是你活着时盼也不曾盼到的，是那种养了孩子后喝足了小米粥才有的白。你的眼睛大瞪着，你望着它，它望着你。你明白，眼珠是一嘴瓷澄澄的好肉。你不是最爱吃羊眼珠吗？你的眼珠，别人吃时，也跟那一样。一咬瓷瓷的，只是在咬到苦水时，才有点发苦。

你看到宽三拿个筷子戳你的肉，也如你煮羊头时常做的那样。这时你忽然明白了，冥冥之中，你已经落入了一个自然定律，有人叫它因果律。你曾无数次地煮过羊。那时，你不会想到，别人也会那样煮你。你于是想，也许，我是自作自受。这一想，你便有些释怀了。

在饿极的时候，你也吃过人心——

宽三继续像你戳羊那样戳你。你发现他最爱戳的，还是你的胸部。那儿虽然只有软软的一层，但那是最能叫人想入非非的地方。你甚至觉出了筷子的质感，你知道那是你神识的感觉。你的肉体已明明成了另外的个体。你看到好些人在吧嗒着嘴。你当然听到了他们腹内的咕咕声。你知道他们早成了饿殍疯虱子。他们大多尝过人肉的鲜美。你不是也炒过人心吗？你忘了，在那个遥远的冰天雪地里，你们断了粮，你们饿得头晕眼花。你就剜了死在雪地里的伙伴的心。你就切了。切时，你觉得那心仍在怦怦跳着，你手一滑，切去了半个指甲……没忘吧？炒的时候，心们欢快地跳着。你不知道炒人心的时候得盖上锅盖。你听到心们一下下跳起，在用力撞锅盖。你知道它们想飞走，它们当然不想变成你的粪便。

你惭愧自己肉少，说明你已不在乎这皮囊，你的心也被人吃，这仍是因果律——

你看到一个女人的丈夫正躺在炕上放气。他也在等你的肉呢。你知道，他很快会见到你的。瞧，他的嘴里正流着清水，跟跌落的水头一样，它一下子滑落下来，在衣襟上淋漓着。他就要咽气了。他也许觉出了啥，瞧他嘴角竟有了笑意。你发现，那是你的兄弟，也就是村里人叫他何秀才的那个人。但你没有丝毫的难受，你忽然发现，他似乎跟你无关。

你看到好些人用刀割你的肉，其实真没多少肉了。你很惭愧自己的肉少，不能叫他们吃个满口。你发现，除了你腿上还有些能勉强称为肉的东西，别的地方只能叫皮。有的地方皮厚一些，有的地方皮薄一些。看到他们那么热情，却吃不了多少肉，你真不好意思，觉得辜负了他们对你的期望。你发现谝子跟宽三正在吃心，你的两只手也候着他们。除了心外，你知道手最好吃，因为劳动，那儿有相对厚些的肉。脚后跟也好吃，但早叫人抢了。你听到吧嗒吧嗒的声音，你真想录下那场面叫日后的读者看看，免得他们说雪漠在胡编乱造。

你将飘零游荡，多年后才能找到依怙——

但你也发现了一些令你感动的场景，你看到竟有人在呕吐。你明白他们还不习惯吃人肉，或是他们嫌煮你时没来得及扒了下水。不管是哪种，你还是感动了。你最感动的，还是那个捆在马棚下嗷嗷大哭的琼。你发现，他的头上有一个光圈，这说明他心地光明。你还看到在若干年后的某个时辰，他会跟你的女儿一起修炼，进而证得漏尽通，从此便没了烦恼。那时，你会在某个无月的夜里找到他，那时你的孤魂已飘零了多年，你找不到灵魂的依怙之处。你虽然很想进阎罗殿，但你找不到路。你想哪怕在阎罗殿上刀山下火海也比无着无落地游荡好受。你只能在凄风愁雨里浮游。多年后，你惊喜地发现了证悟的琼，你想皈依他。你从此成为他的护法。但你知道，那毕竟是多年后的事，此刻他正烦恼大甚。你不明白，你跟他无亲无故，他哭啥哭？

你知道，灵魂如风，风是没有骨髓的，由他吸吧——

你看到宽三捞过你的腿骨，你知道他要吸你的骨髓了。村里杀牛时，他老这样。你亲眼见过他给牛车上粪，用大头锨。那大头锨，你一望就吐舌头，可他却跟使火柴盒一样。他只用十七八锨就能装满一牛车粪，别人至少得三四十锨。你见过他给族人们分粮食时，他那一锨，就有多半斗。你不知道是不是他吃了骨髓才有大力。每次队里宰牛，那四条牛腿总叫他啃得干干净净。你明白他想啃你的骨髓了。你觉得你的腿在抽筋。不要紧，这仅仅是条件反射，其实你已没了骨髓。你仅仅是一缕风，你虽然没看过一本叫《灵魂如风》的书，但你还是应该明白灵魂如风。风是没骨髓的。你果然见他举块石头砸你的腿骨。你的腿马上一阵钝疼。他砸了十多下，你也疼了十多次。你虽然也叫了，但没有人听得到。

风是无声带的。换句话说，你已经失去了喊疼的资格。其实，你早就没资格了。从你被命运裹挟的那天起，你就没资格了。

你应该想，将这臭皮囊布施出去，叫好些人解一回馋，救好些人的命——

你听到那汉子口中发出抽吸的声音，你觉得腿一阵痉挛，一股精力溜出了你的腿，很像抽筋了。你明白那同样是你的感觉而已。你很厌恶那汉子，你甚至闻到了他口中的恶臭。你那么美的骨髓进了他的臭嘴，你真有些受不了。你想，还不如叫扔到山洼里喂狼。其实，你不必太有分别心，他和狼吃了，一样的。最后都变成了粪便，人粪也罢，狼粪也罢，没实质的区别。你别恼了。

你应该想，哎呀，我的臭皮囊叫好些人解了一回馋，说不定还救了命呢。比如，要是那阿番婆吃饱后少往家里领一个乞丐，比如有个口中快要流清水的人吃了你的肉把清水咽回了肚里，比如……够了，有好多这类的比如呢。要是你欣然把身子布施给他们，救了他们正在流失的生命，你就成了另一种人类。当然，跟你说这些，你也许不懂的。

你若心甘情愿地把你的骨肉喂了这群人而心中无半点嗔恨，你就成菩萨了——

你还看到了几位啃你的腿部的女人，那三嫂正抠你的眼珠呢。那是你身上最好吃的肉之一，她当然也明白。一个女人想跟她抢，三嫂手一抡，女人就风筝般飘出一丈开外。你很可怜那女人，你想把你的眼珠分给她一只，但这能由得了你？你活着，都由不了你，你不就是个冤魂吗？你以为你是谁？

你发现有人竟然在喝那汤，你真要呕吐了。下水里的好多东西都进了汤。你当然恶心了。但那汤不是很香，跟煮了一只老鸽子的汤很相似。你煮过老鸽子吗？对，就是那种，漂点儿油花儿，但总不如煮鸽娃儿的汤那样白嫩。但无论咋说，总是有点儿肉味。你就别挑剔了。

你发现你终于变成了一堆骨头。骨头们在锅下挤成了一团。它们没有你期望的那么白。按说，你应是白净的。因为你没有吃过有毒的药物。可你要知道，那白净，已叫煮进了肉汤。对一堆骨头，你没必要那么计较，灰一点白一些照样改变不了你的本质。只有你心甘情愿地把你的骨肉喂了这群人而心中无半点嗔恨，你就成菩萨了。那时，你的骨头就可能被寺院请去建塔。那时，你的骨头就不叫骨头了，人们会尊它为舍利。明白不？骨头的好坏取决于主人心性的高低。

你明白你已经死了，而人们终将遗忘你——

你这时才明白你没有了生命。你才真正明白眼前发生的一切对你的影响。这就是说，你已经不再是人了。你成了鬼。记得不？当初，你一听别人喧鬼你总要打哆嗦，其实每个人在做人的同时又是鬼。那怦怦怦跳的心一停，你就成鬼了。瞧，人鬼的转换其实很简单。

但你还是感到了悲哀。你忽然明白，你没了命。就是说，你没了每个人只有一次的那个东西。天可以老，地可以久，你却再也没有了命。你永远不会去追问：谁给了谝子夺取别人性命的权力？因为你不知道自己还有追问的权利。

其实你更可悲的不仅仅是你的死，而是人们的遗忘。随着吃你的这茬人的死去，人们不会记得曾有人吃过你。甚至连记载这件事的作家也会被人们指责，说他在胡编乱造，或是嫌他描写血腥暴力。他们应该知道，有时的展览暴力，是为了消除暴力。医者只有在洞悉某病的症状和病因之后，才可能找到良方。

你发现人们意犹未尽地吧嗒着嘴。这是村里人最大的一次聚餐。

你发现，一群饿死鬼正狂欢着走来，对你说，来呀，咱们去兜风。

你却只是哭着。你不愿与他们为伍。你的哭声很哽咽，听得我胸闷欲裂。你定然听出了我的难受。你很想善待我。你一把揪住我的头发，将我提出了水面。

煮食同类是人性底线以下的罪恶，如果像《索多玛120天》用自然主义的语言写，读者肯定会呕吐，《西夏咒》通过死后灵魂的观看，在对灵魂的救赎中展示人吃人的场景，效果就完全不一样了。读者的视角与灵魂的视角同一，和她一起看到，一起感觉，一起思量，一起聆听智慧之声的救赎，读者不再是煮食同类的观看者，而是和作家一样的思考者和救赎者。观看视角的转换使读者可以把非人场景顺利读下来而不觉得恶心，相反还与死后灵魂一起，被超越智慧所救赎。

触目惊心的场景还原后，作家又补叙了民间信仰的救赎。人类无法接受煮食同类的事实，便幻想出伟大英雄替人受难，这个英雄当然不能是人类，而是动物——

《遗事历鉴》里还记载了对一些当事人的访谈，他们都或多或少地吃过雪羽儿妈的肉。他们说，他们吃到的根本不是人肉，而分明是熊肉的味道。经历了那场大饥饿的人们对食物有着惊人的辨别能力。他们是确实能分辨出人肉和熊肉的不同的。约有六成以上的人——他们大多品尝过人肉和熊肉——说，他们吃进嘴里的人肉真的很像熊肉。

《阿甲吆语》中于是说，雪羽儿妈曾接生过的那头熊的老公拜月修炼，成了精灵。它为了报恩，幻化为雪羽儿妈，代她进了汤锅。

阿甲说，那头公熊跟拜月的狐儿一样，每天夜里，都拜北斗星。它的修炼，正好赶在雪羽儿妈遇难时圆满了。于是，它就使了个移神换将的手段，将雪羽儿妈换回老山。它自己，则幻化为雪羽儿妈，替她经历了那场煎熬。

这种说法，后来被雪羽儿的崇拜者们普遍接受。在空行母的唐卡上，便多了一个很像熊的护法神。在凉州，它是继那头黄犍牛后，进入唐卡的第二个动物。

虽然我一直怀疑《阿甲吆语》的真实性，但我还是很喜欢这一说法。

这无疑也是读者最喜欢的说法，报恩的熊替代雪羽儿妈受难，这对所有人的心理都是巨大的安慰。为了进一步消解丧失人性的极端经验对读者的刺激，在用民间传说安慰读者之后，作者还对煮食事件提供多种说法，用"训诂"消解真实——

根据《遗事历鉴》的记载，雪羽儿妈死于饥饿年代后的某次偷青。要真是这样，那么她就不会有后来的那一连串被揪斗的经历。根据经验，在那种饥饿年代，人们是没有精力游行的。据说，在揪斗游行之后的年代里，金刚家并没有发生大的灾荒，这样，煮食事件中的描写就似乎有些失真。

对此缝隙，《金刚家训诂》中如是解释：

一说是那煮食事件只发生在琼的梦魇中。这是最好笑的解释之一，我因此对一些所谓的训诂哑然失笑。

一说是雪羽儿妈死于游行之后的另一次偷青，也就是说，饥饿其实已成为金刚家的另一个摆脱不了的梦魇。

第三种说法，说那煮食事件的受害者并不是雪羽儿妈，而是雪羽儿，说她是在那次偷粮之后被人们煮食的。这种说法直接动摇了本书后半部分的基础，是最叫我深恶痛绝的。

第四种说法是，说那被煮食者也许不是雪羽儿妈，而是另一个女人。真正的雪羽儿妈寿终正寝，在煮食事件的多年之后，才闭上了那双历经沧桑的眼睛。

第五种说法就是前边提到过的，那公熊为了报恩，幻化为人形，替恩人进了汤锅。此后，雪羽儿妈在母熊及熊崽们的照顾下，度过了幸福的晚年。

《汤锅中的雪羽儿妈》可以说是写苦难救赎的绝笔，在世界文学史上也应占一席之地。它也是《西夏咒》的浓缩本，从表决，到煮食，到救赎，到民间传说，到训诂，综合了全书各种文体和叙事风格，在一个章节里集中展示，如同聚光灯照射下的一幕舞台剧，其中贯穿的作家的大慈大悲、大智大勇，无可抵挡地撼动了读者的心灵。

在莫言的《檀香刑》里，作家的才华浪费在展示外在的感官罪恶上；在阎连科的《日光流年》里，作家的才华用于对饥饿苦难的寓言化和奇观化描写，他们的笔触都还没有触及慈悲和智慧的天空。在陀思妥耶夫斯基的小说里，痛苦的灵魂在污浊的泥泞里翻滚，渴望救赎，却没有一个确信无疑的上帝向他们伸出双手。"到底有没有上帝？有，还是没有？"对上帝的拷问贯穿了陀思妥耶夫斯基的一生，他对人物有深沉的慈悲，但对上帝的怀疑让他无力为他的人物找到救赎。或者说，他既希望心外的上帝伸出救赎的手，而内心却又不相信，他不知道，只有心内的上帝（智慧）才真正具有救赎的力量。

在雪漠的灵魂世界，没有心外的救赎，救赎只发生于灵魂内部。无须拷问上帝，需要拷问的是自己的心。每个人都是自己的上帝，每个人都是自己的救赎。在托尔斯泰晚年书写忏悔和救赎的小说《复活》中，慈悲因为智慧的缺席，仅靠良知无法让救赎走出命运的茫然。托尔斯泰一生都在信仰与自我的纠结中度过，最后离家出走，死在追寻和纠结的道路上。而雪漠笔下，救赎之力必须依靠慈悲与智慧的和合，缺一不可。

当托尔斯泰为农民的贫苦放声痛哭时，他的慈悲可能出于善良的天性和人类的良知，当雪漠为他笔下人物的苦难命运放声痛哭时，他的慈悲却蕴含着清醒的智慧。智慧就是明白所有的苦难其实都源自心灵，无论历史还是个人，命运的磨难不是来自外部环境，而是来自心灵的污垢。被污染的心灵是愚痴、贪婪、欲望、嗔怒、仇恨、妒忌、算计、傲慢的渊薮，拥有这种心灵的生命便陷落于罪恶的泥潭，在泥水四溅的污浊里轮回出无尽的苦难。而当生命认出心灵的泥潭、认出心灵的诸种污垢时，通过忏悔保持这种认知，泥潭终有一天可以被清洗成清澈的水池。

所以，救赎从心开始，从忏悔开始，心变了，命才变。一切改变都始于人心的改变。而所有被污染的心灵都一定能被清洗，所有的罪恶都可以被救赎，所有的恶人都可以被赦免，所有的命运都可以被改写，秘密就在于人心的改变。因为罪恶并没有永恒不变的本体，如果把泥潭清洗成清澈的水池，罪恶又向哪里寻找它的庇护呢？所以，一切命运都是心灵的显现，一切磨难都是灵魂的挣扎，一切罪恶都可以终极超越。恶定能救赎为善，罪定能宽恕为恩，苦定能升华为乐，脏定能清洗为净，命定能彻底改变，这既是智慧，也是信仰，是人类遭遇磨难坎坷时，活着的理由和活下去的希望。

四、成就的高峰

从雪漠的创作历程看，《西夏咒》也刷新了他的文学成就，堪称一座高峰。和一览无余的大漠世界不一样，灵魂世界是生命的幽暗处，是心灵的海底，是大地的井深，是精神的冥王星，是混沌的梦魇，是寻找的悲歌，是信仰的咏叹……总括为"灵魂三部曲"的《西夏咒》《西夏的苍狼》《无死的金刚心》，以其对人类精神、灵魂、信仰的勘探，创造了不同于"大漠三部曲"的文学世界。

《大漠祭》的生活是熟悉的，也是敞亮明朗的。虽然也写了神婆、捉鬼、祭神、发丧等神秘文化，但只是作为一种民俗、作为百姓日常生活的一部分，小说对生活的描绘大于对精神的开掘。《猎原》开始写不熟悉的生活，如土地爷的狗——狼的生存法则，猎人们的各种秘密技艺等，让小说有种江湖秘史的味道，当然，这个江湖是猎人江湖。《白虎关》开始挖掘精神生活，不过除兰兰的修炼有陌生的神秘感之外，整体还属于熟悉的生活范畴，写灵魂也侧重写人们活着的理由——盼头。到《西夏咒》，整个写现实生活背后的隐秘的历史、复杂的人性、酷烈的精神炼狱、不可告人的民间秘密技艺，如木驴制作、活剥人皮、头颅钵制法等。对风俗和记忆的写实、对人性的洞察、对灵魂的挖掘、对信仰的诠释，都创造了作家文学成就的高峰，它是作家生命积淀的厚积薄发，也是作家文学经验的井喷。尤其对罪恶、苦难和人性的描写，与"大漠三部曲"对生活的描绘一样，极度自然、真实、饱满、精微，显示出作家极出色的写实功力。而后来的《西夏的苍狼》《无死的金刚心》在这方面逊色很多。

《西夏的苍狼》里的黑将军、黑水国、黑歌手、娑萨朗等传说也属于土地秘史，但并非写实呈现，而是通过大量的"据说"展开，传说性、寓言性大于写实性。《无死的金刚心》更纯粹是寓言，诛咒术、空行母道歌、佛教典故等只流于文字记载，没有饱满的现实生活的支撑。这两部小说几乎完全走到了寓言和象征，它们是雪漠关于灵魂寻觅、信仰求索的生命体验和哲学思想的文学表达。直到《野狐岭》，饱满鲜活的写实才再度出现。关于骆驼客的土地秘史的喷涌呈现、扑朔迷离的叙事形式、命运叙事的象征意味，让雪漠从寓言化写作回到了写实与寓言、抒情与象征并存的复杂丰富的写作形态。可以说，

《野狐岭》不论写实还是寓言，不论抒情还是象征，不论文体还是形式，都和《西夏咒》不相上下，它像是《西夏咒》和《猎原》的综合体，既有《西夏咒》灵魂叙事的神秘、酣畅和令人耳目一新的形式感，又有《猎原》的江湖秘史的味道——当然，《猎原》是猎人和狼的江湖，《野狐岭》是骆驼客和骆驼的江湖。

但骆驼客的故事或许其他作家也能写，《西夏咒》里那些挑战人伦道德神经的民间秘史却只有雪漠能写。只有雪漠这样通过自身生命历练消解了自我、证得了慈悲和智慧的作家，才能从脚下这块土地深处挖掘出这样的秘史并融入它、呈现它。没有大慈大悲、大智大勇，没有对至善精神的信仰，是无法直面更无法写出地狱般的人性存在的。土地秘史里的罪恶和苦难对大多数人来说都是生命中不可承受之重。那些令人发指的灾难，那些匪夷所思的残忍，那些不可思议的戕害，那些惨绝人寰的杀戮，任何人都不愿意面对，更不愿意承认，它们在人类历史上真的实实在在发生过。

五、尖端争议

在《深夜的蚕豆声》中，雪漠借与虚拟的西方女汉学家的对话，回答了读者对《西夏咒》描写的那些残酷罪行的真实性的质疑：

> 你是不是不相信人吃人的故事？但这类事，每次饥荒都会发生，你也许不知道？我知道，在西方世界，吃人被认为是渎神的行为，即使东方没有类似的说法，但人吃人毕竟是一件令人感到恐惧的事情。人类之间的屠杀，如果上升到这个程度，人性就已经扭曲了，但人性扭曲的事情，历史上发生得还少吗？
>
> 你果然问我：人吃人，是真的吗？
>
> 我点点头。中国历史上，有过很多吃人的例子，有饥荒

吃人，有把俘虏当成军粮，有惩罚性地吃人等等。你也许不知道？人性之恶，是没有底线的，所以，人心中的恶是不能被激活的。你永远都不知道，人一旦变恶，他会做出什么样的事情。

你很无奈，你不愿相信人吃人。中国人说舅舅是骨头主，在藏区，舅舅对很多孩子来说，地位甚至重过父亲，可见舅舅的亲。但这么亲的亲人，却在雪羽儿送狼肉的时候，想要把她杀害，吃她身上的肉。没有挨过饿的你，根本想不到饥饿的可怕。你不知道一个人饿到极限时的那种难受，比起肉体的折磨，更可怕的是精神的折磨。……你不知道，那时节，这个村子里，漫山遍野都是饿死鬼。饿死鬼们都捧着下坠的肚子，睁着血红的眼睛，等着有人被吃，他们最馋的，也是一嘴可口的人肉。在他们的眼里，人和动物已经没有区别了，他们只能记起活着时饥饿的那种疼痛。那种疼痛，真是痛到骨子里了，饿疯了的人，已经丧失了健康时所有的道德标准，他们的世界里，只有八个字，那就是"我很饿，我想活下去"，于是，有些还有力量挥起石头的人，就挥舞着石头，迎向了另一些同样很饿的人。而那些饿死鬼们，也早就忘了自己已死的事实，他们不记得自己已经没有感到饥饿的身体了，他们还在疯狂地喊饿。那种生存的欲望和疼痛，就像梦魇，时时折磨着他们。

……那蚕豆声的故事也是真的？

是的，这个故事也是真的。它源于我小时候的记忆。在我小小的时候，饥荒最可怕的那些年已经过去了，母亲就老跟我说那些年发生的事，她告诉我，我们村里有些人吃过人，包括我的几位婶娘。于是，在我小小的心灵里，那几位婶娘，就有了另外一种形象。一想起她们，我的心里总是紧张。母亲还经常跟我说起另一个故事，就是这个蚕豆的故事，所谓的蚕豆，跟故事里说的一样，其实是手指。夜半无人私语时，有人在啃着手指，喀嘣喀嘣喀嘣，还有那月下的黑影……喜欢幻想的我，于是勾勒出一幅吓死人的场景，许多年后，我也将这场景融进了我的小说里。最后，就出现了你看到的这个故事。

的确，虽然大家都说热爱真实，但其实谁都不愿意看到同类犯下的真实罪行，人们对真实的承受力是有限的，对罪恶的承受力更有限。当地狱一样的人类自相残杀的灾难浮出历史水面，人们像看到怪兽一样捂住眼睛惊慌四散，并怒斥释放怪兽的人对血腥暴力的过度渲染。

于是，2010年《文学报》新批评栏目刊登了一组文章，以"极端书写"之罪对《西夏咒》进行批判，有指责"文化犯罪"者，有指责"极端描写走向误区"者，有嘲讽"雪漠的乌托邦梦想者"。"文化犯罪说"批评小说的至善历史观；"极端描写说"以小说片段"深夜的蚕豆声"为例进行批判；"乌托邦梦想说"嘲讽小说的信仰救赎。批判者似乎理解不了一种超越国家、民族的历史观，理解不了从人类和生命立场看历史的大悲悯，更理解不了无我大爱和至善精神，而且，他们很可能都没有仔细阅读小说，至少他们没有看到雪漠在族人煮食雪羽儿妈这一章，借灵魂叙事预先对他们说的这番话：

> 其实你更可悲的不仅仅是你的死，而是人们的遗忘。随着吃你的这茬人的死去，人们不会记得曾有人吃过你。甚至连记载这件事的作家也会被人们指责，说他在胡编乱造，或是嫌他描写血腥暴力。他们应该知道，有时的展览暴力，是为了消除暴力。医者只有在洞悉某病的症状和病因之后，才可能找到良方。

作家的本意是善——只有放出地狱的图景，才能进行救度，就像医生，只有找出病症，戳中伤口，才能进行救治。但人性的地狱终归是人们不愿面对的。那个研究南京大屠杀的学者张纯如，不是因为无法承受人类犯下的那些真实罪恶自杀了吗？历史上无数战争中，包括纳粹、"文革"等大灾难时代，有多少人死于屠杀，又有多少人死于对人性的绝望？除非有大地一样藏污纳垢的包容胸怀和太阳一样照破人性黑洞的智慧，否则人总是要排斥地狱，作家、读者如此，批评家也不例外。很少有人能像美国作家、批评家苏珊·桑塔格一样说出这番见识：

> 指出有一个地狱，当然并不就是要告诉我们如何把人们救出地狱，如何减弱地狱的火焰。但是，让人们扩大意识，知道我们与别人共享的世界上存在着人性邪恶造成的无穷苦难，这本身似乎就是一种善。
>
> ——苏珊·桑塔格：《关于他人的痛苦》
>
> （上海译文出版社）

而《西夏咒》不但要"指出有一个地狱"，将隐入民间和大地的土地秘史释放出来，还试图"减弱地狱的火焰"，更试图对地狱中的灵魂进行救赎，"把人们救出地狱"。这样的作品，既惊世骇俗，也必然以其勇气和至善精神在中国文学乃至世界文学史上留下身影。《西夏咒》的确不是普通作家写出的作品，它是一块土地的秘史与作家灵魂混融发酵后，喷涌而出的独一无二的艺术结晶，因而它不可复制，无可替代，也不可超越——即便作家本人也可能无法超越。这样的作品，无疑也最不易为普通人接纳、读懂和理解。它让爱的人爱死，恨的人恨死。但不论是爱者还是恨者，都会被它的极致所震惊。震惊、惊艳、目瞪口呆，是第一次阅读《西夏咒》的普遍反应。然后，爱者为它所征服，恨者加以鞭挞。或许，争议，是伟大作品必然的命运。

同样在一位批评家批评《西夏咒》"文化犯罪"的那次作协研讨

会上，沈阳师范大学文学研究所所长孟繁华却说：

> 很多作家都在写西部，但不论从精神还是从语言、意象上看，写西部写得最像的，要数雪漠。雪漠是一个特别值得研究的作家，在当下文学创作里，他或许是一个被低估了的作家。《西夏咒》的写法与"大漠三部曲"完全不同，这部小说几乎没有任何完整的情节，书中的人物也没有在情节和故事上建立关系，甚至可以说是一个反小说的作品，带有先锋文学的遗风流韵。书中虚构了很多的历史材料和知识性的东西，这些超文体的文本为雪漠提供了想象和虚构的空间，有点像张承志的《心灵史》。同时，这部小说也为当下小说发展的无限可能性提供了一个新参照。书中的地方性知识和经验在全球化语境中，特别是在大众文化无处不在、当下写作不断向通俗化倾斜的时候，提供了另外一条小说道路。从这个角度说，《西夏咒》"价值连城"。
>
> ——雷达主编：《解读雪漠》

那次会上，北京大学中文系教授陈晓明也说，《西夏咒》让他意识到，雪漠不但是一个被低估了的作家，而且是被严重低估了的作家：

> 我同意刚才孟繁华说的，雪漠是一个被低估的作家，我还要再加上两个字，被"严重"低估的作家。其实，我们很多当代作家是严重被高估的，但雪漠确实被严重低估了。读了《西夏咒》，我觉得雪漠是个大作家。我很喜欢读《西夏咒》，这跟很多人不太一样。《西夏咒》读起来确实很难，没有多少个读者能读下去，我不知道这本书的销量怎么样，但是我想，喜欢《西夏咒》的人读下去，是会着迷的、会被感动、会被震撼的。我觉得写这本书需要强大的智慧、强大的

思想驱动力，它不是平平之作。所以，《西夏咒》确实是雪漠把自己抬上了一个台阶，这样的作品也是让我们很欣慰的。

——雷达主编：《解读雪漠》

陈晓明老师还说，《西夏咒》对他的文学观念和理论批评构成了一种挑战，给了他批评的动力。为此，他已特别撰文《文本如何自由：从文化到宗教——从雪漠的〈西夏咒〉谈起》。之前谈雪漠总离不开西部地域文化，《西夏咒》出来后，地域文化已不足以表达作品内在的灵动，他更愿意将它称之为灵魂附体的小说——雪漠把自己变成一个幽灵，附体在西部的土地上，附体在文本上。这和莫言的《生死疲劳》、阎连科的《受活》、张炜的《忆阿雅》有相似之处，都是附体的写作。而恰恰通过附体的写作，使文本获得了一种自由，有一种超越和解放。在他看来，能不能自由处理文本，能不能跃出现在文学的规范，是一个作家在这个时代有没有才华、有没有想象力、有没有思想含量、有没有气魄的标准。《西夏咒》等"附体的写作"的文本让他看到了汉语文学的一种超越的可能性，就是回到本土、回到西部的洞穴中去，这样的写作可能会帮助作家找到一个中国经验，找到国外 20 世纪 60 年代后现代实验主义作家如巴斯、品钦、卡尔维诺等人所追求的东西。陈老师还特别举例强调说：雪漠是有写实功力的，《西夏咒》中舅母要杀雪羽儿那一段，写得令人触目惊心，其写实功力令人震撼。

中国作协创研部副研究员肖惊鸿也表示对雪漠创作一直怀有很深的敬意。她说，雪漠是用一颗真诚的心写他想写、想表达的，并真切地希望他的作品能够对当下、对人类甚至对未来有深刻影响。这一写作的出发点是令人敬佩的。《西夏咒》的寓言特征非常强，这部作品重塑了雪漠心目中涅槃了的故乡形象，探索了人类的生存价值，完成了雪漠对历史的另类文本表述。书中雪漠秉持他个人内心的表达，以写凉州来书写人类历史，试图重树一种历史精神，使作品有了历史文

　　　　　　　　　　　　　　　　　　　　　雪漠密码

化探索的强烈韵味，具有人类学、社会学的广泛意义。就这一点来说，她认为，《西夏咒》是能够进入世界文学视野的一本书。

在"大漠三部曲"中，雪漠定格了西部农民生存的苦难，在《西夏咒》中，雪漠定格了西部大地千年苦难史和民族性格里的集体无意识。如果说，《大漠祭》让雪漠有了通向大作家的通行证，《西夏咒》则是雪漠成为大作家的见证。正如作家阎连科所说："一个伟大作家，一部伟大作品如果不给读者和批评家展示他本民族人群最艰难的生存境遇和生存困境，这个作家的伟大是值得怀疑的。"雪漠不但展示了本民族人群艰难的生存境遇和生存困境，还展示了本民族人群的精神品性和集体无意识，以及灵魂的困境和灵魂的救赎；他不但建构了一个民族生存的世界，还建构了一个民族灵魂的世界；他形成了一套关于民族、关于人类的精神叙事、命运叙事、信仰叙事、救赎叙事以及独有的风格；他有思想、有信仰、有境界、有艺术的性灵、有精湛的手法……所有这些，在《西夏咒》中达到了巅峰，他肯定会因这部作品，在大作家行列里占有一席之地。

【附】

本土先锋、历史叙事与附体的写作
——北京大学课堂研读雪漠《西夏咒》

陈彦瑾

2011年5月6日，北京大学中文系教授陈晓明在北大2教316教室上了一堂别开生面的课——师生共同研读著名作家雪漠的长篇小说《西夏咒》，研读课的主题为"附体的写作与文本自由——从《西夏咒》谈起"。陈晓明老师说，《西夏咒》是他这些年读到的非常具有挑战性的一部小说，这本书所呈现的一些极端的文学经验，很值得当代文学研究者关注和研究。

《西夏咒》是雪漠"灵魂三部曲"的开篇之作，全书四十万字，2010 年 5 月由作家出版社出版。此次参加研读的北大中文系学生有博士生、硕士生，也有本科生。

一、本土先锋——东方化的先锋

本科生胡行舟说，《西夏咒》实在是一部神作，以至于他只能很模糊地去评价它。在他看来，这部小说具有一种非常质朴的先锋性，他称之为"本土先锋"。从文本的多重结构、倒错的时空身份到诡秘的哲学玄思，这部小说都突破了许多界限，走到了一个很前沿的位置，因此说它"先锋"是无可置疑的。但它的先锋性跟以前的先锋文学又有很大不同。以前的先锋文学，不管是后现代小说还是先锋小说，都可以发现其文本的形式和内容之间存在分离或裂缝——其形式明显借鉴于马尔克斯或博尔赫斯等西方小说的形式特点和技法，内容则进行本土化的移植而融入了自身民族或文化的内涵，也有的干脆把这些都完全抛弃，只是能指符号的诗意扩散。而《西夏咒》这部作品，在先锋性和本土性之间找到了一个结合点，它展现的前沿性和突破的极限跟大手印的哲学思想，经书的引用、思考，以及文化上的一些指向都是紧密联合在一起的。所以它体现的先锋性不是因为借鉴了西方理论、把西方小说的技法挪移到自己身上，而更多是跟中国本土的传奇、传说、神话和史传性的实录传统相联系，它的特点是东方化的先锋。

硕士生刘月悦来自雪漠家乡——甘肃武威。她说，其实佛教在当地文化中并非纯粹是一种宗教，而更类似于贾平凹、刘震云作品中的本土性，表现为一种本土文化，是西夏文化的遗留。

本科生白惠元认为这部作品的本土性大于先锋性，它的本土性体现在形式上。如第一章《本书缘起》中提到金刚亥母洞中发现的六个文本，有点像赵毅衡在他的博士论文《当说者被说的时候》中提到的超叙述层。赵毅衡认为，这种分层叙述的方式在晚清很多作品中都存在，如《二十年目睹之怪现状》《老残游记》《红楼梦》中都有分层叙述。另外书中写到主人公琼的游历，有点像历险记，有点像唐传奇。所以《西夏咒》表面看很支离破碎，很先锋、很西方，但形式上继承了很多本土的传统，它的先锋性在传统中可以找到很多母本。

二、历史叙事——值得深思的善恶悖论

历史叙事中的善与恶的问题是此次研读的一个焦点。博士生丛治辰称，这部作品他简直没有资格去谈它，因为它已经超出了小说的范围，有一种他所不能理解的东西。小说的文本更像是一个通灵师在讲话，用任何小说标准的手术刀去切割它都像是一种亵渎。这本书糅合了经书、赋、史传、传说、神话、小说，打通了历史、政治和宗教。在他看来，雪漠作为一个作者已不单单是一个小说家，更是一个信仰者，而其信仰者的部分在小说中汪洋恣肆地漫延，使得他没有办法去体悟，导致他对这个小说的认识有很大的盲区。比如小说中的历史叙事问题。

丛治辰说，《西夏咒》把历史写得非常透彻、非常冷和刻骨，令人震撼。小说用一种通灵的方式，把从神话时代的西夏王朝，一直到"文革"时期甚至更往后的时代，都融会贯通了，其中很大一部分显然是在映射中国近代史。总的看，搞不清写的是什么时代，似乎很混乱，但这个乱当中又有一个母体，就是：整个历史，在任何一个时期的汪洋恣肆的恶。这种恶写得触目惊心，而作品中善的代表人物——主人公琼和雪羽儿，他们的力量却似乎很微弱，或者说他不能理解他们的力量。按说，琼和雪羽儿通过双修应该是有一种大力的，但这个力量却无法与大恶构成对抗，而且对于一个信仰者来说，也许本不应该是对抗，而应该是超越，但这又恰恰却是他所不能理解的部分。

对此，硕士生林品表示深有同感。他说：这样一个有着多重文本的作品确实很难切入，但善与恶的矛盾可能是值得深入思考的一个问题。这是宗教造诣极深的作者写的，可能是试图引人向善的一个作品，却非常极致地展示了很多极端残忍的事相。为何一个有着劝导人、勿杀人的主旨的作品，却写了这么多摧毁人伦亲情、道义的暴力？这一悖论是特别值得思考和讨论的。由此也引发他对普世价值的思考——书中提到的"不杀人"，会不会是一种普世价值？因为佛教是提倡不杀生的，基督教摩西十诫中第一诫就是不能杀人，伊斯兰教也是主张不杀，可见"不杀人""尊重生命"或许是真正可以得到世界上所有思想、文化公认的普世价值。但令人震撼的是，一部提倡"不杀人"的作品却展现了那么多的杀人、那么多的暴力和恶，这的确值得思考和讨论。

就此，陈晓明老师指出，这可能是整个现代主义要面对的问题。正如当年赫伯特·里德阐释整个西方现代派绘画时所说：他们把我们精神的迷惘、混乱、绝望展示出来，目的是要去召唤我们的希望。而丛治辰则从宗教的角度提出，这也许是特殊的佛教哲学所致。书中提到让一个信徒去看女人时，想象她就是一个骷髅，并由此看到世间诸相都是丑和恶，然后就对世间了无挂碍，就求善了。所以，这本书罗列这么多恶的符号，很可能是与宗教有关系。

外国留学生曹丽认为，因为书中太多的宗教符号，读者确实很难完全站在作者的角度去理解这个文本；但也许作者的意图并不是说你应该跟我一样去信仰，而是应该跟我一样去质疑现在常识认为是有权威性和有力量的。

本科生丁超然说，也许从死亡和孤独两个角度去解读雪漠更为贴切。他认为作者一直在述说一种精神，这种精神包含很沉重的死亡精神和孤独精神。看得出，作者写作时这两种东西似乎一直在压着他，促使他去表现一种沉重，也就是强大的恶的力量——一种大恶。

三、附体的写作——极端而稀有的文学经验

陈晓明老师说，《西夏咒》是一部奇特的极端之书，有着非常鲜明的风格和态度，它提供了一种新的叙事经验，对当代理论和批评提出挑战和刺激。作为研究者，他试图在当代文学史的语境中找到其叙述上的存在理由，这就是"附体的写作"。

如果说，很多作者都可以从文本中建构其自我形象的话，《西夏咒》则很难根据文本建构出清晰的作者形象，透过文本几乎无法想象和触摸作者。陈晓明指出，文本中作者发出的声音好像不是他的声音，而是另外一个声音，文本也不像是由作者写作出来，而是其他力量附着在作者身上，促使他写出来。所以，他感觉作者和文本都被附体了。

附体的写作其实是一个宗教问题。陈晓明认为，从当代文学史的语境看，中国文学从历史到文化，已经走到极限，那么，宗教作为一种写作资源，很可能为21世纪的作家们提供一条出路。作家凭借强大的宗教情怀，以神灵附体的方式书写的时候，可以超越历史、文化的美学规范，使文本呈现出一种自由。在他看来，《西夏咒》为当代文学从历史、文化向宗教突进提供了一种可能性，其书写经验从整个当代文学史来看都是极为稀有的，因此非常值得重视和研究。

陈晓明认为，附体的写作使雪漠从宗教关怀那里获取直接的精神动力和信心，使他能够直面那些历史之恶和人性之恶，并以极其精细的写实功力去书写那些恶之极端经验。《西夏咒》对人类历史中的罪恶进行了彻底的控诉，战争杀戮，人杀人；饥饿，人吃人；仇恨报复，人害人；淫欲，污辱人……那都是人犯下的罪恶。那些痛楚的经验写得极其逼真又惨痛，写得白森森的。那么，有什么可以去除和超度这些人的罪恶呢？信仰，唯有信仰。唯有依靠信仰激发的善的力量，才可能超越这弥漫于每个历史时期的巨大、沉重的恶。信仰之

善是极端残酷经验处生长出的娇柔之花——如同对色情与残酷有研究癖好的法国思想家巴塔耶所认为的，只有在那些极端的恶劣处才有神的意志抵达，才有对神的绝对性的祈求。尽管这种善表面看起来很弱小，但是，大恶与小善，这可能才是人性的常态。恶的极端、沉重，才衬托出善的力量，才让人体会到人生命深处善的强大和永恒。书中有一片断写雪羽儿送狼肉到舅舅家，舅母因为饥饿乘着月夜与舅舅和几个孩子一起，要将雪羽儿勒死再煮了吃。这时，舅舅说了一句话："别让娃受疼！"雪羽儿听了，心中感念：毕竟是自己的舅舅啊！这个细节显示了雪漠高超的写实功力和强大的构思能力。这等残忍而颠覆亲情伦理的场面中，恶与善的相交之处，是舅舅不经意的一句话，是雪羽儿心中的一点感念。越是善，就越是衬托出恶，越是恶，就越是衬托出善，最大的恶和最大的善相交，这种对善和恶的书写是让人感动的，有非常独到的地方。

由此，陈晓明老师指出，宗教和文学、音乐等艺术形式一样，可能是人类为了让自己能够生存的一种方式。雪漠借助宗教叙事来展开文学叙事，在梦一样的境界中进入、书写恶的世界，如同西部荒原上冬日的阳光照在泥土上的那种苍白，真实而又无力，虚幻而又真实，呈现出一种超现实的经验，他称之为"中国的魔幻现实主义"。这种魔幻不同于拉美马尔克斯式的魔幻，而是直接从宗教中获得资源。借用多年好友雷利斯对巴塔耶的一段描述——"在他变成不可思议的人之后，他沉迷于他从无法接受的现实当中所能发现的一切……他拓展了自己的视野……并且意识到，人只有在这种没有标准的状态下找到自己的标准，才会真正成人。只有当他达到这样的境界，在狄奥尼索斯的迷狂中让上下合一，消除整体与虚无之间的距离，他才成为一个不可思议的人。"（哈贝马斯：《现代性的哲学话语》，曹卫东译，译林出版社，2004年，第247页）陈晓明指出，中国文学走到今天已经积累了太多的文学经验，要超越这种经验，作者自身必然要先成为"不可思议的人"，而写出《西夏咒》这样不可思议的作品，这样极端的作品，雪漠自然也变成了达到"让上下合一，消除整体与虚无之间的距离"境界的"不可思议的人"。雪漠如此这般的写作，也是在"没有标准的状态下找到自己的标准"，这"才会真正成人"。

但雪漠的宗教经验并非外来，而是来自他自身的人生经历、他对生死的体验，以及他生活那块土地的本土文化。在《白虎关》后记中，雪漠提到弟弟的英年早逝对他的巨大触动，以及他所生活的凉州随处可见的死亡意象。对生死的体悟使他走向信仰，这信仰已是融入他血液的一种生命体验。

陈晓明还特别强调，《西夏咒》中每个人物都写得淋漓尽致，琼、雪羽儿、吴和尚、谝子、瘸拐大等，都写得鲜明生动，人物的内在性格处理得很好。书中很多片段，如"遛人皮""与熊共处"，以及前面提到的"舅母杀雪羽儿"，写实的功夫都非常精细，令人惊叹。雪漠显然不是一个粗制滥造的作家。很多粗制滥造的所谓现实主义作家，他们作品中的很多情境在逻辑上其实都是不通的，而《西夏咒》，表面看有一种荒诞，但每一个细部的小逻辑都是成立的。这就看出一个作家的写实功力和文学品质。

陈晓明总结说，此次对雪漠小说《西夏咒》的研读，标题为"附体的写作与文本自由"，是说它的书写是一种附体，文本也是一种附体，它是中国作家对宗教资源的一种运用。此次课堂研读是想探讨，通过宗教资源的运用，小说文本如何获得一种自由，它的文本结构、叙述方式、文本人物、时空处理等，如何获得一种可能性。在他看来，《西夏咒》为中国当代文学由历史、文化向宗教突进提供了一种可能性。但是宗教的突进不像文化的突进那么容易，它需要作家自身在宗教方面有很深的修炼，所以这种突破经验在中国作家里其实是极为稀有的，也正因此，他才如此重视这个作品。

第三节 《西夏的苍狼》：大爱与信仰

一、走向寓言

《西夏咒》之后，雪漠对灵魂世界的书写进一步向着形而上的塔尖推进，由附着于西部大地的深耕细作，开始抽身出来，走出西部，走向世界，向着终极超越的信仰天空升腾。《西夏的苍狼》中第一次出现了岭南的、都市的、小资的和文艺圈的生活内容，而西部被放置在了一段西夏传说里；在《无死的金刚心》，主人公走出了西部，走向尼泊尔、印度，沿着佛陀一生足迹追寻信仰，由此再现佛经记载的许多历史典故和信仰文化。和《西夏咒》一样，这两部小说都有人类的、历史的、形而上的、信仰的维度，都明显有超越时空的寓言性和象征性，但在生活呈现的饱满度上，它们远逊于《西夏咒》，或者说，它们本来就不关心形而下的生活写实，它们更注重作家关于灵魂寻觅和信仰求索的思想表达，它们更接近寓言和象征，走向了灵魂升腾的终极秘境——信仰世界。

三部小说都有书中书、文本中的文本，也都和以奶格玛传说为核心的信仰文化有关。但《西夏咒》中，从西夏岩窟发现的八本书稿除《空行母应化因缘》《梦魇》等与奶格玛传奇有关外，还有《遗事历鉴》《阿甲吃语》《金刚家训诂》等历史的、人性的、现实生活的诸多内容；《西夏的苍狼》中，紫晓和灵非翻译的西夏文小书《奶格玛秘传》，姐婆和黑歌手分别用木鱼歌、凉州贤孝传唱的《娑萨朗》，以及《无死的金刚心》中琼波浪觉在梦光明中示现给"我"看的《琼波秘传》、空行母唱给琼波浪觉的道歌，这些书中书则几乎都是对奶格玛传说的信仰诠释。作为叙事者假托的文本，它们承载了作家要表达的信仰精神和有关思想，由此构成灵魂世界的信仰文本，或信仰之书。

其中，《西夏的苍狼》更像是《西夏咒》的姊妹篇。从书名看，它们似乎都写西夏，都和那个雄踞大宋西北角的西部帝国有关，但小说里的西夏其实只是西部的一个历史背影，一种类似集体无意识的人类文化。在《西夏咒》中，西夏是那本虚拟史料《遗事历鉴》的起始王朝，代表人类历史上不断上演的血腥暴力文化。西夏习俗"重兵死，恶病终"，视战死沙场为荣，以寿终正寝为耻，这种崇尚暴力的血腥文化已成为人类的梦魇，从李元昊的铁鹞子到蒙古骑兵的屠刀直至 20 世纪，将西部定格在了"被屠刀激起的呆怔里"——咒的意思，既指暴力崇拜的人性魔咒，也指用来"诅咒屠杀"的"最黑的咒语"：慈悲。

而在《西夏的苍狼》中，西夏是一段与信仰文化有关的历史传奇，闪耀着"西部历史上很炫目的一团亮光"，那是由传说中的黑水国黑将军的生命传奇迸射出的信仰之光，这道光在清末民初传说为河西走廊黑戈壁上的黑喇嘛承载，而后又传说为今天凉州城的黑歌手承载。据说，这道光必须借助"来自远古，兴于西夏，王气十足，神勇无比"的祁连山纯种苍狼，才能生起信仰的大力——于是，西夏的苍狼，便象征着西部文化中源远流长的信仰文化、信仰精神。

所以，如果说《西夏咒》侧重写信仰文化对人类苦难的救赎，《西夏的苍狼》则重点写信仰文化的传承和未来。"本书中有一个歌手，一个女子。那歌手，一直在寻找他歌中的永恒。那女子，却在寻找苍狼。这两种寻找，在某一天相遇了。于是，西部历史和岭南文化，便撞击出生命的传奇"。

细说起来，这段传奇里有四种寻觅：紫晓寻觅苍狼进而寻觅黑歌手，黑歌手寻觅娑萨朗，黑歌手寻觅苍狼进而寻觅紫晓，奶格玛寻觅永恒。奶格玛寻觅永恒（光明大手印）是书中书《奶格玛秘传》里的寓言故事，她的寻觅否定了人类对世俗爱情、世俗功业、世俗文章的永恒期待。黑歌手寻觅娑萨朗也是寻觅永恒，娑萨朗是凉州人传说中的永恒净土，也是黑歌手传承自黑喇嘛、黑将军的信仰文化——奶格玛瑜伽——所说的永恒净土，他的寻觅否定了人类对远到心外的彼岸世界的永恒期待。他发现永恒净土娑萨朗并不在心外的遥远彼岸，而就在此岸，就在人间，就在当下，就在寻觅者的心里。此岸与彼岸、人间与净土、永恒与当下，其实是咫尺天涯，是"一幅织锦的两面"，永恒的实现，关键在于寻觅者灵魂的升华与超越。

黑歌手寻觅丢失的苍狼，是要寻觅苍狼的新主人紫晓，因为他传承自西夏黑将军的信仰文化偏重智慧，欠缺方便，导致黑将军在黑水国、黑喇嘛在黑戈壁苦心经营多年，都无法把娑萨朗搬到人间，在红尘建立净土，实现永恒。紫晓寻觅丢失的苍狼进而寻觅苍狼的原主人黑歌手，这种寻觅改变了她的命运，也唤醒了她的文化使命感。奶格玛瑜伽除了传向西夏，还传向了岭南，前者重智慧，后者重方便，两者合一，信仰者才能在人间实现永恒。紫晓传承自外婆的信仰文化正好是岭南系，她与西夏系载体黑歌手的相遇，便象征着两种传承的互补、和合，也意味着永恒净土娑萨朗在人间实现的可能性。

所以，黑歌手和紫晓的相遇，既是爱的邂逅，也是文化的宿命，更是关于永恒的启示——只有将爱升华为信仰，超越小我，融入大我，才能在无我的大爱中找到永恒……这部小说如是充满了象征和寓言，充满了各种历史的、个人的、文化的、命运的"据说"，而奶格玛、黑将军、黑喇嘛、黑歌手、姐婆、紫晓等人物都是各种"据说"里的概念化存在，他们只是在演绎作家关于永恒、关于信仰、关于文化传承的思考、追问、心得和体悟。

二、两个灵魂，一个故事

如果说，诸多的象征和寓言构成了小说强大的形而上文本的话，它的形而下文本就显得单薄得多，但也充满寓意。雷达在《雪漠小说的意义》中说的"形而上与形而下的结合"在紫晓身上体现得比较好，尤其她对黑歌手的貌似信仰的爱情，以及她的寻觅之路与命运之路，都似乎比那些象征和寓言更容易为读者理解和接受。书中，大漠和西夏都已渺远，远到了岭南女子紫晓的诗意向往里，那儿有古老的祁连山，有清澈的月亮潭，有神圣的香匀寺、有野性的苍狼，有她思念的黑歌手，她的灵魂渴望诗意和爱，渴望远方和彼岸；而包围她的生活现实，却是罪恶的官商勾结、混乱的狗市、庸碌的东莞大杂院、控制欲极强的混混丈夫常昊、利欲熏心的盗墓贼们等等，弥漫的庸碌之恶令她窒息。这时象征庸碌反面的苍狼的丢失和对苍狼的寻觅，让她不期而遇了苍狼的主人黑歌手，她的庸碌生活透进了一抹亮色——

　　紫晓认为，苍狼一直躲在那座祁连山深处的褶皱处，等待着她的到来。她认为那是她的命运之约。当然，她根本没想到，伴随那苍狼出现的，会是一个人称黑歌手的人。在流传于西部的传说中，黑歌手是黑将军英魂的载体之一。

见到黑歌手后，他身上的神秘气场"沙尘暴一样裹挟了"紫晓，从此，她的生活和命运都改变了。西部的粗粝打碎了她与常昊的庸碌，磅礴的漠上情怀唤醒了她对爱情和信仰的向往，姐婆与黑歌手传唱的《娑萨朗》更改写了她的命运。但改变并非一蹴而就，那是痛苦的灵魂历练，是历尽沧桑后的觉悟，是痛彻骨髓后的放下——

　　紫晓把这个过程比做越剧《追鱼》中的鲤鱼精。在鲤鱼身化为女儿身的过程中，她甘愿承受千刀万剐的剧痛。她说，只有剥卸全身血肉粘连的恶俗鳞片，才能脱胎为干净女子，才能跟她的爱携手于大漠夕阳的余晖中。

最终，她逃离了常昊代表的庸碌生活，与黑歌手携手，一起传唱《娑萨朗》，寓意她已实现超越，将小爱升华为大爱，将爱情升华为信仰。这美丽的结局，定格在了一场美丽纯净的灵魂朝圣里：

我们走吧。

一个老了的男子和一个依然美丽的女子，一同走向我们的宿命。

我明明听到了那阵歌声。那是空行母在唱。她们唱的，也是《娑萨朗》。她们的《娑萨朗》，有着她们的旋律。我依稀听到那白衣女子的声音，是那种带点磁性和梦幻色彩的声音。从她的声音里，我听出了一种欣慰。我觉得那是她对我最大的奖赏。

我们走吧！

走进大漠深处，走入我们的宿命，那儿有许多正在唱《娑萨朗》的孩子。他们的歌声渐渐嘹亮了。只要过了变声期，他们的声音就不会走样了。他们需要你，也需要我，他们需要生命中两种相异和互补的滋养。按老祖宗的传说，当两种滋养相合时，人间就会变成娑萨朗。是的。我相信是这样。

我看到了那涌动的大潮，那是沙海，又何尝不是生命中的另一种激情？

我们甚至不知我们会走向何处，我仿佛觉得我们在走向西夏。我们的身边有苍狼。它也有它的宿命或是使命在等着它。它是另一种精神的载体。

我分明看到了白空行母，她依然那么美丽。虽然我不曾窥清楚她的容颜，但我读得懂她的气息。是的。是那种轻盈的无欲无求的气息。那清凌凌的风吹着轻盈盈的衣，你定然也喜欢那种飘逸。那不是人间的感觉。我相信它来自娑萨朗。

苍狼是引子，歌手是导师，爱情是方便，信仰是归宿。将爱升华为信仰，这是紫晓的信仰之路和命运之路。同样的寻觅故事还有一个美丽的版本——白轻衣的故事。她们一实一虚，一显一隐，仍是作家"一幅织锦的两面"的智慧观的文学演绎。

在这个故事里，白轻衣是博物馆人体标本的灵魂，紫晓是博物馆讲解员，故事就以白轻衣优雅、空灵、充满叹息的灵魂独白展开。这是一个被消解多年又被唤醒的灵魂，一个感恩的灵魂，一个期待的灵魂，一个寻觅的灵魂，一个渴望爱和被爱的灵魂。此前，因为没有人相信灵魂的存在，她被这种不相信所消解而沉睡，直到有一天，参观博物馆的学者群里出现了一个相信灵魂的男子，她才被他的相信激活。她感恩，更被男子宁静、丰富、博大的灵魂吸引，她想爱一场，拒绝了男子的超度。因为，"你不知道，我还没被爱过呢。我虽历练过红尘，但没被人爱过。我不甘心。我眼里所有的超度，都不如一次鲜活的爱"。但灵魂如风，没有形体，想要爱一场也只能在世间找一个载体，于是她一手策划，让另一个女孩的爱情升温，让女孩去亲近男子，让两个本该擦身而过的生命，在一场不期然的相遇中点燃了自己。她说："我想找个女孩，充当我爱的载体。莫笑我，她拥有爱的资本。你知道，灵魂如风。那无孔不入的风，会将我的爱意注入另一个灵魂的深处。后来那不可思议的灵魂裹挟，就这样开始了。"

但她明明知道男子眼中的女孩不是自己，这场为爱导演的戏里注定没有她，尤其是，当女孩被爱点燃便已不再是灵魂的附庸和载体，一切都在她的导演之外不受控制地发生着，她感到自己离这场戏越来越远，渐渐变成了局外人，无奈的叹息打湿了倾诉。而当男子宁静的灵魂也被汹涌的诗意点燃，她知道自己导演的爱情会像劫火一样烧掉男子的寻觅，她闻到了毁灭的气息，她纠结了，"既希望你趁着有爱的载体去销魂地爱，又怕那失控的爱火会烧了你自己"。当男子决定随缘，"毁灭就毁灭吧"，她更后悔导演了这场游戏，劝男子："逃离这毁灭你的邂逅"，"你明明知道，那生命狂潮，会席卷你的所有宁静"，"你明明知道你的宿命，有许多东西，仍等你践约呢，不是吗？"。

她决定结束这场戏，完成最后的救赎。

于是，在海边的戈壁，在那个"天地间的一切为之一滞"的抉择时刻，一对邂逅的男女正被内心抉择的矛盾绞杀。"心说：爱她吧，我想呢；智慧说：正是那距离和遗憾，才定格了美丽。""一个说，爱吧，趁着有爱的载体；一个说，逃吧，生命里还有更重要的事。前者有许多未知，每个未知都是毁灭的开始；后者却趋向静默，那静默的大美里，有孤独，有空寂，更有永恒的诗意。前者说：爱她吧，瞧，多美的女子，哪怕爱的结果是毁灭；后者说：你还应该有更大的爱。小爱转瞬即逝，大爱相对永恒；小爱是个人觉受，大爱是心灵的滋养。"最后，男子决定捡回宁静，"将她变成琥珀，挂在胸前"。

而白轻衣，在男子澄明、洁净的眸子里获得了最后的救赎：

那声悠远的梵音里，我忽然明白了归宿。

我望着你，命运的智者。你望我吧。望我这个想爱却没有载体的灵魂。我的心中窖满了相思和感激，窖满了牵挂和觉悟，窖满了她，也窖满了你。

我静静地望你的眸子。

我发现，那眸子深处，有个神奇的世界。那儿，有个星宿湖。据说，所有星星的灵魂，都在那儿。据说，那湖，是奶格玛的眼泪变的。我知道，那是我的归宿。只是你再也找不到杜鹃，即使在梦里，也没了它的吟咏。因为它已泣尽了血，撕裂的灵魂，再也发不出声音。但我会融入你的眸子，融入你眼中的星宿湖，融入那一片澄明，融入那一片碧绿。我的所有情缘和牵挂，都会化为一滴泪，挂在你沧桑的眼角。

你别擦去它，就叫它晶莹地舞蹈吧。

瞧，这世界，正摄入它无尽的梦里。

白轻衣的灵魂倾诉，是雪漠文学世界最空灵飘逸、最光芒四射、最富有诗意和圣洁气质的篇章，就像作家描绘的白空行母，它的气息"是那种轻盈的无欲无求的气息。那清凌凌的风吹着轻盈盈的衣，你定然也喜欢那种飘逸。那不是人间的感觉。我相信它来自婆萨朗"。

这短短的篇章，写出灵魂的存在、灵魂的寻觅、灵魂的救赎；写出爱的裹挟、爱的不期而遇、爱的纠结、爱的超越、爱的升华；写出信仰的本质在于以智慧的抉择超越小我，融入大爱，融入永恒……可以说，在这个片段，作家把灵魂、把爱、把信仰都写绝了。他仿佛就是白轻衣，也是她爱的男子，用诗意之笔复活了她的渴望、她的激情、她的无奈、她的矛盾、她的超越、她的升华，也复活了他的感应、他的激情、他的思念、他的纠结、他的抉择、他的放下、他的宁静。

作家以澄明之爱，写出没有肉体的灵魂在爱情面前的无望和悲戚——

> 我很想约你出来，跟你在操场上散步。可是你知道，许多时候，人类的一个细小举动，对我来说，却是不可能实现的奢侈。但是你，是否觉出，夜空中有双窥视你的眼睛？还有个想吻你而不得的红唇？

> 你知道，拯救我灵魂的，是爱。是爱，将我从消解中拔出；是爱，给了我活的感觉；是爱，让我有了自我；同样是爱，使我有了铭心刻骨的相思。我多想告诉你这一切，可是，面对你时，我仍是无能为力。

作家以精微之笔，通过灵魂在镜子里的显现，写出灵魂随着爱的念力的增强而日渐鲜活的细节——最开始只有一双红唇，"虚蒙的红。它如宣纸上渗出的一滴红墨，渐渐洇渗开来"，渐渐显出眼睛，"你见过水中月吗？就那样，被风吹虚的那种"，继而脸的轮廓、衣带、形体，且日益清晰、鲜活。但这并非聊斋式的神鬼故事，而是透着真相的法界秘密：

> 我想对你诉说，于是有了红唇；我想追问求索时，就应

该现出眼睛。你不是说"万法唯心造"吗？我求索的心，难道造不出寻觅的眼？虽然它仍是虚蒙，但它终究会清晰的。像那红唇，不是也由若隐若现，变得猩红欲滴吗？

作家以"一幅织锦的两面"的笔法，写出紫晓和白轻衣两个灵魂将爱升华为信仰的历练过程。"小爱转瞬即逝，大爱相对永恒；小爱是个人觉受，大爱是心灵的滋养"，"前者有许多未知，每个未知都是毁灭的开始；后者却趋向静默，那静默的大美里，有孤独，有空寂，更有永恒的诗意"。这是男子对白轻衣的教导，也是黑歌手对紫晓的教导，如果说紫晓的信仰还夹杂爱的纠结，白轻衣的救赎就是作家对纠结的回答。它来自作家的灵魂历练和信仰体悟，它让作家笔下的爱情成为一场灵魂的朝圣，散发着超尘脱俗的圣洁气质和诗意光华。

其实，雪漠笔下所有的爱情都散发着这种近乎信仰的气质和光华。莹儿爱灵官，月儿爱猛子，琼爱雪羽儿，紫晓爱黑歌手，莎尔娃蒂爱琼波浪觉，马在波爱木鱼妹，爱的方式都是专注地等待、思念、超越、升华，没有纠结，没有三心二意，没有功利算计，没有个人私欲，所有的爱情描写都带有灵魂朝圣的意味，都远离了文学长廊里常见的世俗之爱的烟火气——那种肉欲、专横、妒忌和速朽。

在伟大作品《安娜·卡列尼娜》《包法利夫人》里，安娜·卡列尼娜和包法利夫人的爱都还是世俗女人的小爱，短暂的激情过后必然是毁灭的开始，所有的小爱都逃不过速朽，所有的小爱都有着欲望的表情，如果作家本人无法超越，他笔下的爱情不论多么曲折动人，多么真实丰富，都只是人类的小爱。只有真正实现了超越的人，只有真正品尝了大爱滋味的人，才能写出伸向远方的朝圣之爱，才能赋予爱情如此诗意、空灵、纯净、静默、永恒的大美。

三、灵魂的问答

"白轻衣的故事"是全书最诗意、最饱满的华章，它还有一个名字，叫"博物馆的灵魂"。《西夏的苍狼》写作时间只有一年，雪漠认为这是他最不成熟的一部，但仅凭"白轻衣的故事"这一章，就足以见出他的文学成就了。在后来出版的《深夜的蚕豆声》中，雪漠借与一位西方女汉学家的对话，亲自解读了这个灵魂故事，你会从他的解读中，更深地领会他一直念念不忘的对于人类至高之爱与智慧的诠释——

你觉得这是一个悲剧吗？

不，小爱是必然会失落的。因为小爱还需要爱的载体。这个灵魂就是因为没有爱的载体，才不可能实现爱的念想，但是，就算她实现了爱的念想，又能如何？就算她满足了爱的期待，又能如何？腾空的烟火背后，是永恒的失落。所有的欲望都终将会落空，无常就像一个永恒的黑洞，它会吞噬一切的存在，无论是人，是感觉，是情绪，还是关系。漫长的挣扎和寻觅，只是为了让灵魂彻底接受这真相，净化向往，最后融化在大爱的暖阳里，这才是真正的相契。那个失落的灵魂终于发现了这个事实，她带着放下后的欣然和甜蜜，还有一点点悲戚，融入了男子向往的大爱里。这是她最大的幸运。所以，这不是悲剧。

如果这个灵魂没有遇到那个男子，没有爱上那个男子，她最后会怎么样？

她会一直沉睡。

在这个世界上，有很多灵魂都没有遇到这样的男子，他们在生活的磨砺中，全都迷失了自己。他们以为，有一种高于生活的梦想，是平凡的他们没权利拥有的，于是连挣扎的渴望也失去了。我见过太多这样的男人和女人，他们曾经纯真、曾经单纯、曾经充满热情，但一年一年过去了，他们都变成了功利的老人。当我们再相遇的时候，我已经看不到过去的他们了，他们的肉体已经苍老，双眼已迷离，那种我曾经熟悉、感到美好的诗意，在他们的身上已经消失了。他们不再谈论心灵和梦想，不再谈论精神和艺术，他们的话题里都是房子、车子、装修和福利，还有股票、投资、实体经济和GDP。他们的孩子一天天长大，对传统文化一无所知，对汽车品牌却如数家珍，天真的嘴里吐出的，竟是攀比和物欲。这让我难受。在他们的价值观里，这也许是幸福的生活，但在我的价值观里，这才是一个悲剧。因为，膨胀的物欲，总会消解灵魂的鲜活和心灵的诗意。

每个女子都能遇到一个唤醒她灵魂的男子吗？

也许不是男子，但定然是一种爱。只有爱，才能唤醒一个僵死的灵魂，没有爱，灵魂就会一直沉睡。不一定每个人的灵魂都能被唤醒，因为不一定每个灵魂都在呼唤救赎。博物馆里的灵魂之所以遇到了那个唤醒她的男子，是因为她一直在呼唤。她虽然被群体念力所消解，但是她始终不甘心。她明明知道自己活着，明明能感受到自己的存在，但为啥，镜里却没有她的影子？为啥人们听不到她的呼喊？她在这里游荡了好久，她经历了那么多的无常变迁。她是一个沧桑的灵魂，却找不到一个能释放她的人。她渴望的救赎，首先就是确信自己存在，那么，她就能一直跳弹，终有一天，她会看到通往解脱的窗子——当然，她可能不知道那叫解脱，但她定然想走出博物馆的冷寂。博物馆里的生活太冷，冷得就像是一颗没有爱的心。没有爱

　　　　　　　　　　　　　　　　雪漠密码

的心，冰冷如地窖，窖满了失落，窖满了绝望，窖满了恐慌和忧虑。这样过一天，也像是千年。她不想被这样的氛围所消解。她怀念自己的鲜活，她想再活一次。如果再活一次，她所有的感悟，是否就能改变她的人生？但是，当她重新有了肉体，她是不是还会记得灵魂的事？她是不是还会记得，她如何在冰冷中度过了一年又一年？她需要心灵的温度。她不知道什么是救赎，但她始终在呼唤着。她发出了一个灵魂的所有念力，它被那带着念珠的男子所捕捉。男子肯定了她的存在，她于是坚信了自己。她就像小美人鱼剥鳞卸甲那样，一次又一次战胜着嫉妒和失落带来的痛楚。她的灵魂活过来了，但也有了疼痛。她不得不走进历练的程式，因为她面前只有两条路：一是回到博物馆的冰冷之中，二是融入男子眼中的星宿湖。但后者，需要她洗净自己，需要她澄明了心，需要她跟男子达成心灵的共振，融入一种安详宁静的大爱里——这是千刀万剐后的故事。

灵魂真是实有的吗？

你认为什么是"实有"呢？物质是实有的吗？它们似乎很真实，因为眼睛能看得见，但它们很快就会消失。你一定听过沧海变桑田这句话吧？如果大海也能干涸，山脉也会风蚀，那还有什么物质不会消失？还有那财富和享受们，很多人到了六七十岁，还在跟亲人们为了房子之类的东西斗来斗去，为了一点点利益，就丑态百出，但哪怕他们争到了，又能拥有多久？有些人刚刚争到某种利益，人就死了，他无福消受。这样的事情也不是没有。但就是为了这一时的拥有，人就弄脏了自己的灵魂。而灵魂又是不会消失的——普通人看不见它，而且它会被消解，就像博物馆的灵魂最初那样，陷入沉睡，不再叩问，不再挣扎，不再追求向上和升华，但它仍然存在。它能感受到欲望之苦，也能感受到虚无之苦，还有那无边无际的麻木之苦，而且是千年、万年，甚至更长的岁月。那么，你说谁是实有，谁又是虚无？

每一个灵魂都会被爱拯救吗？

是的。爱能拯救灵魂，但我说的，是真爱，是像博物馆的灵魂这样，愿意为了爱消解自己的贪婪，消解自己的嫉妒，消解自己的绝望，消解自己的痛苦，消解自己所有负面的能量，衷心地感恩，衷心地欣赏，衷心地祝福，衷心地向往。真正的爱，会让心灵变得柔软，而类似于爱的情执，却会让人变得贪婪，变得堕落，终而害己害人。

这个灵魂不是也想拥有吗？她不是也为男子更爱有形的女子、忽略无形的灵魂而伤心吗？

是的。她也失落，但她的失落并没有让她堕落。虽然她期待爱情，希望男子能接收到她爱的讯息，但她并没有想要独占，她知道男子有更重要的使命，她把那使命看得比自己的小爱更加重要。她知道，男子的灵魂寻觅，能唤醒无数个被消解的灵魂，赐予无数个灵魂鲜活的新生，所以，她结束了自己设计的那场戏。她不是因为嫉妒，而是在拯救男子的梦想，保护男子的寻觅。只是，她不知道男子其实没有迷失，寻觅才是他的宿命。这让她非常感动。所以，她不再伤心，也不再贪恋了，她放下了小爱，融入了男子对世界、对众生的大爱。这才是真正的童话结尾：从此，王子和公主永远幸福地生活在一起。只是，他们不再是两个独立的灵魂，已融合为一。

永恒的大爱。

是的，永恒的大爱。

第四节 《无死的金刚心》：寻觅与升华

一、文化秘史

作为"灵魂三部曲"之书中书的奶格玛传说，在《西夏咒》，叙事者假托《空行母应化因缘》，如其名，展开金刚亥母洞传说和作家虚构的奶格玛化身——雪羽儿的故事；在《西夏的苍狼》则假托《奶格玛秘传》和《娑萨朗》，虚虚实实地演绎了奶格玛代表的信仰文化的传承脉络和未来走向；而到了《无死的金刚心》，奶格玛已走出作为故事背景的书中书，走到了故事本身的人物、情节里。她不仅仅是书中书记载的那些信仰传说里的女神，更是小说主人公琼波浪觉历尽险阻、苦苦寻觅的梦中女子、信仰女神。她走出关于自己来龙去脉的种种传说、种种虚构，走出千年时空的诡谲风云、沧海桑田，终于在《无死的金刚心》中一个八岁男孩的梦中显露真容，露出本体，并成为他生命的至高向往——"我清晰地记着她的容颜，她有着明月般的皎洁，有着清风般的轻盈，有着牡丹般的华贵，有着春日般的温暖。那容颜，深深地印入了我的生命。我每每在一个不经意间，就能看到她。"

这个梦为琼波浪觉超凡入圣的信仰之路播下了一颗美好的种子——"我想，这辈子，我一定要找到这个女子。我想，她说不定是我前世的母亲呢。"很明显，在《无死的金刚心》，奶格玛象征着信仰本身，代表信仰的本体。

其实，如果了解雪漠的修行经历和信仰背景的话，你会知道，奶格玛并不仅仅活在传说里，她也是历史真实人物，在《青史》《汉藏史籍》等史书中均有记载。而香巴噶举本派史料记述，奶格玛于公元917年生于今天的克什米尔地区，十三岁时在释迦牟尼佛成佛之地金刚座朝拜金刚塔时成道。琼波浪觉是她的首传弟子，生于990年的藏地，父亲是苯教著名法师。当时，藏地是吐蕃，汉地是北宋，西北是大夏。琼波浪觉比大夏皇帝李元昊大十四岁，活了一百五十岁。历史上，他以数次到印度求法、拜了一百五十位师父闻名，被誉为雪域玄奘。求法归来后，他于藏地的香（地名）创立了香巴噶举教派，鼎盛时寺院一百零八座，弟子逾十万。不过，明朝中期后，作为教派的香巴噶举渐渐衰落以至名存实亡，而作为信仰文化和智慧传承，仍如黄金珠链一样绵延至今，不曾中断。雪漠上武威师范时跟随学习禅修的松涛寺吴乃旦师父，以及他开始写作《大漠祭》不久、三十二岁那年不期而遇的四川活佛桑杰华旦师父，都是这条黄金珠链上的一环。

与香巴噶举文化相遇是雪漠生命中最重要的事件，它让雪漠脱胎换骨，升华了生命，也彻底改变了命运。正是来自香巴噶举智慧传承的禅修，帮助雪漠战胜了对文学的执着，使他走出梦魇般的创作瓶颈期，走出一条属于自己的文学之路，并从实现了超越和升华的生命境界里，喷涌出一部部浑然天成的文学佳作。可以说，他对文学、对人格、对生命、对信仰的所有梦想，都因香巴噶举文化而实现。尤其当他亲证了香巴噶举禅修的最高境界之后，一种自我彻底消解、执着彻底消除的慈悲与智慧合一的生命至高体验，如同太阳一样照耀他的生命时空，至今源源不断为生命输送清凉与光明，也为他的文学作品输送清凉与光明。

毫无疑问，香巴噶举文化是雪漠生命的宝藏，但他如何将这个文化宝藏以及他们之间的相遇，转化为文学创作的重要资源呢？要知道，在大作家眼中，所有的人生经历、生命体验都是作品的营养，或者说，他的生命、他的世界就是他的作品。深深影响了雪漠生命的香巴噶举文化，以及它在雪漠生命中烙下的文化印记，不可能不进入他的文学世界，不可能不为他的小说提供独到的写作素材——实际上，它的确为他的文学输送了独一无二的养分，也为他的文学开创了一个不同于大漠世界的灵魂世界，这便是我们看到的"灵魂三部曲"。在这个世界，史实与传说，真实与虚构，无论是正史还是秘史，无论是日常生活还是生命感悟，无论是原型人物还是虚构人物，无论是庸常人生还是传奇人生，无论是民间歌谣还是智慧道歌，都罩上了一层如梦如幻的面纱，虚虚实实，真真假假，梦境般真实又梦境般虚幻。

作家仿佛造化的巨手，行云流水间翻手为云覆手为雨，将历史和真实都幻化为传说、梦境、象征和寓言。他常常将杂糅了自己灵魂历练、生命感悟的文化传置入梦境——琼和雪羽儿的命定因缘总是在梦中呈现；黑歌手也是在梦中进入他苦苦寻觅的娑萨朗；奶格玛从始至终都显现于琼波浪觉梦中，最后秘密的相遇其实也是发生于梦境，或者说灵魂内部。琼、雪羽儿、黑歌手、紫晓、白轻衣、琼波浪觉，他们的寻觅、求索和救赎都发生于他们灵魂的内部——也是作家灵魂的内部。

雪漠说，灵魂如风也如梦，灵魂的眼睛看世界必有梦幻感，就像《深夜的蚕豆声》中说的："我多想你打开灵性之眼，看一看这个世界。这个世界或许会脱去它真实的外套，向你展示它梦境的容颜。"因为，灵魂早已超越了真实与虚构的边界，在它眼中，真实与虚构不过是"一幅织锦的两面"，而一切真实存在过的生命都如滔滔流水，分分秒秒须臾不断地转化为记忆，在不断延宕的时间里，记忆或者被遗忘，或者收藏于时光缝隙，以"梦境的容颜"显现于这个世界。所以，"灵魂三部曲"中假托为传说和秘传的那些文化记忆，本就是真实而深刻的文化脉搏，在千年时光里跳动出亘古的旋律，汇合成一部秘藏于灵魂世界的文化史，一个隐藏于现实背后的文化世界。

在《西夏咒》中，雪漠曾这样描述他对这个世界的理解：

> 《梦魇》发生于另一个形而上的生存空间。对那个空间，我们可以称之为负宇宙。那是跟实存的生命时空相对应的另一个时空，它有点儿像时下网络上的虚拟空间，似真非真，似假非假。那个时空里，也有跟我们的实存时空相对应的人物，如谝子、宽三、舅舅、久爷爷等人，亦真亦幻，妙趣横生。

这个似真非真、似假非假、亦真亦幻、妙趣横生的"形而上的生存空间",正是雪漠为了安放他熟悉的香巴噶举文化创造的文学空间。在《西夏咒》,他安放了《空行母应化因缘》和《梦魇》;在《西夏的苍狼》,他安放了《奶格玛秘传》和《娑萨朗》;在《无死的金刚心》,他安放了《琼波秘传》和空行母道歌……

就这样,有关香巴噶举的文化记忆和生命中的文化烙印,被雪漠以文学的造化之笔,从秘藏于灵魂世界的"形而上的生存空间"中挖掘出来,定格在了小说里。巴尔扎克说,小说是民族的秘史,在雪漠"灵魂三部曲"中,小说又何尝不是文化的秘史?从《西夏咒》《西夏的苍狼》到《无死的金刚心》,真实的奶格玛和她开创的传承千年的香巴噶举文化,都活在了雪漠小说里,只不过,它们都有着"梦境的容颜"。

二、梦境的容颜

而《无死的金刚心》除嵌入小说内部的"形而上的生存空间"外,还有一个大于小说的形而上空间,这就是开篇引子说的"光明境",它是叙述者"我""依托一种超自然的证境,穿越时空分别"抵达的所在。正是在这个超越时空的形而上空间里,"我"与一百四十八岁那年的琼波浪觉相遇了,他们的交流一开始还要依托一本用空行文字记录的神秘伏藏《琼波秘传》,多年后"我"就完全和琼波浪觉相应合一了,"我"和琼波浪觉已无二无别,于是"我"将琼波浪觉超凡入圣的灵魂求索过程——也是《琼波秘传》记录的内容,以"我"和琼波浪觉对话交流的形式展开——依托一种超自然的写作,写成了《无死的金刚心》这部小说。也就是说,它是诞生于"光明境"的一部小说。

很明显,这是类似俄罗斯套娃的结构。第一层是光明境,第二层是"我"与琼波浪觉的交流问答,第三层是《琼波秘传》,第四层是

"我"／雪漠自己的灵魂历练。在开篇引子，作家也说："对本书，你可以有四种理解：一、它是在我和'他'还没有达成无二无别时，由采访完成的一种记录；二、它其实是我自己的一段神秘的灵魂历程；三、你还可以将它当成小说家言，是另类的心灵小说；四、你也可以将它当成一种象征。"

它当然是象征。芥子纳须弥，一沙一世界，琼波浪觉的寻觅和求索，既发生于他的灵魂内部，也发生于作家的灵魂内部，更是每一个寻觅信仰的人都可能经历的灵魂历练，它象征着人类对信仰的终极寻觅。整部小说就以"寻觅奶格玛"为线索，展开寻觅的缘起、魔障、信仰，寻觅之路上魔障的干扰、信仰对魔障的降服，寻觅者经受的考验、遇到的挫折、收获的成长，以及历尽险阻后，最终如愿以偿见到信仰的本体——奶格玛，圆满了寻觅。

这是《牧羊少年奇幻之旅》《西游记》一类"成长小说""伏魔小说"常见的情节套路；它展开的寻觅之路和《神曲》一样，有着地狱、炼狱、天堂三段式；它的信仰文化内涵更让我们想到《天路历程》《浮士德》；它的"光明境"母体又让我们想到诞生《红楼梦》的"大荒山"——都有梦境的容颜，所谓"满纸荒唐言，一把辛酸泪，都云作者痴，谁解其中味"；它可以读出无数的象征，大至人类，小至每一个平凡的普通人，如何在信仰力量的引领下，战胜自我、超凡入圣，实现灵魂的升华和生命的超越；它也是雪漠自己那段曳血带泪的灵魂历练的文学演绎，所以，它也可以读作《雪漠秘传》，它和后来的雪漠自传《一个人的西部》，也是"一幅织锦的两面"，一秘一显，一内一外，一虚一实。所以，如果对照《一个人的西部》和雪漠自己的人生经历，你会很容易读懂《无死的金刚心》，读懂琼波浪觉。

三、寻觅之路

比如寻觅的缘起。《一个人的西部》说："当你开始对生活不满时，你便开始了寻找。"寻觅的起点是对现实的不满、对庸碌的惧怕，不愿自欺欺人度过庸碌无为的一生。就如雪漠，这个一干农活就头昏流鼻血的农民之子，正是"不想这样活着"的念想，让他有了文学的梦想和对梦想的追寻。而他从始至终从灵魂深处厌恶庸碌，因为庸碌是梦想最强劲的对手，人们总是一不小心，梦想和追寻就被庸碌吞噬了。所以，梦想求索的道路上，对庸碌环境和世俗生活的拒绝和抵抗，甚至需要他以武人的毅力和蓄须以明志、不惜得罪一切人、以小时计算给自己考勤、躲到连妻儿都不知所在的地方等种种决绝来成全。他说：

> 我一般拒绝应酬，很少参加聚会，二十多年来基本都这样。我还租了几间房子，家人和朋友们都不知道这个地方，创作时关了手机，谁也找不到我，所以就避免了应酬。我对自己要求很严，时间抓得非常紧。一个人，即使能活一百岁，也不过三万多天，除去吃饭、休息，以及必须花费的时间外，所剩无几。在这个有限的生命里，如果不珍惜时间，分秒必争，就很难达到高境界。所以，一个作家，必须保持清醒，看淡那些别人趋之若鹜的东西，比如权力、金钱、美色，要不为外物所动，才能保持独立、宁静和自由。我的心态一直非常平静，只要吃饱、穿暖、健康，我就会全身心投入写作、读书和其他一些我认为有意义的事之中，绝不会叫一些无关紧要的事干扰自己的心灵。因为，我很明白，我们很快都会从这个世界上消失，百年之后，大家都会变成一堆骨头。

这是雪漠的人生，也是琼波浪觉的人生。

琼波浪觉的寻觅也缘起于对现实生活的不满——表现为对本波文化传承的怀疑。最初是朋友桑旦在他心里种下一颗怀疑的种子："十多年来，我一直研习着本波的经典。对那些经典，一开始我也投入了全部的热情。我很快就精通了许多经典。但随着研究的深入，我的怀疑也越来越多。一天，朋友桑旦来访。桑旦爱读佛经，他看了我研读的本波经典，笑了，说这些经，很像是从佛经里摘录的。不信？你到我那儿看看。我便去了他的藏经室，一认真翻阅佛经，便发现了许多相似。记得，就是在那一刻，我对本波的信仰动摇了。回家后，我就问阿爸，本波是从哪儿传来的？阿爸说，是辛饶弥沃传的。我又问，辛饶弥沃又是从哪儿得到法脉传承的？阿爸回答不出。那时，我就想，原来，本波不是来自神圣的印度呀。那怀疑的种子，从此就种下了。"

继而种子生根发芽，开花结果："随着研究的日渐精深，我对本波的疑惑也越来越多，虽然其中也有许多真理，但本波模糊的传承，已成为我心头抹不去的阴影。传承是密法的生命。没有传承，便没有密法。虽然我在每次讲经时，都不曾说出心中的疑惑，但那怀疑的种子，却在日渐生根，并开始发芽开花结果了。"

二十八岁那年，在他将按部就班接替父亲成为本波新任法主前，他对本波教法的怀疑已无法排遣："在我眼中，这些来自识藏的所谓经典，是无法跟有着清晰传承的那些佛教典籍相提并论的。虽然我也明白，从另一种意义上讲，识藏就是记忆深处的经典。我甚至还知道，早期佛教的几乎所有经典，都是由记忆传承的。但那种游丝一样的疑，织成了巨大的屏障，在我与本波之间蒙了一层挥之不去的云翳。"

怀疑使他对本波文化失去热情，信仰失落，"我甚至怀疑父亲曾对我的印证了——这是最要命的事"，生命的激情悄然远去，"那种缘分的消失跟退潮的大海一样不可挽回"，于是，命定的寻觅开始了。他要遵从梦中女子的召唤，去神圣的印度找到奶格玛，求得真正的密法。

不论是对信仰的怀疑还是对现实的不满，或者是《西夏的苍狼》中唤醒紫晓的那场不期而遇的爱情，或者是《西夏咒》中逼迫雪羽儿走向信仰救赎的那些命运的磨难，都是开启寻觅的按钮。雪漠常比喻说，它们是命运的鞭子，打碎舒适而庸碌的生活；它们是牛虻，刺醒昏睡的灵魂，扎痛麻木的神经；它们是逆行菩萨，以逆缘成就真正的信仰。生命的激情源于向上生长的力量，所以，激发灵魂升华的信仰总能唤醒生命的激情，而麻木和停滞不但消磨激情，还将消磨生命的感觉，灵魂在不痛不痒中昏睡、堕落，使生命异化为徒有其表、缺失灵魂的行尸走肉。

从"灵魂三部曲"，我们可以看出雪漠对庸碌的深恶痛绝，在他笔下，寻觅如同分水岭，把灵魂世界的人分为了两种：寻觅者和庸碌者。庸碌者的灵魂沉睡于重浊肉身的温床，对世俗现状的麻木认同钝化了心灵、麻痹了良知。他们活在昏沉中，像木偶一样被贪婪、欲望、仇恨、妒忌、傲慢等人性的弱点驱使，给自己也给别人带来伤害和痛苦。而且，庸碌是寻觅者的大敌，它让灵魂昏睡不醒，或者扼杀梦想和寻觅，让已经觉醒的灵魂昏沉麻木，重新回到昏睡的温床。

《西夏咒》挖掘的是灾难之下良知泯灭、不以恶为恶、不以耻为耻的庸碌之恶，如那些麻木不仁的看客，那些包藏祸心的啦啦队，他们同时也是扼杀良知与信仰的暴力罪恶的帮凶。《西夏的苍狼》以常昊的为人曝光日常生活里的庸碌之恶，庸碌是人性弱点的大酱缸，把鲜活生命腌成浑浑噩噩的混世虫，"生时不知谁是他，死时不知他是谁，糊涂而来，糊涂而去"；而且，常昊不但自己混世，还以爱的名义跟踪、控制紫晓，要把觉醒的寻觅者拉回混世的大酱缸。《无死的金刚心》以怀疑的目光照出现实生活的庸碌之恶——缺失生命激情的空洞乏味，以及固守现状，拒绝改变的稳定感、安全感，庸碌之魔更以既得之爱情、权位、财势为诱饵扼杀梦想、消解寻觅，把寻觅者拉回自欺欺人、浑浑噩噩的貌似平静美好的生活。

三部小说对庸碌之恶作了不同角度的曝光，其中饱含雪漠自己深刻的生命体验，而且，"灵魂三部曲"的诞生，正是作家警惕庸碌、惧怕庸碌、逃离庸碌的产物。《西夏咒》后记提到一个细节，雪漠2009年离开西部客居岭南是源于妻子一声感叹——"妻说：只希望我们平平静静地过下去。这当然是个美好的祝愿。我听来，却成了另一种含义：我们就这样等死吧。于是，我就想，该换一种活法了。"他如此惧怕"就这样等死"的生活，如此警惕生命停下升华的脚步，在貌似平静的外表下不知不觉被庸碌吞噬，于是，他离开西部到东莞寻觅另一种人生。《西夏咒》《西夏的苍狼》《无死的金刚心》《野狐岭》四部小说，都是在岭南完成出版的，岭南大地的文化与生活也进入了《西夏的苍狼》和《野狐岭》。

寻觅不论缘起为何，根本都是对庸碌的反叛，所以，反对寻觅最激烈者，也来自庸碌。琼波浪觉刚露出寻觅的念头便引来轩然大波，狂热的本波信仰者扎西凶狠地反对，还有那些被煽动的信众，甚至他的父亲，都想扼杀刚刚冒芽的寻觅，但"信仰这东西，一旦生疑，就没了意义"。琼波浪觉说："我爱父亲，但我更爱真理。"他迈出了寻觅的脚步，而反对者，以扎西和处处与他为敌的对手班马朗为代表，在山洼里施行诛法来调动本波护法神——一些恶鬼毒龙，对琼波浪觉进行惩罚："那诛法火坛的祭火一直燃烧着。它主要行施了两种恶咒：一种是诛杀咒，一种是魔桶咒。前者以断人的命脉为主，被诛者大多命尽，不得善终；后者会让人堕入一种无法摆脱的梦魇。据说，后者的诛，是最究竟的诛。前者只能作用于肉体，后者却能诛灭灵魂。"

诛杀咒让琼波浪觉当夜便感到了一种十分凶险的迹象。"它先是体现在梦境上，我梦到地上卷起了浑浊的泥流，将我裹挟而去。梦境的一切都很阴沉，没有一点光。那尾随身后的黑龙仍在喷毒，那喷来的毒气总能罩住我。""在许多个不经意的恍惚里，我也能看到一些凶险的画面。比如，我总能看到那些山神或是龙众，它们以巨大的蝎子的形象出现。它们蠕蠕而动，铺天盖地。它们有时张牙舞爪，喷着毒气；有时却张着大口，想吸走我的生命精华。它们像浪一样涌了过来，一波一波，无止无息。每到这时候，我总是感到胸闷心跳。"渐渐，他进入了《神曲》三段式的第一阶段——地狱：

我发着烧，昏迷了好多天，觉得自己魂如碎絮，四处飘零，更像淋在污浊的淫雨之中，从里到外都又黏又臭。

许多个瞬间，我觉得自己已经死去，已堕入地狱。我进入的地狱，跟传说中的不一样。我的地狱里满是泥泞，满是血污，满是罪人的哀号和诅咒。我没有见到牛头马面，也没有看到阎罗王，只觉自己在泥泞中匍匐着，看不到天光，不知道方向，找不到归宿，眼前一片漆黑，看不到任何能被称为光的东西。

我时而被烈火炙烤，时而却堕入了冰窖；时而被抛上了刀山，承受着万箭穿心的剧痛；时而又被扔进一个巨大的磨眼，灵魂和肉体都被那两扇张着利齿的磨扇碾得粉碎。有时，我真的灵魂如风了。我变成了粉末，被业风卷成一个个漩涡。我觉得宇宙中也充满了无数的漩涡。那漩涡，时时就能将我裹挟而去。

幸亏他即使在梦中观想的防护轮也仍很坚固，而且，即便在地狱，奶格玛也时时护佑着他——"她像黑夜中的灯笼一样从远处移了来。那灯笼越来越大，也越来越亮，我身边黄沙般的咒力渐渐消失了。那情形，很像光明驱散黑夜一样。在恍惚里望去，那女子手中的灯笼很像你们所说的宇宙中的天体黑洞，无边的咒力都被吸进了那黑洞。"当然，这些魔幻景象的描写并非普通神魔小说的桥段，在雪漠笔下，它们有着意味深长的文化内涵和智慧含量，我们更应该读作象征。对诛杀咒带来的诸多凶险效应，琼波浪觉说："我明白，这一切，都是因为自己太在乎那种仪式。在过去的岁月里，据说这种仪式夺走了很多被诛者的性命。正是这诸多的'据说'，对我构成了巨大的压力。多年之后，我才明白，那诸多的凶险之兆，其实也来自我的心性。"

一切都是心灵的显现，一切都不离心性，这是含藏于"灵魂三部曲"的信仰文化的智慧精髓。《无死的金刚心》中琼波浪觉的所有寻觅和他遭遇的所有魔障、所有考验，其实都发生于他的灵魂内部而非身外，这是理解这部小说最重要的入口。那些恶鬼毒龙象征着心灵的污垢，灵魂中黑暗的负面力量，堕落的力量；而防护轮与奶格玛，象征着心灵的圣洁，灵魂中光明、升华的力量，信仰的力量。寻觅者的灵魂就在光明与黑暗、上升与堕落两种力量的博弈中挣扎浮沉。后面对魔桶咒放出的扼杀梦想、消解寻觅、断人慧命的庸碌之魔的描写，也同样具有文化和智慧层面的象征意味——

　　我觉得自己周围多了一层无形的网，它虽然无形，却很坚韧。它像渔网一样充满了柔韧的力量，它像玻璃一样有质却透明，它像天网一样无处不在。它将我和世界割裂开来，想叫我窒息而死呢。

　　它们像隆冬清晨的寒气一样渗入了我的骨头。它们狂欢着，游向我的每一个细胞，向那鲜活的细胞注入了一种胶着的黏液。在某些人的一生里，叫他们懒散的，正是这样一种物质。许多人就是在不知不觉中被那物质腌透了，他从此就会得过且过，再也没有了进取的兴趣和动力。
　　这天，那黏物也袭向了我。我就产生一个念头：算了，人不过是个混世虫，何必那样辛苦呢？那黏物于是发出声音：就是呀，你现在已声名远扬，只要假以时日，定当名扬天下。你何必产生那种不满足的心呢？你知否？现在，你可以借本波的力，用不着你努力，一切都水到渠成了。你要是生了异心，前途究竟如何，真是个未知数呀。
　　我想，就是呀。人生不过百年，何必折腾呢？

庸碌像无形的网把寻觅者与世界割裂开来，令人窒息欲死；庸碌像隆冬清晨的寒气渗入骨头，向细胞注入一种胶着的黏液，使人懒散，把人腌透，从此得过且过，甘做混世虫，再也没有了进取的兴趣和动力。很明显，这是真正历练过的作家才会有的精微笔致，也是深具智慧的作家才能写出的细节——庸碌之魔放出的毒素总是从灵魂深处由内而外扩散，警醒庸碌的智慧女神奶格玛也总是出现在琼波浪觉灵魂深处的梦境里。在雪漠笔下，无论是魔还是神，都内在于人的灵魂，它们是灵魂中的污垢与圣洁，也是生命中的大恶和大善，它们都是寻觅者自性的显现。

小说重点写了一种不易识别的庸碌之魔——女难。它以尼泊尔退位女神莎尔娃蒂的爱情显现，这是琼波浪觉走上寻觅之路遇到的最初也是最漫长的考验。幸好父亲被庸碌吞噬的人生警醒了他，没有在莎尔娃蒂的柔情里放下刚刚抬起的脚步。但爱情是最绵长的绕指柔，在魔桶咒的助力下，莎尔娃蒂的爱情以情书方式一路尾随追踪，让琼波浪觉时时面临选择，让他彷徨、犹豫甚至生起退转念头。若不是智慧女神奶格玛时时召唤，他或许已经放弃寻觅，回到莎尔娃蒂的怀抱，过上美满而庸常的生活了。

不过，虽然爱情对寻觅者具有考验的魔性，但雪漠不愿将莎尔娃蒂的爱情写成真正的情魔，而是通过情书透露莎尔娃蒂在等待和思念中不断升华的灵魂，最后，莎尔娃蒂为爱牺牲了自己，她替琼波浪觉承接了很多咒力，至死没有等到琼波浪觉的回归。所以，虽说情关难过，但琼波浪觉的寻觅之路若少了莎尔娃蒂的情书，那将多么寂寞、荒凉，而这部小说又将缺失多少温馨和诗意！只是，读者可能会叹息：莎尔娃蒂为何不做将爱升华为信仰的紫晓，像紫晓追随黑歌手那样追随琼波浪觉去朝圣呢？她若与琼波浪觉携手寻觅，她会是另一个雪羽儿，而她却像大漠世界的莹儿，最终为守护信仰般的爱情祭出了自己的生命……

据说，莎尔娃蒂和莹儿的原型都是雪漠妻子，那是一位完全去除了私欲之爱，在陪伴雪漠的漫长岁月中全身心默默奉献的伟大女性，雪漠说，她是他今生最美的收获。其实，雪漠已经让莎尔娃蒂与琼波浪觉携行寻觅路了，在琼波浪觉梦中，莎尔娃蒂和司卡史德是同一个人，又说莎尔娃蒂就是司卡史德的化现，而司卡史德是陪伴琼波浪觉修行的明妃，类似雪羽儿与琼的双修，这套笔墨，也类似紫晓和白轻衣的关系，在超越时空的智者眼中，她们都是"一幅织锦的两面"。

四、重重考验

寻觅之路如同《神曲》三段式的第二阶段：炼狱。灵魂升华的过程充满魔障，充满考验，也充满启迪，必须仰仗智慧和慈悲的火把，灵魂才能战胜魔障，走出黑暗，完成炼狱般的重重考验。除云谲波诡的神魔描写外，小说还写了种种不可思议的寓言化的考验场景，以及大量晶莹透彻的空行母道歌。

第一场考验曰"狼嚎声中的空行母"，面对被狼群围攻的女人的求救，你能不能跳下自己藏身的树枝，舍命相救？第二场考验曰"可怕的沼泽地"，面对深陷沼泽快要陷落的老人，你能不能冒着自己也会陷落的危险舍身相救？这两场考验琼波浪觉都没有通过，空行母以道歌教诲他："空谈慈悲无大益，不如眼前救生死，便是求得无上法，不去实践有何用？你欲求得无上师，心中仍有我之蕴。虽言众生是父母，为何不救眼前人？"

第三场考验曰"套中的群鹿"，猎人让琼波浪觉帮他杀死被网套套住的鹿群，琼波浪觉固守戒律，拒绝了猎人提出的作为交换的种种诱惑，未想猎人和鹿群都是空行母的幻化，这又是一场没有通过的考验，空行母以道歌教诲他："我是无畏的空行母，早已超越了二元对立。我的境界里没有生死，死就是生，生就是死。我的网是无欲的幻身，我的刀是无贪的大乐。我的杀戮是自性光明，那些鹿只是假我的五蕴。我杀而无杀，无杀而杀，你执幻为实认假成真，执着虚妄的所谓戒条，却宁愿放弃根本上师。这样愚痴的人，怎配见到尊贵的奶格玛？"

最恐怖的考验是第四场：麻风女的荒唐请求。当浑身散发腐尸般的臭味、鼻子都已经烂掉的麻风女往你怀里扑，要你跟她生娃儿，你能不能圆满其心愿？——

月光从洞外射入，照着麻风女那张可怕的脸，烂了的鼻孔似乎比白天更大了，整个脸成了骷髅。一股腐尸般的臭味扑面而来，不知它们是来自那烂处，还是来自女子的口内。

女子喘着粗息，说，上师呀，救救我。我不求别的，只求你给我个娃儿。我一个人待在这儿太孤单了，我想要个娃儿。

我一听，差点呕出来，却强忍了恶心，说，你别前来！你别前来！

女子的话音随那腐尸臭又喷了出来：真的，我不求别的。我只求有个娃儿。你瞧我一个人，整个世界都抛弃了我，包括我的父母，我没有一个亲人。我只想要个儿子，我想，要是我养下一个儿子，子不嫌母丑，我就有亲人了。我的老年也就有靠了。你想，我一个女子，待在这荒郊野外，要是没个儿子，我如何度过漫长的老年？求求你，发发慈悲。

我紧张得喘不过气来了，忙说，这不成，这不成，我是出家人，是受过戒的。

女子道，你虽然受过戒，可你也发了愿行菩萨道的。菩萨是随顺众生的，没听说哪个菩萨不满众生的愿。你就帮我这一回。说着，那女子竟钻入我的怀里，一双手胡乱在我身上摸着。我也顾不上那女子身子烂不烂了，几下便将她推了出去。

那女子哭了起来，边哭边说，菩萨呀，求求你了。我不是只要一个儿子吗？我又没要你的命。人家龙树菩萨，别人要他的命，他不是照样布施了？人家寂天菩萨，人家要他的眼珠，他不是照样布施了？你，我不就是要你给我怀个孩子吗？你怕啥？你又不缺啥的。说着，她的手又摸了来。

我急得遍身是汗，边推那伸来的手，边说不行不行。

女子又道，上师呀，我的菩萨，你在两个时辰前还教我发菩提心呢。我现在看看你有没有菩提心。对你来说，我的要求，并不过分，只一会儿的事。要是成功了，你就早一点回去。要是这次不成功，你就多住几个月，等给我怀了娃儿，你再离开这里。

我一头汗水，哭笑不得。我觉得那腐尸臭味越来越浓，一股难忍的恶心在我胸中啸卷。我说，你别逼我，再逼，我可发怒了。

……

这场考验仍然没有通过，空行母如是教诲他："要知道，琼波巴，在究竟真理之中，麻风病跟虹身无二无别，世上万物是浑然一味无有分别。由于你过去的串习力限制了思维，心便被囚禁在分别的镣铐里，所有的烦恼由此而生，进而障蔽了解脱的可能。你的心中虽然也不乏大悲，但它被密封在我执的瓶子里，你只有用那空性的槌子，才能打碎我执的头颅。"

这些将寻觅者置入生死绝境和极致悖论的考验看得人惊心动魄，当然，这都是炼狱的寓言，所有的考验、所有的道歌，都是为了帮助寻觅者破除执着，消除分别心，生起无我的慈悲。在"灵魂三部曲"承载的信仰文化里，二元对立的分别心是一切魔障的渊薮，必须用智慧的太阳照破黑暗，灵魂才能彻底消除分别心，从黑暗的渊薮升腾出来，融入无分别的智慧光明里。此时，灵魂才能与周遍一切的慈悲合一，而这才是寻觅者求索的终极超越的灵魂境界，也即信仰文化说的灵魂秘境——奶格玛的娑萨朗净土。所以，琼波浪觉说："后来才知道，在我的一生里，给我制造违缘的，不仅仅是本波的护法神，更多的违缘来自别处。在多年后的某个黄昏里，一位叫司卡史德的空行母告诉我，那些违缘的根源，是分别心。所有修炼的目的，就是为了消除分别心。分别心导致了斗争，招致了烦恼，引出了妄念。"

而这一切仍不离寻觅者的心性，分别心和无分别智其实是寻觅者心性的两种状态，它们并非割裂的不同实体，而是"一幅织锦的两面"。所以，寻觅者最重要的启迪便是：终极超越的灵魂秘境并非远在他方，而就在自己心里，在自己灵魂内部，"骑着骆驼去找骆驼"注定是要南辕北辙的。《牧羊少年奇幻之旅》也是类似的充满寓意的寻觅故事，牧羊少年远离家乡，到外面寻宝一圈后才发现，原来宝藏就在自家院子的某棵树下。"灵魂三部曲"也有类似笔法：《西夏咒》中，琼从凉州出发，又回到凉州；《西夏的苍狼》中，黑歌手寻觅娑萨朗，也是从凉州出发，回到凉州；《无死的金刚心》中，琼波浪觉寻觅的奶格玛始终就在他梦中，在他灵魂的深处……

在《求索的灵魂》这一章，琼波浪觉经受了空行母幻化的种种考验，聆听了大量空行母吟唱的道歌后，读者以为，接下来就要进入《神曲》三段式的第三阶段——天堂，他将如愿以偿见到奶格玛了。然而，出人意料的是，作家却让他掉入了魔桶。这突如其来的转折令人震撼，仿佛寻觅者就要爬出炼狱的深井，又突然失手跌落井底深渊。

《魔桶》这一章描写琼波浪觉与假奶格玛过上了貌似信仰、实质庸碌的伪信仰生活，而且，这可疑的虚伪生活竟过了二十二年。很明显，这仍是炼狱的寓言，其中蕴含深邃的哲理和智慧。假奶格玛不仅仅意味着自欺欺人的作秀，也意味着生命中最顽固的执着。也就是说，当我们不顾一切寻觅信仰时，信仰本身却可能成了生命中最大的执着，被自己心造的幻觉所异化。而认假成真时，所谓的寻觅和信仰就偏离了方向和实在，抽空了内在的激情和深刻，成了自欺欺人、徒有其表的空洞虚伪的存在——"那些有着利众外相的懈怠才是最可怕的"。

所以，"魔桶生活"其实是空行母的最后考验，目的是为了帮助寻觅者破除生命中最大的执着、最后的分别心。这套笔墨深刻、微妙、近乎真理、透着智慧，它只能出自过来人之手，是真正经历过酷烈的灵魂炼狱的人才有的精微之笔。所以，若对照雪漠自己的人生历练，你会更容易读懂琼波浪觉的魔桶生涯。

其实，假奶格玛何尝不是雪漠当年的文学梦？在看不到一丝光亮的梦魇的五年里，他孜孜以求的文学梦和作家梦也成了生命中最大执着，是弟弟的死警醒了他，经过七年苦行僧般的禅修历练后，才彻底破除生命中所有的执着。琼波浪觉也是在死亡刺痛下从魔桶生活中惊醒的，丧子之痛让他识破哭泣的奶格玛是假，他逃离了魔桶，又经过种种破除执着的灵魂历练后，终于在分别心完全消失的某个黎明时分，与智慧女神奶格玛"秘密相遇"了。所谓秘密的真意不过是：他们的相遇其实就发生在琼波浪觉的灵魂深处——当我们破除生命中所有执着时，智慧和慈悲就会像黎明渡口的微光一样，从我们生命深处晶莹地显露真理的容颜。

五、寻觅者群像

寓言和象征可以有多种解读。《无死的金刚心》可以解读为雪域玄奘琼波浪觉的证悟之路，可以解读为香巴噶举的一段文化秘史，可以解读为作家自己的灵魂历练，也可以解读为任何想走出庸碌、走向寻觅的灵魂必须经过的历练过程。无论何种解读，它都像是一首"灵魂寻觅"的悲歌，为世界文学补写了一页美丽的诗篇。

这是中国文学里前所未有的诗篇，只有放到世界文学的坐标系下，和但丁的《神曲》、歌德的《浮士德》、约翰·班扬的《天路历程》等有关灵魂寻觅的文学经典放在一起，它意味深长的文学光辉才能照进你心里。因为，灵魂寻觅是人类共同的诗意和梦想，也是生命本有的诗意和梦想。每一个鲜活的生命都需要活着的理由，每一个暴风骤雨中扭曲的生命都渴望晴朗的天空，每一个黑暗中低回的生命都需要阳光照耀，每一个浑浊泥潭里窒息的生命都需要新鲜的空气，每一个梦魇中的生命都需要刺耳的声音唤醒，每一个萎靡的生命都需要向上升腾的力量，每一个肉体消失后无依无靠的灵魂都需要信仰的依怙……

灵魂寻觅是人类生命最壮美的交响乐，也是文学艺术共同的母题。遗憾的是，中国文学里善于写灵魂寻觅的作家不多，像雪漠这样以现代小说"三部曲"的长篇巨制，将灵魂寻觅置于人类、民族、历史、文化、个人等多角度背景下，写出其壮美、神秘、深邃、超逸与智慧境界的作家，更是少有。他以自己灵魂历练的深刻体验为基础，围绕"灵魂寻觅"，在《西夏咒》《西夏的苍狼》《无死的金刚心》中展开的灵魂叙事、信仰叙事、智慧叙事、命运叙事等，都为中国文学补白了卓尔不群的篇章。中国文学尤其少见信仰叙事和智慧叙事，除张承志外，一些有信仰色彩的文学，像扎西达娃、北村、阿来、范稳的小说，对信仰的书写多为外部视角，流于奇观化、生活化和宗教化的教义涂写，没有深入灵魂内部，更没有进入作为信仰核心的智慧层面。而在雪漠笔下，信仰不是宗教，而是智慧、文化和命运，是人类改变命运的渴望、寻觅以及由此形成的文化，信仰也是人类活着的理由。因为人生太苦，罪恶太深，庸碌太重，所以需要信仰。信仰的本质是生命中向上的力量。生命需要向上生长，生命也必然会遭遇风雨雷电、长夜漫漫，所以生命渴望阳光，寻觅光明。这渴望和寻觅就是信仰。信仰是生命中的太阳，有它，才有生命，没有它，活着只是行尸走肉。

在《西夏咒》后记，雪漠说：

> 我一直想写生活在另一个时空中的人们。他们生活在世俗世界之外，有着自己独有的生存模式。他们追求灵魂的安宁，而忽视红尘的喧嚣。他们有自己的梦想，有自己活着的理由，有自己的价值判断，有自己的灵魂求索。不进入他们

的世界，是不可能了解他们的。虽然《西夏咒》中的每一个人物在生活中都有原型，但正如曹雪芹所说：满纸荒唐言，一把辛酸泪，都云作者痴，谁解其中味？要知道，这些看似是呓语疯言的东西，其实是另一个群体最真实的生命体验，你不妨将他们称之为形而上的人。不过，他们的存在并不是无意义的。他们代表了某一个人类群体的灵魂求索。

其实，不仅《西夏咒》，《西夏的苍狼》《无死的金刚心》写的，也是"生活在另一个时空中的人们"，一些远离世俗生活的"形而上的人"，他们是灵魂寻觅者、信仰者和文化传承者。《西夏咒》的琼、雪羽儿以信仰和智慧救赎苦难；《西夏的苍狼》的奶格玛、黑歌手寻觅永恒，紫晓、白轻衣寻觅大爱；《无死的金刚心》的琼波浪觉寻觅终极智慧……

他们是灵魂世界的精灵，你很难从作品里找到他们外在形貌的写实描绘，只能从淡然、淡定、从容、清瘦、清秀、宁静等词汇中想象他们共同的超尘脱俗的诗意气息。比如：梦光明中显现在"我"面前的琼波浪觉是"一个目光深邃的老人"，"很是清瘦"；紫晓眼里的黑歌手"像一团气，一团虚虚蒙蒙的气"，身上有种"从容和淡然"，背影"清清瘦瘦的"，"眼睛很干净，是那种明白后的干净"；琼眼里的雪羽儿"长得很清秀，很少见她笑。她风一样来，风一样去，我总是怀疑她是一缕清气"，"她总是那么宁静，那么清秀，有种白玉兰的神韵"。

寻觅者远离庸碌的世俗生活，超越了重浊的形而下生存，甚至超越了粗重的肉身，清醒的灵魂风一样自由，气一样轻盈，白玉兰一样圣洁。他们活在精神世界里，活在信仰里，活在文化里。他们总有文化使命感——其实也是大爱，或者说慈悲。正是大爱驱使，他们走上了寻觅和求索之路，也是大爱，赋予他们神秘的感召力。黑歌手身上有种大地一样静谧的"临在磁场"，能让躁动热恼的灵魂安静下来，那股沙尘暴一样将紫晓裹挟而去的力量，就来自寻觅者浩瀚的大爱感召力。而智慧——寻觅之果、信仰核心，又让他们有一双可以直接看入你心底的眼睛，他们的眼神"深邃、悲悯、不着一物"。寻觅者是灵魂世界最动人的风景。

第五节　失语与误读

一、爱恨交织，两极反应

只是，《无死的金刚心》比《西夏的苍狼》《西夏咒》更接近纯粹的象征和寓言，而且因为主人公是真实的宗教历史人物，是开派祖师、一代宗师，描写他的信仰求索不可避免要涉及一些义理的解读，这部分内容不易为常人读懂；此外，大量道歌蕴含的终极超越智慧，也超出了普通人的悟解能力，这些内容都可能成为接受的盲区，成为阅读的门槛或障碍。能读进去的，定然会觉得醍醐灌顶，字里行间充满启迪；读不进去的，就可能会觉得不可理喻，以宗教小说斥之。

事实上，《西夏的苍狼》《西夏咒》也不同程度面临着相似的两极反应。爱者爱死，恨者恨死。喜欢的人，一遍遍读，如痴如醉，因为每一次读都能读出不同意味——这是象征和寓言的特征；不喜欢的人，连进入的门径都摸不到。陈晓明老师说："《西夏咒》很难读，但喜欢它的人读下去是会着迷，是会被感动、被震撼的。"它有种魔力激情，很容易沙尘暴一样把你卷入作品，而且文字背后贯通到底的酣畅之气，也会推动你不由自主往前读。

《西夏咒》是"灵魂三部曲"中阅读快感最强的一部，但理解和接受上同样有障碍。大量的人吃人、人迫害人的细节描写，虽然写得生动饱满，且时时以超越智慧观照，但普通人怕仍是难以读出其深刻处和精微处，也不容易体会作家的慈悲之心。人类自相残杀的罪恶或藏于历史深处，或藏于民间深处，或藏于人性深处，它们是人类的污点，属于污垢性的、黑暗性的、秘密性的存在，普通人对此或不熟悉，或不忍看，或不愿接受。所以，阅读时容易产生排斥心理。也有人带着窥视欲去读，但窥视就把罪恶奇观化了，不是正解。这是对极致恶的接受障碍。对极致善的描写也有理解上的隔膜。比如，琼为什么一定要和雪羽儿双修才能实现升华和救赎？雪羽儿为什么能宽恕所有迫害她的人，连那些煮食她母亲的人也都替他们念经超度？其中蕴含的深邃智慧和巨大慈悲，一般人是无法领悟的，只会觉得不可思议；"雪羽儿的澄明之境"是一种极高的生命境界，一般人也很难领悟文字描写背后的真意……这些地方就成了阅读的混沌区域。

《西夏的苍狼》也有类似问题。紫晓的寻觅明显是对庸碌的不满和对爱情的向往，黑歌手寻觅娑萨朗这部分内容就不是一般人能读懂了。娑萨朗寓意什么？黑喇嘛的城堡山寓意什么？外星人奶格玛寓意什么？方便与智慧合一的秘意是什么？为什么必须方便与智慧合一才能将娑萨朗搬到人间？大量的象征和寓言令普通读者困惑。《无死的金刚心》更是如此。那些印度教风俗、佛教典故、坛城咒术、义理精髓、空行母道歌等，一般人都很难真正读懂。

研究者也不例外，除了陈晓明老师和少数几位批评家，很少人对这三部作品做出恰如其分的解读。而且，由于文化的隔膜和误读，《西夏咒》之后，《西夏的苍狼》《无死的金刚心》基本令文坛失语了，出版后没有开研讨会，也少有批评家撰文评论。对此，雷达曾说："雪漠的'灵魂三部曲'一度被看作是走火入魔，重要的原因在于，作者对宗教和灵魂超越的过分强调。"

实际上，《西夏的苍狼》《无死的金刚心》的确也并不纯粹为文学读者而写，如雪漠所说，它们是"写给灵魂寻觅者"，写给"有缘人"的。书中记录了他自己撕心裂肺的信仰寻觅和改变其命运的智慧文化，只有和他一样体会到人生之苦并生起强烈的改变愿望的读者，才可能成为这两部书的"有缘人"，而他写作的理由无非是希望这部分人能从中得到启迪，希望自己的作品能帮助他们解除人生的痛苦、升华灵魂、改变命运，这就够了——《西夏咒》也出自同样的为他人解除痛苦的大乘精神。

可以说，"灵魂三部曲"是雪漠实现升华后的生命境界的呈现，它们来到这个世界的理由，就是为了全然利他——无论是慈悲的召唤、感动，还是智慧的启迪、引领，都是为了全然无我地帮助"有缘人"，帮助他们解除痛苦，让灵魂从各种人生之苦中觉醒、升华、解脱，获得纯粹的自由与快乐。所以，虽然它们没有在文坛获得"大漠三部曲"所受到的关注和回应，但那些"有缘者"，却实实在在从作品中受益了。

如同空谷足音，"灵魂三部曲"从"有缘者"中收到了越来越多的强烈回音，那是一颗颗因为阅读而改变的心灵，一个个因为阅读而觉醒的灵魂。他们总能从书中读出自己。比如很多女性读者都觉得自己是紫晓、莎尔娃蒂或雪羽儿，一些信仰者也从琼波浪觉的证悟之路读出无穷的启示……所以，这三部小说也为雪漠培养了很多心心相印的读者。雪漠常说："语出真心，打人便疼。"无我的真心感召的必然也是真心，真心人即是雪漠说的有缘人。

二、文学与文化的纠缠

此外，误读还来自小说之外的原因，即雪漠对香巴噶举文化的著述与弘扬。当时，与"灵魂三部曲"同时出版的还有文化著作"光明大手印系列"，包括未收入系列丛书的 2009 年出版的《大手印实修心髓》。据说，这本书出版后，外界才知道雪漠曾经的修行经历和修行境界，此前，他与香巴噶举文化的因缘及自己的传承一直处于秘密状态。接着，2011 年至 2013 年，影响更大的"光明大手印系列"出版了，包括《实修心髓》《实修顿入》《参透生死》《当代妙用》《智慧人生》五种，全面展示了香巴噶举文化的源流、传承、本体、义理、妙用和雪漠自己的修证心得，使湮没千年的香巴噶举文化走出尘封的历史，在宗教文化界尤其信仰圈子产生了巨大影响。

从此，雪漠除了作家之外有了另一身份：文化学者。他的作品世界也分为两个领域：文学和文化，相应地，读者群也有从文学入门和从文化入门两类。从文学入门的读者会为"大漠三部曲"而感动，为"灵魂三部曲"而改变，进而对香巴噶举文化产生强烈好奇心而捧读"光明大手印系列"；从文化入门的读者会因为"光明大手印系列"对香巴噶举文化深度了解而读懂"灵魂三部曲"，进而顺藤摸瓜把"大漠三部曲"读完。所以，文学和文化两类作品在有缘读者中往往产生奇妙的叠加效应。"灵魂三部曲"中承载的香巴噶举文化秘史和相关甚深智慧在"光明大手印系列"都有详细解读，这套书也诠释了影响和改变雪漠命运的重要力量——禅修——的文化渊源、智慧精髓和如何使生命当下受用的种种实践方法。

禅修属于人类的智慧文化，智慧文化需要心心相印的传承和当下的生命实践才能真正影响和改变一个人的生命，它不是纸上谈兵，而是融入生命的真刀真枪的实践。雪漠的人生道路和文学道路都是伴随禅修走过来的，他用生命验证了古老传承的智慧文化在今天仍能改变一个人命运的神奇力量，他自己就是智慧文化的受益者，他想把自己验证的道理告诉更多人，让更多人受益，于是他把自己实践禅修的真切体验、生命感悟、过来人的经验等等写入书中，目的和"灵魂三部曲"一样，为了全然利他，为了解除他人痛苦。

很少有作家像雪漠这样，把智慧文化、利他精神与文学创作结合得如此紧密，他甚至把文学当做"为众生服务的手段"，在他看来，"利他"才是文学真正的意义和写作的理由，文学若不能给世界带来清凉，他不如扔了笔，回家晒太阳。正是这份真诚袒露的慈悲之心，深深感动了一大批读者，而他以生命验证的智慧文化，又深深为读者们所需要。这些读者的确在生活的方方面面都出现了或大或小的问题——事实上，谁不会在人生旅途中遇到挫折和磨难呢？——很多人是在带着问题寻找答案、寻求帮助的心态下遇见雪漠作品的。因为问题的急迫，大部分人先从"光明大手印系列"进入，直接受益，解决问题，再读"灵魂三部曲"，就能长驱直入，读得如痴如醉了。也有的直接读《无死的金刚心》就能生起奇妙的生命体验，一些女性读者从《西夏的苍狼》里读出爱情婚姻家庭启示，直接从《西夏咒》进入的也有，她们像紫晓被黑歌手的神秘气场裹挟一样被这部小说裹挟。

　　所以，某种角度看，"光明大手印系列"很像是"灵魂三部曲"的文化辅导书，能够帮助读者扫除小说里的文化盲区，帮助他们理解作家的思想，体会作家的慈悲，读懂作家的智慧。当然，这是客观形成的效应，雪漠本意并非如此。不论是文化还是文学，他的写作都只为了能够真正利益读者、利益世界，能够真正帮助他人解除痛苦。另一个客观效应是，"灵魂三部曲"收获了比"大漠三部曲"更多的解读文章，它们不是来自文学研究界，而是来自有缘读者。这些读者不管文学理论，不管技巧、流派等文学概念，仅从个人理解和感悟去读，同时代入自己的生命体验。对他们来说，读雪漠作品的过程也是自身生命成长的过程，阅读不再是消遣把玩，不再是跟风作秀，而是回归心灵，为生命和灵魂而读。

　　他们中反复读一本书的现象很普遍，每次读都有新的收获，随着生命成长，不同阶段有不同感悟，一些文笔好的便将阅读体会写成读书笔记，几年下来，累积有上千篇；解读文章也雨后春笋般冒出来，正好填补了专业解读的空白。读者们在文章中书写自己的感悟、体会，记录自己的变化，表达自己的感动和被作品激发的热情，尤其生命因阅读而改变、而受益，这是他们多年来持续跟踪阅读雪漠作品的秘密源泉。很多人读了雪漠作品后，人生的、心灵的诸多问题、纠结迎刃而解，包括抑郁症等精神顽疾也痊愈了。生命因阅读而改变、而受益而升华，这是最让他们感动的，也让他们焕发出前所未有的利他热情——从雪漠作品承载的智慧文化（雪漠常以"大善文化"称呼）受益后，便想将其分享给更多人，使更多人受益。于是，如同《西夏的苍狼》中紫晓和黑歌手一起传唱娑萨朗，他们也以文化志愿者身份与雪漠一起分享大善文化，期望更多人的生命因信仰而升华，更多人的命运因智慧而改变，更多人因大善文化离苦得乐，走入永恒快乐的娑萨朗。

三、误读的根源

然而，对于大善文化的信仰核心和智慧精髓，若不付出真切、深入的了解，一般人是很难打破成见、隔膜而对其报以尊重和理解的，反而可能在一知半解、道听途说中生起更大的疑虑和成见，导致误读。随着一批批文化志愿者出现，尤其他们"传唱娑萨朗"时那种投入、那种忘我、那种热情、那种专一，更加重了外界对雪漠的误读，一些不明就里的人看了，不免心生误解和抵触。

其实，雪漠只是一个信奉大善、大爱精神的作家而已。"灵魂三部曲"的写作中，他把改变自己命运的大善文化作为写作资源，用于自己的文学创作，以期"给世界带来清凉"，这种写作方式，不正符合中国文学的"文以载道"传统吗？但今天的人们或许已久不闻"道"，也不一定需要"道"了。今天的人们宁愿把"道"当趣味、鸡汤、谈资、佐料，却不能接受"道"的大善、大爱精神，这究竟是为什么呢？也许还是因为不需要。大多数人并不需要大善文化，他们更需要鸡汤、谈资和作秀，他们甚至害怕智慧之声动摇现实生活的安全感，害怕有人戳破庸碌的肥皂泡，告诉他人生的真相其实布满痛苦和烦恼。他们不愿见到真相，宁愿相信掩盖真相的谈资佐料。只有真正品尝过人生之苦的人，才会对解救痛苦的大善文化生起信仰；只有真正经历过命运磨难的人，才会生起改变命运的强烈渴望；只有在苦海中颠仆呼救的人，才会迫切需要一根救命稻草。

所以，绝大多数人都是在灾难的鞭子下驱赶着走向信仰的，雪漠自己也如此。若不是因为文学创作上梦魇般的瓶颈期，他不一定会有漫长的灵魂历练生涯。所以，世界就是这样，各种文化、各种说辞，全看自己需要什么。庸碌者信仰庸碌，需要沉迷、昏睡，用麻木来麻痹痛苦，唯恐被智慧的警钟惊醒；而寻觅者信仰寻觅，他们被人生种种苦难驱使，要在泥泞中颠仆出一条解脱之路。所以，没有被命运刺痛过的人是读不出《无死的金刚心》中魔桶的意味的；没有经历过大灾大难的人是读不出《西夏咒》中罪恶书写的深意的；没有在庸碌中沉沦过的人是读不出《西夏的苍狼》中紫晓遇见黑歌手时那种沙尘暴一样的激情的，没有被爱过的人是读不出白轻衣的灵魂痛楚的；没有在长夜里哭醒的人，是读不懂寻觅者对于"离苦得乐"之道的求索之心的……当生命躺在庸碌的温床上被名利享乐的肥皂泡包围时，作为庸碌者的你肯定会错过雪漠，甚至会心生恐惧，怕他的智慧之声戳破让你舒服至极的肥皂泡。你们将不会相遇，你看见的都是你的恐惧伪装的成见和误读，成见和误读在你们之间筑起了一堵隔膜的墙。

所以，还是那句话，寻觅将灵魂世界的人分成了两种人：寻觅者和庸碌者。而"灵魂三部曲"，雪漠是为寻觅者写下的。

　　　　　　　　　　　　　　　　　　　　　　雪漠密码

第六章 他的文学世界：故乡三部曲

第一节 集大成

一、极致之后，走向何方？

在"大漠三部曲""灵魂三部曲"两个长篇巨制的小说世界完成之后，雪漠接下来将拿出什么样的小说，这是很多关心他的研究者默默期待的。尤其 2008 年出版的《白虎关》文坛反应寂寞，2010 年出版的《西夏咒》文坛虽有争议但总体反应仍属寂寞，接着 2011 年出版的《西夏的苍狼》、2013 年出版的《无死的金刚心》，文坛完全失语——《猎原》之后的七八年里，雪漠没有拿出能在文坛再度掀起 2000 年《大漠祭》那种热度的作品，反而在成见与误读中离文坛越来越远，以至于快被文坛淡忘了。当年那颗冉冉升起的"新乡土文学"之星，似乎没有辉耀苍穹多久，就"走火入魔"坠落于神秘主义的黑暗深渊了，那些关心他的学者尤其雷达老师想必甚为痛惜。

不知为什么，雷达对《西夏咒》和"灵魂三部曲"没有发表任何评价，或许与他是"坚定的现实主义捍卫者"（李敬泽：《雷达观潮·序》）有关吧。但其实，《西夏咒》可以说代表了雪漠的文学成就——如果说《大漠祭》是一个男人的初恋，《西夏咒》就是他在生命黄金状态迎来的癫狂爱情。当然曲高和寡也是艺术规律之一，《西夏咒》把一切做到极致的同时也将自己抬到了云端，它需要多年以后由作家创作整体去看，更由它所处时代整体文学状况去看才能凸显其价值和地位，它不是诞生之初就能被人识别真容，它的知音在未来。而且，它是作家生命中必须出现的作品。试想，如果作家一生中从未将其才华、思想、境界、追求在一部作品中快意挥洒到极致，那么，他的艺术生涯将多么遗憾。无论已经写出多少优秀作品、大作品，但如果没有写出一部任性的极致之作，他离心目中的"伟大"总觉着缺些什么。

如果说《战争与和平》将长篇巨制推向了极致，《罪与罚》将灵魂拷问推向了极致，《尤利西斯》将心灵独白推向了极致，《追忆似水年华》将意识流推向了极致……雪漠当庆幸四十七岁就完成了把善恶之争推向极致的作品（当然，也许以后还会出现超越《西夏咒》的作品），虽然对它的认可或许要延迟多年后文坛才会给出，但延迟认可何尝不是伟大艺术的规律之一？之后的《西夏的苍狼》《无死的金刚心》也有着特立独行的气质，只是不像《西夏咒》，将作家所有艺术才华全方位调动发挥到了极致。无论如何，这三部作品放在一起，就代表了雪漠文学艺术"独一个"的高峰，它们的诞生揭示了雪漠文学艺术于扎实的写实功力之外的另一面——喷涌的激情、不羁的想象力和超凡的创造力，也让我们看到，雪漠的意义除了创造一个鲜活真实的"大漠世界"之外，还在于创造一个别的作家不一定能写出的独一无二的"灵魂世界"，包括灵魂的追问、信仰的求索、形式的创新、文本的独特、文学感觉和生命境界上的"这一个"等等。

所以，正如雪漠自己所说，要是没有"灵魂三部曲"，雪漠就只是个残缺的阴阳鱼。虽然他本人和很多人更愿意谈论"大漠三部曲"，但"灵魂三部曲"一定是雪漠生命中不可或缺的作品，而且它也是很多人生命中不可或缺的作品，是很多人生命中渴求的作品。它对世界的意义将由世界对它的需要凸显。文坛的冷淡不代表世界不需要，文坛的热闹也不代表世界真的需要，需要是每个读者内心深处发出的呼唤，而不是外在的评论表彰。文学真正为人所需要，不是因为它能为人带来多少名利，而仅仅因为它能够进入人的生命、人的灵魂，能够帮助生命、灵魂走出困境或实现升华，而这也正是"灵魂三部曲"来到这个世界的理由。

二、集大成之作

那么，"灵魂三部曲"的极致写作之后，雪漠将走向何方？还能由云谲波诡的灵魂世界回到那片明朗纯净的现实主义大漠吗？单纯回去一定是不可能了，继续极致也没有必要，于是，2014 年他拿出了长篇小说《野狐岭》，我们看到的是"大漠""灵魂"的综合体，既有"大漠三部曲"的西部写生，又有"灵魂三部曲"的灵魂叙事，二者结合，取其中道，成就了一个介于"大漠三部曲"和"灵魂三部曲"之间的中和的文本。

《野狐岭》写百年前，西部最有名的两支驼队，在野狐岭失踪了。百年后，"我"来到野狐岭。特殊的相遇，让当年的驼队释放出了所有的生命记忆。于是，在那个神秘的野狐岭，一个跨越阴阳、南北、正邪、人畜两界的故事，揭开了序幕……故事里有一个自始至终不现身的杀手，一个痴迷木鱼歌的岭南落魄书生，一个身怀深仇大恨从岭南追杀到凉州的女子，一个成天念经一心想出家的少掌柜，一个好色但心善的老掌柜，一个穿道袍着僧鞋、会算命住庙里的道长，一个神龙见首不见尾的沙匪，一首末日预言的凉州古谣，几位经验丰富艺高胆大的驼把式，几匹争风吃醋的骆驼，还有一些历史人物如凉州英豪齐飞卿陆富基、凉州小人豁子蔡武祁禄，更有岭南土客械斗、凉州飞卿起义等历史大事……从中，你或许闻到了百年前那段大漠往事雄突突的味道，感受到一种走马飞沙纵横江湖的豪杰气概，和阴阳交错、神秘驳杂的氛围。

按说，《野狐岭》用灵魂叙事写大漠往事，整体上应属于灵魂世界；如同之前的《白虎关》，将灵魂追问放在生存叙事里，整体上属于大漠世界。但《野狐岭》创造的灵魂世界又不同于"灵魂三部曲"，它书写的大漠往事也不同于"大漠三部曲"，它有两个世界的影子，但它又是全新的、独一无二的；熟悉雪漠作品的人可以从中看到过去小说很多熟悉的影子，但它又给人耳目一新之感，甚至和当年《西夏咒》一样，有种石破天惊的惊艳味道。它是雪漠创作的一次"集大成"尝试。它把扎实的接地气的笔墨和神秘的故事、新颖的形式、不羁的叙事、狂放的想象力熔于一炉，大气、厚重而极富阅读兴味，无论从文学、文化还是民俗、历史层面看，都是不可替代的"这一个"。尤为令人惊叹的是，它让人们第一次看到雪漠如同太极高手一样，将极其丰富庞杂的写作元素糅合在一起的呼风唤雨般的整合能力和出神入化的叙事才能。《野狐岭》刷新了人们对雪漠的认识，正如雷达老师为这部小说写的推荐语所说：

> 雪漠回来了！如果说，雪漠的重心一度向宗教文化偏移，离原来意义上的文学有些远了，那么从这本《野狐岭》走出来了一个崭新的雪漠。人们将惊异地发现，雪漠忽然变成讲故事的高手，他把侦破、悬疑、推理的元素植入文本，他让活人与鬼魂穿插其间，他把两个驼队的神秘失踪讲得云谲波诡，风生水起。人们会明显地感到，雪漠变得较前更加丰沛了，不再只是讲苦难与超度的故事，而将阴阳两界、南北两界、正邪两界纳入视野，把诸多地域文化元素和历史传说糅为一体，把凉州贤孝与岭南木鱼歌并置一起，话语风格上亦庄亦谐，有张有弛，遂使文本有一种张力。人们还会发现，其实雪漠并未走远，他一刻也没有放弃他一贯对存在、对生死、对灵魂的追问，没有放弃对生命价值和意义的深刻思考，只是，人生的哲理和宗教的智慧都融化在形象中了，它超越了写实，走向了寓言化和象征化。我要说，人人心中

都有一座野狐岭。

陈晓明老师第一时间读完小说后也推荐说："雪漠的叙述越来越成熟大气了。《野狐岭》中，多种时间和空间的交汇，让雪漠的小说艺术很有穿透力。他进入历史的方式与众不同，他敢于接近那些神秘幽深的生命事相，他不只是讲述传奇式的故事，而是给你奇异的生命体验。"

第二节　《野狐岭》：灵魂的剧场

一、土地情结

和"灵魂三部曲"一样，《野狐岭》开篇也是"引子"，交代"本书缘起"。《西夏咒》的缘起是从西夏岩窟发掘的八本书稿，《西夏的苍狼》的缘起是黑水国与苍狼传说，《无死的金刚心》的缘起是光明境中显现的《琼波秘传》，《野狐岭》的缘起，是"我"想追踪百年前蒙汉两支驼队在西北大漠腹地野狐岭神秘消失之谜，以及追问"我"的前世之谜。于是，"我"带着两匹骆驼（一黄一白），还有一条老山狗（《西夏的苍狼》里的苍狼），在冬季（因为驼队起场通常在冬季）的一天进入野狐岭，用一种"秘密流传了千年的仪式"招魂，期望把当年驼队的幽魂召请回来采访调查——

> 我点上了一支黄蜡烛，开始诵一种古老的咒语。我这次召请的，是跟那驼队有关的所有幽魂——当然，也不仅仅是幽魂，还包括能感知到这信息的其他生命。科学家认为，人类视觉感知到的世界，不到百分之四，其他的，都以暗物质和暗能量的方式存在着。那可真是一个巨大的信息场啊，为了避免其他的幽魂进入，我进行了结界。这也是一种神秘的

仪式，我召请护法在我采访的每个晚上，守护我结界的那个范围，除了我召请的客人外，其他幽魂不得入内。这结界，非常像《西游记》中孙悟空画的那个圈子，能进入这圈子的，都跟那两支驼队有关。这样，就保证了我的采访话题，能够相对地集中。

据说，招魂在西部民间很常见，它虽然在雪漠小说中第一次出现，但很明显，这和《入窍》里的入窍，"大漠三部曲"里的神婆禳解、燎病、算卦以及道士祭神、捉鬼等民间神秘文化一样，是雪漠文学个性中至为鲜明的"土地情结"使然——民间神秘文化正是土地性灵的载体。从处女作《长烟落日处》开始，雪漠一直对土地承载的民间文化情有独钟，除了前面提到那些神秘文化，还有凉州贤孝、西部民歌花儿、西部民间传说、西部民间秘技如与土地爷的狗、大地守护神狼的相处之道等等，每一部小说都散发着浓郁的土地味道，闪耀着土地精魂灵动而神秘的光芒。《西夏咒》更被陈晓明老师读出像魂灵附体一样附着在西部土地上的作家姿态，即便是《西夏的苍狼》《无死的金刚心》两部从西部出发向岭南、尼泊尔、印度远行的作品，也承载了黑水国传说、祁连山守护神苍狼、岭南木鱼歌和属于印度土地性灵的空行母道歌、薄伽梵歌等一方水土的文化印记。

《野狐岭》可谓西部土地文化之集大成者，不但有招魂，有驼队起场时的祭驼神爷、灶神爷、土地爷，还有演绎飞卿起义的凉州贤孝《鞭杆记》，有骆驼客们唱的西部民歌《驼户歌》，有岭南木鱼歌，有类似于娑萨朗传说的木鱼令传说；而且，如果说狼是大地守护神，苍狼是祁连山守护神，骆驼就是沙漠守护神，《野狐岭》里这三样土地守护神也都有。当然，最重要的是小说对西部骆驼客文化的饱满鲜活的描绘：驼场怎么养骆驼，骆驼怎么发情配种、怎么争风吃醋、怎么打架，骆驼客们怎么惜驼，骆驼怎么护主，驼队怎么祭神、怎么起场、怎么行走沙漠、一路上有哪些规矩，骆驼怎么吃草、怎么喝水、怎么撒尿、怎么休息、怎么与狼搏斗，骆驼客怎么穿戴、怎么吆驼、怎么运输，骆驼客的女人们在等待中以什么为生……雪漠俨然将一部骆驼客文化的百科全书糅进了《野狐岭》，这跟他"写出一个真实的中国，定格一个即将消失的时代"的写作追求一脉相承，所以雷达在中国作协研讨会上说：

> 《野狐岭》延续了雪漠小说一贯的主题，就是西部文化，包括西部的存在、苦难、生死、欲望、复仇、反抗等这些东西，而像《大漠祭》《白虎关》里那种大爱的东西，倒是有一点点淡化了，由大爱走向了隐喻。作者创作的意图很明显，要写一个真实的中国，定格一个即将消失的农业文明时代，这是他一贯创作中很重要的东西。其中很多东西，讲到了西部文化、沙漠文化、西部的传说、西部的神话、西部的民谣等等。当然，其中也包含了人和自然的关系，比如对骆驼的描写，骆驼怎么生殖，骆驼的死，都非常精彩。

《野狐岭》也是雪漠长年深入土地、体验生活的又一件艺术结晶，或者说，是他一贯用生命与土地精魂对话的又一部作品。从二十多岁调往齐飞卿家乡所在的北安小学教书起，近三十年的漫长时间里，雪漠采访了书中提到的马家驼队的子孙，采访了很多那时还健在的驼把式，了解了关于驼道、驼场的一切，把那块土地日渐消失的骆驼客文化的精魂整个融入生命、融入血液，让自己成为骆驼客文化的专家和传人，那么，随着一代驼把式的死去，人们要想看真正的驼队生活和西部骆驼客文化，就可以去看将这一切定格在小说里的《野狐岭》了。所以，同在那次中国作协研讨会上，批评家李敬泽老师说：

> 《野狐岭》这部书，对我这个读者来说，印象最深的，或者我最喜欢看的是什么呢？关于那些骆驼客们的生活，写

得那么丰沛、那么细致、那么具体。他们的生活、他们的文化，包括他们对于无论是劳作中，还是在面对人类生活中大事件时的基本态度，所有的这些描写，是我最喜欢看的。在看的过程中，我就感觉到，也许雪漠如果不写，可能以后永远不会有人知道了。雪漠为我们呈现了一个如此独特的世界，而且，雪漠的笔力又是如此强劲、如此独特，将人类生活的小世界写得如此丰沛、饱满，它完全把我带进去了。现在，不用说骆驼客了，就连骆驼都少了。前一阵子，我去阿拉善发现，现在养骆驼的也不多了。骆驼都干吗去了呢？不知道。这样一个即将消失的独特的世界，骆驼客的文化生态、经济生态已经完全消失了。但是，那种非常细致的经验智力，那种很饱满的生命情致，被一个作家如此有力地写出来了，我觉得这本身是非常有价值的。

在《深夜的蚕豆声》中，雪漠谈到《马大》这篇小说时说："西部人大多信仰土地，只要能依靠土地，他们就会觉得很安心、很安全，心是踏实的。如果不能依靠土地，他们就会觉得恐惧，觉得不安，觉得自己的心一直在飘，找不到落脚点。……离开土地的西部老人，就像离开水的鱼，会觉得很难受。这种生命惯性，已经深深地渗入了他们的基因，成了西部人的一种集体无意识，也成了西部文化中一种非常重要的元素。"

这段话，何尝不是自况呢？雪漠自己便是典型的西部人，其艺术个性中的土地情结，正来自西部人的土地信仰，只是，他把一般老百姓对土地的眷恋转化为对土地文化深入骨髓的爱，他既是土地的信仰者，也是土地文化的信仰者，他对西部土地和文化的热爱，在《野狐岭》中得到了集大成式的喷涌。所以，《野狐岭》出版时，雷达老师欢呼"雪漠回来了"，回到文学了。其实，他何尝不是回到西部，回到土地了呢？他的文学必须牢牢扎根于西部土地，这是西部人的生命惯性使然,《无死的金刚心》《西夏的苍狼》试图从西部土地出发眺望远方的天空,便已经让人觉得远离了文学,从这个角度看,《野狐岭》的确如雷达所说,是雪漠的回归之作——重归大漠,重归文学。

二、幽魂记忆

当然,"不是一般地重归大漠,重归西部,而是从形式到灵魂都有内在超越的回归"(雷达语)。《野狐岭》对土地文化的描绘不同于"大漠三部曲"的纯粹写实,而是将写实置于招魂的大框架下,所有的大漠往事都属于幽魂记忆,存在于招魂回来的幽魂们"忆当年"的讲述中,通过不同幽魂的碎片化诉说来一一释放。那些穿越时空的渺远声音,那些灵魂之眼的梦幻眼神,为一幅幅鲜活生动的写实画面涂抹了一层虚幻色彩,这种既真实又虚幻的感觉,更接近《西夏咒》。同时,散发驼骚味的驼场,雄突突的驼队生活,行走沙漠的鲜活经验,大漠飞沙的英雄豪气,又让幽魂们的诉说涌动着一股深沉雄浑的力量。而百年后回看当年的距离感,更让幽魂们的诉说有种"早知如此,何必当初"的超越味道,便是骆驼也不例外。比如蒙汉驼队为何厮杀,其中一个原因是蒙汉驼王的争风吃醋、打架斗殴,进而引发驼把式之间的冲突,这段记忆既有驼把式的讲述,也有驼的讲述。汉驼王黄煞神的讲述完全是驼的视角、驼的灵魂叙事,鲜活酣畅,幽默俏皮,驼的憨实、霸气和百年后看当年的超然之慨跃然纸上,仿佛作家就是驼的化身,就是驼的幽魂,二者已经合为一体,无二无别了。

在上海作协和中国作协研讨会上,专家们不约而同盛赞《野狐岭》对骆驼和骆驼客的描写功力,尤其对黄煞神、褐狮子、俏寡妇、长脖雁几匹骆驼出神入化的描写,批评家陈晓明和吴义勤大赞其为前无古人,后无来者的"骆驼绝笔"。陈晓明说:"雪漠描写的动物非常生动,包括骆驼,相比之下狼好写一些,写狼的作品非常多,但骆驼是非常难写的,所以写骆驼的作品非常少。而雪漠笔下的骆驼,却非常细致，非常透彻，这是很可贵的。所以，雪漠对骆驼的描写，将来可能会成为绝笔。"吴义勤说："关于骆驼的小说，我还真没怎么读过。书里关于骆驼的描写，印象最深的就是那几个大骆驼。骆驼是被当做人来写的，驼性和人性的结合，很惊心动魄。特别是几只骆驼为了俏寡妇争风吃醋，相互残杀，从骆驼的角度来看，写得非常好。一部作品，一个是人物形象，一个是骆驼的形象，这两个就已经构成了张力关系。这种关系在小说本身有它的逻辑性，对小说的推进也有关系。"

例如黄煞神与褐狮子的争斗是驼队命运的推动因素之一，其中，黄煞神在争斗中把褐狮子咬伤又是关键因素，黄煞神的讲述就充满了"驼性与人性的结合"，以及百年后回看当年的超然之慨——

　　是的。我承认，那天我是气坏了。当然，现在想来，为个生驼气成那样，不该。可那时，我血气方刚，又是所谓驼王——现在想来，那名儿，也是个很滑稽的东西，它唯一的好处，就是能多玩几个生母驼而已。可那玩，咋想都跟做梦一样——我不发怒，还算驼王吗？

　　你不知道，那时，我跟那褐驴子，真有些不共戴天呢。也许，它真是我前世的仇人，不然，为啥一见它，我就会莫名其妙地讨厌？当然，你也可以说成是忌妒，是的，我承认，有一点。我是有些"羡慕"它那身坯，不管咋说，作为骆驼，骨架大些，身坯高些，力气大些，总不是坏事吧？我是看不惯它那牛气样。它那牛气，简直是太牛气了。像那次，就是它先无理。不管咋说，我总没有去黏你的蒙驼吧？要是我黏了你蒙驼，在你的眼里下了蛆，你当然可以照撤行车。可我没有。要知道，谁有谁的主权范围。人不犯我，我不犯人。可你，偏偏到我的地盘上来撒野。是的，你力气大，身架高，我是有些怵你。但我总不能因为怕你，就放弃我驼王的尊严。

我承认，我气坏了。记得当时，只觉得一股血冲上了大脑，脸一下子热了。要知道，我的血不是总爱沸腾。除了一些不得不进行的殴斗，我也不爱跟人较劲。瞧那赤眼，虽然它老是背过我，去黏一些半老的母驼，我也不跟它计较。你知道，我的精力有限，我不可能对每个母驼都播撒我的种子。我当然要睁一只眼，闭一只眼。可你褐驴子，你有那么多蒙驼，它们也久旱盼甘雨一样希望你滋润它们，你不去，偏偏你要吃着碗里的，望着锅里的，把手伸得老长老长的，来摘我树上的桃子。你那一招，等于舀了一瓢稀屎往我脸上浇呢。

我当然要咬它。

我承认，我咬得深了些。可那时，我还想一口咬断它的命呢。要是我知道有一天它为了保护俏寡妇命丧狼口——这是另一个故事了——说不准也会放它一马。说真的，我还是有些感动的。

记得，咬了那一口后，连我自己也惊住了。我觉得嘴里多了一块黏物，有些不知所措了。以前，虽也在斗战时张着大口，但多是吓唬，并没真下口。这一咬，却真是用了吃奶的力。我知道这犯了忌讳，但血冲昏了头时，谁不犯错呢？听说，这世上有两种人不犯错，一种是死人——当然也包括死动物，一种是佛陀，为啥我犯了那么一点错，你们就耿耿于怀呢？

百年后看当年，一切发生过的都显露出虚幻不实的意味，那些情绪、那些纠结、那些仇恨、那些争斗、那些欲望、那些执着，都像风中的扬尘飘散了。所以，《野狐岭》的回到土地，回到大漠，并非单纯回到当年"大漠三部曲"的现实主义大漠，而是用记忆之眼、幽魂之声给坚实的土地、真切的大漠、鲜活的存在罩上了灵魂的梦幻之光，就像招魂时黄蜡烛发出的那种光——"黄蜡烛发出了幽幽的黄光。沙洼被黄光映成了另一个世界，那氛围，显得有些幽森。"包括哥老会、飞卿起义等真实的历史大事也完全虚化在这光晕里了，一群想要改天换日的革命者被放置在了招魂的光晕里。

在这幽幽的黄光和"我"的召唤下，驼把式们、革命者们、骆驼们，百年前两支驼队的相关幽魂都应召而来了，于是，"我"对它们进行了二十七次采访。小说就别出心裁地以"会"作为单元，作者说，"这个'会'字，你可以理解为会议的'会'，也可以理解为相会的'会'"。每一会的内容是幽魂讲述，如杀手说，木鱼妹说，马在波说，开头、结尾贯串采访者"我"的讲述，交代采访情境、采访细节及与幽魂对话交流，有时一会之中也穿插"我"的采访者言，或打断幽魂讲述，或指出疑点，或与幽魂有问有答，读者大有身临其境之感——更重要的是，"我"的讲述为小说带来了高度的叙事自由，"我"与"招魂"的叙事功能类似于《西夏咒》的"我"与"阿甲"，《西夏咒》其实也是一种招魂，只不过是通过凉州守护神阿甲来复活那块土地的千年往事，两者都是典型的灵魂叙事，通过"我""阿甲""幽魂"等超越时空、超越现实的灵魂叙事者来实现叙事的自由。

三、未完成的救赎

和《西夏咒》一样，《野狐岭》的叙事空间、时间都是模糊的、混沌的、飘忽的，那是"混沌一团的剪不断理还乱的氛围"，"一个充满了迷雾的世界"，就像招魂时黄蜡烛的黄光在沙洼里照出的那圈幽幽的光晕，那光晕构成一个气氛诡秘的灵魂剧场，在招魂者的咒声中，一个个幽魂上场，介绍自己，接着一幕幕的灵魂独白上演，这种叙述方式很容易让你想到《罗生门》，但《野狐岭》的故事远比罗生门复杂。

在灵魂的沙漠，招魂回来的骆驼和骆驼客的幽魂们活灵活现地诉说他们记忆中的命运故事。百年前两支驼队如何进入野狐岭又如何神秘失踪，便逐渐在幽魂们的讲述中展露其经过和原委。但并不是线性的因果叙事，而是多视角叙述，或互补或互相矛盾，或出现漏洞和空白，似是而非、有因无果、梦呓臆想的东西很多，而且草蛇灰线、伏脉千里、迂回穿插，充满神秘的悬疑色彩，阅读的过程很像是丛林探险，需要加入心细如发的推理和想象才能找到方向。

如果说"大漠三部曲"是横向铺展的生存叙事，"灵魂三部曲"是纵向升华的灵魂叙事，《野狐岭》就是错综复杂的命运叙事，叙事者故意削弱"灵魂三部曲"中引领命运升华的智慧力量，有意干扰智慧的明白无误，增加不确定性，而且前后顺序颠倒，智慧线隐藏不露，只用胡家磨坊和木鱼令作为象征，没有出现《西夏咒》里面的大量的智慧之声。

小说有四条线索，都是寻觅——"我"寻觅驼队消失之谜和自己的前世，木鱼妹寻觅仇家复仇，马在波和马家驼队代代寻觅胡家磨坊和木鱼令，驼队穿越沙漠寻觅远方的罗刹。四种寻觅交错推进，穿插骆驼和骆驼客们的讲述，各种声音错乱芜杂，但最后都归结于释放："我"释放了驼队的记忆，木鱼妹释放了仇恨。释放的象征是对木鱼令的寻觅。木鱼令可解一切纷争仇恨，象征着智慧和爱，救赎不能没有智慧，也不能没有爱。所以，木鱼妹只有放下仇恨，爱上马在波的时候，她那燃烧着复仇之火的灵魂才能走向救赎。而救赎之路也是寻觅之路。木鱼妹从岭南走向西部，驼队从西部走向未知，都是在寻觅，不同的是，木鱼妹的寻觅起于仇恨，终于爱，驼队的寻觅起于梦想，终于欲望，结果被欲望的沙尘暴吞噬。

但《野狐岭》的寻觅和救赎又不同于"灵魂三部曲"，在于书中没有一个真正实现了智慧层面的救赎的智者，没有一个承载作家终极超越思想的人物。马在波和木鱼妹都还在寻觅途中，和已经完成了救赎的琼、雪羽儿、黑歌手、琼波浪觉不一样，小说结尾也没有确定他们是否真的找到了象征智慧和慈悲的木鱼令，只提供了各种的传说，象征终极救赎的木鱼令一直处于传说状态，最后也没有露出真理的容颜，而马在波木鱼妹齐飞卿这群当年驼队的幽魂们也活在了传说中，包括他们的寻觅，他们的仇恨，他们的争斗，他们的升华，都只是个传说。野狐岭也是个传说，传说就是记忆的喧哗，就是无数不确定性和可能性的汇聚。

所以，《野狐岭》中的灵魂并没有真正获得终极智慧层面的救赎，他们的救赎停留在充满不确定性和各种可能性的传说里。和"灵魂三部曲"的"活在形而上空间的人"不一样，在后记《杂说〈野狐岭〉》中，雪漠称《野狐岭》中的幽魂为一个个"未完成体"：

> 本书中，虽然也写到了一些凉州历史上的人物，但他们，其实只是雪漠心中的人物，早不是一般小说中的那种人物了。他们其实是一个个未完成体。他们只是一颗颗种子，也许刚刚发芽或是开花，还没长成树呢。因为，他们在本书中叙述的时候，仍处于生命的某个不确定的时刻，他们仍是一个个没有明白的灵魂。他们有着无穷的记忆，或是幻觉，或是臆想。总之，他们只是一个个流动的、功能性的"人"，还不是小说中的那种严格意义上的人物。当然，我们每个人其实都一样，都不确定，都在变化，都是各种条件构成的某种存在，都找不到一个永远不变的东西。书中人物的叙述和故事，也一样的，似乎并没有完成他们的讲述。因为他们没有完成，所以小说也没有完成。

"未完成体"是一群糊涂的灵魂，一群聒噪的灵魂，他们已经从物质躯壳中解脱出来，时间和空间不能束缚他们了，他们可以自由穿梭于没有时空的灵魂世界里，但他们的心却还牵挂着过去的生命记忆，牵挂着百年前驼队的风光、起场、争斗、末日，倾诉是释放记忆的方式，释放记忆的同时也释放了曾经驱使他们做出疯狂行为的情绪与自我，他们的灵魂在"我"的慈悲倾听中得到了释放，但也仅仅是释放，不是智慧的救赎。

和"灵魂三部曲"不同，《野狐岭》中没有终极超越的智慧之声，没有被人们误读为"弘法""利众"的显露的思想和主题，更多是一些时空超越的见地。是这些见地让幽魂们在释放记忆的同时获得有限的救赎，但他们还没有明白大爱和真理，他们的诉说"是一群糊涂鬼——相对于觉者而言——的呓语"，他们只是因为百年的距离和作为灵魂自带的各种通灵，而自然而然拥有了时空穿越的见地，因为"对于他们，时空是不存在的。按老祖宗的说法，他们有神足通，能瞬息千里地出现在任何地方；此外，他们有天眼通，能看到一般人看不到的世界；他们有他心通，能洞悉别人的心思；他们有天耳通，可以任意地听他们想听的声音；他们有宿命通，能了解自己的前世和今生。在六通中，他们只没有漏尽通，所以还有烦恼"。便是骆驼的幽魂也有这样的通灵，如黄煞神的回忆就充满百年后看当年的超然之慨：

> 你要知道，好多事情，只要换个角度，就想通了。但有时候，那听起来简单的换角度，却不容易做到。现在，经了些事，当然想通了。但那时，我真的有些糊涂。

> 现在想来，当然觉得很可笑。有时候，时间能消解好多东西。可那时，我是越想越气越气越想，就陷入恶性循环不能自拔了。我整天迷迷瞪瞪地想复仇。

> 说真的，我真昏头了。你知道，好多事情，是当局者迷的。时过了，境迁了，心也就变了，就会觉得当初天大的事，其实不过是心头的幻觉。我就是这样。现在想来，那时

真是鬼迷心窍了，一是想不通我为啥迷那母驼，此刻想来，那俏寡妇也不过是个幻影而已，那时却成了我心中的太阳。

百年后回忆自己百年前的人生，你会发现，当时的各种执着、纠结、烦恼都是无意义的，很快就会过去，很快就会消失。一切情绪化的烦恼都不过是记忆，一切仇恨争斗乃至贴着很大标签的一些暴力行为，也终将归为记忆，而记忆本质上就是梦幻。所以，百年后看人生，都会有一种释然和放下，恩怨仇恨都会如云烟飘散。

但有一种灵魂很难释然，这便是代表仇恨之心的杀手，"在所有信息中，杀气是很难消散的"，所以招魂时最先出现的就是杀手。他难以释然的原因是抗拒，杀手以仇恨为生，仇恨消失，杀手也就不存在了，所以杀手的讲述中，他特别警惕时轮历法对仇恨的软化。《野狐岭》开篇即是杀手讲述惨绝人寰的土客械斗，把人捆绑了摊在晒谷场上用石磙子碾压成一块巨大的肉饼，人类自相残杀的暴力手段超乎想象，血腥、残忍不亚于《西夏咒》。除了土客仇杀，《野狐岭》还写了回汉仇杀、蒙汉仇杀，都是延续几百年，仇恨的种子在双方都代代相传，而西部的马家驼队代代寻找消灭仇恨纷争的木鱼令，显然是作家有意以后者给前者指明化解仇恨之路，包括那些百年后看当年的超越时空的感慨，都指向仇恨的化解、释然、放下，结尾木鱼妹终于在爱中放下了仇恨，她的"杀手之心"获得了救赎，但木鱼妹仅仅是诸多杀手中的一个，只要仇恨之心在，杀手就在，所以招魂时最先出来的仍是杀手，而每一个存有仇恨之心的幽魂都可能是杀手。

除了对人类自相残杀、冤冤相报何时了的描写，对人性之恶的挖掘也仿佛是《西夏咒》的思想脱影。齐飞卿被杀时，几百看客无一人喊出"刀下留人"，以至于齐飞卿感叹"凉州百姓合该受穷"，这是延续鲁迅精神的对麻木不仁的庸碌之恶的批判。蒙汉驼队在小人豁子的挑拨下起了纷争，蒙驼队将陆富基捆绑了拷问金子藏在何处。但在人折磨人、人迫害人方面，蒙古人远不如汉人有想象力，真正对陆富基进行花样翻新的酷刑拷问的是汉驼队里的小人祁禄、蔡武。作家像心灵的解剖医生，将贪欲、仇恨、妒忌、不满，如何在人心里演化成极致恶，如何把人变成小人、暴徒的心理过程，刻画得极精细极深刻。

如果说《西夏咒》重点挖掘了历史进程里的庸碌之恶，《野狐岭》则重点挖掘了影响历史进程的人性里的另一种隐蔽之恶——豁子、祁禄、蔡武等小人的嗔恨之恶，正是挑拨离间的嗔恨之心，主宰着驼队的命运，带来蒙汉驼队的争斗和覆灭。

四、灵魂的细节

《野狐岭》对灵魂的描写亦如《西夏的苍狼》的"白轻衣"，紧扣"灵魂"的存在特质，细节精微，首尾呼应，幽魂和"我"的变化更成为贯串小说的线索之一，描写严丝合缝，不露破绽。

在采访刚开始的那几天，除了个别情况，"我"看到的幽魂大多是光团，他们讲述的故事时间颠三倒四，空间模糊不清，他们像陀思妥耶夫斯基笔下的人物一样，他们是没有脸容、没有形体的人，他们的神情性格完全靠光团的色彩、形态和叙述语言呈现。

如最先应召而来的杀手是"一团杀气""一种逼人的气息"，"那是一种逼人的阴冷的气，有质感，非常像一把锋利的刀子逼近你时，你感受到的那种气。杀手的声音，也是一种阴冷的波"。杀手讲完后，"才有一些光团开始聚拢来。随着其心性的不同，光团呈现出不同的色彩，有白的，有黄的，有灰的，总之是各色各样"。传说中成了城隍爷的齐飞卿"是伴随着一声马嘶出现的"，"有好些光团伴随着他。莫非，他真的成了城隍爷？因为结界的缘故，那些光团就留在了界外。夜幕下看了去，光团们游来荡去，显得很是浮躁"。经验丰富的驼把式大烟客的形象最为清晰，"他猴塑塑蹲在那儿，像苍老的胡杨树根"，而"其他的幽魂，多是一晕晕游来荡去的光团，有些很白，有些灰暗"。采访散场后，"那一团团光就散去了——不是远去，而是散去"。

随着采访深入，幽魂们久远的记忆被唤醒，从那记忆中，"'我'读出了他们的相貌，看到了他们当驼把式时的形象"。如第四会的细节描写：

> 那些光团渐渐散了，我看到其中的几个，已渐渐显出了形象。也许是我的采访，激活了他们的记忆。
>
> 回到住处，黄驼诡秘地望望我，恶狠狠打了个喷嚏。我觉出了一丝异样，但身体有种异样的累，懒得去理睬它的变化。
>
> 白驼的眼神虽也安详，但它却像是在担心啥。这只是我的直觉。
>
> 这次采访，我就是从讲述者的记忆中，读到许多东西的。但渐渐地，讲述者开始出现在我面前。我不是从别人的记忆中看到他的，而是我真的看到了他。
>
> 除了杀手。在杀手讲述故事时，"我"一直没有看到其形象，只是感受到一种杀气，他是一晕黑色的光团，杀气就从其中溢出。他一直没有以人的形象出现。没露真容。

在这场阴阳交汇的生命相遇中，幽魂与"我"彼此融入对方生命，幽魂的形貌越来越清晰，"我"也阴气越来越重，感到彻骨寒冷、干渴，尤其喝了幽魂们带来的水后，越来越陷入幽魂的世界。幸亏白驼和为了找回丢失的褡裢被冻死在沙漠的老山狗，用狂吠把我从阴间救回。这是第二十七会《活在传说里》的细节描写：

> 忽然，我听到了一阵狗叫声，我看到我的狗——应该说是狗的灵魂——扑了上来，扑向那些环伺的幽魂。狗狂哮着，扑咬不已。罩在我四周的黑，慢慢地散去了。

眼前出现了一个亮晕，非常像呵在冬天的窗玻璃上的气，相异的，是那气在内收，这晕却在外散，我就看到了白晕中的白驼。白驼发出怒哮似的叫，边叫边吐唾沫。那样子，像发怒的机关枪在叫。

慢慢地，眼前的那黑，才烟一样完全散了。我看到了沙丘。不知何时，月亮爬上了沙丘，不很亮，但肯定是月亮。我不知道，那月亮，为啥进不了刚才的世界。却又疑惑，这是不是真的月亮？

我看到，白驼一身汗水，看那样子，它不知叫了多久，才唤醒了迷醉的我。

后来，上师告诉我，那一夜，幸好有白驼和狗，要是那一夜没它们的话，我就再也出不来了。我更感激我的狗——幸好它没去投胎——它以它的方式保护了我。

采访结束，离别时刻，想到那些幽魂如此孤独，因而想以他们的方式把听故事的人留下时，"我的心忽然抽疼了"，"我甚至产生了留下来的冲动，多好的朋友呀！我的一生里，很少有这样畅快的相聚，但我知道，这念想很可怕，它会让我上瘾，要是它完全占有了我的心，我就再也出不来了。我着力地想那些让我牵挂的事，来帮我摆脱留下来的念想。最后，占了上风的，还是我的使命。我想，我不能让这故事，在岁月中永远地消失。没有我，那些世界，也许永远就没了"。走出野狐岭的"我"把故事写下来，于是有了《野狐岭》。

其实，"我"也是作家的心灵，作家的生命境界，所有的记忆所有的诉说所有的情绪所有的争斗所有的寻觅所有的救赎，都发生于作家灵魂内部与生命境界里。他是陈晓明老师说的那个附着于西部大地的灵魂，慈悲让他在大漠燃起智慧的篝火，照亮百年前驼队的雄浑人生；他也是超越于西部大地俯瞰人类命运的灵魂，那些曾经鲜活存在过的生命故事，在他智慧双眸的注视下，从无尽岁月中释放出来。

五、漏洞与空白

整部小说就像是在灵魂的剧场上演的二十七幕穿越剧，时间消失了，空间消失了，灵魂的篝火在灵魂的沙漠熊熊燃烧，复活的记忆是空中翻飞的碎屑，跳出无序、混乱的谜一样的舞蹈。幽魂们共同回忆百年前的同一件事，却又自说自话，各有其视角，所说有时互补，有时错位，有时矛盾，有时跳跃，有时干脆出现空白和死角。比如杀手。

"在把式们的叙述中，我一直没有听到他们对杀手的描述，好像那是个隐形人似的。"幽魂们都没有提到过杀手的存在，但杀手却是一直尾随跟踪驼队的复仇线索，他也一直以黑色光团、一团杀气出现，从始至终没有在"我"面前显露真容。"杀手谓谁"，这是《野狐岭》留下的巨大谜团，他好像是木鱼妹，好像是沙眉虎，又好像是马在波的另一重人格，更像是任何具有杀手之心的人。小说直到结尾也没有点明杀手是谁，只强调"杀手的心"如何被训练得残忍、坚硬，如何以仇恨为活着的理由，如何恐惧被爱软化。

又如神龙见首不见尾的沙眉虎，小说有两处强调他"没有喉结"，"不像是男人"，故意模糊其性别，制造悬念，那么沙眉虎究竟是谁，是男？是女？也是到小说最后也没有交代。木鱼妹被沙眉虎劫走这一段更是令人困惑，沙眉虎为什么劫走她，劫走后发生了什么，木鱼妹怎么回到驼队，这些都没有交代，叙事者故意用一段自圆其说的话来解答读者的困惑：

> 这时，我发现了一个问题，按故事中的走向，此前情节中，木鱼妹已叫沙匪抓走了。此后，虽然她在讲故事，但故事是在追忆进野狐岭之前的事。在野狐岭的场景中，木鱼妹自从叫沙匪瘸驼抓走后，一直没有出现。后来，飞卿和几个把式，还找过她呢。那么，这时，木鱼妹的出现，是真实的

显现呢，还是马在波的幻觉？

我提出了这个问题，马在波一脸茫然。他说，哪有这样的事？木鱼妹真叫抓走了吗？

问木鱼妹，她却说，这有啥？我想走时，就走了。想来时，也就来了。

在小说结尾的第二十七会《活在传说里》，叙事者又以这样一段话为小说的所有漏洞和空白自圆其说：

齐飞卿说：咱们真是一群糊涂鬼，讲的故事，总是颠三倒四的，或是把后来的事讲到前面，或是把一件事扯到另一件上。哥老会起事的事，究竟在沙漠之行的后面呢，还是在前面？

木鱼妹笑道，你呀，只要发生过，你就别管前后了。在作家眼里，只要是想到的，就是发生过的。

飞卿说，你们讲的关于我的故事，是你们关于我的故事，并不是我自己的故事。我自己的故事，还得由我来讲。不过，我讲的故事，也只是我讲的飞卿的故事，是不是真的飞卿的故事，我也不知道。

木鱼妹笑道，你管啥真呀假呀的，其实是真的也假，假的也真。

和《西夏咒》一样，《野狐岭》也有种反小说的味道，客观上也使小说具有了先锋特征，同样，这种先锋特征也并非舶来，而是来自作家生命之母体，它是已经融入作家生命的西部文化思维、美学的直观呈现。《西夏咒》《野狐岭》都是作家生命感知的混沌的、说不清道不明的巨大存在的整体呈现，这个存在超出了我们的世俗生活的经验，用我们习惯的理性思维无法分析它，用一般的小说手法无法表现它，只能把它当做一种生命境界去感知它。我曾用"境界呈现"来概括这种写作，作家其实也不是在写作，而是在以他的生命直接呈现他感知到的世界，这个世界"神秘得云雾缭绕，芜杂得乱草丛生，头绪繁多却引而不发，多种声音交织嘈杂，亦真亦幻似梦似醒，总觉话里有话却不能清晰表述，可能孕育出无数的故事但大多只是碎鳞残片"。

所以，雪漠说，《野狐岭》"不是那种人们熟悉的小说，而是另一种探险"，"你不一定喜欢它，但它无疑在挑战你的阅读智力"，它需要读者参与，与作者一起完成它、创造它。在后记《杂说〈野狐岭〉》中，雪漠更以这样的创作谈给了这部充满缝隙、漏洞、空白和无数可能性的小说一个完美的阐释：

> 《野狐岭》中的人物和故事，像扣在弦上的无数支箭，可以有各种不同的走势、不同的轨迹，甚至不同的目的地。就是说，要是从本小说生发开来，我还能写出很多故事，写出很多书。它是未完成体，它是一个胚胎和精子的宝库，里面涌动着无数的生命和无数的可能性。它甚至在追求一种残缺美。因为它是由很多幽魂叙述的，我有意留下了一些支离破碎的片段。所以，本小说其实不太好读，里面有许多线索或是空白。只要你愿意，你可以跟那些幽魂一样，讲完他们还没有讲完的故事。当然，你不一定用语言或文字来讲，你只要在脑子里联想开来，也就算达成了我期待的另一种完成。

> 换句话说，你可以在阅读时或是阅读后，跟我一起来完成这个小说。那里面无数的空白，甚至是漏洞——复旦大学的陈思和教授称之为"缝隙"——它们是我有意留下的。那是一片巨大的空白，里面有无数的可能性，也有无数的玄机。你可以将里面你感兴趣的故事编下去。你甚至也可以考证或是演绎它。这样，你就融入了《野狐岭》，你就会看到无数奇妙的风景。

对《野狐岭》，你也可以称为话题小说，里面会有很多话题和故事，有正在进行时，有过去进行时；有完成时，也有未完成时；更有将来进行时，在等待你的参与。无论你迎合，或是批评，或是欣赏，或是想象，或是剖析，或是虚构，或是考证，或是做你愿意做的一切，我都欢迎。这时候，你也便成了本书的作者之一。我甚至欢迎你续写其中的那些我蓄势待发、却没有完成的故事。

【附】

从《野狐岭》看雪漠

——《野狐岭》编辑手记

陈彦瑾

我相信，对于雪漠来说，《野狐岭》的写作是一个突破，也将会是一个证明。由于它，雪漠实现了许多人的期待——将"灵魂三部曲"的灵魂叙写与"大漠三部曲"的西部写生融合在一起，创造一个介于二者之间的"中和"的文本；由于它，许多认为雪漠不会讲故事的人也将对他刮目相看，并由此承认：雪漠不但能把一个故事讲得勾魂摄魄，还能以故事挑战读者的智力、理解力和想象力。因此，我断定，《野狐岭》将会证明：雪漠不但能写活西部、写活灵魂，雪漠也能创造一种匠心独运的形式，写出好看的故事、好看的小说。

一、形式创新和好看小说

翻开《野狐岭》，一股神秘的吸引扑面而来——雪漠把"引子"写得很吊人胃口。说是百年前，有两支驼队在野狐岭神秘失踪了，一支是蒙驼，一支是汉驼，它们驮着金银茶叶，准备去罗刹（俄罗斯）换回军火，推翻清家。然后，在进入西部沙漠腹地的野狐岭后，这两支驼队像蒸汽一样神秘蒸发了。这两支驼队在野狐岭究竟发生了什么样的故事？为什么会神秘消失？百年来无有答案。于是，百年后，"我"为了解开这个谜，带着两驼一狗来到野狐岭探秘。"我"通过一种神秘的仪式召请到驼队的幽魂们，又以二十七会——二十七次采访——请幽魂们自己讲述当年在野狐岭发生的故事。于是，接下来的小说就像是一个神秘剧场，幕布拉起之后，幽魂们一一亮相、自我介绍，然后，轮番上场、进入剧情，野狐岭的故事便在幽魂们的讲述中，逐渐显露其草蛇灰线。由于不同幽魂关心的事不同，他们对同一事也有不同说法，故事便越发显得神秘莫测、莫衷一是了，这一点，很像日本导演黑泽明的电影《罗生门》，又像陀思妥耶夫斯基式的"多声部"交响乐。梅列什科夫斯基曾说，托尔斯泰的小说是用眼睛看的——"我们有所闻是因为我们有所见"，陀思妥耶夫斯基的小说是用耳朵听的——"我们有所见是因为我们有所闻"；瓦格纳也曾说，歌德是眼睛人，而陀思妥耶夫斯基是耳朵人。我觉得，对于雪漠来说，"大漠三部曲"的笔法接近于托尔斯泰和歌德，而《野狐岭》则和陀思妥耶夫斯基的小说一样，以"声音"为小说真正的主角。在《野狐岭》，不说话的幽魂就只是一些或白或黄或灰的光团，或一些涌动着激情的看不见的气，只有说话的幽魂，才以其言语腔调显现出各自的形神样貌、内心情感，如鲁迅评价陀思妥耶夫斯基所说："几乎无需描写外貌，只要以语气、声音，就不独将他们的思想和感情，便是面目和身体也表示着。"书中，各种声音的讲述看似不分先后顺序，也无逻辑可循，却又如同一首交响乐里的不同声部，有小号有大提琴，有鼓乐齐鸣有三弦子独奏，看似芜杂却又踩着各自的节奏，演绎着各自的乐章，并自然而然地汇合成一首抑扬顿挫的丰富的交响乐。

因为是采访幽魂，"我"的探秘便跨越阴阳两界。"我"的故事里有寻访前世的缘起，有一条忠诚的狗、一头有情有义的白驼和一头心怀怨恨的黄驼，有彻骨的寒冷、啸卷的饥渴和日益加重的阴气。幽魂们的故事则复杂多了，故事里有一个自始至终不现身的杀手，一个痴迷木鱼歌的岭南落魄书生，一个身怀深仇大恨从岭南追杀到凉州的女子，一个成天念经一心想出家的少掌柜，一个好色但心善的老掌柜，一个穿道袍着僧鞋、会算命住庙里的道长，一个神龙见首不见尾的沙匪，几位经验丰富艺高胆大的驼把式，几匹争风吃醋的骆驼，还有一些历史人物如凉州英豪齐飞卿陆富基、凉州小人豁子蔡武祁禄，更有一些历史大事如岭南的土客械斗和凉州的飞卿起义、蒙汉争斗、回汉仇杀……

要把这么些跨越阴阳两界、南北两界、正邪两界、人畜两界的人事物编织成一个好看的故事是很考验作家的匠心的，而要把这个云山雾罩、扑朔迷离的故事理出其前因后果，也是很考验读者的智力的。你必须在阅读时加入侦探家般的心细如发的推理和想象，阅读的过程很像是探案，需要时时瞻前顾后，边读边还原其来龙去脉。这个过程当然很过瘾。尤其是当你忽而云里雾里，忽而又柳暗花明时，你会有一种类似于探险的兴奋感油然而生，不由自主感叹：想不到，雪漠还挺能编故事的！

为了读者能自己深入其中、探得究竟，我这里就不亮出作为责编反复阅读书稿之后理出的故事脉络了。而且，这样一个包含无数可能性、无数玄机的小说文本，不同读者定然会有不同的探险、不同的解读，正如雪漠自己在后记中说的："《野狐岭》中的人物和故事，像扣在弦上的无数支箭，可以有各种不同的走势、不同的轨迹，甚至不同的目的地。……它是未完成体，它是一个胚胎和精子的宝库，里面涌动着无数的生命和无数的可能性。它甚至在追求一种残缺美。因为它是由很多幽魂叙述的，我有意留下了一些支离破碎的片段。……只要你愿意，你可以跟那些幽魂一样，讲完他们还没有讲完的故事。……你甚至也可以考证或是演绎它。……无论你迎合，或是批评，或是欣赏，或是想象，或是剖析，或是虚构，或是考证，或是做你愿意做的一切，我都欢迎。这时候，你也便成了本书的作者之一。我甚至欢迎你续写其中的那些我蓄势待发、却没有完成的故事。"

二、回归大漠和西部写生

当然，《野狐岭》的好看不仅仅因为它讲故事的方式——它的"探秘"缘起，它的《罗生门》式的结构，它的陀思妥耶夫斯基式的"多声部"叙事，它的叙述"缝隙"和"未完成性"——和《西夏咒》一样，雪漠在形式创新的同时，并没有忘记自家的"绝活"——我称之为"西部写生""灵魂叙写"和"超越叙事"。与《西夏咒》略显零乱的结构不同，《野狐岭》有一个既引人入胜又开放、灵活的叙述框架，因而，雪漠在施展这几样"绝活"时，显得更为得心应手、游刃有余了。

作为"灵魂三部曲"之后回归大漠的第一部小说，《野狐岭》里当然有雪漠最擅长的大漠景观：有大漠风光，有沙米梭梭柴裸，有狼，有大漠求生和与狼搏斗——但这一次，这些都只是背景和配角了，主角让给了骆驼和骆驼客。骆驼们怎么起场、怎么养膘，怎么发情配种、怎么为了争母驼和驼王位置打架；骆驼在沙漠里吃什么、什么时候吃，怎么喝水、怎么撒尿，驮子多重、驼掌磨破了怎么办，遇见狼袭怎么办；驼把式们怎么惜驼、怎么起场、在驼道上守些什么规矩，驼户女人怎么生活等等，称得上是一部关于西部驼场、驼队、骆驼客和骆驼的百科全书了。而这些对于我们来说颇为新奇的知识，雪漠仍是以饱蘸乡情的笔墨，将它们浓墨重彩成鲜活生动的风俗画，更通过黄煞神和褐狮子这两个驼王幽魂的讲述，把骆驼当小说人物来写，它们有畜生的思维习性，也有作为畜生看人类时的种种发现、种种类比。它们时不时幽人类一默，或是蹦出一两句调侃，让人拍案叫绝。雪漠写动物向来拿手，《大漠祭》里的鹰，《猎原》里的狼和羊，《白虎关》里的豺狗子，都写得极精彩，现在，又添了《野狐岭》里的骆驼。此外，精彩堪比骆驼的，还有小说末尾那场被称为"末日"的惊心动魄的沙暴……总之，雪漠在《野狐岭》里的回归大漠不是对"大漠三部曲"的简单重复，而是在《大漠祭》《猎原》《白虎关》之外，创造了又一个新鲜的大漠，这种新鲜感不仅仅来自描写的对象，也来自描写的态度和笔法。和"大漠三部曲"里现实、凝重、悲情的大漠不一样，《野狐岭》里的大漠多了几分魔幻、几分谐趣、几分幽默，涌动着一股快意酣畅之气。

除了大漠景观，雪漠的西部写生当然还包括西部文化、西部的人和事。和《白虎关》里的花儿一样，《野狐岭》里的凉州贤孝也是西部民间文化的重要载体。这一次，雪漠引用的是一首流传甚广的凉州贤孝《鞭杆记》，唱的是凉州历史上唯一一次农民暴动齐飞卿起义，弹唱贤孝的瞎贤们以西部人特有的智慧和幽默讲述这场著名的历史事件，为小说增添了生动、辛辣的西部味道。相形之下，雪漠也想记录的另一民间文化载体——岭南木鱼歌则逊色很多。毕竟没有真正融入岭南，雪漠对岭南人的生存和岭南文化的描写，和《西夏的苍狼》类似，还只停留于表面，远不如他写故乡西部那般出神入化、鬼斧神工。

三、灵魂叙写和超越叙事

《野狐岭》不但有好看的故事和接地气的笔墨细节，宏观来看，它仍然是打上雪漠烙印的一部有寓意、有境界的小说。何为"雪漠烙印"？除了西部写生，还有一样，就是雪漠的文学价值观带来的写作追求——灵魂叙写与超越叙事。这一点，让雪漠在今日文坛总是显得很扎眼。

刘再复、林岗在《罪与文学》中从叙事的维度来考察百年来之中国文学，他们发现中国文学几乎是单维的，有国家社会历史之维而乏存在之维、自然之维和超验之维，有世俗视角而乏超越视角，有社会控诉而乏灵魂辩论。这不奇怪，五四前的儒家文化重现世，克己复礼；五四后的文化讲科学实证，民族救亡；直到 20 世纪 80 年代西方现代派和拉美魔幻现实主义等各路思潮为作家带来全新的创作资源，由此诞生的意识流、新潮、实验、现代派、先锋、寻根等文学样式，称得上是对文学存在之维、自然之维的补课了，但超验之维，至今仍处于失落中。从这一点看，雪漠的灵魂叙写和超越叙事，是有着为中国文学"补课"的价值和意义的。

如果说，《大漠祭》主要是乡村悲情叙事的话，从《猎原》《白虎关》开始，雪漠小说有了超越视角——不是现实层面的反思、叩问，而是跳出现实之外，从人类、生命的高度观照——到《西夏咒》更从灵魂、神性的高度观照，其超越叙事有着"宿命通"般的自由和神性的悲悯。而在《西夏的苍狼》中，超越不再是一种叙事的维度，超越作为此岸对彼岸的向往，成为了小说的主题；到《无死的金刚心》，雪漠更彻底抛弃了世俗世界，只叙写超验的灵魂世界和神性世界，在此，超越作为灵魂对真理的追求，成为了小说的主角。

众所周知，雪漠的超越叙事和灵魂叙写，主要来源于他信奉的佛家智慧和二十余年佛教修炼的生命体验。遗憾的是，批评家对雪漠独有的写作资源普遍感到陌生，结果是批评的普遍失语，更有叹其"走火入魔"者。如何让独有的资源以普遍能理解和接受的方式呈现出来，我想这是雪漠在"灵魂三部曲"之后面对的一个创作难题。从《野狐岭》，我们可以看到雪漠的一些努力和尝试。

首先，雪漠巧妙地运用了幽魂叙事——除"我"之外，其他叙事者都是幽魂，也即灵魂。由于脱离了肉体的限制，幽魂们都具有五通——天眼通、天耳通、他心通、神足通、宿命通，其视角就天然具有了超越性，于是，在讲述自己生前的一些"大事"时，他们总时不时跳出故事之外，发一些有超越意味的事后评价和千古感慨。幽魂们津津乐道的"大事"，不外乎人世的纷争、妒忌、怨恨、械斗、仇杀乃至革命大义、民族大义，还有动物间的争风吃醋、拼死角斗；其中不乏《西夏咒》式的极端之恶，如活剥兔子、青蛙，用石碾子把人碾成肉酱、摊成肉饼，以及"嫦娥奔月""点天灯"、石刑、骑木驴等酷刑……但所有的这些，以幽魂——不论是人还是动物——的视角看时，都已是过眼云烟了。死后看生前，再大的事都不是事了，再深重的执着都无所谓了。这些来自佛教智慧的超越思想和体悟，由一个个作为小说人物的幽魂之口说出，就有了易于理解的叙事合法性。换言之，《野狐岭》的超越叙事不是来自叙事者之外的超叙事者（在《西夏咒》，这个超叙事者其实是作者自己），而是作为叙事者的幽魂们自己。超越叙事不是外在于叙事者的言论、说教，而是化入了叙事者的所感所悟——当然，前提是，这些叙事者是幽魂，他们本具超越之功能。

《野狐岭》里，木鱼妹、黄煞神、大烟客等幽魂都有属于自己的超越叙事，但作为小说整体的超越叙事，是由修行人马在波完成的。马在波有一种出世间的视角，在他眼中，前来复仇的杀手是他命中的空行母，疯驼褐狮子的夺命驼掌是欲望疯狂的魔爪，天空状似磨盘的沙暴是轮回的模样，野狐岭是灵魂历练的道场，胡家磨坊是净土，传说中的木鱼令是可以熄灭一切嗔恨的咒子……因为有了马在波的视角，野狐岭的故事便有了形而上的寓意和境界。

但马在波的视角并不是高于其他幽魂之上的"超叙述"，他只是被"我"采访的众多幽魂中的一员，他并不比别的幽魂高明，也不比谁神圣，他的超越叙事，别人总不以为然，他们甚至认为他得了妄想症，他自己也总消解自己，总说自己不是圣人。的确，《野狐岭》里无圣人、无审判者和被审判者，只有说者和听者。说者众里有人有畜生，有善有恶，有正有邪，有英雄有小人，这些人身上，正邪不再黑白分明，小人有做小人的理由，恶人有作恶的借口，好色者也行善，英雄也逛窑子，圣者在庙里行淫，杀手爱上仇人，总之是无有界限、无有高下、无有审判被审判，一如丰饶平等之众生界。所以，和"灵魂三部曲"将超越叙事作为神性的指引和真理的审视不同，雪漠在《野狐岭》里最大限度地还原了众生态，超越叙事被作为众生的一种声音，而不是超越众生之上的神性叙述。对于它，信者自信，疑者自疑，不耐烦的读者也可以和幽魂们一起消解之嘲笑之，大家各随其缘。《野狐岭》的美学风格也一改"灵魂三部曲"的法相庄严，而是亦庄亦谐，偶尔来点插科打诨——可以见出，雪漠在创造这样一个众生态时，很享受自己"从供台跳下"的快感——又有着"惟恍惟惚"的模糊美，很像《道德经》所描绘的："惚兮恍兮，其中有象；恍兮惚兮，其中有物。窈兮冥兮，其中有精；其精甚真，其中有信。"

最后，我想说说我眼中的野狐岭——有点像马在波的口吻，虽然阅读时也曾觉得他的神神道道很是无趣，但奇怪的是，掩卷思量，浮现于心的野狐岭，却很接近他的视角——

野狐岭是末日的剧场，上演的，是欲望的罗生门；

野狐岭是轮回的磨盘，转动的，是婆娑世界的爱恨情仇；

野狐岭是寻觅的腹地，穿越它，才能找到熄灭欲望的咒子；

野狐岭是历练的道场，进入它，才可能升华；

野狐岭是幻化的象征，走进它，每个人都看到了自己；

因此，每个人都有自己的野狐岭。

《野狐岭》是作家雪漠的一次突破，一个证明。

第三节　久违的喧哗

一、搅动文坛

《西夏咒》诞生于作家生命尽情酣畅的喷涌，但能读懂它的人太少，包括《西夏的苍狼》《无死的金刚心》，一般读者也不容易读进去，更不容易读懂。也许出于对"灵魂三部曲"读者接受的反思，写作《野狐岭》时，雪漠有意淡化了小说显露的主题和载道思想，更对习惯性的灵魂流淌有意识地节制，据说是一边抗争，一边流淌的状态下写完的。虽然在后记中作家反省说："现在理性地想来，要是我那时一直不要抗争，叫它自个儿淌下去，定然会比现在好，定然会是个好东西，但那时，'好看'和'畅销'的理念污染了我。这是一个教训。"但如果不加节制地完全喷涌会不会又是一部《西夏咒》？不好说。

无论如何，《野狐岭》是雪漠文学世界又一特色鲜明的"这一个"。表面看，它似乎是作家对读者的某种妥协，但妥协的背后或许是强烈的沟通、对话的意愿。《野狐岭》之前的写作，作家的姿态是全然不顾世界如何接受，只管流淌出心中最美的歌；《野狐岭》开始，作家眼里有世界、有读者了，开始有意寻找对话和相遇。而雪漠所谓的"好看"和"畅销"，也并非市场意义上的，而是读者接受层面的，他希望给更多读者提供进入小说世界的路径，于是他"有意为之"地在小说中留下很多谜团、缝隙、空白、碎片，等待读者用自己的理解和想象去考证，去破译，去填充，去缝合。

这样的小说如同叙事迷宫，但不是无门可入，而是有很多入口、很多通道，谁都可以有自己的理解和阐释，谁都会发现不一样的答案，谁都能说出自己心中的野狐岭。学者可解读小说的形式创新、幽魂叙事、先锋味道、西部民俗文化等；普通读者也可以单纯读一个悬疑色彩浓郁的灵魂探险故事，一个大漠飞沙的雄突突的通俗故事，故事里有江湖、有杀手、有女侠、有老道、有革命、有哥老会、有爱情、有仇杀；杀手是谁，沙眉虎是男是女，木鱼妹被劫走后发生了什么等，谁也都可以有自己的答案。

对于《野狐岭》，看不懂不要紧，云里雾里的探险才最吸引人。阅读的过程也是寻找答案的过程，这本身就充满吸引力。所以，《野狐岭》也是雪漠小说中读者覆盖面最广的一部作品，吸引了不同阶层、不同年龄层的读者，尤其很多年轻人喜欢，很多大学生、研究生在期刊发表相关论文；一位 90 后读者在上海季风书店分享会上发言说，杀手可能是马在波的另一重人格，这一新颖的解读震惊了在场所有人；还有比 90 后更小的读者，据说一位九岁的小学生，他在课堂上偷偷读《野狐岭》，读得如痴如醉，结果小说被老师没收……

所以，《野狐岭》一扫"灵魂三部曲"在文坛反应冷漠的接受氛围，2014年8月在上海书展亮相后，陆续在上海作协、中国作协、西北师大开了研讨会，迅速搅动文坛，终于迎来了久违的喧哗。它是雪漠继《大漠祭》之后在全国文坛引起热切关注的作品，而且它比《大漠祭》提供了更丰富的话题。《大漠祭》影响虽大，但文本引出的话题相对单纯，批评家的关注点也相对集中，不外乎西部农民、乡土文学；《野狐岭》则以其说不清、道不明的题旨和庞大的芜杂制造了形形色色的话题，为研究者提供了极为丰富的解读视角和切入点。

不到一年时间里，《野狐岭》的研究文章在各类学刊学报纷纷发表，如王春林的《直面历史苦难与人性困境的灵魂叙事——评雪漠长篇小说〈野狐岭〉》，杨新刚的《包蕴宏富的混沌存在与言说的敞开——〈野狐岭〉叙事主题及叙事策略刍议》，张凡、党文静的《生命质感和灵魂超越》《追梦彼岸世界的想象与建构》，陈嫣婧的《先锋写作的"原生"与"偏离"——以〈野狐岭〉为例》，李静的《〈野狐岭〉的末日救赎——复仇、革命、教化与个人修炼》等。其中，新疆石河子大学副教授张凡还与雪漠进行过多次深度的文学对谈，发掘雪漠独特的写作观念和写作状态，对谈文章连载于《飞天》杂志。

如果说《西夏咒》的好是好到让人目瞪口呆，好到让人哑口无言，《野狐岭》的好则是让人惊艳之余有强烈的言说欲，谁都能就这部小说发表自己的看法，谁都可以写出自己的见解和研究，它就像是一个话题库，让读者在众声喧哗、众说纷纭中兴味盎然地走进它的世界。这种强烈的言说欲，构成了上海、北京、兰州三地研讨会的主要氛围，令人印象深刻。以下研讨内容来自陈晓明主编《揭秘〈野狐岭〉——西部文学的自觉与自信》。

二、上海作协《野狐岭》研讨会

2014年8月20日，在由人民文学出版社、上海市作协理论专业委员会共同主办的《野狐岭》研讨会上，北大教授陈晓明指出，《野狐岭》比《西夏咒》更进一步挑战了人们熟悉的理性主义建构的完整世界，超越了小说的理性主义传统而上升为一种"神话式的变化"了。他说："雪漠作为一个西部作家，并不是直接把日常经验临摹进作品的，而是站在西部的大地上，激活了西部的文化底蕴、历史传承，以及那种来自大地的神话气息。"

陈晓明老师以自己到西部旅行的切身感受描绘那块土地的神话气息，其中谈到雪漠对他讲过的一件神奇经历："上个月我还去了武威，非常荣幸地碰到了雪漠。我们一起去了汉墓，那个汉墓有好几千年的历史了。雪漠说他二十几岁时进过那个汉墓，当时发生了一个非常神奇的故事。这个故事我不知道能不能在这里说，因为雪漠也是私底下跟我说的，在这里我们就当成学术探讨吧。雪漠说，他二十几岁的时候去了汉墓，当天晚上做了个梦，梦里有几个白胡子老头抓住他打针，给他注入一种黄色的液体，过了不久，他的形象就变了。我看过他以前的照片，真的跟现在完全不一样，他又没有整过容，那时也没什么整容技术，但是当年那个清秀的西部小伙子，就变成了今天这个大胡子，眼神什么的也发生了变化。以前他写作很困难，经常写得自己非常生气，把写好的稿子给撕掉，做了那个梦之后，却写得非常顺畅。"

陈晓明说，雪漠的这个经历显得很神奇，但是在西部，你也不能说它是真的，或者不是真的。"总之，西部有很多这样的传说、经验和体验，在这种经验的基础上，我们去理解西部作品，理解雪漠的作品，就会发现，他确实能在自己的作品中，把一个西部神话重新激活、重新建构，也能在这样一个后现代时代，以文学的方式挑战视听文明。我觉得，这是雪漠作品的一个独特意义。"他还指出，雪漠的写作有一种神话思维，《野狐岭》在重构西部神话的同时，也对我们固有的善与恶、人与神、人与动物等常识提出了挑战，对人类超越生命界限的可能性作出了可贵的探索。

复旦大学教授栾梅健从当代文学史出发考察《野狐岭》的意义

说："《野狐岭》这部小说让我们有了一种新的思考，而且我觉得可以讲得远一点——即使在我们建国至今六十多年的当代文学史中，它的意义也比较重要。因为它的叙述方式是阴阳交错的，这种方式非常罕见。以前，我们是从活人的角度看待世界的，所以往往会觉得很紧张、很对立、不大宽容，有了一段距离之后，人和人之间的故事才会变成一种审美，能够客观地判断。现在，你让死人来回顾一些事情，把幽魂一个个召回来，让他们来谈过去的故事，这个角度就变了。首先，他已经死了，所以他可以回顾自己活着的时候做了什么事，哪些事情死了之后仍然有意义，或者当时觉得很有意义，死后却发现意义不大，甚至根本没有意义。这就给我们提供了一种新的观察角度、一种新的思考方式，甚至让我们也可以得出一个自己的结论。所以，这是一种比较好的叙述方式，起码打开了我们思维的空间。你会直观地发现，百年之后回顾百年之前的事情，看法确实会变得不一样。这样，雪漠就给我们提供了一个进入历史的全新渠道、全新角度，而这部小说也给了我们很多的启发。它在六十年当代文学史上，就有了意义，有了价值。雪漠的《野狐岭》其实也是这样，它在一百年后回顾一百年前的事情，就会发现反清复明运动也罢，哥老会的成员也罢，齐飞卿那样的英雄也罢，都会失去意义。虽然当时他们显得很悲壮、很神圣，也显得非常慷慨激昂，因为他们付出了生命和青春，但是即使清政府被推翻了，我们的社会又会出现怎样的演变呢？这些东西，当事人是看不清的，但是你隔了一百年后，从活人变成死人，再看这段历史，对好多事情的感受就不一样了。对于革命到底是什么，或许我们就会出现一种新的思考，以及一种新的阐述的可能。所以，这是雪漠带给我们的一种新东西。虽然我们不能说雪漠的探索非常正确、全面或者辩证，但是我觉得，至少《野狐岭》给我们提供了一个思考的空间，让我们重新反思和认识百年来中国社会的演变。从这个角度来讲，《野狐岭》是一本非常好的小说。"

上海同济大学教授王鸿生紧扣"历史叙事"和"灵魂叙事"指

出："雪漠的写作不是智力性写作，他的小说也不是某种知性叙事，而确实是一种灵魂叙事，一种非常直接的幽灵或幽魂的叙事。这种叙述方式打开并复活了历史中长期被掩埋的失踪者的记忆，理解这一点，对理解他的小说来讲，非常关键。"他认为，雪漠通过灵魂叙事在《野狐岭》中打捞出来的，是那些被历史淹没的记忆和声音，"小说的每一次会话，人物的每一种动机、行为，都体现了他的这种重新历史化的冲动。但写西部历史也好，写清末民初的历史也好，他又没有把历史当成某种认知客体、认知实体，然后去寻找和还原一个历史的真相。众所周知，当小说家试图重新历史化的时候，往往会陷入一种认识论惯性，或者叫'史学幻觉'，觉得存在一段真实的历史，然后要去探秘，要把唯一真实的历史面目揭开。对这个问题，雪漠所做的完全是另外一种处理，一种对历史的伦理化处理，或者说对记忆的一种伦理化处理，而不是认识论的处理。——当然，这跟他有宗教追求相关。他要处理的对象，无非是人类生活的一些基本矛盾、冲突，但就像保罗·利科说的，记忆伦理的彻底性不是对记忆进行复原，而是对记忆中的罪错实行'沉重的宽恕'。雪漠做到了这一点，他一方面释放了大量被压抑、被扭曲的声音，另一方面又展示了超越，展示了一种实现历史和解的可能。所以说，雪漠的思索不仅有相当深度，而且跟当代世界构成了一种潜在的对话关系。这表明，他对现实有着自己的独特考量"。

王鸿生还就《野狐岭》的灵魂叙事作了历史评价："雪漠的灵魂叙事还给我们带来了另一个提示。自现代性展开以来，特别是从19世纪以来，灵魂这个概念已被理性祛魅，人们用心灵、意志、意识、无意识等概念取代了灵魂，于是灵魂书写变成了心理描写。但灵魂这个东西真的不存在，或者不需要存在吗？当然不是这样，我们读托尔斯泰，读陀思妥耶夫斯基，其实都会感受到那种强大的灵魂冲击力。在文学中，我们不仅遭遇到别人的灵魂，也会和自己的灵魂照面。这就是说，虽然现代科学否定了灵魂，或者说灵魂并非一个实体——当然，也有人仍认为它是实体，好像还称出了它的重量，说是七克，或者二十一克——但至少在文学中，通过言与心的特殊结合，我们也完全能感知到灵魂的在场。至少，灵魂可以被看作语言与心灵相结合的产物。在现代启蒙理性的笼罩下，依靠文学语言的独特能量，借助西部这样一种特殊的地域文化，对灵魂进行复魅，重新恢复灵魂的活力，这是雪漠的一大贡献，也是《野狐岭》所揭示的一个非常重要的命题。"

巴金研究会秘书长周立民从招魂、末日、传说三个关键词切入说："从《野狐岭》能够看出作者某种野心，它有一种宏大而复杂的构思，在这一框架下还组合了众多精密的零件。说'宏大'是因为天地人神俱现纸上，在具体处理上，作者以招魂的方式打通了历史与现实。小说中，作者不光是对死去的一些具体人物的招魂，也是对这片土地上消失的事物、对我们这个世界上可能不存在的事物的招魂。雪漠在后记中强调说，他要'写出一个真实的中国，定格一个即将消逝的时代'。我认为，这种招魂不仅是叙述者一种具体的行为，而且还隐含着一个巨大的隐喻，作者在呼唤一种久违了的精神，这些才是这部作品更值得我们思量的地方。雪漠在小说的后半部，还创造了一个末日景象，或者说是一个末日的世界，这跟我在前面所说的'死亡之书'是有联系的。但是，我注意到这个末日不是单一的惊人、恐怖，相反在心灵震撼中还有一种温暖的力量。比如木鱼妹和马在波胡家磨坊里推磨的那一章，雪漠制造了一种非常抒情、非常温暖的氛围，我甚至觉得马在波有点像现在大家说的'暖男'那种感觉了，而木鱼妹是侠义的女汉子。在这样温暖的末日，让我感到《野狐岭》不是简单意义上的'死亡之书'，它是启悟我们如何面对死亡、破解死亡这样无可逃遁的生命咒符的书。我们也一直在强调雪漠变得会讲故事了，但故事不是万能的，也不是最主要的，最重要的是，创造了这样一个故事体现了一个作家的能力，尤其是能把传说写成故事，也能把故事再变成传说，这一点我觉得非常重要。不管怎样，最后可能都会变成一个传说。包括那段暴动的历史，包括人与人之间的恩怨情仇，甚至包括推磨的那个细节，最后都有可能变成传说。第二十七会的标题就是《活在传说中》，可能也有人死在传说中。在这个生死轮回中，雪漠完成了传说与现实、生与死的水乳交融。"

这场研讨会中还有杨扬、马文运、薛舒、于建明、杨剑龙、宋炳辉、曹元勇、徐大隆、朱小如等批评家畅所欲言，大家认为，《野狐岭》对雪漠小说创作是一个突破，在小说的故事性、叙述方式、精神结构、对历史的书写和灵魂叙事等方面，都显示了雪漠不断挑战自我的努力，和一个作家的能力、野心与大气象。

三、中国作协《野狐岭》研讨会

《野狐岭》的第二场研讨会由中国作协创研部、人民文学出版社、东莞市文联共同主办，2014 年 10 月 19 日在中国作协举行。李敬泽、雷达、吴秉杰、胡平、胡殷红、吴义勤、贺绍俊、孟繁华、张颐武、陈福民、张柠、李朝全、岳雯等二十多位批评家与会，就《野狐岭》的艺术探索、西部写作、历史写作等议题展开研讨。会议由中国作协创研部副主任何向阳主持。研讨中与会评论家认为，《野狐岭》是雪漠小说创作道路上的一个重要调整，也是今年小说界的重要收获。一方面，这部作品延续了雪漠小说一贯的主题——西部文化，把消失的西部骆驼客的生活写得丰沛饱满、细致生动，另一方面，它又在小说的叙事形式上进行了创新，具有很强的实验性和探索性，是作家日益复杂的世界观的一种表现，也是最能体现雪漠叙事才能的一部作品。评论家表示，《野狐岭》显示了雪漠的成熟气象，它既是西部写作，也是开放式的话题写作，具有"临界写作"的特点。这部作品让人们既看到了雪漠强大的写实能力、雄强阔大的大漠情绪、饱满有力的灵魂力量，又看到他创新的努力、强悍的才华、天然的呼风唤雨的能力，以及平衡神圣生活与世俗生活、宗教与人性、惊险叙事和现代史讲述，和嫁接民俗与现代、先锋与通俗、历史与当下、南方与北方的整合能力。从阅读看，《野狐岭》的整个设计都是考虑读者的，颇具挑战性，有多种阅读的入口和途径，具有沉默的力量、叙事的魅力和人性的震撼力量。此外，这部作品也有影视化的价值和可能。以下为修订后的发言记录——

李敬泽：发现的惊喜和雄强阔大的力量

●李敬泽（中国作协副主席、党组成员、书记处书记）：我觉得雪漠，无论是他整个的创作生涯，还是现在摆在这里的《野狐岭》，都是值得我们去研究和讨论的。但是，很心虚的是，我本人其实是没有什么资格在这里深入地、有把握地讨论雪漠，因为关于雪漠过去的那些具有广泛影响的作品，实际上我读得不多，对这个作家缺乏一个整体的判断和把握。但是，这次因为要开研讨会，所以我还是很认真地在这几天，把《野狐岭》这部小说给看了一遍，我确实有很受震撼的地方。某种程度上讲，过去我对雪漠不是很熟悉——人很熟悉，但作品不是很熟悉。我觉得有一种发现的惊喜，虽然我的发现可能晚一些，或者说已经很晚了。

《野狐岭》这部书，对我这个读者来说，印象最深的，或者我最喜欢看的是什么呢？关于那些骆驼客的生活，写得那么丰沛、那么细致、那么具体。他们的生活、他们的文化，包括他们对于无论是劳作中，还是在面对人类生活中大事件时的基本态度，所有的这些描写，是我最喜欢看的。在看的过程中，我就感觉到，也许雪漠不写，可能以后永远不会有人知道了。雪漠为我们呈现了一个如此独特的世界，而且，雪漠的笔力又是如此强劲、如此独特，将人类生活的小世界写得如此丰沛、饱满，它完全把我带进去了。现在，不用说骆驼客了，就连骆驼都少了。前一阵子，我去阿拉善，发现现在养骆驼的也不多了。骆驼都干吗去了呢？不知道。这样一个即将消失的独特的世界，骆驼客的文化生态、经济生态已经完全消失了。但是，那种非常细致的经验智力，那种很饱满的生命情致，被一个作家如此有力地写出来了，我觉得这本身是非常有价值的。当然，如果就《野狐岭》来说，仅仅说我喜欢这个，未免有点买椟还珠。在雪漠整个巨大的艺术构思中，这只是其中的一个元素，当然是最主要的一个元素。

整部小说，始终贯穿着凉州贤孝和木鱼歌的一种南北文化的对比。现在看起来还是北更好一些，对于南，尽管雪漠花了很大的功夫，也是樟木头作家村的村民，有时候，不服是不行的，就是说，北方的植物种到南方去，怎么着也还是感觉不适应，他写木鱼歌远不如他写骆驼客那么丰沛、那么有生命的底气。

当然，就整部小说大的架构来讲，推理也好，悬疑也好，这些因素尽管大量地运用，在我阅读的过程中，我的阅读心态也不是阅读一个悬疑小说的那种心态，要被这个情节，或者事情的结果拽着走。实际上，我是一个不断停留的心态。所以，在某种程度上讲，这个故事雪漠尽管也花了很大的功夫，弄个架子放在那里，但是，我感觉其实也不是他的志向所在。同时，可能对于每一个读者来说，阅读的时候，也未必有足够的动力追着这个故事看，而是在阅读的过程中，始终被一个一个的声音所吸引。有的声音确实写得很好，非常饱满、有力。

在整个小说中，雪漠展示了这样一个复杂的世界，在这么多复杂的声音中，去展示一个精神的世界，一个超越层面上的世界。说到这里，我说句老实话，我就觉得毫无把握。从我个人的直觉来讲，我喜欢的依然还是那个凉州贤孝。在那个世界里，我们看到了中国人，或者特定的西部骆驼客们，他们对人生、对世界、对死亡、对仇恨等等的感受，以及非常充沛浓烈的人类情感。很多时候，我们也会为之所感动。

这部小说，整体看起来，我个人对雪漠有一种发现。用"发现"这个词只能是对我个人的一种意义，其实雪漠已经不需要发现了，但是对我个人来讲，确实体会到雪漠具有非常雄强、非常阔大的力量，不由自主地被他打动，被他折服。

雷达：小说的"玩"与反小说

●雷达（中国小说学会会长）：《野狐岭》延续了雪漠小说一贯的主题，就是西部文化，包括西部的存在、苦难、生死、欲望、复仇、反抗等这些东西，而像《大漠祭》《白虎关》里那种大爱的东西，倒是有一点点淡化了，由大爱走向了隐喻。作者创作的意图很明显，要写一个真实的中国，定格一个即将消失的农业文明时代，这是他一贯创作中很重要的东西，其中很多东西，讲到了西部文化、沙漠文化、西部的传说、西部的神话、西部的民谣等等。当然，其中也包含了人和自然的关系，比如对骆驼的描写，骆驼怎么生殖，骆驼的死，都非常精彩。这部小说，你说它的主题是什么？很难说，但有启蒙的意义在里面。比如，小说里反复出现的一句话，像齐飞卿说的："凉州百姓，合该受穷。"这实质上是对看客文化和麻木不仁的灵魂的一种批判。

其次，《野狐岭》突出了雪漠小说形式创新的追求。雪漠说，他要好好地"玩"一下小说，大家看他的后记应该注意到这一点，看它在雪漠的手里玩出个啥花样。玩小说本身的快乐，他着重强调创作本身的快乐，是一种非功利性状态下的心灵飞翔。他的"玩"主要是从小说的结构和形式上来着眼，这是更重要的特点。

从整体上看，全书有二十七会，这是比较独特的。第一，在当代文学史上，张承志的《心灵史》，以门来构成，其他长篇小说则基本以章、节为构成单位。独特的小说结构体现出雪漠创新的努力。从某种程度上看，小说的结构就是作家对世界的一种把握方式。雪漠的"灵魂三部曲"一度被看作是走火入魔，重要的原因在于，作者对宗教和灵魂超越的过分强调。《野狐岭》试验性的结构其实也是作家世界观的一个体现，以幽灵的集会与全化身来完成长篇小说的结构，有相当大的写作难度，这是我重点强调的。第二，以嘈杂错综的声音构成一部长篇，也可以说，《野狐岭》这部小说是由声音构成的。总体看来，小说每一会都以"我"的处境与幽灵们的叙述构成，而"我"的叙述节奏总是和幽灵的回忆有着某种内在的关联性和结合性，但实际上，不是只有两个声音，其实更复杂。小说内部构成单元的会，意味着聚会、领会、幸会，即意味着小说中所包含的各色幽灵的相遇。聚会、集会，本身就意味着小说的复杂性和多重性。《野狐岭》是适应这个时代的，如书中无形的杀手、痴迷木鱼歌的书生、复仇的女子、杀人的土匪、驼把式等，还有心思堪与人相比的骆驼，他把骆驼写得和人一样，而小说在此基础上加上了一个活在现实中的"我"，将他们串联在一起，构成了一个极其复杂而混沌的世界。

第三点，三个特殊人物值得注意：第一，"我"。"我"在小说中表面看来是为了探寻百年前在西部最有名的两个驼队的消失之谜，但"我"是灵魂的采访者、倾听者。"我"为了实现灵魂集会，并采访他们，来到了野狐岭。"我"在倾听幽灵叙述时，总想到"我"的前世，"我"没有弄清"我"的前世是谁，但"我"觉得那些被采访者可能是"我"。"我"的前世究竟是谁，这使得小说上升到一个哲学的层面，拓展了小说的思考空间。小说中的"我"在阴阳两界之间，喝了很多阴间的水，但最后还是活在人世上。采访结束之后，"我"发现他们开始融入"我"的生命，一个个当下都会成为过去，所以为了"我"的将来，"我"会过好每一个当下。齐飞卿，这样的民族英雄活在了传说中，而"我"却珍惜当下。第二，杀手。小说中出现的第一个幽灵就是杀手，他的面貌从来都是不清晰的，"我"完全可以通过"我"的法力来开启他的面目，但是"我"不想，这完全是一个现代主义的表现方法。其实，这个杀手可能是野狐岭上的一个幽灵，可能是木鱼妹人性中的幽灵，也可能是"我"，而小说中一直跟着"我"的狼也是一个象征的影像，它是每个人心中黑暗的表现。第三，木鱼妹，从岭南来到凉州，经历与亲人的生离死别，与仇家之子刻骨的爱情。小说中寻找的木鱼令，究竟是什么？雪漠在书里没有明说。

雪漠讲到的很多东西都是说不清、道不明的。所以,我在阅读的过程中经常会生起一个疑问:作者到底要表达什么?说不清,道不明,这可能是一种追求。但,这个追求是什么?作者也讲了,他不要主题,也不刻意追求什么,他不弘法,也不载道。

另外,这部小说充满了一种反小说的表现,碎片化的叙述,人物都是模糊的,不像现实主义文学要求的那样,人物性格刻画得很鲜明,没有一个完整的故事。现实主义和美学主义还要求有一个完整的故事,一个贯彻的意味,但在雪漠的小说里,这些都没有。所以,这部小说不是一个简单意义上的故事,特色性非常强。

吴秉杰:沉默的力量和叙述的魅力

●吴秉杰(中国作协理论批评委员会副主任):在作家群里,雪漠是一个独特的存在,从"大漠三部曲"到"灵魂三部曲",他的创作发展,走了特别具有个人特色的一条路。过去,大家都有一个西部文学和西部作家的概念,但是大家都知道西部是个地理的存在,而且是个历史文化的存在,归根到底要跟不同的作家结合起来。最早的时候,我们没把张贤亮、贾平凹作为西部作家,或强调西部文学、西部作家,但到了雪漠、红柯等作家,大家忽然有了一个西部文学的概念,他们是围绕着西部的苦难、西部的风光、西部的生存状态而写。

看了《野狐岭》之后,我有两个非常强烈的感受:第一是雪漠把沉默的力量和叙述的魅力都发挥得非常充分、非常强烈,甚至发挥到极致。所谓沉默的力量,从《大漠祭》开始,就有了一种沉默的苦难。当时上海为什么给它得奖?也许就是觉得西部的苦难,这种沉默的力量,始终像化石一样,那么沉重,很有震撼性。这是一种隐伏的东西。还有叙述的魅力,这里面这么多人物,这么多幽魂,不同身份的人,不同立场的人,如蒙古人和汉人、世俗人和修行人、富人和穷人,甚至不同的骆驼,他们自己的立场、自己的眼光、自己的观念叙述,写得很有魅力。这部小说读起来声音是不是太多了?但是,它的魅力也在这里，这就是叙述的魅力。第二就是他把爱和恨都写到极致，这是他的一个特点，写得这么充分又强烈。爱就是木鱼妹，恨有一个很大的历史背景，其中有三个不同的械斗：土客械斗、回汉械斗、蒙汉械斗。在这两个艺术特色里，表现出了雪漠的一种追求，就是历史和整体相结合的追求。一个作家不仅仅要成为西部作家，而且要成为重要作家、大作家的话，他最后应该归结到生命和整体的结合、生与死的交流、今与昔的对话。在今与昔的对话中，虽然说灵魂不灭，不仅追求宗教上的灵魂不灭，还表明我们某种精神的永存，或者说这个精神在传承，即所谓的历史性和整体性。

总的看来，我认为雪漠具有三种能力：第一种，他一定不缺乏具体的能力，里面写了很多东西，如驼户歌、凉州贤孝、木鱼歌，包括许多残酷的场面，骆驼怎么起场，长得怎样，如何喝水，如何交配，等等，写得这么详细，他具有把写作具体化的能力。第二他是个诗人，一定不缺乏把某种情感推到极致的能力，确实具有震撼力。第三，我认为他具有集中的能力。长篇小说，归根到底体现的是把某一种力量集中的能力，不是与众不同地创造一种新的思想，而是选择最有力量、最能打动人的某一种思想，让灵魂真正不断地发出强烈的光响和力量。总之，这部小说对于我来说，特点太鲜明了，它是在"灵魂三部曲"的基础上进一步的发展。我觉得，雪漠的才华毋庸置疑。

胡平：大漠情绪和通俗化的努力

●胡平（中国作协小说委员会副主任）：雪漠是一个很有信仰、很有信念，也很自信的作家，这一点，我非常佩服，因为中国作家中灵魂写作的人毕竟还不多。这部作品显示出雪漠创作思想、创作路数不断地在调整、在开拓，继续着成熟和探索。虽然作品可能有的人不一定能适应，不一定读得明白，但是我们打开一看这书的内容和形态，就立刻断定这不是一般的手笔，这就是一个作家的成熟。有的作品一打开，你立刻就知道他是初学，但是有的文本一打开，立刻觉得这个作者是大手笔，在这一点上，我觉得雪漠已经是越来越成熟了。不管这部书成功到什么程度，这是中国几十年来作家发展培育的一个新的状态。

《野狐岭》的后记里，雪漠写到这部书原来的雏形。最初的时候，他想写一个《风卷西凉道》，我也没看到《风卷西凉道》，如果我看到，这两个文本一对比的话，雪漠的创作发展就非常明显了。从《风卷西凉道》到这部作品，一定是非常大的一个进步。但是，《风卷西凉道》书里的齐飞卿还在，他是《野狐岭》里的基础，一个原始的情绪，西凉的英雄。我对齐飞卿临死说的那句话印象很深刻："凉州百姓，合该受穷。"雪漠一定是被这句话震撼了，这句话给我的印象很强烈，虽然整部作品调子说不清，但是基本情绪我是能够感觉到的。

第二，每个作家都有一些特殊的情绪的记忆，这是一种创作的基础和动力。最早的《大漠祭》有着西部的记忆，我特别喜欢。雪漠如果有今天的眼光和技巧的话，《大漠祭》获茅盾文学奖是不成问题的。刚才，我还和雷达说，他太厉害了。这种大漠印象、大漠情绪，在雪漠的记忆里和生活的积累里太棒了，这是他拿手的东西，因为那里边不但有情绪，也有无数的场景和记忆，西部的记忆。所以，作家最好的东西和他的场景记忆是有关系的。

《野狐岭》我读了两遍。第一遍确实模模糊糊，不知道到底要讲什么；第二遍，我再看的时候，可读性就很强了。每一章、每一段我都看得懂，整体上来讲有点模糊，因为作者所采取的创作方式是新的一种意境，无数的混合情绪的一种产物。这部小说的特点就是情绪的混合，比起《风卷西凉道》，肯定要复杂得多，不是那么单纯，所以我们也在宏大上边不是那么明白。历史的、传奇的、大漠的、西部的、土客械斗的、宗教的、沙匪的、岭南木鱼歌的、女人的、驼群的、灵魂的，种种都混合起来了。但它很出色的地方，就在于这些情绪都有相似之处，都有兼容之处，是可以混合在一起的。比如说，齐飞卿的造反和大漠、驼群、野狐岭放在一起，整个调子有相似之处，

雪漠密码

我觉得这也是作家的一种新的尝试和创造，体现了作者很强的整合能力，而且是作家世界观日益复杂的一种表现。但是，整个来讲，还是有西部印象，里边所有的因素都跟西部的印象有关系，所以我觉得还是可以成立的。

从情绪出发创作，我觉得也是很文艺的。绥拉菲莫维奇写《铁流》时，一开始并不是写十月革命。有一次，他看到高加索山，觉得高加索特别雄伟，就想写一个小说把俄罗斯的宏伟写下来，那时候十月革命根本没有发生，但是他一定要写。先是写一个农民逃亡，被否定了。后来十月革命发生了，一个达曼军在黑海行军的这样一个过程被他看到了，觉得写这个最好，于是写成了《铁流》。这就是说，有些作家的写作就是情绪，这个情绪是最关键的。

我很喜欢情绪性的主题。雪漠的情绪性的主题是很鲜明的。但光是情绪叙事也不行，应该有写实的东西，这是文学性的要求。正如李敬泽说的，我也觉得《野狐岭》最实的东西、最棒的东西就是关于骆驼的描写。骆驼为了省水，一点一滴地渗那个尿。晚上累的时候，也像人一样侧卧着，腿伸直了，这些东西一般人写不出来，小说里文学性的东西写得特别好。

虽然注重灵魂叙事是雪漠的长处，《野狐岭》主要的口吻都是一些死魂灵的讲述，但是他也采取了后现代的方式。后现代的方式之一就是和通俗文学嫁接，是作品通俗化的一个努力，在这方面，我觉得他也是比较突出的。我们在《野狐岭》里可以看到一些武侠片或者武侠小说的元素，比如说书中的反清复明、哥老会、暗藏的杀手；还有侠客式的人物，如那贴身女侠，让人近不了身，这些都是从武侠小说借鉴过来的东西，这也是一个很好的尝试。木鱼妹本身就是一个通俗因素，本来两个驼队不可能有女人，但是这个女人进来了，而且成为小说故事的重点。故事性最强的就是木鱼妹，她先是想刺杀马在波，后来又爱上他了，这是一个传奇故事，也是一个通俗故事。我们甭管它好读不好读，真要拍一部电视剧，你说能不能拍？这还真能拍。

所以，《野狐岭》的写作是经过了一番构思的，一方面探索性很强，同时也尽量接近通俗。整个作品的设计都是考虑了读者的。比如说，整个故事的基础就是两支驼队进了野狐岭，消失了，哪儿去了？不知道，悬念开始。我觉得这都是很好的尝试。雪漠还在往前走，还在实验，那么，这部小说是他的一个调整，我觉得很有意义。向雪漠表示祝贺，他的调整我很赞赏。他的调整是一个作家对自己的挑战，不管成功到什么程度，都是值得肯定的。

张颐武：寻根文学的"老干新枝"

●张颐武（北京大学中文系教授）：《野狐岭》确实很有分量。这部书把西部的民俗文化、生命文化和现代艺术技巧结合得非常充分。这套方法并不是一个新的方法，但是雪漠在运用现代主义的技术、想象方式，以及现代主义的路径方面，发展到了一个高度，他把现代主义有效结合在了他个人生命的体验里。技巧很普遍，人人都在用，但怎么样把自己的东西真正发挥出来，这是需要思考的。雪漠经过这么多年的摸索，现在他到了一个比较成熟的境界，把技巧化为了一个很自然的东西。我觉得雪漠早期的书有一点架着，现代主义技巧太重以后，他架着，架上去以后，一定要把神秘推到一个极限，一定要做到大，做大以后反而觉得不自然。现在，在《野狐岭》里，他把这套东西放下了，没有那么重，没有那么大，反而把他对这些文化命运的感悟、对西部的感受真正能够描写出来。他通过故事，通过"我"的叙事，让人能够跟着他进去，感受那个生活状态。这个状态的表现其实是现代主义的技巧，我觉得他写出了一个临界状态，写得特别强有力、特别有分量。

雪漠的创作已经到了一个化境。他把现代主义技巧真正融入到自己的感受里，面对民族大命运，在西部文化中去追寻，去寻找出路。20世纪80年代以来，对民族文化，我们都有一种大的关怀的心理，80年代中后期，大家开始寻根，开始做文化反思、文化追问，以及对文化的探究。比如，从西部等地去寻找最原始的生命力，寻找中国文明基因里最强有力的东西。在这个角度上，我觉得雪漠有延续，既延续又超越。在探索现代主义方面，通过西部文化来写现代主义，是80年代后期的一个余脉，我觉得雪漠就是这个余脉的"老干"发出的一枝"新枝"。80年代以来，很多人的写作势头都开始在衰退，在这个衰退的景观中，雪漠保持着旺盛的创造力，难能可贵。这可能和他这些年住在东莞樟木头这样的工业化地方给他的刺激和感受有关系。在他过去西部经验的基础上，增加了岭南文化的多样性，有了新的整合，反而创作出新的东西。

《野狐岭》的寓言性很强。80年代以来，我们就迷恋寓言性的作品，中国当代文学对寓言性非常依恋。故事看起来很具象，但具象的故事里边一定有一个抽象、暧昧、含糊的指向，讲到民族、命运等这些东西。在这个角度上，《野狐岭》做了很多探索，把寓言性和故事性融在一起。故事性不仅仅是市场的问题，而是怎么样从具体超越具体。故事性，现在看起来已经可以了，因为雪漠是个诗人型的作家，这个故事性很难像一般的小说家写的那种故事性，他的故事性是跳跃性的，虽然有一种线索，但还是跳跃性的故事。总之，雪漠把现代主义技巧、寓言性和自我感受三者之间结合得非常好。这是一个大格局。

《野狐岭》看起来天马行空，这部书最大的好处是从多少页看都可以看进去。你从二百页开始和从第一页开始读，感受差不多，倒着看也行。这是开放性的故事，往前走，往后走，你都会被吸引。雪漠有种诗性的东西。诗性的东西最大的好处就是从哪儿开始读都行。如果没有诗性的东西，一个故事很紧密的小说，你从哪儿插着看，下面就断了，续不起来。但是，《野狐岭》是灵活的、开放的，从哪儿看都行，它提供了新的阅读经验，把想象力解放了，这是现代主义的一个重要因素。所以，这部书好就好在，从哪儿看都能探索到它的真谛奥妙。

孟繁华：对传统资源的逆向书写和借鉴

●孟繁华（沈阳师范大学教授）：《野狐岭》是今年我读到的最具挑战性的小说。雪漠在当下，用现在的说法叫做实力派作家，取得了很大的成就。比如，他的"大漠三部曲""灵魂三部曲"都有广泛的影响。当然，我觉得雪漠一直是一个很具有探索性的作家。我曾经说过，在当下的文学环境中，文学革命确实已经终结了，现在我们通过形式上的革命、花样翻新来证明文学的存在，这种可能性是越来越小了。看了《野狐岭》之后，我觉得雪漠还是一直在探索，不是革命性的变化，但是非常具有探索性。比如，在章体结构上叫二十七会，二十七个采访，二十七个对话。

这部小说很难概括，你说它究竟要写什么，按照我们过去的说法，它背后的诉求究竟是什么？我觉得混沌可能是这部小说最大的优点之一，雪漠特别想用当下的这种方式，和对百年前的理解，把一百年前的生活重新镶嵌到我们当下的生活之中，让我们重新体会一百年前的西部生活。这个构思本身很有意思，这和所有的历史写作都有相似性。

刚才张颐武说它是现代主义的实验，我觉得大概不是这样。如果和现在联系起来，它可能是和后现代主义有关，不是现代主义。它既没有愤怒、没有反抗，也没有嚎叫，它怎么是现代主义呢？它是后现代主义。这部小说最大的特点，是对中国传统文学资源和古代文化资源一种逆向书写和借鉴。过去，我们的历史写作比较传统，比如说，司马迁写《史记》时，不断地出现一个一个的人物，通过人物把历史建构起来，这是史传写作。那么，雪漠是一个逆向的写作："我"是一个倾听者，让人物一个一个地来讲自己，人物自己的讲述相对于司马迁讲述这些人物是个逆向性的。"我"是这部小说结构的中心，"我"一直在采访、在询问，"我"一直跟过去的魂灵进行对话，这和司马迁讲述历史人物，讲帝王，讲侠客，是不一样的，是逆向性的。

但整体结构上，它们具有相似性。所以，我觉得他还是对中国传统文化资源的一种借鉴和继承，这很有想象力，很有办法，这一点写得不错。

第二，在小说整体构思上，我觉得非常有想象力。刚才我问雪漠，这两个驼队真的有吗？你有依据吗？他说，真有。这两个驼队真到俄罗斯了，还和列宁等人照了相。但因为小说本身是个虚构的空间，他让两个驼队在野狐岭消失了，这个想法太有想象力。消失之后，他要和驼队所有的人物、百年前的人物进行对话，为自己建构一个无限可能性的小说空间。这一点，我觉得雪漠确实是很有想象力。

另外，雪漠对人物的书写，比如木鱼妹、驴二爷、齐飞卿、豁子等等，都写得非常好。在具体细节上，雪漠不仅具有想象力，而且具有写实能力，通过具体细节表现出来了。比如飞卿和豁子之间的矛盾，豁子恨飞卿，因为飞卿有一条狗，把狗的嘴豁成豁子这样子，每天喊这个狗叫豁子，狗就跟他走，这对豁子完全是个奇耻大辱。虽然写得有点残忍，但这个人物的形象，和两个人之间情感对峙的关系，写得极端地神似。

再就是写杀手，写杀手的心是怎么练硬的。大伯不断让他剥野兽和小动物的皮，活剥青蛙，活剥兔子，把兔子的皮剥下来之后，兔子狂跑，像一道血光在飞奔。看到这个地方，我确实毛骨悚然。但是通过这样的讲述，人物性格通过极端化的方式把它体现出来了。这个地方确实太血腥了，但这些手法不是说没有过，包括像获得诺奖的莫言的《红高粱》，写活剥罗二爷的人皮，那个耳朵割下来后在盘子里嘣嘣直动。这对塑造人物确实起到了非常重要的作用。

对木鱼歌、木鱼书传奇的书写，在小说里面也非常重要。木鱼歌，我不知道是否真有这种民间形式，这歌词写得非常感人。雪漠对传统的地方性知识和地方性经验，对这些边缘经验的重新挖掘，应该是这部小说里面特别重要的一部分，写得都非常好。

当然，有些东西我们也不理解，比如开篇写"野狐岭下木鱼谷，阴魂九沟八涝池，胡家磨坊下找钥匙"。没有西部社会经验的人，对这些东西可能完全不理解，但是雪漠对这些消失的事物和消失的当下，包括经济社会、现实生活的重新钩沉，我觉得重新激活了自己不曾经验的历史。这些历史既可想象，又可在作家的笔下经验，为我们提供了一个特别重要的文本。

总体上说，这部小说非常具有探索性。今天，我们的文学究竟还有多大的探索空间？我一直是持有怀疑的。我觉得其他艺术形式有巨大的探索空间，比如影视，可以借鉴高科技这样一些手段，在形式上探索，就像3D《阿凡达》，出来之后简直太震惊了。文学作品如何在形式上进行探索，这个挑战实在是太大了。在这个意义上，能够有一点文学意义上的探索，这些作家是非常了不起的。

贺绍俊：强大的写实能力和创新追求

●贺绍俊（沈阳师范大学教授）：雪漠的确是一个很有个性、也很有特点的作家。我最佩服他对文学的那种虔诚，让我非常感动。他把全部的心血都注入到文学之中。我个人感觉，他最大的特点还是他强大的写实能力。但是，我更佩服他的一点是，并不是因为他有写实能力，他就满足了。他总想找到一个突破点，总在进行一种新的探索，他不愿意被这种写实的能力所约束。

应该说，写实能力是中国当代小说家的一个很广泛的特点，但是这个广泛的特点，也的确给很多作家带来了局限性，他们满足于写实，满足于这种经验的表达，往往成功以后就会进入到瓶颈阶段。我个人感觉，雪漠从《大漠祭》以后，就一直在进行一种新的探索，他老想找到一种更新的艺术形式来扩展他的文学空间。我觉得《野狐岭》这部小说最大的特点也在这儿。所以，关于它思想的深度之类的问题，前面很多发言人都谈到了，我就不谈了。

我觉得这部小说就是形式的神秘。很明显，雪漠试图用一种特别的形式，来承载他的一个新的题材。最开始读小说，我还是对小说的故事有期待的，因为它基本的故事线索就是两支驼队进入到野狐岭，然后就消失了、失踪了。这个故事就算是用传统的写实方式写出来肯定也会非常精彩的。后来，我看雪漠写的后记，他说很早很早以前，写《大漠祭》以前就写过这个故事，可惜我没有看到这个故事，显然他不想用这样一个传奇故事来约束他的艺术想象，所以他找到这样一种形式。今天，对历史事件感兴趣的人，牵着两只骆驼重新进入野狐岭，去寻找他们的踪迹，与那些幽灵相会，他用采访幽灵的方式，因为每一个会实际上是幽灵在叙述，今天的"我"实际上很少跟他们对话。用这样一种形式来表达，恰好是这部小说最新的地方。

当然，整部小说也没有掩盖他的这种强大的写实能力，这是他成功的一个最重要的基础，包括他以前的小说，这个强大的能力都得到了充分的发挥。这部小说里面，那种写实性的描写其实很精彩，我也很喜欢看，尤其是写骆驼客。骆驼客其实是很值得写，他与自然的周旋，与土匪的周旋，与骆驼的相依为命，以及骆驼与骆驼的较量，这些东西不仅仅是个传奇的、奇特的东西，还有一种人物理念，可以挖掘出很多精神性的东西。所以，我想雪漠肯定也有这样一种动机，他不想单纯地讲一个传奇的故事，他希望通过这样一个奇特的骆驼客的经历，能够进入到一个灵魂的世界。我想这是他写这部小说的动机。

刚才李敬泽比较委婉地用了一个词叫"买椟还珠"，虽然他也非常欣赏这些很写实的东西，其实在我看来，这些写实的东西不应该是椟，对于雪漠来说也是珠子。问题是，你怎么让这个珠子和你这样一个奇特的形式更好地结合起来，这可能大有文章可做。但不管怎么说，雪漠这种孜孜不倦地追求，以及对文学的虔诚和努力，包括取得的成绩，我还是很佩服他的。

张柠：俗世生活与神圣生活的嫁接

●张柠（北京师范大学文学院教授）：因为是南方人，我对大漠文化不是太了解，读着关于大漠的文字，感受不是太深。但是好奇是有的，比如对骆驼那些非常细致的描写，包括撒尿、咀嚼，包括求配偶的方式，对我来说都是陌生的经验。从阅读的新鲜感受来说，是可取的，但是从文学感受、审美感受的角度来说，我认为大漠文化对我来说是陌生的。但是，这部小说读下来，我感觉它还是一个非常复杂的文本，不是说很简单地直接就能够把它抓住。究其原因，肯定是作者在叙事方式上进行了很多的探索，有点像20世纪80年代中后期、90年代初期的小说，对我们的阅读构成一个巨大的挑战。

《野狐岭》读下来还是有很多值得讨论的地方，其中感受比较深的就是木鱼歌、木鱼妹这条线索。木鱼歌这样一种民间说唱的形式，是岭南特有的广东南音这种形式，但是这个南音跟潮汕的咸水歌还不一样。潮汕的咸水歌是从疍民船上直接生发出来的，而木鱼歌的源头在北方，是从北方传到岭南去的，其中宝卷就是佛教故事说唱传到岭南，然后在此基础上岭南人再创作形成南音、木鱼歌这种形式。小说里提到的《花笺记》也是木鱼歌非常重要的一个唱本。我觉得雪漠做了很多案头工作，包括歌德对《花笺记》的赞赏。我们国家也对歌德怎么样去接受《花笺记》做过研究。歌德还通过阅读《花笺记》写了一组诗，这组诗由冯至先生翻译成中文，影响比较大，被命名为《第八才子书》。岭南木鱼歌或南音，又跟传过去的西部的宝卷有关，所以它是世俗生活和神圣生活的一个直接嫁接。南音本来就是介于念经和歌唱之间的一种说唱形式，它敲着木鱼，所以就称为木鱼歌。

雪漠这样一个创作动机，实质上他是把神圣生活的念经和俗世生活的歌唱嫁接在一起，同时也有把北方文化和南方文化嫁接在一起的冲动。我想到陆九渊的一句话："东海西海，心同理同。"还有钱钟书说的："南学北学，道术未裂。"我把它改成了"汉学蒙学，道术未裂"。所以，这个嫁接过程实质上有一个非常重要的东西，就是人的性情、人情。这种人的性和情是在木鱼妹、马在波和大嘴哥故事中凸显出来的。因此，不管是北方文化，还是南方文化；无论是汉族文化，还是蒙古族文化；无论是驼斗，还是土客械斗，里面最核心的就

雪漠密码

是人的情感，人性的问题。这一点我非常感兴趣。我们总觉得北方文化是一种形态，南方文化又是另外一种形态，好像它们之间差别非常大，但实质上雪漠在这部作品里打通了。无论是俗的生活，还是圣的生活；无论是南方生活，还是北方生活，最终在人情、在欲望层面打通了。从整体构思上来说，这个想法是非常好的。

在阅读过程中，我抓住了一点，无论是南方人，还是北方人，都应该触动你的东西，那就是人性和人情，就是木鱼妹和马在波等人之间的关系，这条线索是非常清楚的。说实在的，阅读时，我一旦看到大篇幅谈骆驼的时候，大篇幅谈情节设计，如暗杀、暴动的时候，我读得非常快，而一旦出现木鱼妹、马在波和大嘴哥之间的故事的时候，我会非常细致地读，我会用我的心去感受它，这是我的一个直观感觉。

在整个故事中，欲望展开的过程，实质上是一个仇恨消失的过程。这里边还提到很多马在波修行的方式，它不是简单的爱情故事或情欲故事，他是以密宗"双修"的方式进行的一种修炼。"双修"实质上也是一个打通的过程，就是世俗生活和神圣生活之间的打通。"双修"表面看来身体是那个东西，但灵魂不是那个东西，所以，灵魂性是雪漠小说中非常重要的一个东西。所有世俗生活里边的事物，无论是情欲故事，还是爱情故事、仇杀故事、暴力故事，虽然他的身体是那样一个动作，但是灵魂不是那个东西。他一直有一种灵魂叙事在统摄着身体的动作，这是小说非常重要的一个特点，也是吸引我的地方。

另外，它的叙事方式，刚才有很多专家提到了现代主义、后现代主义，我觉得也可以不用那种表达，实际上就是一个分身术，作者本身的分身术。当灵魂跟叙事对象附着在一起的时候，它是这个叙事视角，如马在波；当灵魂跟叙事对象附着在另外的时候，如木鱼妹，就是我们传统文化里面的分身术的叙事方式。不过，对于成熟的作家来说，对于大作家而言，特别是长篇叙事作品里边，我想等待的就是，他所有的精神力量全部融入他的整体叙事里面，他是"言事之道，直陈为正"。无论是圣事，还是俗事；无论是情欲，还是仇杀，他是要超越灵魂叙事，还是肉身叙事，都包含在最浓缩的一点。我觉得雪漠先生叙事的能力，以及对文化的一种消化能力，应该具备了"直陈其事"的能力。我期待雪漠的下一部作品有更大的气势，直陈为正，我觉得那时候雪漠就是大作家！

陈福民：惊险叙事和近现代史讲述

●陈福民（中国社科院文学研究所研究员）：我跟张柠正好相反，对木鱼妹这一线索的叙述，我的感受不是很强，可能确是南北文化的差异。就我而言，所谓的岭南文化，就是一个潜在的杀手，木鱼妹对于马家的仇恨，作为小说的推动力之一，她一直要杀他，各种暗杀未遂。对于木鱼歌，刚才张柠做了学术阐释，以及对岭南文化的渊源做了分析，我感觉不是很强烈。另一方面，雪漠写到大漠的时候，写到驼队的生活，驼道上的跌爬滚打，刀尖上舔血，大漠的粗粝，每一米的路线都是陷阱和死亡，他们和自然冲撞的时候，这个过程中所暴露出来的人性的强大、卑微、粗粝等，给我的印象特别强烈，这方面处理得特别好，我觉得这一面写得非常震撼。

从《大漠祭》《猎原》到《西夏咒》，雪漠一路走过来，都在探索，都在创新。作为一个写作者，一个信仰的痴守者，雪漠个人的思想进程跟写作的关系其实发展得并不平衡，比如说，作为一个信仰痴守者，他会践行某些宗教的生活，这是一个挺复杂的问题。

我一直认为小说这门艺术其实不是对真理的确定性负责，而是对生活、对人性的复杂性负责，这是我个人的小说观念。所以，在小说当中，使众多的庞杂、暧昧、杂芜和无数的事物归于一的路向，我一直心存疑虑。比如说，一位了不起的作家张承志，他写了《金牧场》，后来他皈依成为穆斯林，改成了《金草地》。《金牧场》那种复调、杂芜的叙事，走向《金草地》的时候，变成了单纯、坚硬。对此，他自己有一个说明，认为在《金牧场》的时候，他对生活是不坚定的，甚至他检讨了自己的生活。后来他将《金草地》减少了将近三分之一的篇章。小说中那种复杂的、暧昧的、杂芜的东西，事实上就是生活的一种丰富性，而当作家向着真理或信仰的单一性和坚定性跃进的时候，他过滤掉了非常多的东西。就这一点，我一直心存忧虑：这是不是一个小说之道？

　　雪漠是不是也有这样的问题？比如，他早期是信仰的痴守者和践行者，也曾经用某种方式接近他想象中的真理，那么，这与小说是什么关系？这是我们阅读《野狐岭》的一个前预设。我拿到《野狐岭》之前，一听说要开研讨会，我也是心存疑虑的。然后，我看了这本书，出乎我的意料，就是刚才雷达先生说的，雪漠回来了。从小说这个角度来看，雪漠用了非常艰苦的努力去处理他那强大的信仰，或者说他心目当中的理想。历史生活的复杂性与不能单一穷尽的现实人性，他要处理这个关系，在这本书里，我们看到了他的艰苦努力。这一点给我的印象特别深，我觉得他在这个层面上处理得比较好。他一直跟很多声音在辩驳，虽然从各种声音当中能够听见雪漠自己对历史的认定，但我仍然能够看到那种复杂性，仍然能够看到对话性和复调性的东西。这一点，对小说《野狐岭》而言是很大的成功。我曾担心雪漠走上一条狭窄坚硬的道路，向着信仰直奔而去，但是我发现不是这样，原来担心的那个问题在小说中没有出现，这一点是我特别高兴的。小说不是为真理确定性负责。当然，一个写作者，同时又是思想者，必须要坚定自己的某些思想，但是作为艺术的手法，对于小说这门艺术来说，你又不能直接把信仰搁在里边，变成简单的坚硬的东西。它一定是水草丰茂、声音杂芜、血肉相关的这些东西，才会成为小说。《野狐岭》在这个意义上处理得非常好。这是我的第一个感觉。

　　第二个感觉，北方大漠这一部分，处理得惊心动魄。我不想把它狭窄化、娱乐化，成为《新龙门客栈》。那种飞沙走石，跌宕起伏，在凶险的绝境下，人性所爆发出来的凶恶、丑陋，或者它的伟大、崇高，在小说里面我们都看得特别清晰。北方大漠的人性，画面感特别强，他在处理这部分场景的时候，我眼中总是浮现沙丘、苍月，大漠风沙时艰苦的驼队、铃声，表面和谐的风景画背后隐藏着杀机和死亡。雪漠把这些东西渲染得非常到位、非常紧凑。

第三，关于小说的写法。这部小说阅读起来确实不是一个特别轻松的过程。因为雪漠选取了各种"说"，比如木鱼妹说、陆富基说、马在波说、大嘴说、巴特说等等，这里边所有主要人物都让他说。刚开始，我会觉得是在讲幽灵的故事。当然，这造成了两个问题：第一，在小说的艺术写法上，雪漠自己有一个想法，他觉得这样会照顾到历史的复杂性，一个事件的讲述，比如陈彦瑾在后记中说是欲望的"罗生门"。雪漠的初衷是想通过不同的视角去还原他想象当中的历史真相，他不能听一个人说，这种初衷是能够理解的。但事实上，幽灵的叙述是一个半完成的过程，因为我们发现几乎在所有"说"的背后，雪漠作为一个叙事人，一直悬在背后，每个人的"说"也分不清个性，各种"说"的背后都是全知叙述，这样的话，"我"不断进入每一个"说"，不断进入每一个线索进行对接，评论家陈晓明也说是时空交错。在技术上，这是很有益的探索，但对于读者来说，这些线索可能过于杂芜了，多线索似乎是并行地进行，主线不是特别清楚。我能够感觉到，主线木鱼妹复仇，杀手究竟是谁，最后是不重要的，就像无底的棋盘一样，最后发现其实是没有杀手的，每个人都可能是杀手。但是，木鱼妹在一个写实层面，显然是一个仇恨的符号，她是小说叙述的主要动机。

在这部小说里，大家可能会忽视的一个地方，我个人认为还比较重要。小说用了一个仇杀的神秘故事，我觉得雪漠是在处理历史。比如说去罗刹，我们也完全可以想象到，十月革命一声炮响的问题，它是中国近代史的一个叙述，有潜在的历史动机在里面。虽然潜在，但我个人看得非常清晰，雪漠其实是用了很多奇奇怪怪的方式处理近代史、现代史的讲述。在一个巨大的历史动机、正面的意识形态、合法

雪漠密码

性的道德背后，雪漠提出改变历史走向有很多微小的个人的动机，比如豁子对齐飞卿的仇恨，本来看来是无谓的，书中用了道德的提法，说"小人"，一直在强调小人。我觉得这是容易被人忽视的一个视角，雪漠注意到了。在那巨大的历史运动中，除了被张扬的大的历史动机外，决定历史走向、改变历史局面的很多偶然性，或者个人的动机，可能也起作用，但这个作用被我们忽视了。在这部小说当中，像"小人"蔡武、祁禄及豁子对齐飞卿的仇恨会改变历史的走向，这不能说是雪漠的独特发现，但是他写出来了，我觉得很有启发性。

《野狐岭》是一个特别复杂的文本，需要我们两三遍地阅读，才能把线索理清楚。整个现代史的潜在叙述，以及对于北方驼道商旅、大漠风尘的渲染和驼道上的凶险，那种绝境、那种凶险、那种仇杀，都处理得特别到位。我也期待着雪漠小说的丰富性不要被信仰的痴守所干扰，小说终究是小说，它有自己的道德，有自己的伦理。

吴义勤：最能体现雪漠叙事才能的一部小说

●吴义勤（中国现代文学馆馆长）：《野狐岭》这部书，我是在火车上读的，我觉得是一个非常好读的作品，还是很喜欢，可能跟我的阅读经验有关。刚才，我还跟雷达老师交流，怎么难读呀，这么好读的作品。因为我研究先锋小说，觉得没有任何难度，而且我也觉得线索很清楚。

首先，我特别感兴趣的就是题材，因为关于骆驼的小说，我还真没怎么读过。书里关于骆驼的描写，印象最深的就是那几个大骆驼。骆驼是被当做人来写的，驼性和人性的结合，很惊心动魄。特别是几只骆驼为了俏寡妇争风吃醋，相互残杀，从骆驼的角度来看，写得非常好。一部作品，一个是人物形象，一个是骆驼的形象，这两个就已经构成了张力关系。这种关系在小说本身有它的逻辑性，对小说的推进也有关系。

另外，对沙尘暴、狼灾等灾难的描写，构成了小说非常重要的元素。从小说叙事角度来说，这些元素对小说非常重要，跟人物结合，而且之间构成的关系是非常好的。小说里有着对人性非常激烈的表现，这种表现其实跟先锋小说是一样的。20世纪80年代，先锋小说把人性恶作为主要层面来写，非常抽象地来展示人性，而雪漠在一个很感性的、具体的环境里面表达人性，有点像五四文学的批判和反思。我看到两个驼队之间互相背叛，最后为了把黄金弄出来，互相折磨，特别是汉把式之间的争夺，就那几个人，对陆富基"点天灯"的描写，确实很惨，对人性的审视和拷问极致化。这让我想到了《檀香刑》，确实有很惨烈的程度。

第三，这部小说写到了关于革命历史的反思，包括对木鱼歌、佛道文化等等的反思和思考，也构成了小说的一条线索，在小说里融合得非常好。齐飞卿、陆富基等人，他们都是凉州暴动中的民间英雄，通过这些人自己来开口说话，对历史、对命运等这些元素进行反思和思考。总结到最后，这些反思还是很简单的，比如革命，最后还不就是正和反？包括命运，时间一过，什么都没了。但是，这个过程还是很丰满的。这些反思没有成为小说之外的东西，而是融合在情节和人物里，融合得还是很成功的。

最后，我觉得，《野狐岭》的叙事确实能够展现雪漠在小说叙事方面的能力。从《大漠祭》开始，他的叙述能力愈加成熟，最好的就是《野狐岭》，这是最能体现他的叙事才能的一部小说。叙事声音那么庞杂，所有的幽灵都可以参与叙事，再加上作家本人参与叙事，整个叙事驾驭得非常好，内在的逻辑和情节推动的力量非常强。首先是木鱼妹复仇的故事，然后有爱情因素的卷入，大自然因素的卷入，另外还有民间生活和精神态度等等的卷入，因此构成了整个叙事搅在一起的过程。表面上看，复仇的线索是延宕的，比如木鱼妹有很多次的复仇机会，像哈姆雷特一样，每次到了关键时刻，她会把复仇延宕下去，最后人性的依据都展现出来了。它为什么会延宕，而且整个故事为什么会沿着这个走向，都表现出来了。因此，从小说的层面来讲，我个人是很喜欢的，这是能够体现作家追求和叙事能力的一部小说。

李朝全：先锋小说的回响和向传统的礼敬

●李朝全（中国作协创研部理论处处长）：我很赞成雷达老师一开始的那个判断，认为《野狐岭》是雪漠的一次回归，是对自己原来坚守的文学理想和信念的回归，回到原来的自己。雪漠把这部小说定位为话题小说。作品分成二十七会，这个"会"可以理解成开会，也可以理解成在聊天。我们读的时候，觉得他实际就像一个会议的召集者，把那些幽灵都召唤来，让幽灵们自己讲述或谈论过去经历的事情。从这个角度来看，话题小说的概念是能够成立的。

我也赞同张柠老师和吴义勤老师讲的先锋主义小说。这部小说有先锋小说回响的意味，和20世纪80年代末90年代初马原的叙述圈套、叙述游戏，或者格非的迷宫式叙事，都有某种呼应的关系。采取多个叙述者的复调的方式，追求文本形式感的叙述方式，幽灵叙事的方式，我认为不仅仅对于雪漠来说是一种尝试和创新，同时也映射了某些先锋小说的经验。而我们看到不仅是人在叙事，还有骆驼在说。这种叙事打破了人和动物的界限，也打破了人与幽灵的界限，有其新的尝试和创新。

第二个方面，它有一种先锋主义向中国传统，或者向现实主义故事讲述的回归的倾向，小说体现了写实主义的特点，特别是对中国纪传传统、中国本土文化、民间文化、民间故事的回归和靠拢。刚才李敬泽老师提到，雪漠写驼队，写骆驼的生活、骆驼的文化，我认为都是有很多民间积淀的因素在里头。对于凉州贤孝，还有岭南的木鱼歌，我把它们当成民间说唱艺术的一种运用，是向传统文化的一种礼敬和回归。

第三个方面，这部小说确实是一个开放式的文本，是作者召唤读者来参与，共同阅读和解读的一部作品，就像作者自己把它定位为一个未完成的文本，有多种阅读的入口和途径。像张颐武老师说的，你完全可以从二百页开始读。我觉得也可以把每一个人的"说"串联起来，比如杀手第一会说什么，第二会说什么，第三会说什么，把他所说的内容连贯起来就是一个完整的故事。把木鱼妹在每一会说的内容连贯起来也是一个完整的故事，马在波、齐飞卿、陆富基、大嘴哥等等，每个人的演说，只是分布在不同的会里头而已，把每一会都连贯起来，实际上都是一个完整的故事，是不难解读的。这种写法，当然给人感觉形式上是新颖的，但是本质上应该还是一种写实主义，是写实的作品。

最后，想说野狐岭的意象。我认为野狐岭是一个大的象征，就像生死场一样，就像灵魂的道场一样。每个人进入道场里头，最后还要走出来，而绝大多数的人都走不出来，最后走出来的人像马在波和木鱼妹，是扯着骆驼的尾巴，跟着骆驼一圈一圈地转，最后他们在巨大的沙尘暴里幸存下来，走出来了。这样的意象显然带有很明显的象征意味，同时它也代表着人生的七情六欲，或悲心，或仇恨，或情爱，等等，种种欲望和追求，在这样一个生死场里头，很多人可能都走不出来。

同时，作者在写作的时候，是把人的文本和动物的文本也就是骆驼的文本映衬着来写的。写木鱼妹跟大嘴哥有过性关系，后来又恋上仇人的儿子马在波，他们之间复杂的三角关系，跟黄煞神和褐狮子及俏寡妇之间的三角关系，我认为也有一种映衬的关系。人和动物，或者说人与幽灵，在野狐岭这样一个场景和意境里，都被雪漠进行了打通或者穿透。

岳雯：强悍的才华和呼风唤雨的能力

●岳雯（中国作协创研部理论处助理研究员）：读这部小说第一个感受就是，雪漠老师是一个非常强悍的有才华的人。现在很多写小说的人，特别是写长篇小说，他们可能不具备这种强悍性，写得比较单薄。每次我们开研讨会时就提出，应该再添一条线索，再增加点内容，可是对于雪漠老师来说完全不必要，他可能天然就有一种呼风唤雨的能力。他把各种各样的事物、各种各样的事件、各种各样的人物都能召集到里边来，有时看上去好像不太相融，好像哪个和哪个都不搭，但是他有这个能力，非常强悍的构建能力，这是特别适合写长篇小说的一种才华，格局特别大。我觉得这是一种天赋，他适合写长篇小说。

适合写长篇小说还有一个理由，就是他对世界有一个坚定的整体性的观念。现在好多长篇小说支离破碎，已经找不到那种所谓的19世纪的整体的核了，因为我们现在这个社会已经分崩离析了，各种专业化的壁垒让社会已经不是整体一块。但在雪漠老师那儿，他眼中的西部世界，好像隔绝于现代社会之外，它自成一体，有个整体的核在。我觉得这也是适合写长篇小说的要素。这是我的第一个感受，就是惊叹他那种强悍性，很广阔的、很浩荡的这种才华，这是长篇小说的"气"所在。

第二个感受是，我读这个长篇小说的时候，老是想到微信朋友圈里大家转的一个故事，讲罗布泊里探险的彭加木为什么突然之间消失的故事。说是罗布泊突然发现了一具干尸，确定是当年的彭加木，然后就对他进行了各种解剖，最后确定他不是渴死的，而是搏斗而死。因为当时彭加木已经知道自己得了癌症，时日无多，探险队其实很早就完成了探险计划，当要回去时，他说，国家花这么多钱，我们还能再进行一步，完成别的科考计划。队员们就心想，你觉得你自己时日无多了，你想把我们拖下水，你自己不想活了，我们也不想跟着你一起陪葬。所以，就有一个集体性的行为，大家把彭加木给谋杀掉了。后来，报道说他失踪。

我讲这个故事，想说明什么呢？其实，我觉得这个故事和《野狐岭》某种程度上在长篇小说的核上有一个相似性。在这部书里，雪漠老师做的也是这样的事情，把人、事放在一个极端的情境里头，人性的各种考验由此展开。当他们陷入野狐岭，蒙驼和汉驼之间展开争斗，人性在里面体现得淋漓尽致，这一点写得最精彩。首先是蒙古人一定要找到黄货在哪儿，可是最后真正折磨汉人陆富基的不是蒙古人，蒙古人比较淳朴，他们没有那么多的技巧和心思，反而是汉人来折磨自己人，而且折磨陆富基的是当年陆富基对他有恩的人。有时候，你对一个人的恩情可能会成为这个人的负担，他到最后可能会以一种报复性的形式回馈给你。这就涉及很多人性丰富的地方。包括黄煞神和褐狮子的争斗，黄煞神是往恶的方向走，非常有机心，搏斗中它力气不够，却能靠自己的机心取胜，这就映照出我们自己身上的某种应被唾弃的东西。可是，突然之间笔锋一转，这个黄煞神在某种情境下又爆发出了巨大的善，当褐狮子被狼围困的时候，它突然跳出来去救它的仇敌，这里面有很多心理活动。像这样一种逆转，其实也显示了雪漠老师对人性的一种把握。人性不是非善即恶的，它有很多的中间地带，人的复杂或人的生动就是在这些复杂地带游弋的，所以，这是小说里面非常好看的地方。

总而言之，我觉得这是一部挺好看的小说，应该是今年小说界很重要的一个收获。而且，它让我们认识到了一个有这样强悍才华的雪漠老师！

四、西北师大《野狐岭》研讨会

《野狐岭》的第三场研讨会由西北师范大学文学院、甘肃省当代文学研究会共同主办，2014年12月20日在西北师范大学文学院举行。甘肃省作家协会主席邵振国认为《野狐岭》是甘肃文学的重要收获，其中包含了广阔丰富的西部历史生活场景，人文的、自然的、动物的……更充满了对人类物质生活、精神存在、历史境遇的终极追问，以及对人的生存状态、命运、归宿的拷问。他主要谈了五点阅读感触：

"第一，我特别喜欢几个人物的生活态度，一是木鱼爸面对木鱼妈和马二爷的事时的态度；二是木鱼妹与大嘴哥偷情杀了马二爷的小儿子后，马二爷的那种态度。第二，我觉得全书是从第十二章《打巡警》开始精彩的，其情节场景是那么生动贴切地与贤孝《鞭杆记》相结合，我很看重这种结合。因为，一个生死表述的文学作品，势必要在民俗学上下功夫。民俗当中深埋着我们民族的精神结构。我们做学问，就要从这里出去，看到它的深层含蕴。这也是民俗学在我们的文学创作中不可或缺的力量所在。第三，我喜欢书中的驼场生活，特别喜欢褐狮子和黄煞神这两个形象，我觉得雪漠写得好极了。第四，我喜欢他对国民性的批判和揭示，比方说蒙汉驼队争黄货的那些情节，还有蒙古人的叛逆；再比方说，对木鱼妹偷情被抓后行石刑的那个场面的描述，也体现了民众的态度。第五，对人类前途命运的一种指向，但它仅仅是一种指向，不负有终极解决的责任。它是有担当的，但它担当的方式绝不是解决问题，而是让你意会、领悟到一种东西，然后就停止了。这才是文学，否则就是别的文本了。"

此外，他还重点谈到小说的结构和形式，认为《野狐岭》是"一个用完好的形式表现意义的文本"，作者以第一人称进行采访，让鬼魂展开叙述的这种结构，是小说之所以能成为现在这样文本的非常重要的一环。他说："可以说，整个内容都是诉诸形式的。比方说，胡家磨坊有很强的象征性，那种对末日情绪的艺术渲染和叙述，比如沙尘暴、天空、大地、人、骆驼和狼——尤其是褐狮子和黄煞神，雪漠赋予了它们很强的象征意义，在形式上也处理得很好，虽然他写的是骆驼，但表现的却是人性的原始本能，以及人类的历史、前途与命运。"

西北师范大学文学院教授张明廉认为《野狐岭》是雪漠健旺的创作生命力的又一次喷发，在这部小说中，雪漠开始了新一轮的探索，开创了一种新的格局。他从三个方面详细论述：

"《野狐岭》没有明确的主题，它更多的是在关注历史。'灵魂三部曲'中也有一部分内容涉及了历史，但背景是非常模糊的。《野狐岭》的历史背景则比较明晰，有明确的说辞。它讲了近现代国家民族命运的变迁。在这段历史中，《野狐岭》更关注的是人与人之间的关系，比如人如何与人相处，如何面对他人和自身，这里面始终有这样的一种思索，能给人带来很多启发。第二点，《野狐岭》写到了西部地区独有的骆驼客，也就是驼队。其实，在'大漠三部曲'中，骆驼就出现了。《白虎关》中兰兰和莹儿姑嫂两人进沙漠时，陪着她们的就是一只骆驼。那里面就写了人和驼之间的关系。到了《野狐岭》，雪漠的描写角度变了，将骆驼客作为西部地区一种独特的生活形态进行了定格。我读《野狐岭》时，感觉自己进入了一个新的世界，看到了一个独特的西部世界，一种独特的西部生活。第三方面，是叙述上的。雪漠用一种独特的方式，让多种叙述声音交织在一起，构成了一种交响乐，或是一种对话，让不同的叙述者都来说话。西方现代派和后现代派的作家中，有很多人已经这样做了，但是，雪漠的写法有他自己的东西。比如，书中出现的那个召请者、记录者，实质上就是小说的总叙述人。他是一个非常重要的角色，代表着我们当前的现实。然后，他招来那些幽灵，让每个幽灵都叙述自己的故事。而且我发现，在那些叙述中间，有些人在对历史进行主观的叙述，有些人不仅仅在讲自己的故事，也在进行一种相互之间的对话。比如，书中有一段'马在波说'，但这段话不是对采访者说的，而是对木鱼妹说的。诸如此类的例子，大概有四处。直接的、间接的，各种声音交织在一起，历史与现实也相互映照着。可见，小说虽然讲的是历史，但还是希望引起我们对现实的关注。这样一种叙述本身，就是这部小说非常突出的一个特点。总之，这部小说给我们提供的新东西，不仅对雪漠本人很有意义，对我们当前的创作来说，也有一种独特的存在意义。"

《甘肃文艺》主编张存学认为，《野狐岭》糅合了《大漠祭》和《西夏咒》两部书的路子，既有《大漠祭》那种准确生动的叙述，又有《西夏咒》在精神层面那种较高的设计和建构。"这是雪漠跟其他作家最大的区别，也是他独有的东西，所以，他能立得住脚。在这方面有所坚守，又确实有着深厚功底的中国作家，确实不多。"

中国当代文学研究会常务理事、西北师范大学教授彭金山老师

　　　　　　　　　　　　　　雪漠密码

说，读了《野狐岭》，感到雪漠的创作又有了新的变化，他侧重分析了《野狐岭》的叙事艺术：

"《野狐岭》给我最强烈的印象，是小说的叙事艺术。这部小说同雪漠以往的小说不同，整个故事是在通灵的环境里，由故事采集人招亡灵出来，闻声不见形地听他们讲述当年事。也可以说《野狐岭》是一部历史小说，然而它却打破了一般历史小说的叙事规则，不是由作家在一个统一的视点平台（统一的叙述人称）上，遵照一定的时间逻辑来展开故事，通过走进书中的不同角色，亦即不同的当事人自叙，展开一个辽阔的叙事空间。故事断断续续，在叙事轴上悬念丛生，或远或近，或明或暗，又都指向一个历史事件——发生在清朝末年的凉州暴动。这个并非《野狐岭》直接切入的故事，也是读者的诘问点、关注点；就像一块巨大的磁铁，读者犹如铁屑，一进入《野狐岭》的故事，就感到了强大的吸引力、黏附力。而'我'则是故事叙事时空的总统领，事是百年前的事，人是亡故之人，采用通灵术招引到荒漠野岭，让他们自己道出各人的事儿，从而增强了真实感和可信度。《野狐岭》的中心事件是蒙汉两支驼队在野狐岭的遭遇，在一片神秘氛围中，连动物也有了灵魂，以别一视角观照、描叙那一历史事件，加入了叙事的众声喧哗。野狐岭的故事打破了阴阳界限，古今藩篱，驼人之别，幻真之分。这一切努力，都是为了力求使那一段历史立体真实地显现出来。《野狐岭》以这样一支凉州童谣作为全书'引子'的开端：'野狐岭下木鱼谷，阴魂九沟八涝池，胡家磨坊下找钥匙。'显然，雪漠首先找到了《野狐岭》叙事的钥匙。对于那个颇具神秘色彩的历史事件，作者找到了最佳叙事的接口，于是，往事如水，淙淙流出，徐徐道来，虽多头交叉，却纷繁而有序。这就是《野狐岭》的叙事艺术，在结构上别创新途，独树一帜。此则《生死疲劳》有之，但是不像《野狐岭》这样迷乱人眼。

"《野狐岭》一开始就是众声喧哗，云遮雾罩，神龙见首不见尾，及半部小说掀过，云雾渐淡，开始显山露水，始见主人公面目，即木鱼妹、马在波。是作品的主人公，也是整个叙事结构的枢纽，枝枝蔓蔓的情节或直接或间接均由此而生，围绕主人公之间的爱恨情仇，故事一波三折，走向那一个出人意料的结局。在大爱大善的木鱼歌的感召下，杀手变成了情人，世代冤仇在人生的至境中化解——作者的历史观、伦理观，乃至生命哲学层面的存在观，至此揭底。

"当事人的自述，旁观者的插入，叙事人的讲述，作者的潜在干预，构成《野狐岭》的复调言说。如此别致的结构艺术，是与作者的人生经历、生命体验、文化构成和精神境界密切相关的，出于自然，发自本心。雪漠久研佛理，明了死生，对那个几代凉州人口口相传的故事，自有其透彻的觉解。借古事以启迪今人，这也许是《野狐岭》的创作初衷。

"从头贯穿到尾的'木鱼令'这一线索，构成故事最大的悬念。那么，什么才是木鱼令的真面目？雪漠说：'我总是在别人的病里，疼痛我自己。'（雪漠《杂说〈野狐岭〉》代后记）和与爱——这也许就是'木鱼令'！野狐岭，人类的夺命谷。幸亏冥冥之中还有一个'胡家磨坊'在。那把童谣中的钥匙，其实就在人的心里。

"雪漠的小说创作经过现实感很强的大漠系列和几近于神话的灵魂叩问系列两个向度的探索，终于结于一处，归结为《野狐岭》的面世。对于作者来说，是一种回归，一种螺旋上升之后的回归。这种将历史、现实和灵魂叩问合为一炉的熔炼与重铸，体现了作家自我突破的自觉意识。这便是《野狐岭》的意义。《野狐岭》是雪漠创作道路上的又一个标志性成果，一次对自身的超越，标示了作者努力的一种方向，一种开阔，一种远行的可能性。"

研讨会上，聂万鹏、朱卫国、徐兆寿、郭国昌、张晓琴、孙强、李晓禺、杨光祖、雷岩岭、白晓霞、张哲（尔雅）、张凡等学者也发表了精彩评论，认为《野狐岭》是雪漠丰沛的创作力的又一次喷发，继《大漠祭》之后又一次在全国产生了重要影响，是甘肃文学的重要收获，也是中国西部文学在当代文坛格局中寻找自觉、自信过程中的重要收获，为西部写作提供了有借鉴意义的路径，也为当代长篇小说创作提供了诸多话题和启示。

第四节　北大研讨会与晚近创作总结

一、影响持续发酵

除研讨会外，《野狐岭》出版后还举办了一系列的文学对谈、讲座和专访，如上海书展期间与莫言编辑曹元勇在季风书店的对谈"从《野狐岭》和莫言小说看小说的民间性和世界性"；如北京雨枫书馆、广州图书馆"羊城学堂"、东莞图书馆"市民学堂"的讲座；如《东莞日报》《兰州晨报》《重庆青年报》《北京晚报》的专访，以及央广《品味书香》、腾讯《华严讲堂》的专访等。

雷达老师说得不错，从《野狐岭》，"走出来了一个崭新的雪漠"，也是《野狐岭》，把雪漠从曾经被误读的状态中解救出来，使他回到文学，重归文坛。同时，雪漠个人生活也因这部小说的诞生而发生变化，2014 年后，他开始走出纯粹的写作和禅修状态，配合出版社积极参与作品推广活动。尤其 2015 年 8 月自传体长篇散文《一个人的西部》出版后，连同《野狐岭》的推广一起，短短三个月内，关于"西部文学""西部文化"的文学对谈、讲座、专访举办了二十多场。如上海书展期间在思南读书会与陈思和、曹元勇对谈"西部文学的自觉与自信"，在北京师范大学敬文讲堂与张柠对谈"一带一路与西部想象"，在山西大学与王春林对谈"西部文学的地域性和超越性"，在广州学而优书店与作家熊育群对谈"当西部遇上岭南"，在东莞香巴文化论坛与林岗对谈"从《野狐岭》谈中国文学的灵魂维度"等；此外还在宁波图书馆、天津图书馆、宁波枫林晚书店、天津图书大厦、天津跨界书店、北京王府井书店、深圳书城、合肥纸的时代书店、青岛书城、湛江书城等地举办讲座和读者见面会。于是围绕作品及其引发的"西部文化""西部文学""一带一路"等话题，出现了作家、作品、读者、编辑、评论、出版、媒体互动影响的立体效应，在文坛内外掀起一股强劲的"西北风"，比之十五年前《大漠祭》引发的文坛效应，有过之而无不及。

2016 年 4 月，在十九个中短篇小说基础上再创作而成的西部故事集《深夜的蚕豆声》出版后，人民文学出版社将《野狐岭》《一个人的西部》《深夜的蚕豆声》总括为代表雪漠新一轮创作高峰的跨文体三部曲——"故乡三部曲"。2009 年雪漠由甘肃移居岭南后，西部大地成了他记忆中的故乡，投射其创作中，便诞生了"故乡三部曲"这一新的作品系列。可以说，这三部作品呈现了西部的三种风貌，定格了雪漠心中的三个故乡：一是大漠飞沙英雄奇幻的故乡（《野狐岭》），二是父老乡亲人生奋斗的故乡（《一个人的西部》），三是本土向世界讲述的故事里的故乡（《深夜的蚕豆声》）。一些批评家认为，雪漠写得最好的作品当数《野狐岭》，也不约而同提到，《野狐岭》《一个人的西部》《深夜的蚕豆声》这三部作品的连续出版，已使雪漠成功跃居中国作家一线方阵内，影响力得到飞跃性的提升。

二、"故乡三部曲"与西部写作

2016 年 4 月 23 日，"雪漠'故乡三部曲'与西部写作"研讨会在北京大学举行，这次研讨不啻雪漠晚近创作的一次总结。会议主持人陈晓明教授表示，在中国今天的文坛上，雪漠是少有的有精神追求、精神高度、精神信念的作家。他认为雪漠的生活状态、存在方式，本身就是一种精神的、文学的方式。多年来，陈晓明老师一直关注雪漠创作，雪漠每一部作品的面世，都会给他带来惊奇之感，让他感觉到雪漠的"怪"，他在评论中也多次谈到雪漠"附体的写作"和"神话式的变化"。他说："雪漠对文学的理解和态度是很值得去探讨，很值得今天中国的批评家去关注的。"

研讨会上，陈福民、邵燕君、贺桂梅、杨庆祥、丛治辰、饶翔、徐刚、崔柯、何莲芳、张凡、李静、龚自强、兑文强等批评家和博士生也对雪漠的艺术探索、写作姿态和写作经验等议题展开了深入的研讨。以下是中国人民大学副教授杨庆祥、北京大学教授贺桂梅、中国社科院文学所研究员陈福民、中央党校讲师丛治辰的发言摘要（按发言先后顺序）：

杨庆祥：雪漠以西部为中心，发现了整个中国文化的自主性

我对雪漠的阅读是比较晚近的事情，直到 2015 年评第九届茅盾文学奖的时候，才真正阅读雪漠作品。当时他的长篇小说《野狐岭》是候选篇目，评奖的阅读任务非常重，很多阅读都是职业性的，其实并不能带来太多快感。但读《野狐岭》的时候感觉很惊艳，竟然是能够带来如此阅读的快感，同时又不失内容和形式感的小说。自此就对雪漠其人其作有了更多的兴趣。

《野狐岭》这部小说符合我对长篇小说的一种期待，我当时不太了解雪漠神秘主义的那些东西，我完全把他作为小说家来看待。他的长篇小说有非常厚重的历史内容，客家文化、土客械斗，从岭南一直到西部两种文化的冲突。历史的厚度、社会内容的广度，还有历史的纵深感，在这部小说里都有。但是，我们知道中国的长篇小说其实最不缺的就是历史——它是整个长篇小说的基石——我们的小说特别缺少的是哲学、宗教，那种相对而言更精神性的东西。雪漠的《野狐岭》在表现历史、表现中国西部苦难的时候，采用了值得我们期待的形式，就是那种非常多元的、庞杂的叙事视角，每个人都说一个故事，而且每个故事都说得特别有意思，这是一部内容和形式高度自洽的作品，形式感强化了作品的美学性质。有的作品可能内容很好，但是叙说的方式特别陈旧，让人昏昏欲睡。有的作品形式很炫，但内容很空。我觉得《野狐岭》特别饱满，就像一颗雪漠所谓的蚕豆，特别有意思。这部作品我找不到它太多的毛病，如果非要找毛病的话，可

能在故事叙述的推进里面稍微有些重复的地方。

从西部写作的角度谈雪漠作品，让我想到一个问题。《一个人的西部》里雪漠回忆说他大约从 1982 年 9 月开始创作，并发表了自己第一个中篇小说。而 1985 年前后中国当代文学有一场"寻根运动"，这在文学史上是一个常识性的话题。但我个人认为，"寻根"没有完成它的使命，寻根文学，包括 80 年代整个寻根的文化思潮，因为 80 年代历史的突然终结而导致寻根的使命和诉求远远没有完成。这种"不完成"是两方面的：文学的方面和文化的方面。以前我觉得文学上有所完成，包括韩少功、阿城那些作品，但是今天看来还是不够。文化上的确认（寻根主要是文化上的诉求），我觉得更是没有完成。阿城在 90 年代末就谈了这个问题，在和查建英的对话中他认为寻根没有完成主要是因为把文化的确认又变成文化的批判，对于道家文化、儒家文化、楚文化等文化之根的寻求最终又变成对这些文化的批判，然后又重新回到五四国民性批判的路子上来。也就是说，在这种文化的追求里面，并没有发现本土文化的自主性。所以，我一直认为 90 年代以后，如果"寻根"要再走下去，应该还有一个"再寻根"。我在分析韩少功的一篇文章《韩少功的文化焦虑和文化宿命》里专门论述过这个问题，我认为《山南水北》等一系列作品都是"再寻根"的结果，这里就不展开论述了。

那么，如果放在"寻根"的谱系中，雪漠的《一个人的西部》《野狐岭》《深夜的蚕豆声》等以"西部"为主题的作品会呈现出另外的意义：他把寻根的文化诉求向前推进了一步——我不能说雪漠完成了这种诉求，因为文化的耦合是不断磨合的过程，可能永远都无法完成——具体来说就是，雪漠对西部文化的这种书写、想象和确证的时候，他没有站在一个启蒙者的视角或者外来者的视角对其进行批判或者反思，而是完全用他自己的方式展示了中国西部文化的一种自主性，这一点对中国当下写作来说是非常重要的。在这样一个内在的视角里面，雪漠以西部为中心，其实是发现了中国文化的一种自主性和

　　　　　　　　　　　　　　　　　　　　　雪漠密码

历史性。在今天文化再造或者文化创新的语境中，我觉得他的写作对我们来说有很大的一个启示意义。

但是，从另外一个角度看，用西部或者寻根来谈论雪漠或许只是一种批评家的习惯，或者说，这样一种文学史的框架或者批评的观念还不能全部说明雪漠作品的特质。在更普遍的意义上，它还可能有一种诗学的、精神性的，甚至是一种灵性或神性的诉求。因为我对神秘主义没有专门研究过，这方面不能说太多，但我觉得，对于雪漠来说，或者对于雪漠这样类型的作家来说，所谓的西部可能只是一个形式，是一个佛教里讲的外在的相，他最终要破这个相，然后达到另外一个他所诉求的东西。也就是说，如果雪漠不是生在西部，而是生在北京，他也会用另外一种方式来展示其精神世界。在《一个人的西部》《深夜的蚕豆声》里面雪漠反复强调的就是怎么"破执"。这很有意思，一个要破执的人，不断用语言和形式来破执，这本身有一个矛盾的东西。最终雪漠要走到哪里，或者最终他给我们呈现什么样的生命样态，我还是蛮好奇、蛮期待的，我觉得后面的可能性更多。

不过，《一个人的西部》和《深夜的蚕豆声》跟《野狐岭》的阅读感觉有一点点差异。阅读《野狐岭》的时候，快感强烈，因为作家做到了把自己化在语言和故事之中，就像佛教里面偈语一样，不是直接讲道理，而是通过隐喻来完成。但在《一个人的西部》和《深夜的蚕豆声》里，作家自我的那个"执"没有破掉，恰恰相反，作家老是执着于自己的感受，执着于自己的经验，执着于自己对这个世界的认知，这时候世界反而离他远了。这三部书是一个人写的吗？我倒是怀疑了。也许，不同作品是作家的落英缤纷、开花结果吧！但作为一个读者和研究者，我更喜欢《野狐岭》这样的果实。

贺桂梅：雪漠在全球化时代讲出了关于中国的叙事

我很少参加当代文学作品的研讨会，因为我主要做的是文学史研究和文化评论。这之前我没有读过雪漠的作品，这次读的过程中觉得非常有兴趣，所以三本书我都很快地看了一遍。但我只看过这三本，雪漠的其他作品还没时间读。我就从自己关心的问题来谈谈阅读感受。

我觉得在由陈晓明老师牵头举办的北大中文系这样一个场合，来谈雪漠这样的一个作家，是非常有意义的。北大是所谓"高等学府"，我们这些人所熟悉的文化都是学院的，同时也是都市的和文明社会的。雪漠这个作家的独特性，正如庆祥老师说的，他是中国本土"内生性"的作家。批评家李星曾说：雪漠是由小学老师而一夜之间成为著名作家，就是说，他并没有受过现代学院的系统教育，完全是从中国底层，一步一步依靠自己严格的自修和自我超越，不断地往上走，然后达到今天这个地步。这样的作家，是从中国"里面"自下而上地长出来的，具有特别丰富的中国经验，而且是各种地方性本土性的文化经验。在北大这样一个场合，我觉得这种碰撞和对话是非常有意思的。

今天中国社会和知识界最关心的问题可以说是全球化时代中国文化的主体性问题，这种主体性的讨论，要寻找一个突破的路径。我在读雪漠作品的时候，经常会非常惊讶，他的文化素养，他的艺术想象力的资源，包括宗教性层面的内容，是我很不熟悉，但又觉得非常有意思的东西。我认为，恰恰是这些东西，是雪漠所讲述的中国故事中非常值得重视的内容。

当下无论是文学，还是电影，所有文化叙事的一个重要主题，就是要讲述全球化时代的中国故事，这是一个很重要的问题。但有意思的是，在文学的层面，关于中国的讲述会特别强调地域性的差异，比如东北、西南，或者是上海等等。雪漠的作品被称为"西部写作"，我觉得这个说法本身就非常有意思，因为"西部"这个概念是90年代才提出来，在国家的战略政策层面提出，它其实是一个国家内部的概念。但是，对雪漠来说并不是这样的意思，而是历史的概念和文化的概念。有意思的是，他不被称为"甘肃作家"而是"西部作家"。其实"西部"包含许多内在的差异，比如新疆的、西藏的、青海的等等。雪漠这里的"西部"，是因为他对西部的理解特别偏于历史和文化，着力呈现地域文化独特性和历史独特性，特别是这些文化内在的逻辑和本地资源。这是当下中国叙事一个很重要的面向。在读的时候，我常想起张承志，雪漠和张承志那样的叙事有很多相关性，但切入角度和写作内容并不一样。

当下关于中国讲述关心的另一个问题，就是所谓传统文化热、古典文化热这种背景下对中国文化主体性的挖掘。我最震撼的就是，雪漠对神秘文化，比如说气功、相术、武术、道家等文化的挖掘，这些对我来说是非常陌生的。我不是一个彻底的唯物主义者，我知道有很多东西是我们的理性没有办法到达的，它们是存在的，只是我们没有意识到。整个20世纪中国文学的主流，其实都是启蒙现代性视野内的文学。雪漠作品中涉及的那些神秘文化，在一般的理性表述中，或许可能称为是"迷信"，但正因为今天我们已经进入到对现代性本身的反思，因此仅仅在一种启蒙理性的视野中讨论问题已经不够了。雪漠作品对那些神秘文化的表述，其实某种意义上也是古典中国的某种内在视野。其实不只是雪漠，比如最近很火的徐皓峰电影与小说中对武术的呈现方式，也涉及相关的问题。古典中国的各种知识和文化，在当下以种种方式得到了重构。如何看待这种知识、文化的内在视野与现代性之间的关系，对我来说，这也是一个挑战。

雪漠作品书写的西部，与当下关于中国讲述的第三个相关性，涉及到中国"大一统"问题。我们谈中国的时候总是讲汉族以及汉族正统的儒家文化，但雪漠的"西部"其实涉及民族文化的交融问题，比如《野狐岭》里面的汉驼和蒙驼，也比如他作品呈现的西部景观和文化叙事，其实不是我们熟悉的那个正统汉民族内部的那些儒家文化问题，而是有民族的混杂性，或者说多元一体性。

总之雪漠作品呈现的内容，跟当前文化界关注的重要问题都有关联性，所以我是抱着很大的兴趣来阅读雪漠作品的。

就我读过的这三部作品，特别是《野狐岭》，我觉得雪漠的文学创作是想要把三个叙事层次统一起来。一个层次是现实主义的层次，西部乡村或者西部现实生存，或者说是一种贫穷的生存状态。我读《新疆爷》，读《深夜的蚕豆声》，那种贫穷和人的生存处境的恶劣让我感到非常震撼。这是雪漠小说的第一个层次，可以说是现实主义的层次，也像张凡他们说的"乡土叙事"层次。其实这个层次带出来很多有意味的问题，比如这种贫穷以及当代西部人，或者是农民、牧民的生活状态，其实跟当代中国的历史有很多关联，像《新疆爷》《马二》《马大》这样的叙事，我马上会想到社会主义的历史才有这样的"五保户"。当然，雪漠似乎并不关注当代历史的这些内部差异性，而笼统地将它呈现为一种当下的中国西部现实。

第二个层次是所谓文化主义的层面，就是地域文化，特别涉及刚才提到的那些神秘文化。因为写的是西部，更宽泛的意义上，其实这些文化并不是统一的，有时候叫西夏文化、佛教文化、凉州文化。这样一种中国内部独特性、差异性的地域文化，在雪漠的作品里有很多有意思的呈现。我在读《一个人的西部》的时候，会很注意看他怎么讲自己个人精神的成长经历，他受到哪些文化精神的熏染，以及他如何理解和表现这些文化的内涵。这对于一个作家的养成而言，是特别有意思的话题。

第三个层次是所谓的精神超越，其实是象征主义的层次。这涉及的是宗教文化的问题。我觉得宗教可以从很宽泛的意义来理解，不能简单地将其视为一种消极性的精神现象。雪漠当然是有宗教关怀的，但他一直没有放弃文学，那么文学对他意味着什么？文学与他的信仰是怎样的关系？或许，文学对雪漠而言，是赋予了灵魂一种外在的形式。宗教文化包括大手印，这些我是非常不了解的，但对诸如神学与现代社会的关系这样的问题很有关注的兴趣。其实这也是当下中国社会很大的问题。宗教的兴盛乃至"信仰市场"的兴起，其实稍微关注今天中国社会的人都会意识到。我在日本待过一年，日本关西地区的佛教文化氛围是非常浓的。我透过日常生活尝试去触摸和理解宗教的

　　　　　　　　　　　　雪漠密码

社会存在形式的时候，会发现宗教的核心问题其实不在于教条式的信仰，而在于内在的精神状态，宽泛地说它是人格不断长大的一种可能性。雪漠在小说里讲的是很具体的故事，很具体的文化叙事，但是他最关注的是精神层面的超越性的内容，是所谓"灵性"的层面，这可以说构成了他创作的基本底色。佛教是世界三大宗教之一，是一种"世界宗教"，它从印度出来经过中国到达日本，最早是一种地域性的形态，但在普遍性传播的过程中，又不断生长出了各种地方化形式。也就是说，佛教文化本身其实就是不断地在处理世界性与地域性、普遍性与特殊性。我觉得雪漠在处理人的普遍的灵魂或精神这个层面的诉求，和特殊的地域文化——比如西夏文化、凉州文化，还有西部农村的现实生存状态，这些具体的东西结合在一起的时候，在普遍性和特殊性之间，也可能有类似的一些考量。

当然，因为我在阅读的过程中，带入了很多我自己关心的问题，考虑到这些层面，读的时候有不满足的也在这些地方。

我先说说《野狐岭》。这篇小说读起来觉得非常地饱满，非常富于想象力，叙事也非常曲折有致。我觉得关于这部小说，其实可以有不同的读法。一种是完全读故事，两支消失在神秘野狐岭的驼队，驼队中的各种人物，以及具有魔幻色彩的情节本身，就很吸引人。第二种读法可以看这个故事里面涉及的历史与文化，小说包含很多历史事件，像凉州哥老会齐飞卿造反的故事，像凉州贤孝和岭南木鱼歌，如果你关心的是历史和文化层面的内容，小说在这方面的表达也非常丰富。当然，这部小说还可以有第三种读法，就是完全将它看作是一个象征主义的寓言故事，你可以认为小说所讲述的是人的内心的精神遭遇，或者是心灵的象征化呈现等等。

在读的时候，我感到这三个层面都是存在的，而且有很好的结合。但不满的地方是，我会觉得雪漠特别在意的寓言或者灵魂的层面的叙述在挤压他所要叙述的历史故事自身的丰富性。比如像哥老会和齐飞卿的造反故事。这个故事本身其实是非常值得挖掘的，它是一个真实存在的历史事件，也包含了西部社会的反抗历史。但在小说中，其意义被全部收缩在怎么样看破生死的个人灵魂的超越性评价当中，也可以说，小说叙述者对于这个事件给予了太明确的历史评判，而这种评判本身抹去了事件或故事本身的开放性。当然，这种阅读感受也涉及我们对20世纪革命历史的不同态度，我的态度可能与雪漠的态度有所不同。不过关键是，我觉得把那么丰富的故事和涉及的历史文化层面，最后收缩到寓言层面，只变成生死的问题，我觉得格局有些小了。

读《一个人的西部》的时候，有些地方也有这样的感觉。这本书是我最感兴趣的，因为我很想知道雪漠这样的作家是怎么长成的。他完全靠严格的自修，这么多年持续不断地往上走，不断地超越自己，这个其实很难。因为人总是需要外在体制性的东西，比如像我们在北大遇到的是很开放、可能性很多的空间，外部对我们个人精神养成的推动力是很大的。但是，雪漠完全靠内在的精神动力往前走。在他的精神养成过程中，神秘文化占有比较大的分量。他讲的那些算命、气功，还有关于鬼魂的那些故事，以及宗教修行的体验等，其实我们在日常生活中某些时刻也会意识到一些，所以我不想用简单的唯物主义的态度来讨论这个问题。雪漠在书里也说，人的眼睛能看到的世界大概不到百分之四，其实有很多东西我们是看不见的，我们应该保持对神秘性本身的一种敬畏。雪漠在叙述这些神秘经历时，态度也是节制的，他讲了一些故事，但也没有把它搞得很神秘。我倒是觉得这本书在讲精神养成过程时，关于文学经历方面的叙事不多。文学是一个语言写作的过程，是叙事能力、技艺和素养形成的过程。讲一个作家的成长史，当然要涉及很多这方面的内容。书中也提到《百年孤独》，我相信那种风格对雪漠这样的作家来说，是非常大的一个震撼。还涉及其他一些阅读文学的感受，但我感觉雪漠的兴趣不在这儿，他更关心的是阔大的人格的养成。

但总的来说，读《一个人的西部》还是觉得有些过于个人化，无论叙事的线索还是精神境界的描述，都过于集中在一己感受和视界。事实上，当我们进到一种更高的精神境界，会看到更多超越个人的大势或者叫历史格局的东西，关于社会的评价、关于个人记忆的选择等也会相对更阔大。在这方面，我在读的时候还是不满足的。书中雪漠也说到，无论佛教、道教还是儒家，其实最高境界是相通的，也就是所谓"为天地立心，为生民立命，为往圣继绝学"这些内容。我觉得雪漠的"西部"确实有点太"一个人"了。

《深夜的蚕豆声》也看了，这本书背后提出的问题也是我非常关注的，就是怎么样向"世界"讲述"中国的故事"。作品采取的是雪漠向一个西方女汉学家介绍他的小说，描述西部人（物）的生存状态，这种中西、男女的对话格局变成了基本的叙事场景。我个人不太喜欢这样的叙事，觉得有点把中国的世界性削弱了，或者没有把中国故事放在更阔大的位置。其实如何理解"世界"是值得思考的，"世界"不仅仅指"西方"，"一带一路"倡议的提出，就根本而言，可以说是要建立更为丰富复杂的世界参照系，提供更为多元的世界关系场域。局限在中国与西方这样的二元关系格局里，背后可能带来的问题，是会不会有了所谓"世界"视野之后，就特别刻意强调中国的特殊性，用一种理论术语来说，可能会刻意"自我东方化"，过分特别强调中国跟西方不一样的那些层面。我觉得中国西部本身就置身在极其复杂的世界关系中，仅仅用中国与西方这样的二元关系其实会把问题简单化。

陈福民：雪漠用他的方式把西部叙事坚持下来了

开这个会很高兴，非常意外的景象是今天参会的朋友特别多。我在紫薇阁开了多次会议，这次与会人数是创纪录的，这带来一个非常值得思考的问题：雪漠和他的写作是在什么角度、什么层面、在什么程度上吸引了这些听众？它一定跟或者是文学，或者是他们所理解的中国问题，或者是他们自己个人的身心问题，建立了某种关联。那个关联究竟是什么我们现在不清楚，但我们看到的现场是这样一个局面，我觉得非常震动，因为这不是一次有巨大官方背景的会议，他们不是在号召、动员之下过来的，而是完全带有自发性，跟文学相关，或者跟雪漠所从事的文学的方式相关。我觉得这足以见证文学，特别是雪漠用自己的方式所从事的文学在今天给我们这个时代带来的营养，那些有益的营养。

《野狐岭》我不止读了一遍，因为评茅奖，在那之前还在中国作协开过研讨会，在研讨会上，我把我对《野狐岭》的基本看法都谈了。我个人认为，《野狐岭》到现在为止是雪漠最好的作品，是值得一再阅读的作品。比如刚才说到的"饱满"很准确，这个感受大家是一样的。如果是一个有经验的阅读者，你不仅读过《野狐岭》，还读过其他作家的很多作品，你比较一下就知道，为什么我们说《野狐岭》是非常饱满的作品。你会看到当代中国很多写作者的创作是拘泥于一面，以一面进去，非常狭窄地、非常单调地支撑起一个作品来，所以，那类作品是配不上"饱满"这个词的，但是《野狐岭》配得上——当然我期待雪漠写出超越《野狐岭》的作品。刚才贺桂梅老师已经把小说的几个层面、西部的几个面向都分析过了，这部小说还涉及"木鱼歌"这样一个南方的线索，虽然在中国作协研讨会上我也对这个线索提出过讨论，但是在《野狐岭》当中，西部驼队跟中国近代史的关系，它的象征性和写实性水乳交融的关联，至少在当代西部小说当中，没有人做得这么好。所以，我一直认为，我也同意庆祥的说法，去年的茅盾文学奖，《野狐岭》再往前走完全可以得奖。这是第一点。

第二点，确实要对"西部"这个概念进行很审慎的打量。刚才，贺桂梅老师已经提出"西部"这个概念的缘起，她的说法我都同意。我仅就文学史这个单纯的角度去讨论。我在想为什么没有"一个人的东部"，有没有"一个人的南方"，为什么"一个人的西部"这么令人神往？西部所涉及的民族史、所涉及的地域的荒凉，以及内部丰富之间的那种差异，那种对比性，是如何击中我们的灵魂？还有，西部是不是一个先天重要的概念？我想并不是这样。作为一个西部人，对这个地域的概念和生活，在现实主义层面给予巨大的同情和认同，这是可以理解的。假如我不是这个地方的人，我没有这样的地域认同，就会出现贺桂梅老师所提到的那些层面，比如文化的、历史的这些面向。其实这些面向最终会指向什么东西呢？当然它是丰富的、开放的，对于每个读者来说，它所意味的指向可能会不同，但是对于我来说，比如它会指向中国的商业史。

这一点谈的人并不多。雪漠在《野狐岭》里很具体地写道，驼队是干什么的？商业。其实文明都是由商业来推动的。文明的第一个脚步是由商业来推动的，而在整个丝绸之路之前，我们难以知道，但是可以想象在那条路上活跃的商人，对中国文明有着怎样巨大的贡献和推动力。接通亚洲和地中海文明的是靠西域的商人，包括雪漠写到的驼队。所以，当我们讨论西部的时候，它不仅是民族认同的问题，不仅是文化的概念，它的丰富性和复杂性更为重要。雪漠在不经意当中，他在《野狐岭》中处理了这样的问题。

西部之所以如此令人神往，在于它的荒凉广袤，地广人稀，到处是戈壁、大漠。雪漠从中看到了荒凉，但是他又丰富了那些死去的灵魂，他的《野狐岭》告诉我们，那条路上可能到处埋藏你看不见的尸骨，由一代一代的灵魂撑起的文明，在路上呈现。不过在《深夜的蚕豆声》，特别是在《一个人的西部》里，刚才我谈到的内容相对稀薄一些，反倒个人的东西多了一些。其实，所谓神秘主义并不神秘，不仅在宗教或者灵魂的层面有一些我们不可能知道的——这一点在欧洲哲学史上有一个不可知论——我们不知道的事情太多了，所谓神秘的只是因为我们不知道、不了解。比如在西部大漠戈壁上，一片荒凉，但每一寸土地都是曾经拥有过热血生命的，只是你没看到而已。

第三点，是什么因素使雪漠走向了今天的创作？第一，他从一个写作者变成重要的写作者；第二，是否可以称得上一种写作现象？客观地说，我并不认为雪漠文学创作上登峰造极，我觉得需要加强的地方还是蛮多的，但他的写作仍然具有争论性。在80年代初期的时候，中国关于西部就有一些文化上、主义上的想象，后来在90年代后期国家主持的西部大开发，包括现在的"一带一路"，我们跟东亚五个"斯坦"建立很好的经济合作关系，但是到了今天，雪漠的西部它到底表征着什么？我觉得可以在这个向度上代入更新的政治学和经济学的视野考虑，因为这些东西并不是无源之水。有时候我会想，精神的太精神，文学的太文学，可能就反文学了。所以一直以来我对那种过度审美、过度精神的事物都是充满警惕的。我觉得，对于器物、风物，对于这些文明的外壳是要有基本的把握之后才能去谈文明和精神的。你连这些基本外壳都毫无了解，然后就奢谈精神，我觉得过于奢侈。

在这个意义上来说，90年代初期那种过度务虚的灵魂奢谈，到今天如何通过雪漠自己对于西部的表达，使它得以纠正和充实，这是值得我们关注的。现在，80年代那些很著名的写西部的作家为什么写不下去，而为什么雪漠坚持下来了？这里面都有踪迹可寻的。是否能够避免一个灵魂的奢谈，建立灵魂与现实、政治、生活、经济的微妙关联，甚至包括在历史当中，在荒漠的路上看到死亡的灵魂，这些手法和这些眼光，我觉得雪漠在一定程度上做到了。当然，我觉得还不够，我还对他抱有期待。

"一个人的西部"这个词很熟，如"一个人的战争"，这个题目背后所表征的思想方法也并不是多么独特，但是对于雪漠来说，我在第三层也说了，雪漠用他自己的方式把西部叙事坚持下来，支撑下来了，那是有他的道理。他的那个道理就是我说的没有做空洞的灵魂奢谈，一方面，他向传统文化、向他所信奉的信仰大树寻求支援，另一方面他把他的思考或者关注的指向落到那片土地上，他是及物的写作。

《一个人的西部》让我略不满的就是过于及物了，这似乎是一个人的回忆史。这里面雪漠对自己早年的独特，后来的各种困顿和人生启示，进行了特别真切的表达。但是我对他稍不满的，我所期待的那样一个西部历史，在文明史层面的东西少了一点。比如，二十多年前我读余秋雨的作品，虽然有诸多人骂他，但是余秋雨对于历史事物，比如他写王道士，后来他还写《一个王朝的背影》等等，关于历史风物，关于制度方面的考虑，带有知识学意义上的考虑，还是应该有的。这是值得雪漠努力的方面。

丛治辰：雪漠的小说提醒我们，西部不单单是路，它也是一片土地

拿到三本厚厚的书，我要做一个选择看哪本书。《一个人的西部》上面写的是自传性的散文，我觉得还是不要像剧透一样揭开这个人怎么成长，虽然非常有兴趣。我选择了最新出版的这本书，《深夜的蚕豆声》。很有意思的是我以为是长篇小说，但是翻开之后发现版权页写的是中短篇作品集。但是我读的时候觉得这个定位似乎有点可疑。这本书很复杂，它的结构让我对它的成因、形成的过程、最后想说的话很有探究的兴趣。这本书诚然是一个中短篇小说集，但说小说集也不大准确，里面有一些短篇实质上像散文。这些中短篇又不是一篇篇作品摆在那，它是用"我"和西方女汉学家的对话串起来的，有时候对话的篇幅比作品还要长，不断地讨论作品。我心想今天我们开这个会干什么，书里那个"我"和汉学家的讨论，已经把作品分析得差不多了，很多讨论非常像是作品的评论。我们看作品之前有一个预习，雪漠会跟女汉学家说下面讨论什么问题，有一个预告，然后读作品，读完作品又有分析，那个分析有时候非常文本，甚至贴着文本走，怎么样叙述，这个叙述为了什么，这个作品最后讲什么东西……

我一向主张小说用小说文本说话，小说不要太多地探讨小说要表达什么，因为小说家一旦说出小说要表达什么，小说就会被关在小说家说的那个意义上。我们当然也经常看到很多小说家在谈论自己作品的时候露怯，小说自己会说话，小说本身的能量甚至会超过小说家自

已的预期，所以当作家说这个小说想说什么的时候，反而把原来的魅力用他的描述弄没有了。所以，我想象雪漠这样很有经验的小说家，为什么用这样的方式结构这个小说？我想探讨这样一些东西。

我想到很多年之前阅读《西夏咒》的经验——读《深夜的蚕豆声》之前，一直觉得雪漠是一个擅长写长篇小说的作家（当然我自己也觉得这部小说不算是中短篇小说，它更像长篇小说）——读《西夏咒》的时候，那种奇幻的经验让我记忆非常深刻，《西夏咒》这样的作品，读的时候很 High，但谈的时候很焦虑。像《西夏咒》，我甚至很难定义它是小说，它那么富有宗教性和超越的精神的容量，跟我一般认识的小说非常不一样，作为文学评论者，我只能谈我专业性的东西，这里面有很多异处，我怎么谈呢？很多不敢随便谈。这样的创作者，文学可能只是他的工具。我们当然不能忽视雪漠的宗教情怀的一面，这是他的做功德的一个方式，文学创作是他做功德的一种方式。所以用小说的方式谈他的作品显得有点小。

从一个小说家的态度来看，长篇大论地对自己的中短篇作品进行评论显然不合适，但是如果从超越性的诉求来讲，或许有它的价值。因为这些中短篇小说，如果我们单看这些小说，没有这些解说的时候，当然有各种各样的指示性。比如《新疆爷》，一个很粗心的读者，甚至像我这样所谓专业的读者读的时候，它的意义没有那么大，他无非是一个倒霉的人，讲述了拉边套的故事。这个人是一个很好的人，我们也不能说他多有超越性，总之他很好，好到他后来漫长的岁月里，他才是真正的"霍乱时期的爱情"，用一辈子来爱一个人。这篇小说就是一个忠贞的爱。但是如果这样理解的话，我们会忽略掉雪漠写这部作品当中的诉求。如果看了前面的那个引子，我们对他这样一个很粗糙的解读可能有问题，因为这个汉学家找到这个"我"的原因，就在于这部小说，而且她甚至认为这部小说写出了中国的故事，写出了她所认为的中国，这个小说代表了她对中国的一种认识，并且在后面漫长的对话当中，《新疆爷》出乎意料地高频率出现。

在这样的提醒之下，我们必须放在另外一个逻辑框架思考这个小说的意义。很有意思的是，作者对小说的解读，不但没有削弱小说阅读的丰富性，反而增加了阅读的丰富性。包括第二篇和第三篇，不过一页纸，但是在提醒之下，我们似乎可以挖掘出更多的东西。这真的像"上师"，上师会打一些机锋，会讲一些公案，但是徒弟们不一定懂，上师要让他懂。当然在禅宗里面，语言不是一个好的工具，但是工具必然能够起到一个作用，因为上师要不断地诉说。我们看一下他的诉说，他跟女汉学家的对话，他的主题是不断游走，因为是不断的对话，它没有主题，主题是不断飘移的。在不断的飘移过程中，我们通过这个借此说彼，似乎绕来绕去绕到对岸，所以，这个对话不是对话，而是小说的一部分。也就是在这个意义上，这是一部长篇小说，而不是中短篇作品集。也是在这个意义上，尽管这个小说比起《西夏咒》也好，比起《野狐岭》也好，其宗教意味，或者打着雪漠印记的神秘主义的东西很少，但恰恰它是非常内在的东西。这是这部小说的结构真正的价值，以及所表达的内在的真正的诉求。

然后，既然大家都谈到西部，我也想谈一下。我最早选择读这部小说也是因为我预料到陈老师介绍我的时候会拿我的工作来打趣，既然每次都被打趣，我就索性谈一下不应该我谈的问题，比如"一带一路"、丝绸之路、神秘采访之类的，我看了之后反而觉得很有意思，通过"我"与汉学家的对谈，这部小说想告诉读者的那些东西，我反而觉得它是对国家政策的一个补充。为什么说是一个补充？他谈丝绸之路，但实际上没有正面谈丝绸之路。丝绸之路是什么东西？似乎把甘肃当做一个走廊，丝绸之路是一个连接，是一个过渡性的存在。我们今天谈"一带一路"，实质上也是这样一个意思。刚才贺老师说得非常到位，"西部"是90年代的一个发明。这个发明是文化学者、国家、政府等各个层面共同发明的。那么，我们发明西部也好，发明"西部大开发"也好，发明"一带一路"也好，可能都不在这个西部。当我们谈"一带一路"的时候，我们希望通过这样一个古老的概念，来重新建构以中国为地域核心的对外关系网络。"一带一路"是我们重构经济政治地位的一个东西，在这样的建构当中，西部重不重要，也是大家可以去辨析的。

但是恰恰在雪漠这本小说当中对西部的写作，在"一带一路"大的背景下，提醒我们西部不单单是一个通道。"一带一路"不单单是带，不单单是路，而且它是一片土地。在书里写男人的故事里面不断提到"土地"这个词。这些东西都不断地提醒我们，这块土地本身是有它的主体性，有它自身的文化，那些世世代代的人就是当地的居民，他们不是过客，不是商旅，这些人就是当地的居民。它不单单是贸易商道，而且是农耕文明的所在地。当我们这样理解西部的时候，再回过头来理解《新疆爷》。《新疆爷》这个小说很有意思，我以为是一个写新疆的小说，实际是去了新疆又逃回来的甘肃人，代表中国，也似乎让人思考。这样一个带有超越性的形象，又是在什么层面上代表所谓中国的形象？读了几篇小说之后，你会发现，他们不断说，甘肃这个地方代表中国。刚才有人提到似乎西部跟中国没有关系，但是我去甘肃的时候，甘肃人非常好玩，他们用打趣的方式跟我说，我们兰州从地图来看可是处于中国的正中心。我看了地图，好像是这样，从东边到西边，从地图上来看，它是在一个很中心的位置。我们的西部是以什么为坐标来谈西部的？现在说西安也是西部，在地理上也是中心。

刚才我们谈雪漠小说的时候，不断说他的小说写西部，但是我读的时候一点没有觉得他在写西部。他写甘肃农村的时候，那些东西是西部吗？我倒更喜欢用"乡土"这个词。这个乡土东部和西部有很大差别吗？那个"拉边套"的故事在甘肃有，在沈从文的乡村也有，在福建有，在山东好像也有，西藏也有，全国各地都有。到底这个西部指的是什么？他写的那些东西，包括里面的那种隐忍，那里面的多种元素更像是在中原地区，甚至受儒家文化影响的地区才会有的东西。包括里面很多男男女女的命运悲苦所造成的因素，相当大程度上是因为儒家那些传统。所以，女汉学家说在你小说里读到中国的时候，她提醒我们，西部也好，中国也好，它们跟世界的关系是更复杂的探究的关系。

从这个层面上，我想谈另外一个话题。我们今天一直谈西部，是我们一帮学者在谈西部，我们的这个定义，放在我们非常熟悉的框架里去谈雪漠，去发明这样一些概念，是不是好的？我读雪漠小说的时候并没有感觉到非常强烈的向西方献媚，或者把中国描述成特别独特的中国的意思。可能因为我刚刚从美国回来，我反而觉得这个小说是非常有骨气的小说。它是一个跟西方女汉学家的对话，跟西方汉学家对话的小说我们耳熟能详的可以举出很多，但是在这部小说里面，这个"我"和汉学家是非常对等的，甚至以近乎"上师"的姿态在跟她对话。他没有被女汉学家牵着鼻子走，这里面可能是男性在引导女性，不是女性在引导男性，是东方引导西方，而不是西方引导东方。对话过程当中是"我"跟女汉学家不断说，你吃蚕豆，然后，我们出去走走，是"我"在引导她，这个女汉学家的形象也是一个追随者的形象。当然，如果我们用东方主义解读这个小说，会非常容易解读出里面的那些因素。这样的二元结构没有问题，但是我看到一些说法之后觉得，有时候我们自己解读策略上面，反而要警惕一些。东方主义本来是要对抗西方主流话语的理论，但是它已经慢慢内化为西方主流话语一部分。当我们在谈东方主义的时候，现在已经被不断地倒手，那个二元关系不断被倒手，不知道那个安全系数在哪里。

比如，今天在中国的研究者们谈起西部文学的时候，因为我最近在做西藏的文学，我发现所有谈西藏文学的评论者们，或者研究者们，都很习惯地把东方主义的理论拿过来解读。当然，在北大上过学的人都知道，写一篇论文相当容易，这个理论总能让你在解读作品的时候套进去，然后写出一篇漂亮的似乎很有确定性的文章。稍微对西部概念进行考古学式的考察就会发现，这样概念的发明本来也是西方中心论的发明，并不是现实历史的发明。或者说，任何话语的发明都不是历史现实的发明。在西方大量的汉学家开始运用我们本土研究的路数，作为分裂主义的一个武器，当我看到这些的时候，我倒觉得雪漠所写作的西方没有那么危险，比起我在西方看到的大量中国的作者出去，用一种赤裸裸的方式夫向西方的作者、西方的主流文化去表示他的倾向，这个太文化了，太不政治了。你要向西方献媚不用这么曲折，只要出去讲一下"文革"的坏话就行了。这个作品里面，我看到解读的多重可能性，以及提醒我自己解读这些作品的时候，要绕开一种解读的套路。

这部作品当我读完之后，觉得雪漠太聪明，当然也可以说是有智慧。如果这部作品是一部中短篇小说集，它有什么意义呢？我们看到大量的作者在成名之后，把早期的中短篇作品拿来出一个集子，最后是玷污了这个作者。我们看到之后，觉得原来他也年轻过，无非是这样。雪漠的做法是，这里面有大量从长篇小说里面摘出来的能够做中短篇的段落，也有三十年前的旧作，反而读了之后，雪漠后来的创作非常具有实验性，对于具有实验性的作者我们都抱有怀疑，就是这个人能不能老实地写东西。但是三十年前的旧作提醒我，他可以老实写东西，走到今天，是一步一个脚印走过来的，是给他加分的一个东西。但是，这些旧作或者零散的篇章没有简单地拼凑，而是做了重要的加工，这个重要的加工是当他成长之后，他用那个成长的东西再回过来用批评家的方式把它点亮。所以，我这里看到类似博尔赫斯的写法，用学者的姿态重新点亮自己的作品。刚才贺老师提到一个说法，宗教是什么？宗教是人格不断成长的一个过程。这部书在结构过程当中，我们看到了作家不断成长的过程。

我为什么说他聪明？雪漠用这本书给不熟悉他的读者提供了一个读本。这本书是一个解密读本。现实生活太烦杂了，如果我们没有那样的精神超越性，耐不下心来读那么多长篇小说，雪漠创造力又那么旺盛，我们就可以读这本小说。这本小说是他精心选出来的，且精心阐释的一个作家的箴言书。所以，我还是觉得它不是小说，用小说的

294　　　　　　　　　　　　　　　　　　　　　　　雪漠密码

方式来解读都是错误的。为什么他要不厌其烦地说这么多东西？就是因为他没有把它当做小说，而把它当做箴言书。他要把自己心灵的东西不断告诉别人，不要按照你的方式去解读我的小说，我就是让你按照我想的解读这个小说。在这一点上，他达成了这个目标。

此外，中国社科院文学研究所助理研究员徐刚认为，《深夜的蚕豆声》是对"大漠三部曲"的一个简易版的阅读，从中可以看到非常熟悉的乡村小说所具备的元素，可以看到一个非常质朴、非常本色、非常现实主义的乡村景观。而在《野狐岭》里，他看到的是宗教文化的一种转移，是作者在为自己的创作寻找新的精神资源。这种精神资源，实质上已经超越了过去作品的那种小格局，在叙事题材和叙事方法上有了一种大气魄。无论是内容还是形式，《野狐岭》较之原来的创作都显得高大上，而这正是现在西部写作的一条路子。《文艺理论与批评》杂志编辑部主任崔柯指出雪漠的小说有自动的完成机制，这是优秀作家强大的叙事能力的体现；对于《野狐岭》中尖锐的历史问题，他认为雪漠有自己坚定的立场和判断。

在北京大学中文系副教授邵燕君眼中，雪漠是一个非常独特的作家，标志性风格很强，主要体现在西部及附着于西部的信仰。读雪漠作品，让她看到了一个具有强烈宗教情怀的人。她以《新疆爷》的故事为例，认为雪漠的写作是一种信仰式的介入，在作者、读者和写作这三角关系之间，有一个封闭式的循环系统。而雪漠作品描写的来自西部大地的生活、信仰、神秘主义，以及那种超然的生命态度，对今天文明社会遭受各种困境的生活也有一种安慰和启迪。针对"谁是雪漠的理想读者"这一问题，《光明日报》副刊《文荟》副主编饶翔说："一定是有内心世界、有精神追求、有现实困惑，希望寻求精神超越的一些人。或者更进一步说，可能是有宗教信仰的人。"

新疆石河子大学副教授张凡认为，雪漠试图通过文本塑造向人们呈现出许许多多的"独一个"，这种怀着至诚之心去书写人生、生命以及灵魂的作品是当前这个时代急需的精神养料。在读"故乡三部曲"的时候，最令他触动的就是，雪漠对西部乡土、对西部生命那种贴心贴肺的感觉。这也正如雪漠所说，语出真心，打人便疼。新疆教育学院人文学院教授何莲芳老师认为，"西部"概念不是单一的，而是具有历史依存性、文化包容性与文化的多元性。雪漠的自我成长及其作品的灵性都与西部大地所蕴含的文化精神不可分割，这一点很值得关注和探讨。

北京大学中文系博士生李静认为，雪漠作品有一以贯之的脉络，可以当成一种精神的成长史来读。对于灵魂的超升、个人的超越和完成、出世与入世、救赎和出路、社会教化与德行修养等问题的探求，都可以在《野狐岭》中找到满意的答案。在北大博士生兑文强眼中，《野狐岭》是一部典型后现代主义叙事风格的作品，北大博士生龚自强则用一句话对雪漠作品做了概括："一切都是相由心生。"

三、雪漠图书中心成立

"雪漠'故乡三部曲'与西部写作"这一带有总结意味的研讨之后，雪漠的文学创作进入了新的酝酿期，文化作品则因《空空之外》、《老子的心事》、"雪漠心学大系"的出版而再掀热度。自 2009 年以来，雪漠的创作一直在文学、文化两个领域自由穿梭，如同文武之道，一张一弛，两个领域的影响都被叠加放大，其文学艺术和文化思想都得到广泛传播。

2017 年 1 月，中国出版集团旗下的中国大百科全书出版社成立了雪漠图书中心，这是继曹文轩之后第二个作家图书中心。在 1 月12 日举行的雪漠图书中心成立仪式上，雷达老师重点谈了雪漠由文学向文化的转型，他说：

雪漠有很多读者，为什么？第一，雪漠当然是个优秀的小说家。他的长篇小说《大漠祭》写了二十年，语言好，人物形象也好，正面地观照西部农民艰辛的生存，写得非常好。后来他又有《猎原》《白虎关》这样传统的现实主义作品。然后，雪漠慢慢向文化层面转型，就有了《西夏咒》《西夏的苍狼》《无死的金刚心》，被称为"灵魂三部曲"。他的写作有个特点，他的根深深扎在西部的土壤和人民里面，使他的创作成为源源不断的活水。但是我也特别想说，雪漠不是我们传统意义上的作家，他不是只做小文学的，他走向了文化与大视野，这是雪漠近几年转型成功的秘密。

雪漠最近出现的一批作品，如《空空之外》，我觉得他转向了关怀精神、关怀灵魂。有些作家没有意识到这点。在今天这个大转型的时代，人人都会遇到精神的困境，面对很多精神的问题，我们被物质的枷锁锁着，想跳跳不起来，所以我们会遇到很多人生的问题。雪漠很敏锐，同时我认为他的作品还是很民间、很通俗、很亲和地——直面这些人生的问题，去写关于生命、生活，人生的哲学、意义，这才是他读者很多的原因。文学界还没有认识到雪漠这点。

雪漠是一个具有信仰精神的文化传播者，他还是一个大爱的传播者。在传承和弘扬中华民族精神、美学精神，从中华传统文化里面发掘宝藏等方面，雪漠做了很多工作。

此后，雪漠作品的出版重镇由此前的人民文学出版社、中央编译出版社转向了中国大百科全书出版社，出版作品也以文化著作为主。2014年，一部《野狐岭》让雪漠回到文学，2017年，雪漠图书中心的成立又似乎让雪漠再度离开文学，这让文学读者和评论家们不由得生起疑问：雪漠还能不能再回文学？让他回到文学的将会是一部什么样的作品？雪漠还能不能写出令人惊艳的长篇小说？还能不能再创写作高峰？……答案，都只能拭目以待了。

第七章　他的文学影响

第一节　相契与读懂

在一次讲座中，雪漠说："我能看出哪个作家是喷出来的，哪个作家是挤出来的。能喷出作品的那个作家，他必然有一种生命发酵后的境界呈现，他的作品是非常鲜活饱满的。莫言就有这种东西。阎连科的作品中也可以看到这些。王蒙的小说《闷与狂》中也有，我认为它是王蒙最好的小说，这是一个老人经过几十年的发酵忽然喷出的一个好东西，没有任何的功利概念，不考虑读者，就是他生命中的一种诗性的喷涌。这真是好东西，但非常可惜的是这个时代很多人读不进去。没办法。有时候，好东西，得有境界的来读。"（陈晓明主编：《揭秘〈野狐岭〉——西部文学的自觉与自信》）

最后一句恐怕也是雪漠的自况。他的灵魂喷涌之作，有时也难免曲高和寡。事实上，他的所有小说都还不是特别畅销，有时也会遭遇"读不进去""读不懂"的尴尬。或许，商业灵魂主宰下的小时代，已经承受不起生活厚重、灵魂饱满、生命鲜活的大作品了；更或许，并不是谁都能读懂一颗战胜了自我、实现了超越的心，因为慈悲和智慧需要同样的境界才能懂得，而世上大多数的心还迷失于自我的城堡。

从呱呱坠地始，你的赤子之心就一天天裹上各种欲求、观念、趣味、习气、成见、偏见，在岁月打磨下，早已是五味杂陈，酱菜一坛。你的喜怒哀乐都被这些东西左右。你以为你的阅读显示着与众不同的趣味和观念，其实，你只是习气与趣味的奴隶，而那些观念与趣味来自流行，非你独有。一段时间，你被某种流行趣味俘获，一段时间，你被另一种流行趣味俘获。你的阅读不过是在流行趣味指挥棒下的亦步亦趋。你看见的——不论是喜欢还是抵触，其实都是你自己，你的自我，你的趣味，你的观念，你的成见。而在成见密布的眼睛里，你无法看见智慧的太阳、慈悲的月亮，你无法与雪漠相遇。

读懂托尔斯泰是需要资格的，读懂雪漠也有前提。他的作品不是用来分析、研究、评判，他的作品等待的是生命的相遇。相遇的前提是真诚、向往、寻觅。你生命的发酵在某个时刻，与他的作品撞出了火花，于是相遇了。而真正的读懂，需要理解。理解无关身份，你的境界是你的通行证。伟大的心灵需要伟大的读懂。不是说你是普通人就不可能伟大。伟大和地位身份名利成功没有关系，伟大只和心灵灵魂人格境界有关。你需要像他一样历练你的灵魂，清洗你的心灵，升华你的境界，像他一样向往、寻觅、升华，像他一样感受深沉如海的强有力的生活，像他一样用慈悲包容世界、用智慧改变命运，像他一样度过告别庸碌的一生。如果不从内心生起慈悲的体验和确认，你又如何读懂他的慈悲？如果不从自己人生参悟智慧和信仰，你又如何读懂他的智慧和信仰？他和他的作品就是一面镜子，你从里面照见了你自己，你的人生，你的命运，你的向往，你的追求，你从哪里来，你向哪里去，你该如何面对世界、此生、命运。这是你和他相遇的理由，也是你和他相遇的意义。

如果相遇不能读懂，相遇必然会错过。如果读懂不能受用，读懂也只是作秀。他属于什么流派，用了哪些技法，对你来说又有什么关系呢？你并不需要先了解他的五官结构才去感受他的呼吸和气息，就像你并不需要弄清自己有多少根骨头才确认自己活着一样。鲜活的生命是一种气息，超越了自我的生命是一种召唤，也是一座磁山。你走进这座磁山，必然会身不由己被吸引、被召唤，只要你是铁，也有磁性，也有超越自我成为磁山的可能。你们就这样相遇了，吸引了。

阅读不只是形式，阅读不再是阅读，阅读也是历练，也是体贴，也是慈悲，也是智慧。你疼痛他的疼痛。梦魇的五年里你在哪里呢？你希望是他深夜游荡街头时遇到的那个可以跟他聊文学的人，你希望是他长夜哭醒时的黎明的微光，你希望为了他而甘愿迷失自己，你希望是老顺的疼痛憨头肚子里的包块可以立马消失，你希望是莹儿思念的灵官是灵官归来的呼唤，你希望是围猎的猎人们放下的猎枪撒走的网，是兰兰和莹儿寻找的盐池可以自行走到她们跟前；你希望替母狼灰儿找回瞎瞎，让剥了皮的母狐重生毛皮，你希望拦住老顺横扫兰兰供桌的愤怒的手，熄灭活煮雪羽儿妈的罪恶的大火，掀翻碾断雪羽儿腿的沉重的碾车……那些受难的生命啊，一个个都是你的亲人，他们的苦难和疼痛让你泪流满面。你希望是宽恕了谝子和宽三的雪羽儿，是放下了仇恨的木鱼妹，是寻觅苍狼的紫晓，是以爱为信仰的莎尔娃蒂，是智慧和慈悲的求索者琼、黑歌手、琼波浪觉、马在波，那些人也是你，他们的寻觅、求索、升华、超越，也是你的命运写照。你才知道，你不是编辑、白领、高管、职员、工人、农民，你不是领导、下属、父母、子女，你不是某种职业某种身份，你是一个人，一个生命，面对庸碌，面对死亡，要度过有意义的一生，要向往、寻觅、历练、升华，完成自己，实现生命的价值。那么，你和他的相遇，你对他的阅读才真正对你有了意义。

而影响，正是从一个个这样的相遇和阅读开始。一个个相遇的灵魂又相遇了，就像星星之火燎原成火海，在大天大地跳出地老天荒的诗意，在亘古长夜照亮无数黑暗中的心灵。这才是真正的影响，有价值的影响，能够永恒的影响。影响不是畅销数字，不是排行榜，不是出国访学，不是媒体爆炒，不是粉丝狂欢，不是显赫的财势，不是如日中天的名声，不是生杀予夺的威权。影响是让黑暗照进光亮，让心灵向上生长，让生命遇见慈悲，让人生明白智慧。影响是心和心之间的暖流，生命和生命之间的彩虹。那份生命的相契和读懂，像空气里的一道暖流，流进你心里，便影响了你。

于是，你懂得，慈悲就是自我消失后与世界的合一，如同他用生命验证过的，当作家的自我消失之后，作家的心灵才能像大海一样广博，他的灵魂才能和他要书写的世界混融一片，没有隔阂，没有界限。这时，他就像附着于土地的灵魂，彼此体贴入微，无二无别。原来，所谓附体的写作，其实是慈悲的另一种说法。而当慈悲饱满到极致，作家笔下必然会喷薄出爱的结晶——作品。在作品中，他就是大地上的植物、动物、生活的人们，就是大地本身，藏污纳垢，托起生命的悲欣，或者纯然承载、观照，不做裁判，因为大地只负责承载，一如太阳只负责照耀。

于是，你懂得，智慧就是明白世界上的一切都没有固定不变的本质，一切都在变化，一切都是心的显现。所以，命运、罪恶与苦难也没有固定不变的本质，一切都可以被清洗、被救赎、被超越，关键在于心灵的升华。如果说慈悲是定格，是包容、体贴、同情、平等、悲悯、宽谅、爱，智慧就是信仰，是看破、看淡、看开、升华、救赎、战胜自己、脱胎换骨。如果说慈悲是神性的表情，无言、沉默地辉耀苍生，智慧就是神性的语言，无处不在地启示和引导，如同天空对大地的召唤，召唤生命战胜黑暗，向上生长。

于是，你懂得，生命本有神性，本有慈悲和智慧两种至善至高的心灵境界——月光一样的大爱、大善；太阳一样的大智、大勇。大爱无我，所以无边无限，如同水善利万物，与万物没有隔阂，没有界限，举凡生命，水都能无碍渗透，周遍一切。所以，慈悲是善利万物之水，也是遍照万物之月，包容一切，混融无间。而智慧是普照万物的太阳，是使生命向上生长的力量，是帮助生命战胜黑暗与风雨的向往、信念和升华。智慧就是生命中的信仰力量。人若同时拥有这两种境界，他就领略了生命的广度和深度——慈悲使生命阔大，智慧使生命高远。

于是，你发现，你以为你很善良，其实你很麻木。麻木就是无动于衷，就是冷漠迟钝，不能感受世界的细微变化。你和世界隔着一堵墙，你和自己也隔着一堵墙。推倒这堵墙，你就看见了慈悲。慈悲是生命隔阂的消失，是人与人、人与世界、人与自己的息息相通、敏感相知。麻木的心只有慈悲之水才能复活。慈悲的心是鲜活的、敏锐的、多情的、温暖的。你的心和别人的心没有隔阂的状态就是慈悲。

于是，你发现，你以为你很健康，其实你很迷茫。迷茫就是失去方向的随波逐流，就是庸庸碌碌浑浑噩噩，看不见生命向上生长的力量，活不出向上生长的姿态。世界在你眼中一片迷茫，你自己也活在迷茫中。走出迷茫，你就看见了智慧。智慧就是向上生长的生命意志，太阳一样灿烂光辉，散发温暖、召唤，使人信服、勇敢，让人战胜庸碌和挫折，使生命升腾出阔大的旋律。凡庸的日子里，智慧是对庸碌的抵抗，因为庸碌是对生命激情的消解；黑暗的挫折中，智慧是对光明的向往，是永不言弃的精神，是活下去的理由。智慧的另一个名字也叫信仰。信什么？信生命本有的力量就在于爱和真理，就在于慈悲和智慧。

于是，你明白，慈悲和智慧就是他用生命之书传递给你的核心教诲，它们缺一不可，相辅相成。智慧使你明白一切都在变化，别人的心时时在变化，你能敏锐地感知变化，自己的心又不跟随其变化，才是圆满。不能感知变化，是麻木、冷漠、自私、自恋，感知后跟随变化，是随波逐流、没有主见、没有定力。所以，缺乏智慧的慈悲是糊涂的爱，一如有些母亲的爱乃至溺爱，无条件的付出与包容因为缺乏智慧，并不能使生命摆脱伤害与烦恼；而缺乏慈悲的智慧是小聪明，是看破后的冷漠、看淡后的麻木，一如存在主义文学，看透了生命的荒诞，却因为缺乏慈悲而陷入虚无与荒诞。

于是，你明白，没有慈悲和智慧精神的作品是没有生命力的，它不可能永恒。很多所谓经典不过是"文学史上的小小注脚"，是为了证明历史上有过一种思潮而被查阅、被引用的史料，而非一次次被阅读、被打动的真正的经典。真正的经典必须诞生于作家心灵的慈悲和智慧，或者说爱和真理。正如罗伯特·卡明在《世界伟大的艺术》中所说："只有那些有着非凡想象力，那些把艺术作为揭示伟大真理的手段而不是作为个人目的来实用的人，才能成功地创造出流传千古，经受得住所有时代最严厉批评的杰作。"罗伯特·卡明把经典的境界标准归结为作家的想象力——表达比可见部分更深奥、抽象的意义，以及对真理的信仰和献身精神，而将原创力、陌生化以及精湛的技艺视为经典的内容标准和技术标准。也就是说，艺术如果能够以精湛的技艺和不可替代的生活展示爱和真理，必将伟大和永恒。——用这个标准去衡量《大漠祭》《西夏咒》《野狐岭》，它们的经典容颜在你眼中如此曼妙清晰。

你于是明白，经典不需要时间检验，当下就可以检验，关键在于检验者自己是否找到打开经典的密码——慈悲和智慧。正如筷子测不出海水，杯子晃不出大海，窗户也映不出整个天空；又如自己喝过才知茶滋味，自己见过才能识别，自己亲证才能读懂。检验者和经典必须实现真正的生命相遇，才能互相认出对方。

第二节　一切为了相遇

其实，自从 2014 年以来，雪漠就不断伸出手来帮助你靠近他、读懂他，通过一系列活动，制造一场场相遇。而不论是研讨、讲座、对谈、专访、签售等图书推广活动还是 2017 年图书中心的成立，对于一个已经战胜了自我的作家来说，如果说还有所求的话，也不过是想借时代认可的方式，使自己融入作品之外的世界，尤其是，与读者面对面地相遇。或者说，他以生命和灵魂创造了一个个文学世界，又不辞辛劳伸出手来帮助读者、引领读者走进他的世界、读懂他的世界。

为此，在每一部书的前言后记，他都真诚地剖白自己；2015 年，他把自己前半生写成一部回忆录——《一个人的西部》，在书中解读自己，真诚袒露自己的成长经历、人生感悟、生命体验、文化传承、文学之路，为世界提供了一条进入他生命世界的通道；2016 年又在小说集《深夜的蚕豆声》中，以一位西部作家与西方女汉学家的对话为线索串起十九篇小说，借西部作家之口现身说法，解读小说里的人物，解读何为慈悲何为智慧——读完这本书你也就读懂了他所有作品，也真正读懂了他，而那位虚构的西方女汉学家，代表读者、聆听者，她其实也是你；2017 年出版的游记《匈奴的子孙》，以他在西部大地的行走为线索，解读生养他的故乡热土，呈现西部的历史与当下，定格那些即将消失的存在……这三部作品，解读自己，解读作品，解读故乡，都是在与你对话，都是在寻找你的理解与共鸣，一如《野狐岭》，为你进入小说留出无数的玄机和秘道，为世界的众声喧哗提供各种舞台——一切，都是为了你的读懂和相遇。

所以，如果说"大漠三部曲"是慈悲之书，"灵魂三部曲"是智慧之书，"故乡三部曲"和《匈奴的子孙》可称之为理解之书、妙用之书，是他在读者和作品、世界和自己之间搭建的一座桥，也是他将过去引渡到当下的渡口——《一个人的西部》以温暖的回忆照亮了现实的雪漠，《深夜的蚕豆声》以当下的解读照亮了雪漠过去的作品，《匈奴的子孙》让历史的记忆和当下的脚步交相辉映，照亮了雪漠故乡的前世今生。

当然，根本上说，所有的作品都是作家生命之树结出的果实，都是作家生命历练的结晶。果实即作品，即成就。

如今，他的生命之树已结出十个沉甸甸的文学果实，代表着生命中的三种心灵成就：慈悲、智慧和妙用，它们来自作家二十多年的禅修实践和文学实践。七部小说七个果，之后的三部作品则像是为了帮助人们更好地品尝这七个果：《一个人的西部》告诉你，种出这果树的人是谁，孕育这果实的文化土壤是什么；《深夜的蚕豆声》告诉你，这些果实当怎么品尝，才能品出滋味；《匈奴的子孙》告诉你，养育这果树的大地有着怎样的过去、怎样的基因。而"光明大手印系列"、《空空之外》《老子的心事》等文化作品，更像是种树指南，告诉你怎么播种、怎么浇水施肥，才能让生命之树开枝散叶、开花结果，种出慈悲和智慧的果实。

至于果实究竟如何，仍要看文学作品。因为文学本身就是生命，不是对生命来龙去脉的解读，也因为，证悟者的生命就是他的作品，他的文学与他的生命境界是高度合一的，每一部都是，无一例外。虽然果实形态不一而足，但都具备慈悲和智慧两种基因。外形或者说形式只是妙用，如《西夏咒》的梦魇形式，《无死的金刚心》的梦境结构，《野狐岭》的灵魂剧场，《深夜的蚕豆声》的对话线索等，都是随其表现对象和读者对象之因缘而幻变，但慈悲和智慧的基因不变。当作家破除自我，实现超越之后，他的所有作品、所有言行都是他的生命境界的呈现，这就是"境界呈现"的秘意。

明白这一点，你会发现，他的文学世界里的每一个生命都不是可有可无、随随便便的存在，每一种存在都充满启示。因为，每一个存在都是他的生命大海的一滴水、一朵浪花，因此都有大海的气息——慈悲和智慧的气息。他的文学总是给人感动和启示的原因也在于此。这就是雪漠密码，也是生命的密码、永恒经典的密码。当你真正读懂了慈悲，领悟了智慧，你就有了一把钥匙，可以打开雪漠世界，也可以打开所有的世界。

第三节　真心的乐园

现在，他的生命时空里就是写作、读书、禅修，并通过讲座、签售、培训，与一个个读者相遇。当生命成就慈悲和智慧之后，剩下的，就是妙用——在世界的舞台上跳出曼妙的舞姿，就像树开花结果之后，风会带走芬芳，虫子会来品尝果实，人们会来品评议论。

妙用是在生命和生命之间搭建桥梁，建立关系。不仅仅是我影响了你，你也影响了我；不仅仅是我感动了你，你也感动了我。花儿在风中摇曳，鸟儿划过天空，鱼儿潜入水底，活泼泼的生命姿态并非施与者独有，也为承受者所有——花儿在风中摇曳，风就有了花儿摇曳的姿态；鸟儿划过天空，天空就有了鸟儿飞翔的姿态；鱼儿潜入河水，河水就有了鱼儿遨游的姿态。你的微笑会在对方心里映出微笑，你的善良会在对方心里播种善良，你的愤怒也会在对方心里点燃愤怒。你是镜子，映照出你自己，也映照出世界。又如空气、水、风，一切无形都会留下有形的印迹，人心也如此，无形无色无味无相却又包容万象，无数记忆无数生命的印迹都留在你心里，你的生命痕迹也留在和你有关系的人心里。有关系的意思就是，你曾经路过他的生命，你曾经在他生命的镜子里留下影子，你曾经踏入他的生命之河，你曾经飞过他的生命天空。关系就是彼此进入对方的生命，一如阅读，当你阅读他的作品的时候，他的生命就在你的生命里投下了身姿，慈悲和智慧的气息氤氲于你，生命的影响如春风化雨，润物无声。于是，你生命的成长故事里也有了他的生命轨迹，你们相遇了。

所以，他说相遇就是你进入我的生命，我进入你的生命，我和你建立了关系。而所谓意义，只存在于和你有关系的人心里。那些读不懂的人，那些抱着成见的人，那些误解的人，都是对的，因为，在他的世界里，他只能看到这些。每个人的所见都高不过他的心，每个人的看法都高不过他的自我。相遇不需要辩论，相遇只需要心和心的吸引。他还说这个时代不同了，如果直接拿出黄金来很多人是读不懂的，根本就不识得那是黄金，所以，他只好在黄金的外层又镀了一层铜，这样就好看多了。这份无奈也是为了你的读懂和相遇。正是这种毫无保留、掏心掏肺的相遇和沟通，把他的文学影响夯进了相遇者的心里。

他和读者的相遇故事充满了感动，写满了奇迹。他可以连续几天陪抑郁症读者 QQ 聊天，用爱拯救她；他把抑郁症读者接到身边一起做事，他把癌症读者接到身边禅修治疗，他为追寻梦想的读者提供各种成长的机会，他总说自己是在混混堆里培养大师，其实是让更多读者告别庸碌，让人生焕发意义的光彩。（参见拙作《走进雪漠家》）

他用全部的真诚对待每一个走近他的读者，他对待读者只有一个原则：一片真心对你好，而且是无差别地对每一个读者都好。这其实也是慈悲，慈悲已成为他的生命本能，就像他的诗《秋天的相约》里写的：

> 你明明知道我心头的痛，
> 还有我那难治的大病，
> 我不想叫它慈悲，
> 它其实是明白后的贴心贴肺，
> 我不曾参悟过它，
> 它是我天生的影子。

所以，他总是在别人的病里疼痛自己，"在别人的故事里流自己的泪"，"为了病中的你""走出入定的风景"，因为"病中的你需要病中的我"。他替你承受了你的痛，"总是在你下一次进食前，消尽你未来的痛楚"；他的心总是不忍，因为"不忍你的迷失"，不惜"迷失我自己"；为了拯救病中的你，他"一次次拽你，像拽悬崖边驴子的农夫"：

> 我用了很大的力，
> 有点喘吁吁了，
> 我眼似铜铃，
> 我呼啸如虎，
> 模样有点像怒目的金刚了，
> 没有人知道那是大慈悲。

这首诗里的"病中的你",其实也是你我他,也是与他相遇的读者。

如今,被慈悲感动的读者已遍布各阶层、各年龄、各身份,像他的文学世界一样,人心万千,众生芸芸,总有一个会是你,因为众生皆有真心,因为慈悲没有边界。而所有的相遇和读懂,都发生在你认知真心的那一刻。你认知了真心,便读懂了雪漠,也读懂了自己,也读懂了人类,也读懂了命运。

所以,2015 年以来,他花了大量时间培养读者,启发你认知真心,见到真心,甚至亲自授课讲解真心,教你在真心状态下写作。他把和你的相遇当做一个生命工程,读他的书只是在你心中播下一颗真心的种子,他还要亲自为你浇水施肥,让你抽枝散叶、开花结果,让你像他一样,走一趟战胜自我、历练灵魂、升华生命的人生。

只是,你是不是有他的毅力,能不能像他一样去苦修历练,能不能像他一样坚持梦想?每个人的生命冬天是不一样的,庸碌和灾难显现的形式不一样,梦想的具体内容也不一样,人生的过程万千丰富,但真正的意义不外乎都是战胜自己,升华生命。千江有水千江月,众生心性无量复杂,但只要是生命,都有升华的渴求,都有追梦的冲动,那就升华吧,追梦吧。你就是当年的他,他就是未来的你。这是他在作品之外的行为艺术,他要创造一个作家、作品、读者共享的生命世界,一个真心的乐园。在那里,行走世界只需要两样东西:智慧和慈悲。智慧让你走对方向,慈悲让你心怀大爱,你的人生就在这样的大慈大悲中活出了大善大美。

现在,他在哪里出现,真心的乐园就出现在哪里。乐园里的每个人都是真心河床上的河流,氤氲着纯真美好的气息;乐园里的每个生命都是慈悲大海里的浪花,跳跃出自由酣畅的舞蹈。其中,必然也会有一个你。未来,真心乐园里的生命会更多,因为,他还在创作,他的文学岩浆还在喷涌。正如《百年孤独》作者马尔克斯所说:"一个作家能起到的真正的、重要的影响是他的作品能够深入人心，改变读者对世界和生活的某些观念。"他的文学影响，只建在人们的真心里。

2017 年 11 月 27 日一稿

2018 年 2 月 23 日二稿

2019 年 2 月 15 日定稿

跋　命运之书

《雪漠密码》的种子八年前就种下了。它示现在我的一个梦里。它在我生命中蕴藉已久。我知道，这是我必须完成的一本书，我的命运之书。

但要把它写出来，却不容易。有两次貌似可以起笔的机会都错过了。一次只写了开头，难以为继；一次心有所感，却被工作缠身，没有动笔。现在看那时写的一些碎片，才知道这次的写作是命定的必然。正好一场突如其来的挫折为生命腾出一段清净时间，正好八年时间的历练让生命有了很多感慨和沧桑，那么，就放下一切完成它。

当然，如果不是现在，如果没有过去八年的历练，我不可能读懂雪漠。文中的你其实也是我。曾经我和你一样，在自我的城堡里，不能看清他的风景。只有经历磨练，摧毁自我的城堡，才能与他真正相遇，才能融入他的风景，才能读懂他的慈悲，才能读懂生命本有的智慧，才能写出这本书。

书中有些文字是在灵魂发酵的状态下汩汩流出的，你一定读到了其中奔流不息的激情和酣畅快意。这不是一般的文学评论，这是生命体验的自然流淌，他的人、作品和我的经历、体验混合发酵后的一次诗意喷涌。我不知道写作中有些时刻，是否和他一样，也成了那个诗意存在的出口？至少这是一次开启，生命的岩浆还在涌动，未来会有更多文字流淌出来。对我来说，这次写作是奇迹，也是馈赠，是与文学相遇的生命礼物。生命的相遇弥足珍贵，尤其能升华生命、改变命运的相遇。

所以，我不仅仅是作为编辑、读者和研究者写下这本书，更是作为一个人、一个生命告诉你，如何读懂一个超越了自我、完成了自我的人，如何读懂一个证得了智慧和慈悲的生命，如何读懂他的文学世界和生命世界，以及如何因为理解和读懂，而使你的生命成长、受益。

八年里，我陆续写过其他一些有关雪漠的文章，有评论，有对话，有发言，有专访，有记人，有记事，如《雪漠关键词》《诗意雪漠》《朝圣的雪漠》《信仰的诗学与"灯"叙事》《当爱与信仰纠结》《好的文学应给人带来清凉》《走进雪漠家》《雪漠心学：从中国文化原点出发》《我们仨的一段善缘》《我为什么研究雪漠》等。如果你读过这些文章，对雪漠你会有更多了解，而且，对照本书，有心的你或许可以看出，我对雪漠的理解是如何随着时间推移和我自己的历练一步步推进的。是的，和你一样，我也是他诗里那个"病中的你"，也是他书里寻觅的紫晓、琼波浪觉，八年不短，但对于想要圆满自己的人来说，对于他走过的求索之路来说，还只是开始，我还在灵魂历练的途中，路漫漫其修远兮。

愿这本书成为你和雪漠相遇的桥梁，愿与他相遇的人里也有一个你！

2019 年 2 月 15 日于北京世外桃源

后 记

这篇后记，写于本书出版前，距全书定稿，又过去了快一年。2018 年二稿完成后，这本书就在等待出版机缘，终于在 2019 年春天等来了作家出版社，等来了它的好编辑田小爽。小爽也是雪漠《西夏的苍狼》的编辑，冥冥中，这部书稿似乎就在等她，希望在她的才华和心血的打磨下，变成一本可以交付读者阅读的好书。作为编辑，我深知一本书得遇一位好编辑的幸运，就如同一个人得遇知音和良师益友。这份遇见，弥足珍贵。因此，我不但要感谢田小爽，也要感谢玉成这份因缘的雷容老师和路英勇社长，感谢接纳并出版本书的作家出版社！

就在本书将要付梓印刷前，雪漠出版了他的第八部长篇小说《凉州词》，又于 2020 年元旦写了一篇新年献词《朋友，我拿什么回报您》。在本书第六章《他的文学世界：故乡三部曲》结尾，我曾写道："2014 年，一部《野狐岭》让雪漠回到文学，2017 年，雪漠图书中心的成立又似乎让雪漠再度离开文学，这让文学读者和评论家们不由得生起疑问：雪漠还能不能再回文学？让他回到文学的将会是一部什么样的作品？雪漠还能不能写出令人惊艳的长篇小说？还能不能再创写作高峰？……答案，都只能拭目以待了。"如今，《凉州词》给出了答案。在本书第七章《他的文学影响》，我从自己的视角写了雪漠与读者之间超越作者与读者的影响关系——这几乎可称之为"雪漠现象"了。如今，新年献词《朋友，我拿什么回报您》为我的书写提供了最好的佐证和补充——这是雪漠自己讲述他与读者的关系——在我看来，理解雪漠，应从此篇开始。

所以，我把这篇献词，以及《凉州词》编辑手记《从〈野狐岭〉到〈凉州词〉》收录本书，它们可看作是本书的余篇，它们，将本书带进了 2020 年。

2020 年 1 月 4 日于北京世外桃源

余 篇

从《野狐岭》到《凉州词》

陈彦瑾

一

从《野狐岭》到《凉州词》，时间整整过去了五年。这五年，高产的雪漠出版了十多部作品，而长篇小说自《野狐岭》后，就只有新年伊始面世的这部沉甸甸的《凉州词》。

暌违五年，一度忙于文化考察、讲解文化经典的雪漠，带着一部"致敬武魂"的长篇新作重回文坛，这不由得令人想起五年前《野狐岭》出版时，已故文学评论家雷达先生由衷喊出的那句欣慰之叹：雪漠回来了！

是的，如果说五年来雪漠的写作重心一度向文化偏移，那么，从这部《凉州词》，又走出来了一个文学的雪漠，一个写长篇小说的雪漠，而且，还是一个有着"千古文人侠客梦"的雪漠，一个文武双全、剑胆琴心的雪漠。

当代作家里，雪漠是少有的不断在文学和文化两个领域穿梭往来播种耕耘的作家，而不论是文学的雪漠还是文化的雪漠，每一次的回归都由一部重量级作品来成全，像五年前的《野狐岭》，像今天这部《凉州词》。

这也是五十七岁的雪漠拿出的第八部长篇小说，距他的长篇处女作《大漠祭》问世扬名，正好二十年。

这二十年，《大漠祭》以托尔斯泰式的现实主义辉光为雪漠创下了带给他各项殊荣的文学高峰。之后，被惊为"神品"的《西夏咒》以极致的先锋叙事惊艳出世，至今留给人们惊愕与不解。而《野狐岭》，则以杂糅了幽魂叙事、悬疑线索、饱满的写实细节和迷人的叙事缝隙的小说文本，开启了雪漠小说的新一轮阅读期待：《野狐岭》之后，写长篇的雪漠还能变出什么花样？

等了五年，我们等来了《凉州词》。

文学评论家陈晓明曾说，雪漠"善变"，不仅在文学和文化两个领域变来变去，在文学创作上也是个百变书生，而"他的'变'总是铆足劲的变"，每一次都让他"惊异不已"，就像这部《凉州词》。虽知雪漠"善变"，虽知"他常在荒漠里打坐，胸中早就酝酿过多少风云激荡"，但"雪漠写武林题材"，这一"变"，还是令陈晓明老师感到"猝不及防"。

其实，《凉州词》既是雪漠隐秘悠长的武侠梦的一次宣泄，也是雪漠半生习武生涯的一次厚积薄发。在创作谈《武魂与疼痛》中，雪漠首次披露了自己的武术人生。雪漠自幼跟随外公畅高林习武，上高中后又拜凉州著名拳师贺万义为师，贺万义是马步青十大武术教官之一苏效武的传承弟子。雪漠不但在武功修为上切实地下过苦功夫，还在十多年间遍访武林名师，采访整理了很多门派的武术精要。中国文人自古有文武兼修的传统，像李白、陆游、辛弃疾等文豪，既是大诗人，同时也是武林高手。元代吴莱《寄董与几》诗所描绘的"小榻琴心展，长缨剑胆舒"的文人生活场景，也出现在当代作家雪漠的生活中。所以，雪漠写武林题材，乍一听令人惊讶，了解他的习武生涯后会发现，这仍是出自作家深厚的生活积累的长篇佳作，是作家某个方面的生活体验饱满到极致的沛然喷涌。

二

《凉州词》以四十四万余字的篇幅，徐徐展现了清末民初西部民间武人的日常生活和江湖传奇。据说，历史上凉州民风彪悍，习武成风，堪称西部武林的铁门槛。这一说法不是没有依据。早在东汉时期，此地就有"烈士武臣，多出凉州"（《资治通鉴》卷四十九《汉纪四十一》之说，凉州武魂源远流长。小说由创立了大悲门的一代宗师畅高林的临终回忆拉开序幕。随着主人公董利文的神秘出场，一场场惊心动魄的武林之斗、官民之斗、马匪之斗、情仇之斗，如电影画面般一一展现。同时展现的还有：凉州武人们习武、谋生的日常生活，哥老会不为人知的秘密，西北马帮的大漠历险，凉州历史上赫赫有名的一次武人义举，以及凉州武人如何面对义举英雄齐飞卿、陆富基被清家斩首时无一人营救这个"凉州疼痛"……小说中的齐飞卿、陆富基、董利文、牛拐爷、畅高林等武林高手都有历史原型，他们练就或传承的武功绝活如乱劈柴鞭杆、烧火捶、蹚泥步、盘破门、兰州八门、大悲门、大悲掌等，至今流传于西部民间。

展读小说不难发现，《凉州词》的确具有武侠小说的很多元素，比如，一群武林高手（齐飞卿、陆富基、董利文、牛拐爷、山大王等），一样绝世武功（大悲掌），两个门派对峙（开拳场子的牛家和山家，代表正邪两派），高手过招（董利文夜袭牛拐爷，哥老会大爷们在牛拐爷家亮相炫技），江湖恩怨（牛家和山家的世仇），仇杀与复仇（齐飞卿、陆富基被杀，董利文千里寻仇杀梅树楠），以及擂台比武（少林和尚在凉州城设擂比武），儿女情长（董利文先后与玲玲、梅眉、菊香的恋情），更有西部武侠常见的桥段：马帮在荒野大漠与沙匪周旋激战——这也是《凉州词》最扣人心弦的精彩章节。然而，这些元素在雪漠笔下构成的武林世界，离我们熟悉的快意恩仇、诗酒浪漫、潇洒飘逸的士大夫或布尔乔亚式的武侠江湖很远，离粗粝苦难、平凡质朴的西部民间社会和民众生活很近，它的江湖就在凉州城的街头巷尾，它的快意恩仇挥洒在黄沙大漠，它的侠肝义胆藏在一群西部汉子的日常生活中，他们身怀绝技，却和寻常百姓一样，以种地、开店、补锅、贩粪、听差谋生……

因此，如果说《凉州词》是武侠小说，它也是平民的武侠、西部的武侠、现实主义的武侠，是作为武林中人的雪漠对武林世界的现实主义书写。本质上，它和《大漠祭》《野狐岭》等其他小说一样，是雪漠以文学定格一群人的存在，只不过，这群人属于清末民初的凉州武林。

《凉州词》的创作秉持了雪漠二十年未改的文学初心：定格即将消失的存在。如果说，《大漠祭》定格了西北一家农民的存在，《猎原》定格了祁连山下猎人们的存在，《白虎关》定格了大漠农耕文明的最后一抹晚霞，《西夏咒》定格了西部历史上一个个至暗时刻，《野狐岭》定格了丝绸路上的千年驼铃，那么这部长篇新作《凉州词》，雪漠想定格和留住的，是"凉州武人"这个看似寻常却又神秘的群体存在：他们如何谋生，如何练武，怎么拜师，怎么打擂；他们练就了哪些武功绝活，彼此怎么交往，怎么结社，怎么行走江湖，以及他们的疼痛、梦想，他们的修为、境界，他们身上不同常人的精气神，乃至他们经年习武铸就的武之魂魄……所有这些随着一代代武术家离去而消失的存在，被定格在了《凉州词》中。这部小说如同从岁月之水冲刷下抢回来的活化石，凝聚着一块土地的经年武魂，具有极高的史料价值。日后，人们想要了解西部民间武人们的生活，就可以从《凉州词》开始。

　　　　　　　　　　　　　雪漠密码

三

《凉州词》也高水准地保持了雪漠小说惯有的叙事精彩，略举一二：

一是饱满。用青年评论家杨庆祥评价《野狐岭》的比喻说：饱满如蚕豆。雪漠小说从不编造故事，而着力展现深厚宽广的生活，精描细画一个个饱满的细节。他也无需塑造人物，而是让人物活生生走到你眼前。武林高手董利文、牛拐爷、齐飞卿、县官梅树楠和他的妻子徐氏、女儿梅眉，马帮的锅头、沙匪大胡子等人物都栩栩如生，每个人的神情能深深印入你的脑海。

二是有高光。雪漠小说都有令人击节的高光时刻，他擅长在长篇小说的中间或后半部，创造一两个集中展示他所有长项的精彩片段，如聚光灯，瞬间照亮他所有的文学才华。马帮与沙匪激斗的几个章节，雪漠将多种复杂关系并置，故事充满玄机和暗斗——董利文远赴新疆杀了梅树楠，化名随马帮回凉州，却与梅妻徐氏、女儿梅眉同行，不知情的梅眉爱上了杀父仇人，董利文与梅眉暗生情愫，同时暗中调查马帮里通沙匪的内鬼，并带领马帮击退沙匪的一次次袭击——人物、场面、关系、矛盾、爱情、激战……一切都在文学高光的照耀下，生动鲜活起来。

三是深刻。雷达曾说，雪漠在他的小说中，一刻也没有放弃他对存在、对人性、对生死、对灵魂的追问，没有放弃对生命价值和意义的深刻思考。《凉州词》的追问和思考，始于齐飞卿、陆富基被杀时无一人相救这个让凉州人唏嘘了百年的"凉州疼痛"。由此出发，擅长刻画心理、钻探灵魂的雪漠不仅拷问国民性，更洞察人性的复杂和人心的幽微——凉州贤孝《鞭杆记》把梅树楠、李特生脸谱化为贪官污吏，雪漠却写出他们的另一面和他们的无奈；出卖齐飞卿的小人豁子也有他的苦衷和担当，而一心复仇的董利文，他的快意恩仇是否带着一种盲目……对人性和人心的拷问，让雪漠小说具有深刻的复杂性，《凉州词》也不例外。

四

在叙事风格和文学气象上，《凉州词》较此前小说，可谓绚烂之极归于平淡。

没错，从《野狐岭》到《凉州词》，在雪漠倾注最多心力的长篇小说写作生涯里，这仿佛是一段由夏花之绚烂走向秋叶之静美的路程。如果说《大漠祭》是雪漠的文学初恋，《西夏咒》就是一次癫狂之恋；如果说《野狐岭》是雪漠的驳杂中年，《凉州词》就是他步入圆熟老年的信号。"凡文字，少小时须令气象峥嵘，彩色绚烂。渐老渐熟，乃造平淡。其实不是平淡，绚烂之极也。"大文豪苏东坡千年前已道出老熟之作的特点：绚烂之极归于平淡。

《凉州词》以宗师畅高林向外孙雪漠讲述凉州武林往事为叙事框架，无论是练武、打擂、斗鸟、开拳场子等武林日常，还是凉州哥老会的秘密活动，以及董利文千里寻仇，随马帮在大漠与沙匪恶斗，更与仇人的女儿相爱相杀，种种溢满血性精魂的故事、种种惊心动魄的情节，叙事者的讲述都有种不显山不露水的从容，没有任何花架子，也看不出任何架势，整部小说的叙事节奏如沉稳的车轮滚滚向前，劲道都在朴实浑厚的气场里。相较于《西夏咒》的汪洋恣肆、《野狐岭》的呼风唤雨，《凉州词》像大地一样质朴、漠风一样沧桑，有种洗尽铅华、见素抱朴的老熟之风，就像一位功夫已圆成多年的武林大德，胸中卧虎藏龙，脸上却一派淡泊宁静。

值得一提的是，此次风格之变或许与雷达先生的批评期待有关。《野狐岭》出版后，雷达多次提及，齐飞卿、陆富基的故事是绝好的小说素材，可惜被驳杂的叙事肢解得扑朔迷离，他期待雪漠回归写实，老老实实地写好故事本身。雪漠记住了恩师教诲，五年后，他拿出了《凉州词》，以完全不同于《野狐岭》的笔法，重写了齐飞卿、陆富基的故事。遗憾的是，恩师已故，无法读到这份答卷了。从这个意义说，《凉州词》不仅是雪漠向武魂致敬的作品，也是雪漠向已故恩师雷达献出的一份缅怀和致敬。

2019 年 12 月 28 日

朋友，我拿什么回报您

雪 漠

一

新年已至，总该有些新的想法和计划的。以前，我想的多是，如何写出更好的作品，而今年，因为作品越来越多，读者也越来越多，在我心中，读者又是最好的朋友，我就想，我该拿什么来回报这么多读者？除了写出更好的作品，做好分内的事，是不是还有其他的方式？

很多朋友都知道，雪漠有很多非常好的读者，他们做过很多非常感人的事。这些真实发生过的故事，对于今天大多数人来说，似乎已成了童话。但在我的生活中，这样的故事很多很多，每当想起，我就觉得自己有了写作的动力。

比如，每次我到各地签售，都会见到很多非常热情的读者，他们总是自发地对雪漠作品进行宣传，给予推荐。他们的出现，总会成为签售会上一道亮丽的风景线，引起媒体的关注。有一次，我在济南书城签售时，就来了很多读者，他们买了很多书，大箱小箱，大包小包。本来，书城规定，出书城时，要一个一个按书单查对，但他们没有检查我的读者，书城负责人说，雪漠老师的读者不用检查，他们是不会偷书的。知道这事时，我很感动。

但是，也有很多朋友觉得不解，不明白为什么有这么多读者这么喜欢雪漠。其实原因很简单，那就是我的作品感动了他们。对一个作家来说，这是拥有读者的前提。你想，雪漠是作家，他如果没有作品，还是雪漠吗？还有人喜欢吗？何况，最近几年里，我每年都会出十多本新书，以至于读者们常常感叹说读不及。

还有一个原因，就是我跟读者之间，建立了一种超越于一般的作者与读者的关系，在情感上，很多读者已成了我的朋友。

在十多年前，我和一些读者就开始了近距离的交流。那时候，我的作品还不多，只有《大漠祭》《猎原》等，但每周六的晚上，我都会在QQ群里跟读者们交流，回答他们的一些提问，帮他们解决一些疑惑，和他们一起成长。这个习惯，我保持了多年，每周都没落下，即使有时外出不方便上网，我也会跑到网吧里，准时与读者在网上见面。后来，这些问答都被我收入《光明大手印：智慧人生》一书中，成为非常珍贵的资料。一些即兴写下的小句子，比如"语出真心，打人便疼""晴阳勿醉眠，告尔妙消息""大风吹白月，清光满虚空"等，也被读者们称为"妙语"，在文章中和平时的聊天时经常引用。不过，对我来说，它们更多的是在记录我曾经的一段美好时光。

就是在这种最朴素的交流中，很多读者成了我的粉丝，一直到今天，他们仍然和我保持密切联系。他们自称"雪粉"。其中有一些人，还放下了名利，放下了高薪，来到我身边，做专职志愿者，和我一起做事，像我一样生活。因为他们通过读书，明白了生命和选择的意义，想要在活着的时候做点有意义的事情。当然，在做事的过程中，他们也在成长着，也在实践着自己的梦想。

后来，随着微信的兴起，我开始利用各种形式、各种途径，跟各地的读者建立联系。比如，每次读者见面会，我都会给来参加的读者发名片、加微信，告诉他们我的联系方式，同时我还会告诉他们，在任何时候、有任何事，都可以找我。细心的读者可能会发现，我出版的每一本书里，都有我的联系方式。任何人只要读书，只要有心寻找，就能找到我。当然，公开自己的联系方式，给我带来了很多"麻烦"，但是我仍然会这么做，因为它会让我遇见一些与我心心相印的读者，在我看来，这是人生中最美的收获。

二

我常说，我是和读者一起成长的。而且，雪漠的成长，很多读者是看得见的。不说别的，每年出版的那些书，就在定格着我的成长，一本本书，都是因为我一步步的成长而诞生的。

我的成长，也带动了很多读者的成长。他们通过读书、听讲座，参加一些公益活动，和我一起做事，在这过程中，他们的心灵变得越来越强大，慢慢地放下了一些烦恼，远离了一些痛苦。就是在这样的交流中，我们拉近了彼此之间的距离。有些读者还说，以前自己是混混，不知道为什么活着，读了雪漠老师的书之后，终于明白了人一辈子该怎么活。

在相处的过程中，我也时时会接到一些读者的"求救"电话，或是听说他们遇到其他紧急的事情，我总会尽力地帮助他们。某一次，我在北京参加活动时，深夜接到了一位读者的电话，她说自己的女婿在医院里快要死了，临终前想见见我，她想打车过来把我接过去，希望我能满足她女婿的心愿。那天夜里，我坐了三个多小时的车，才赶到医院见到了她女婿，并安慰了他，满足了他临终前的心愿。

像这样的"突发"事件，有很多。

有个读者，患有严重的抑郁症，有时凌晨的时候，就会打来电话，诉说她的心病。但我仍会很认真地听，一直让她说，说到天明也没关系，让她说个够。因为我知道，这些患病的读者控制不了自己的情绪，而且他们的情绪一定要发泄出来，否则病情会加重，有可能会有极端行为。在我心中，这些患病的读者就是我的亲人，是最需要人疼的。

真是这样的，很多时候，我都会把读者当成自己的亲人。很多读者就是在这样一种漫长的交往中，成了我的朋友，成了我的学生，成了文化志愿者。

今年五月，我们的一位专职志愿者家里出了事，她年近八十的父亲查出了晚期肿瘤，动手术的意义已经不大了。于是，身在海外的她，选择了回家陪伴父亲。在整整六十天里，她日夜守候着、陪伴着她的父亲，唯一的期望就是病魔不要太折腾父亲，让父亲安然地、无痛苦地、有尊严地走完最后的日子。她父亲走的那天上午，我正在禅修，忽然有一种感觉，知道她父亲走了，于是我就给她打了电话。她接到电话后，一下子哭了，说她父亲刚刚走了。因为当时只有她一个人在家，不知道该怎么做，我就叮嘱了她一些注意事项，并按传统的文化礼仪对她父亲进行了祈福。她的家人知道后都感到不可思议，很欣慰。因为，癌症晚期的病人如果没有信仰的话，一般很难抵抗肉体上的巨大疼痛，而她的父亲不但无痛而终，而且临终的时候非常安详、了无牵挂，一切都很吉祥。这让她的家人对文化、对信仰、对世界，都有了全新的认识，对死亡和人生也有了全新的理解，很多烦恼和痛苦便随之消散了。

所以，我一向倡导家庭文化，也帮助过很多读者建立家道文化。往往是，一个读者受益了，他的全家也会受益，甚至整个家族都会受益，那么，他所有的家族成员，都会成为我的朋友。

许多时候，帮助读者解决家庭问题，打造家道文化，和写书一样，也是我回报读者、回报社会的一种重要方式。

曾经，有一位企业家朋友想为我做些事，他想提供部分经费，把我打造成一个品牌，然后如何如何。我说，先不要考虑这个问题，先考虑我如何为你的企业做点什么。后来，为了帮他稳定顾客队伍，建

　　　　　　　　　　　　雪漠密码

立企业文化，我经常在他的微信顾客群里进行亲子阅读或亲子教育等话题的交流，而我所做的一切，都是公益性的，我没有向他索取过什么东西。

我从来没有向任何人索取过什么。我信奉无求品自高。无论面对的是谁，我所考虑的，都永远是自己能给对方带来什么，能为世界奉献什么，而不是我能得到什么。我在乎的，也从来不是别人能为我做些什么，而是人与人之间的那颗真心和那份真诚。也许，正是这一点，让很多读者都愿意帮助我，愿意和我一起做事。

三

多年来，我一直想用各种形式来回报读者，回报那些曾经帮过我的朋友。我觉着，人活着要有感恩之心。滴水之恩，当涌泉相报。我是一个农民的儿子，没有任何背景，也没有任何资源，能从西北那个偏远小村走出来，还能一步步走到今天，取得这样的成就，离不开背后那么多默默支持着我的读者。一想到他们，我就会觉得自己做得还不够，就想，除了写书之外，我还要做些什么。

最早在凉州待着的时候，我没有多少钱，于是我就和家里人商量，自己编辑印刷一份内部报刊，赠给一些有缘的读者。后来，稿费多一点的时候，我们就买一些图书，捐给大学图书馆或一些读者。现在，随着我们的能力越来越强，我们就开发了很多好的产品，以各种各样的形式来回报读者。

所以，作为一个作家除了写出更好的作品之外，我还以多种方式回报读者，包括文化上的回报，也包括情怀上的回报。

像前段时间，我的小说《凉州词》刚一出来，就有很多读者踊跃抢购，很快地，就因热卖登上了当当网的排行榜。虽然那时还是预售期，书还没有到货，但他们的热情和支持，让我非常感动。于是，我捐出自己的稿费，购买二十万码洋的"奶格玛"护肤品和营养品，回赠给那些购书的新老读者。因为很多年以来，我发现，很多朋友在做事的过程中，对于捐书等公益事业很慷慨，但在自己身上却很"吝啬"，舍不得吃，舍不得穿，更舍不得为自己添置很好的护肤品和营养品。这次正好有这样的机缘，让我有了回报读者的一个理由，我就做了一些力所能及的事，希望能给他们带去幸福，带去健康，带去吉祥！有人把这当成了一种促销，其实不是。虽然它客观上也许有促销作用，但对于我来说，目的只是回报。在过去的多年里，我出过几十本书，每次新书出来，我们从没有搞过促销，但我的读者们都会买书，都会积极地宣传书。他们在乎的，是如何将书中承载的文化传播出去，让更多的人受益。很多朋友没任何的功利心，做了很多事，很令人感动。我每次出新书，他们都会购买很多，捐给大学图书馆，或赠给有缘人。他们这样做，从来不期求什么，也没有什么回报，但他们就这样默默地做了很多年，一直在做。甚至，有些人的名字，我们都不熟悉。他们不需要说明，也不需要解释，在他们心中，做就是目的。作为一个作家，与其说是我的作品感动了读者，不如说是读者感动了我。

这个时代最缺的，其实不是物质，不是金钱可以买到的东西，而是朋友，还有其他的一些金钱买不到的精神和情怀。正是因为这个时代越来越冷漠，我希望能给读者们一份关爱。所以，我一直想用自己的方式来回报读者，我希望自己能给他们带来当下的关怀，同时也能给他们带来终极的超越。

需要说明的是，在回报读者的过程中，我更多的是因为爱，而不是因为用。我有个特点，就是总想把自己最好的东西分享给别人。也许，正是源于这种爱，我才能够打动读者。所以，爱是一个作家写作的动力，也是一个作家成功的秘密。

每天清晨，我禅修之后，都会在第一时间回向给我的读者。每年新春的第一天，我也会送去我的祝福，这成了我的一种本能。这份祝福，就像我的作品一样，都是一种爱的表达方式。未来，我仍然会将更多的爱回报给读者，回报给朋友！

　　在此，我向关心我的读者送去我的祝福，祝愿大家一生吉祥安康、幸福快乐！

2020 年元旦

附录一 雪漠简介及作品年表

一、简介及荣誉

　　雪漠，原名陈开红，1963年生于甘肃省武威市洪祥乡。1982年毕业于甘肃省武威师范学校。做过中学、小学教师，曾在武威市教育委员会任职。1988年发表处女作《长烟落日处》（中篇小说），2000年凭长篇小说《大漠祭》获得第三届"冯牧文学奖·文学新人奖"第一名。2002年成为甘肃省文联专业作家。现为国家一级作家，甘肃省作家协会副主席。

　　迄今创作有长篇小说《大漠祭》《猎原》《白虎关》《西夏咒》《西夏的苍狼》《无死的金刚心》《野狐岭》、小说集《深夜的蚕豆声》、散文《一个人的西部》《匈奴的子孙》、诗集《拜月的狐儿》、文化著作《空空之外》《黑话江湖》《老子的心事》等作品四十多部。

　　作品入选《中国文学年鉴》和《中国新文学大系》。多部作品由美国葛浩文、英国尼克·哈曼、加拿大李莎、德国武屹、罗马尼亚鲁博安、墨西哥莉亚娜、斯里兰卡丹尼斯、尼泊尔塔姆等著名翻译家翻译，作品译本多达三十五个。曾获"冯牧文学奖""上海长中篇小说优秀作品大奖""中国作家大红鹰文学奖""中国作家鄂尔多斯文学奖"等多种奖项，连续五次获甘肃省委、省政府颁发的"敦煌文艺奖"，连续三次获甘肃省文联、省作协颁发的"黄河文学奖"，入围第五届"国家图书奖"，三次入围"茅盾文学奖"。

获得荣誉一览（2002—2018）：

2002年获武威市委、市政府授予的"文化艺术先进工作者"称号；

2003年获甘肃省文联第二届"甘肃省德艺双馨文艺家"称号；

2004年被授予甘肃"德艺双馨文艺家"称号；

2005年获甘肃省委组织部、宣传部、人事厅授予的"甘肃省拔尖创新人才"称号；

2006年获甘肃省文联"先进工作者"称号及甘肃省委、省政府授予的"甘肃省优秀专家"称号；

2011年被评为东莞市文学艺术界"先进文艺工作者"；

2015年当选为"2014年甘肃文学人物"，被授予复旦大学附属肿瘤医院"人文导师"荣誉称号，入选"2015年中国品牌文化十大人物"；

2018年入选2017年度"当当影响力作家·文化作家榜"。

二、文学作品年表（1988—2018）

处女作中篇小说《长烟落日处》1988年8月发表于《飞天》1988年第8期；1989年收入《戈壁·绿洲·旭日》（敦煌文艺出版社出版）。

短篇小说《新疆爷》1999年3月发表于《飞天》1999年第3期；由英国著名翻译家尼克·哈曼翻译成英文后，2012年4月11日作为"当代中国最优秀的五部短篇小说"之一刊登于英国《卫报》。

长篇小说《大漠祭》2000年10月由上海文化出版社出版；2001年经改编拍摄成为二十集电视连续剧《大漠缘》；2003年入选《中国文学年鉴》；2009年入选《中国新文学大系》第五辑（上海文艺出版社出版）；2009年4月由读者出版集团再版；2013年3月入选《陇原当代文学典藏》丛书；2017年1月由中国大百科全书出版社出版插

图版。

散文《凉州与凉州人》2003 年发表于《收获》2003 年第 2 期；《新华文摘》2003 年第 6 期转载。

长篇小说《猎原》2003 年 10 月由北京十月文艺出版社出版；2009 年 7 月由敦煌文艺出版社再版；2017 年 1 月由中国大百科全书出版社出版插图版。

长篇小说《猪肚井的狼祸》2004 年发表于《中国作家》2004 年第 2 期。

小说集《雪漠小说精选：狼祸》2004 年 7 月由中国文联出版社出版。

短篇小说《沙娃》《拥抱的白骨》《美丽》《凉州令》《拜月的狐儿》《入窍》《青龙煞》《博物馆里的灵魂》《朝圣之旅》《空行母的断腿因缘》《豺狗子》《瘟症》等，2004—2006 年分别发表于《飞天》《中国作家》《长城》等文学刊物。

长篇小说《白虎关》2008 年 8 月由上海文艺出版社出版；2017 年 1 月由中国大百科全书出版社出版插图版。

长篇小说《西夏咒》2010 年 5 月由作家出版社出版；2017 年 5 月由中国大百科全书出版社再版。

长篇小说《西夏的苍狼》2011 年 1 月由作家出版社出版；2017 年 5 月由中国大百科全书出版社再版。

长篇小说《无死的金刚心》2012 年 4 月由中央编译出版社出版；2013 年 4 月由台湾大地出版社出版繁体字版；2017 年 5 月由中国大百科全书出版社再版；2017 年 8 月其中情书内容结集而成的《见信如面——莎尔娃蒂的情书》，由中国大百科全书出版社出版。

长篇小说"大漠三部曲"（《大漠祭》《猎原》《白虎关》）2013 年 5 月由中央编译出版社结集出版；2017 年 1 月由中国大百科全书出版社出版精装插图版；2018 年 9 月由中国大百科全书出版社出版美国著名翻译家葛浩文翻译的英文版。

中短篇小说集《雪漠的小说》2014年4月由甘肃文化出版社出版。

长篇小说《野狐岭》2014年7月由人民文学出版社出版。

诗集《拜月的狐儿——雪漠的情诗或道歌》2015年4月由中央编译出版社出版。

自传体长篇散文《一个人的西部》2015年8月由人民文学出版社出版。

中短篇小说集《深夜的蚕豆声》2016年4月由人民文学出版社出版。

短篇小说集《雪漠小说精选》2017年8月由中国大百科全书出版社出版；2018年5月由中国大百科全书出版社出版英国著名翻译家尼克·哈曼翻译的英文版。

序、跋集《前言后记》2017年8月由中国大百科全书出版社出版。

游记《匈奴的子孙》2017年9月由人民文学出版社出版。

散文集《凉州往事》2017年11月由中国大百科全书出版社出版。

散文集《活着就要发声》2018年5月由中国大百科全书出版社出版。

三、文化作品年表（1991—2018）

《江湖内幕黑话考》1991年11月由上海文艺出版社出版；2017年2月由中国大百科全书出版社修订再版，更名为《黑话江湖》。

《大手印实修心髓》2008年11月由甘肃民族出版社出版。

《光明大手印：实修心髓》（上下）2011年11月由中央编译出版社出版。

《光明大手印：实修顿入》（上下）2011年11月由中央编译出版社出版；2017年7月由中国大百科全书出版社修订再版，更名为《雪漠心学大系：真心》（上中下）。

《世界是心的倒影》2012 年 10 月由海南出版社出版；2018 年 4 月由中国大百科全书出版社出版插图版；2018 年 5 月由中国大百科全书出版社出版英文版。

《让心属于你自己》2012 年 10 月由海南出版社出版；2018 年 4 月由中国大百科全书出版社出版插图版；2018 年 5 月由中国大百科全书出版社出版英文版。

《光明大手印：参透生死》2012 年 11 月由中央编译出版社出版。

《世界是调心的道具》2013 年 8 月由中央编译出版社出版。

《光明大手印：文学朝圣》（上下）2013 年 9 月由中央编译出版社出版；2017 年 7 月由中国大百科全书出版社修订再版，更名为《雪漠心学大系：文心》（上下）。

《光明大手印：当代妙用》（上下）2013 年 9 月由中央编译出版社出版。

《光明大手印：智慧人生》2013 年 9 月由中央编译出版社出版；2017 年 7 月由中国大百科全书出版社修订再版，更名为《雪漠心学大系：慧心》（上下）。

《特别清凉》2014 年 10 月由中央编译出版社出版。

《空空之外》2016 年 8 月由中国大百科全书出版社出版。

《老子的心事——雪煮〈道德经〉第一辑》2017 年 2 月由中国大百科全书出版社出版；2018 年 7 月由香港中华书局出版繁体版。

《给你一双慧眼》2018 年 4 月由中国大百科全书出版社出版。

《老子的心事——雪煮〈道德经〉第二辑》2018 年 7 月由中国大百科全书出版社出版。

【注】雪漠研究资料集《解读雪漠》（上中下，雷达主编）2014 年由中央编译出版社出版；雪漠研究资料集《揭秘〈野狐岭〉——西部文学的自觉与自信》（上下，陈晓明主编，张凡、陈彦瑾副主编）2020 年将由中国大百科全书出版社出版。

四、作品获奖一览（1991—2018）

中篇小说《长烟落日处》1991年获"甘肃省第三届优秀作品奖"。

学术专著《江湖内幕黑话考》1993年获"甘肃省社会科学最高奖"。

短篇小说《新疆爷》1999年获"华浦杯·甘肃作家小说大奖赛"二等奖。

长篇小说《大漠祭》2000年入选中国小说学会"中国小说排行榜"；2001年获上海文艺出版社"上海文艺出版总社优秀图书奖"一等奖、上海市新闻出版局"上海市优秀图书"一等奖、华东地区文艺图书评奖委员会第十四届"华东地区（六省一市）文艺图书"一等奖；2002年获中国作家协会中华文学基金会第三届"冯牧文学奖·文学新人奖"第一名、甘肃省委宣传部颁发的第二届"精神文明建设五个一工程奖"；2003年获"2000—2002年度上海长中篇小说优秀作品大奖"，甘肃省委、省政府颁发的第四届"敦煌文艺奖"一等奖，入围第五届"国家图书奖"、第六届"茅盾文学奖"。

散文《凉州与凉州人》2003年获《中国作家》杂志和中国散文学会颁发的"好百年·全国散文大奖"。

长篇小说《猎原》2004年获甘肃省文联、省作协颁发的首届"黄河文学奖"，入选《当代·长篇小说选刊》2004年第6期"专家推荐排行榜"第一名；2006年获甘肃省委、省政府颁发的第五届"敦煌文艺奖"。

中篇小说《猪肚井里的狼祸》2005年获"中国作家大红鹰文学奖"。

中篇小说《豺狗子》2009年获2008年度"中国作家鄂尔多斯文学奖·优秀作品奖"。

长篇小说《白虎关》2009年获第三届"黄河文学奖"一等奖、

第六届"敦煌文艺奖"；2011 年入围第八届"茅盾文学奖"。

长篇小说《西夏咒》2012 年获第四届"黄河文学奖"、第七届"敦煌文艺奖"。

长篇小说《野狐岭》2014 年入围第九届"茅盾文学奖"，其出版及热销被评为 2014 年甘肃文学十大新闻之一；2018 年 2 月获第八届"敦煌文艺奖"一等奖。

附录二 众说纷纭话雪漠

2001 年

　　雪漠的《大漠祭》是西部文学的精品力作，它不仅写出了西部独有的雄浑苍茫的大漠景色和纯朴的社会风情，而且写出了西部人特有的坚忍顽强的性格和豪迈奔放的精神气质，它深切地揭示恶劣的自然环境和落后的生产方式所造成的西部农民的贫困，以及由于贫困所造成的病痛不幸……它充分说明了西部大开发的必要性。(《一部真正为农民写的书》，2001 年 3 月 16 日甘肃省作协《大漠祭》研讨会发言)

　　　　　　　　　　　　　　——梁胜明　《甘肃日报》高级编辑

　　《大漠祭》中没有中心事件，更没有英雄人物，有的只是普通得无法再普通的日常琐事：驯兔鹰、捉野兔、打狐狸、吃山芋、喧谎儿、劳作、偷情、吵架、捉鬼、祭神、发丧等；情节也不复杂。故事的结构上，无非是用灵官一家串起村子里外的一串人物。但是，由于作者对农民了解的深切，感情的深厚真挚，虽然是琐事，虽然是普通农民，读来依然能吸引人。给读者的印象是：所有的事情，都是真的；所有的人物，都是活的。(《〈大漠祭〉内容摘要之编后记》，《飞

天》2001 年第 3 期）

《大漠祭》的题旨主要是写生存。写大西北农村的当代生存这自有其广涵性，包含着物质的生存、精神的生存、自然的生存、文化的生存。所幸作者没把题旨搞得过纯、过狭。它没有中心大事件，也没有揪人的悬念，却能像胶一样黏住读者，究竟为什么？表面看来，是它那逼真的、灵动的、奇异的生活化描写达到了笔酣墨饱的境界，硬是靠人物和语言抓住了读者，但从深层次看，是它在原生态外貌下对于典型化的追求所致。换句话说，它得力于对中国农民精神品性的深刻发掘。（《生存的诗意与新乡土小说》，《小说评论》2001 年第 5 期）

——雷达　中国作家协会创研部原主任、中国小说学会会长

《大漠祭》是一部清醒地观照我们农民父老历史和现实的生存境况、生命状态的书，是一部深刻地揭示了他们几乎为人所忽略了的坚韧的生活欲求和复杂的精神走向的生活史、心灵史。《大漠祭》揭示西部生活所达到的深度，表明作家具有相当开阔的文化视野，具有比较中把握自身的自觉。（《西部农民凡俗人生的真实与诗意》，《飞天》2001 年第 5 期）

——张明廉　西北师范大学中文系教授

《大漠祭》的确是一部令人耳目一新的优秀之作。它的艺术特色是多方面的，而其中对大众语汇的开掘采撷和广泛运用，是获得巨大成功的重要因素。……有人开玩笑说，《大漠祭》写绝了沙漠，前无古人，后无来者！（《〈大漠祭〉的语言》，《飞天》2001 年第 8 期）

——赵雁翼　作家、甘肃省文学院原院长

2002 年

十年磨一剑只是一个传说，但却是雪漠文学事业的真实写照。以十几年时间，反复锤炼一部小说，没有内心深处的宁静，没有一番锲而不舍的追求，没有一种深远的文学理想和赤诚，是难以想象的。我们今天的文坛，太需要这种专心致志的创作态度。(2002 年 4 月 6 日第三届"冯牧文学奖"颁奖会上发言)

——徐怀中　作家、解放军总政治部文化部原副部长

在文学将相当多的篇幅交给缠绵、温情、感伤、庸常与颓废等情趣时，雪漠那充满生命气息的文字，对我们的阅读构成了一种强大的冲击力。西部风景的粗粝与苍茫，西部文化的源远流长，西部生活的原始与纯朴以及这一切所造成的特有的西部性格、西部情感和它们的表达方式，都意味着中国当代文学还有着广阔而丰富的资源有待开发。雪漠关注的不仅是西部人的生存方式，他还想通过对特殊的西部生活与境况的描绘，体会与揭示人类生存的基本状态。在当下文学叙述腔调日益趋于一致之时，雪漠语言风格的特色显得更为鲜明。短促有力、富有动感的句式，质朴而含意深厚的西部方言以及西部人简练而直率的言说方式，使我们获得一种新的审美感受。

——2002 年第三届"冯牧文学奖"雪漠获奖评语

同长篇小说《大漠祭》一样，雪漠不多的中短篇小说，都有着深沉的恋乡情结。对农民和乡村深厚、真挚的情感，是一种深入骨髓的亲情。雪漠怀着热恋乡土的赤子之心，对乡村的历史和现状、农民的命运和前途，进行多方面的思考，显现出强烈的历史责任感和进取精神。一个作家影响一批读者，一批作家影响一个民族的文化。我一直认为，作家的重要职责和价值所在，就在于不仅要像别人那样介入生

活，而且要用自己的作品拓展精神活动的深度和广度，要有助于提高本民族的文学语言。雪漠的作品在应用地域特色浓厚的方言俗语表现农民的现实生活上，做出了可贵的尝试。（《关于雪漠的小说创作》，《飞天》2002年第4期）

——彭岚嘉　兰州大学文学院教授

谢（晋）导的膝盖上摊着一本书，书名叫《大漠祭》，他今天要与我谈的就是这部书，他问我有没有看过这部书，我说书名我知道，但内容没看过。我看到他的脸上顿时掠过一丝淡淡的遗憾，他说，这部书写得好，他被震动了，看了这部书，他才知道中国西部是怎么一回事，感到中国贫困地区农民生活的艰辛和悲苦。与他相交的这么多年中，我还没有见过他对一部小说有这样的推崇。即使是在中国文坛上曾经轰动一时的那些书，他也没有这么推崇过。（《谢晋说，你该与故乡结缘了》，《上虞日报》2002年5月22日）

——顾志坤　作家、上虞市文联副主席

在这灿若群星的甘肃小说作家群里，我以为最明亮的一颗是雪漠。他的心血之作《大漠祭》出版伊始，我就一口气读完了。掩卷沉思，深为作品所包容的强烈的忧患意识，悲天悯人的胸怀，以及那扑面而来的泥土清香，一个个鲜活的人物形象，生动的语言，逼真的细节描写，拍案叫绝，击节称赏。（《甘肃文学的新崛起——〈大漠祭〉对我们的启迪》，《飞天》2002年第8期）

——张炳玉　甘肃省文联原党组书记、副主席

2003年

雪漠塑造了老顺，老顺成就了雪漠。……雪漠用锐利的解剖刀，通过老顺的形象，切开了生存残酷的一面，平静的叙述中回荡着悲剧

的韵律和浓烈的忧患意识，他在呼唤我们关注老顺们，让他们像一个真正的"人"那样活着。（《"大漠"中的老顺》，《小说评论》2003年第1期）

——李文琴　兰州大学中文系博士

《大漠祭》的语言只属于雪漠和他的大漠世界。它是古老的，但又是与当下紧贴的；它是质朴的，但容纳了鲜活生动的人生百态；它是及物的，但阅读所收获的绝不仅仅是事实。可以说《大漠祭》是一部比较典型的汉语写作文本，它的一个隐性立场，我认为是对汉语主体的坚守。（《小说语言与汉语主体性》，《小说评论》2003年第1期）

——田广　兰州大学中文系博士

《大漠祭》的写作是渐入佳境式的，越到后来越耐人寻味。作家对奇幻的大漠风光、原始的巫术仪式的描写都很见功力，而且有效地控制着文本的叙述节奏、速度与方向，对于矫正当今文坛作家大多长于叙述短于描写的流弊有一定积极作用。（《乡村叙事的审美特征》，《小说评论》2003年第1期。）

——梁颖　兰州大学中文系博士

我以为《大漠祭》真正感动我们的，是得之于对中国农民精神品性的深刻挖掘。它承继了我国的现实主义优良传统，包容着一种强烈的忧患意识的正视现实人生的勇气。它不回避什么，包括不回避农民负担问题和大西北的贫困现状。它的审美根据是写出了生存的真实甚至是严峻的真实，因为只有这样才能起到真正激人奋进的作用。（《我看〈大漠祭〉》，2002年12月11日鲁迅文学院雪漠作品研讨会发言，发表于《飞天》2003年第3期）

——雷达　中国作家协会创研部原主任、中国小说学会会长雪漠面对西部的大自然，面对西部的生活于困境中的人们，他是充满感情的。对于西部的天空、大地、沙漠、草木、鸟兽，他都那么熟悉，都跟他们建立了一种形照神交的亲和关系，让我们看到了普里什文对俄罗斯大地的那种熟悉程度。雪漠对沙漠的那种景象万千富于变化的景观的描写，就我现在读到的小说和见诸文字的东西来看，我发现没有比他写得更丰富的。（《人民立场和苦难意识》，2002年12月11日鲁迅文学院雪漠作品研讨会发言，发表于《飞天》2003年第3期）

——李建军　中国社会科学院文学研究所研究员

《大漠祭》之所以让人爱读，我觉得有一个重要的原因，就是准确而深刻地表现了农民的情感。这种情感可谓包罗万象，无所不及。（《农民生活、农民情感和农民语言——就〈大漠祭〉致雪漠》，《甘泉》2003年第3、4期合刊）

——何茂活　河西学院文学院教授、《河西学院学报》主编

《大漠祭》的作者有意去逼真地模拟现实生活，践约了他文学精神最可贵的品质——真实。它是对走向全球化时代的当代中国文坛某种浮华夸饰、浅薄虚妄现象的一种抵抗和嘲讽，在警醒人们睁眼正视这个民族的生存图式和农民的精神现状时，努力打破一种虚拟的文化自足的怪圈。（《全球化时代的西部乡土小说》，《新华文摘》2003年第5期）

——赵学勇　兰州大学中文系教授

2004 年

《猎原》是一曲苍茫辽远的凉州词。（《当代·长篇小说选刊》

2004 年第 6 期"专家推荐排行榜"推荐语）

——孟繁华 沈阳师范大学教授

《大漠祭》是一曲真正的悲歌，悲从作者心中来，悲到读者心中去。这是一曲令人感慨万千的时代悲歌，这首歌，唱着我们民族的悲痛，唱着广大农民的辛酸。（《满腔热血，几多感慨——读长篇小说〈大漠祭〉有感》，《当代文坛》2004 年第 1 期）

——孔会侠 河南郑州师范学院文学院讲师

只要人类尚未进入大同世界，其形象所昭示的意义便会长存。我甚至发奇想：为免西夏文书命运，应该借助先进科技，把这部书发射到另外一个星球去。亿万光年之后，那个星球上的生命研究宇宙，《猎原》就会成为一份参照："噢，地球是这样毁灭的。"（《地球是这样毁灭的》，《文学报》2004 年 5 月 13 日）

——崔道怡 《人民文学》原常务副主编

《猎原》是在作品那浑朴淳厚的事象中，似乎裹藏了含而不露的意向，那就是在为西部造影中反思西部，在为人生摹相中审视人生。（《读雪漠的长篇新作〈猎原〉》，《文汇读书周报》2004 年 5 月 31 日）

——白烨 中国社会科学院研究生院教授、
中国当代文学研究会会长

雪漠不管是有意或无意，他还是比较靠近现代，这就是对存在的一种认识。雪漠的小说中，没有简单地去诠释鲁迅先生的国民性思想，没有很生硬地迎合某种声音，也没有用官僚化的思想来诠释农村生活。它身上，再也找不到上世纪农村革命史诗像《创业史》这类作品的影子。它只写了河西走廊农民一年四季的艰辛生活，这种生存被写得非常鲜活：他们存在着，他们沉默着，他们已经习惯了几千年的这种生活。小说表现的强劲程度，是我们很多作家所不能比的。作者对他所描写的生活非常熟悉，他不需要专门去搞一种寓言化的写作或者形而上的概括，或者整体象征，它本身就有一种象征意义。(《雪漠小说的意义》，《人民日报》海外版2004年6月18日)

——雷达　中国作家协会创研部原主任、中国小说学会会长

《猎原》展示的是一个群体人的生活场景，注重的是场景之下的冲突与交融。或者说，这不是一个可以改编成连环画的故事，更像是一面墙壁上展开的油画，有场景、有人物、有表情，也有故事的痕迹，但效果却不在故事的起伏线索中，而在整体的、强烈的视觉冲击中实现。说到底，雪漠不是想去塑造一个生命个体，而是要通过群体的雕塑实现对一个世界的诉说。(《〈猎原〉笔记》，《文艺报》2004年6月8日)

——阎晶明　中国作家协会书记处书记

雪漠没有着意编织一个首尾周全的完整故事，他把神思文采全部倾注于原汁原味生活情景的精雕细刻。这固然来源于他的"悟"，但更重要的是，他确实有生活，有人生的历练，因而也就有了创造文学真品的资本与资格。而读者，也并非仅靠故事就都能"取悦"的。他们要看的是生活，是要去重温那熟悉的或者去结识那陌生的生活。(《关于生存的真实画卷——〈猎原〉读后有感》，《甘肃日报》2004年9月17日)

——崔道怡　《人民文学》原常务副主编

2005 年

开始动手写《大漠祭》时，雪漠只有二十五岁，到2007年9月《白虎关》定稿、2008年出版时，雪漠已经四十五岁了，中间相隔了

整整二十年，雪漠将自己生命的黄金岁月，几乎全部给了祖国西部这个农民和他的一家，这在中国文学史上也是绝无仅有的。它如实记录了现代语境中西部如老顺一家几代这样的农民的艰难而尴尬的生存，同时也显示了雪漠对长篇小说叙述的执著探索。(《现代化语境下的西部生存情境——从〈大漠祭〉到〈猎原〉》，《小说评论》2005年第1期)

——李星 《小说评论》原主编

雪漠的语言极具地域特色，心理描写也十分细腻，人物刻画颇见功底，特别是对西部女性的描摹相当传神，这都是应当充分肯定的。然而，光有这些并不能成就雪漠，有些西部作家比他在这些方面可能做得还更好，但雪漠之所以让我们记住，就在于他的作品中，还具有独特的精神力量和魅力。(《评〈狼祸——雪漠小说精选〉》，《文汇报》2005年1月4日)

——朱辉军 中国文联出版社原副总编辑

雪漠的执著追求、淡泊名利和近乎苛刻的灵魂重塑，都源于爱。一个作家，只有抛弃小我，融入大我时，其作品才可能有大气。那种大气，绝非造作的装腔作势，更非作品篇幅的宏长，而是作家人格的显现。读《大漠祭》时，从字里行间，我们都能读出那独有的大气和悲天悯人的胸怀。这一切，无疑源于他那份深沉的爱。(《走近雪漠》，《兰州晨报》2005年1月29日)

——阎世德 《兰州晨报》社新闻调查部主任、记者

在我的印象中，雪漠是个矛盾的统一体：他的身上，既有苦行僧的淡泊超然，又有思想者的尖锐敏捷；安详时如静水，激扬时如泄洪；文学上沉迷执著，生活上知足常乐；自我塑造严苛方正，却又稚拙天真独自高歌……辄听他发出惊人之语，每每被人指责为偏激。但

他的尖锐和偏激，充满思想的火花，而绝无心胸狭窄者的卑琐。（《雪漠印象》，《作品》2005年第5期）

——徐大隆　《上海文学》编审

我老眼昏花，已很少读长篇小说。前些日子翻开雪漠的《大漠祭》，居然被它牢牢吸住，一头扎了进去，随着书中人物的遭遇时忧时喜，甚至感叹落泪。掩卷之后心情仍然久久不能平静。我感动，也高兴，为大西北出了这样一位作家而高兴，为西部文学增添这样一部力作而高兴，情不自禁要为它喝彩。（《为〈大漠祭〉喝彩》，《新民晚报》2005年）

——欧阳文彬　作家、文学翻译家

《大漠祭》是甘肃文坛的骄傲，雷达先生认为这本小说的出现，对乡土小说、西部小说的发展都具有重要的意义，甚至对中国文学的发展都会产生一定的影响。这样的评论不知道会被多少人认可，但是，打开小说时扑面而来的是令人感动的质朴，在这样一个浮躁的时代里，作家沉默着写作的态度本身就是一座丰碑。（《〈大漠祭〉中的民俗世界及其象征意义》，《河西学院学报》2005年第21卷第6期）

——白晓霞　兰州城市学院中文系教授

雪漠的创作风格长于鸿篇巨著，读其《大漠祭》和《猎原》，有一种亲历浩瀚干涩的沙漠之感。……反之，雪漠的短篇却显得妩媚灵动儿女情长。我读《美丽》便有这样的感觉。（《什么是美丽的最好定格》，《上海文学》2005年第9期）

——陈思和　复旦大学人文学院副院长，中文系主任、教授

2006 年

雪漠是小说学会发现的一个作家，他的《大漠祭》和《猎原》被认为是新世纪以来西部文学的代表作，雪漠本人并因此而获得"冯牧文学奖"的文学新人奖。(《贴近地面的叙事》，《滇池》2006 年第 1 期)

——陈骏涛　中国社会科学院文学研究所研究员

雪漠的小说给人最强烈的感受就是浸透在字里行间的那种质朴而又沉重的情感负载，是那种对现代化进程中农民实际生活能力被无形弱化的现实不能无视的责任感。尽管这几年也有不少反映"三农"问题的小说发表，但多停留在表层的抒写，很少有像雪漠那样的将自己精神的血脉牢植在农村与农民之中的作品。(《论雪漠小说的价值取向》，《小说评论》2006 年第 4 期)

——何清　苏州科技学院图书馆馆长、人文学院教授

雪漠的成功，一方面应归功于其作品丰厚的生活底蕴，另一方面则缘于其作品中所弥漫的浓厚的宗教意识。通读雪漠的作品，你会被遍布于其中的博大的宗教情怀所感染。(《论雪漠小说的佛教文化色彩》，《运城学院学报》2006 年第 4 期)

——宋洁　兰州大学文学院讲师

2007 年

我们读雪漠的小说，往往会产生一种原创的感觉，这在很大程度上就是由于语言的功劳。那种贴切地道，那种鲜活生动，那种韵味，是令人拍手叫好的。在中国当代作家中，像雪漠这样对民间方言充满信任，并乐此不疲地吸收和探究的作家，已经不多见了。(《苍凉的大

漠深处的声音》，中国作家网 2007 年 1 月 22 日）

——唐瀚存　兰州交通大学文学与国际汉学院副教授

雪漠的小说创作，还原了西部"神话"的内在底蕴。他把辽阔粗犷的西部极其细致地、大规模地描写了出来，击碎了文学史上那些符码化的西部想象；他第一次描写出了正在膨胀的西部与消失的西部，对于现代人与自然的暴力关系表现出深刻的忧虑；他创造出了真正意义上的西部猎人、牧人和农民等边缘人的艺术典型，勾画了西部人的精神灵魂。他以西部农村生活的逼真描述，揭示出西部农村在现代化过程中悄悄发生的那些细致而坚硬的变化，对于由于历史实践、边远地域、贫穷及其观念造成的西部之痛，对于弥漫于西部的怀旧与无可奈何的复杂时代情绪的反映，显出现实主义小说新的精神向度。（《审视"西部"之痛——论雪漠的西部书写及其文学价值》，《河西学院学报》2007 年第 23 卷第 6 期）

——程国君　陕西师范大学文学院教授

2008 年

雷达说："雪漠的出现已经成为一种独特的文学现象，他代表了一种文化、一种精神、一种人格、一种理念。"近二十年一以贯之的积累、磨砺和打磨，雪漠的创作相对独立、连贯而系统。他的创作手法独具一格，创作风格细腻而不失大气，在近二十年来日益浮华而趋于商业化的文学界，成为当代小说创作史上一个相对完整的个案，具有重要的研究价值。（《雪漠的宗教情怀与小说创作》，2008 年 4 月上海师范大学硕士学位论文）

——赵春　上海师范大学硕士

这部作品以厚实的生活内容、鲜明的文化特色、深刻的思想主题以及独有的艺术表现，让我们看到了甘肃作家的不懈努力正在使一个地域富有特色的小说不断引起文坛关注，产生全国影响。据我所知，雪漠就是一个能够不断写出好作品的甘肃代表性作家。（《甘肃又有好作品——雪漠长篇小说〈白虎关〉》，《文艺报》2008年第40期）

　　　　　　　　　　　　　——木弓　《文艺报》副主编

　　阅读《白虎关》，我们看到了西北大漠人生的挣扎，也感受到了他们爱的执著，我们可以从中感受到清凉、宽容、安详和博爱。（《生的挣扎与爱的执著——读雪漠的长篇小说〈白虎关〉》，《文艺报·周六版》2008年第44期）

　　　　　　　　——杨剑龙　上海师范大学人文学院中文系教授

2009年

　　在去年所有的排行榜和评奖中，都没有《白虎关》这部小说的踪影，但我认为它是2008年最好的小说之一。比作者自己的《大漠祭》高出了不少。仍写西部农民，仍写生存的磨难和生命力的坚韧，但细节饱满，体验真切，结构致密，并能触及生死、永恒、人与自然等根本问题，闪耀着人类良知和尊严的辉光。一部能让浮躁的心沉静下来的书。（《08年我看好的几本书》，《新快报》2009年1月12日）

　　　　　——雷达　中国作家协会创研部原主任、中国小说学会会长

　　雪漠的写作以其粗犷硬朗的西部气象令人惊异，它使西部文学在今日中国文坛显得更加强健旺盛。数年前，雪漠的《大漠祭》《猎原》就在文坛刮起一股颇为强劲的西北风，最近雪漠的《白虎关》由上海文艺出版社出版，可以让人明显感到，雪漠在小说艺术上的冲劲更充足了，这是一部闪耀着西部气象的有力道的作品。（《西部叙事的美学

气象与当代机遇》，《小说评论》2009年第1期）

——陈晓明　北京大学中文系主任、教授

雪漠是一只沙漠雄鹰，他翱翔在西北大漠上，以其锐利温爱的眼睛俯瞰大漠生灵；雪漠是一位大漠歌手，他行走在嘉峪关戈壁滩，以其粗犷悲婉的歌喉吟唱大漠人生。读雪漠的小说会想到王维《使至塞上》中"大漠孤烟直，长河落日圆"的诗句，开阔、雄浑，悲怆、苍凉。（《写出大漠中生命的奋斗与挣扎——评雪漠的小说创作》，上海首届作家研究生班作品集《姹紫嫣红开遍》，2009年9月1日）

——杨剑龙　上海师范大学人文学院中文系教授

相对于东部文学来说，西部文学更显得厚重、沉稳与博大，其作品更多地掺杂了悲壮、崇高的敬意，以及对艺术的敬重与神圣，还有一种欲罢不能、无法割舍的历史使命感。而这其中雪漠是西部中年作家中的优秀代表。雪漠的长篇小说《白虎关》更关注了当下西北农民真实的生活状况与灵魂的颤动，那种残酷、疯狂、血腥的生活状态，以及人性的悲悯、搏杀、麻木与无奈。《白虎关》是雪漠长期生活在农村并深入观察、凝神思考的结晶，它是继《秦腔》之后西部文学出现的又一部扛鼎之作。（2009年10月22日复旦大学《白虎关》研讨会发言，发表于《文艺争鸣》2010年第3期）

——栾梅健　复旦大学中文系教授

雪漠小说的语言，张力、冲击力非常大。这个张力是什么呢？是从非常世俗化、功利化、充满欲望的生活细节里面，包括从人与人之间的冲突，到非常纯净的、带宗教意味的精神升华，显示出小说极大的张力。它从最琐碎的、最世俗的、最充满欲望和血腥的生存状态，给人以情感上、精神上的穿透力。……在处理宗教和世俗、宗教理念与人文理念这样一个关系上，雪漠作品和张承志后期作品正好是一个对照。特别是《心灵史》这样的小说，它以宗教的眼光来看待世俗的生活，是我们应该尊重的。但在文学上这种处理方式会引来非常多的排斥。而雪漠恰恰是倒过来，以人文的东西来包容宗教的信仰行为和宗教的精神，这应该是文学的处理方式。这是非常好的。（2009 年 10 月 22 日复旦大学《白虎关》研讨会发言，发表于《文艺争鸣》2010 年第 3 期）

——宋炳辉　上海外国语大学教授

《白虎关》是一部真正写出了中国农民之心的小说。它对中国农民心灵的把握非常细腻，是真正在写农民的灵魂，真正地让人物回到农民的心上。这部小说很有深度，确实是今天乡土文学创作的一个突破。……我觉得能真正写出中国农民的心灵，并能达到这样一个高度的作品不是太多。（2009 年 10 月 22 日复旦大学《白虎关》研讨会发言，发表于《文艺争鸣》2010 年第 3 期）

——王光东　上海大学文学院中文系主任、教授

雪漠的小说跟其他作家的小说不一样。很多作家把写作当成一种职业，讲一个故事，讲一个人，再讲一件事情，其实这些跟他自己的精神生活是有一定的距离的，而雪漠的作品读起来感觉不会是与自己无关的。小说内容虽然也在客观地叙述一个事件，但看的过程中你会被它所感染。我还是比较喜欢这一类作家，而不是那种纯粹讲跟自己没有什么关系的一个故事、一个事件。雪漠的作品给我的印象非常深。（2009 年 10 月 22 日复旦大学《白虎关》研讨会发言，发表于《文艺争鸣》2010 年第 3 期）

——杨扬　上海市作家协会副主席、
上海市作家协会理论专业委员会主任

读雪漠小说《白虎关》时，有四个字打动了我，就是"活人了

世"。雪漠对西北土地上的人怎么活的记录深深地打动了我。一个作家对生命珍重到什么程度？我们对这个时代的文学究竟还需要多大程度的关心？有血有肉有生命的人不仅仅局限在物质层面，那么在某种观念上要去演绎点什么？当老舍写《骆驼祥子》的时候，老舍自己说过这么一句话，他说："用深入人物之心的心去写这个人，那笔尖上能滴下血来。"（2009年10月22日复旦大学《白虎关》研讨会发言，发表于《文艺争鸣》2010年第3期）

——徐德明　扬州大学文学院教授

《白虎关》与《大漠祭》有一个区别，就是对最普通人精神世界的活动的描述。这个活动不仅是一个外在的挣扎，对苦难生活的一种搏斗，它也与内心世界的剧烈活动是同步的。能把精神的世界和与外在生存世界的搏斗写出来的，我觉得就是高于一般的对普通人生活的写作。雪漠在写精神的时候，有一个很好的写法就是与日常生活联系起来。其他知识分子常把精神与物质分成两个东西来写，而雪漠写这些人的精神世界是从更大的世俗生活的平面上来体会、来挖掘、来发挥的。（2009年10月22日复旦大学《白虎关》研讨会发言，发表于《文艺争鸣》2010年第3期）

——张新颖　复旦大学中文系教授

雪漠把日常生活叙事写得如此惊心动魄，离开了宏大叙事没有人能把它写得如此惊心动魄。（2009年10月22日复旦大学《白虎关》研讨会发言，发表于《文艺争鸣》2010年第3期）

——朱小如　《文学报》版面主编

读雪漠小说《白虎关》先是被打动，后来是被震动。这本书打动我的地方是它写到了很多农村人的梦想，而他们的梦想得不到施展、得不到实现，并残酷地被作者给毁灭了。后来我看到月儿死掉时，我非常地伤痛，咋这样狠呢？还有莹儿，哪怕给她留一点后路也行。我们设身处地地再想想我们自己的活。雪漠的书就牵着我让我放不下来，揪着我往下读。（2009年10月22日复旦大学《白虎关》研讨会发言，发表于《文艺争鸣》2010年第3期）

——周立民 巴金研究会常务副会长

中国作家在处理乡村解体过程中已经提供了很多写法，如《受活》是一种写法，《秦腔》是一种写法，李佩甫的《金屋》、尤凤伟的《泥鳅》也是一种写法。雪漠的这种写法相对于那些作家来说，他增加了一些新的东西，更具有内在性，不是一般的心理描写，而是在企图揭示一些灵魂的痛苦和困惑。（2009年10月22日复旦大学《白虎关》研讨会发言，发表于《文艺争鸣》2010年第3期）

——王鸿生 同济大学人文学院教授

雪漠小说中充满艰辛与磨难的西部农村生活和西部农民自然原始、粗犷坚硬的个性，以及他们在苦难中顽强坚守的西部精神与伦理，深深震撼了读者的心灵，为读者提供了一个新奇陌生的审美想象空间，那种独特的生存方式像田园牧歌一样充满了诗意，仿佛一缕清新的风滋润着那些沉溺于欲望之海中浮躁、焦渴的心灵。（《西部民间伦理与西部乡土叙事——从雪漠的〈大漠祭〉到〈白虎关〉》，《名作欣赏》2009年第12期）

——李清霞 西北政法大学新闻传播学院副教授

2010年

雪漠称得上是独一无二的作家。他的独特，不仅仅因为他是作家中少有的大手印文化研究学者，也不仅仅因为他的小说是当代西部文学的标志性作品。真正打动我的，是他的写作状态——他喜欢一遍一遍地写东西。对于不满意的作品，他会毫不犹豫地扔掉重写，而不是去改。（《大隐隐于西北，大红红于网络》，《中华读书报》2010年11月1日）

——舒晋瑜 《中华读书报》总编辑助理

雪漠是一个具有强烈人文关怀精神的作家，对西部农民生存怀着强烈的忧患意识。心灵的抵达、情感的融入、责任的担当、良知的坚守成为他塑造鲜活农民形象的精神动力。（《西部儿女的悲歌——评雪漠"农村三部曲"中的西部农民形象》，《河西学院学报》2010年第26卷第3期）

——郭茂全 兰州大学文学院讲师

雪漠笔下的大漠不是作为那些人物的生存空间，不是作为那些人生故事的一个背景出现的，它就是一个活生生的生命体，是具有独立意义的艺术形象。它既严酷，又不乏温情；它贫瘠但又丰腴；它荒凉但又蕴藏着生机；它摧残甚至毁灭生命，但是它又创造养育生命。雪漠的大漠是一个独立的艺术形象，我觉得他是用自己的生命去接近、去触摸、去亲近大漠的，与他笔下的大漠真的是息息相通、血脉相连的。他把自己的生命，对生命的感悟全部灌注在这个大漠里面。（2010年12月24日兰州大学雪漠作品研讨会发言）

——张明廉 西北师范大学文学院教授

雪漠没有回避宗教终极价值与人的理性判断之间可能产生的道德窘境，以巨大的勇气冲破启蒙与宗教的隔膜，完成了自己的思想突围。尽管对价值终端确定性的信念和宗教虚幻性之间的矛盾可能会破坏信仰，但作家不是传道士，以面对黑暗、反抗绝望的巨大勇气探索人类思想的边界和心灵的痛苦，永不放弃对于真理的托付，这才是文学的自由与尊严。（《雪漠的思想探险：从启蒙到宗教》，2010年12

月 24 日兰州大学雪漠作品研讨会发言）

——张懿红　兰州城市学院中文系教授

从《西夏咒》开始，雪漠对精神传奇的书写，表现得更加突出，甚至在阅读的时候，都能感受到雪漠自身在表现精神传奇时的一种精神亢奋。在这样一种传奇的书写里面，实际上涉及的核心东西，在我看来，就是关于生与死、悲与喜的问题，以及在生死、悲喜面前人类的超越。我想，这样一种精神的传奇，恰恰来自前面生命的传奇，这都是因为多重的苦难的叠加，特别是在《西夏咒》的叙事里面，战乱、饥荒，宗族的、家族的，以及地理的环境，都造成了苦难的多重性，对于这样一个人们难以抗拒的苦难，人们就可能追求超越。（2010 年 12 月 24 日兰州大学雪漠作品研讨会发言）

——古世仓　兰州大学文学院教授

2011 年

有那么多人在写西部，但精神上写得最像的只有雪漠。雪漠是一个非常值得研究的作家。我有种感觉，在当下的文学创作里，雪漠是被低估了的一个作家。（2011 年 4 月 19 日中国作家协会《西夏咒》《白虎关》研讨会发言）

——孟繁华　沈阳师范大学教授

我同意孟繁华说的，雪漠是一个被低估的作家，我还要再加上两个字，被"严重"低估的作家。读了《西夏咒》，我认为雪漠是个大作家。我很喜欢读《西夏咒》，这跟很多人不太一样。《西夏咒》读起来确实很难，没有多少个读者能读下去，但是我想，喜欢《西夏咒》的人读下去，是会着迷、会被感动、会被震撼的。我觉得写这本书需要强大的智慧、强大的思想驱动力，它不是平平之作。（2011 年 4 月

19 日中国作家协会《西夏咒》《白虎关》研讨会发言）

——陈晓明　北京大学中文系主任、教授

现在，很多东西——比如农耕文明等——都在流逝，雪漠贡献"老顺一家"这样一些人物，是对过去文明的一种记录式的描绘，这是在履行一个作家，尤其是西部作家的职责。再过三十年，或者再过五十年、一百年之后，我们再读这些东西，就会像读文献一样，也是在目送一种文明的消失，回望它的一些留影。我觉得这有很大的意义。（2011 年 4 月 19 日中国作家协会《西夏咒》《白虎关》作品研讨会发言）

——何向阳　中国作家协会创研部主任

我在看《西夏咒》这部作品时，是非常激动的，现在的长篇小说当中，能够比较深入地挖掘跟自己生命血液相关的，即有民族文化特性的长篇小说，不是太多。（2011 年 4 月 19 日中国作家协会《西夏咒》《白虎关》研讨会发言）

——何建明　中国作家协会党组成员、副主席、书记处书记

看了《白虎关》之后很震撼，我觉得这是一部留给现代也留给历史的书。现在一般读书时，觉得好作品一定能留下来，坏作品一定会淘汰。我觉得坏作品一定会淘汰是可以证明的，但好的为什么一定能留下来呢？无论从精神上，还是逻辑上，都不能证明好作品就一定能留下来，大部分还是会被淘汰的。作品能不能留给历史，要有几个条件：一、写得好，有它精神上的含义，能够往下引申，能够留给历史；二、后来人无法重复，不可取代他的作品。在我看来，《白虎关》有很多内容，随便一个小章节，后来人都很难能写得像他这样。（2011 年 4 月 19 日中国作家协会《西夏咒》《白虎关》研讨会发言）

——吴秉杰　中国作家协会创研部原主任

雪漠的作品是守根的文学，不是寻根的文学。从《白虎关》到《西夏咒》，我觉得雪漠活在自己的一个精神世界里，不是文学世界里，他的精神世界就是他的根：他的那片土地、那个民族文化。雪漠的写作与张承志的写作有异曲同工之妙，都有一种宗教般的虔诚，对这个民族，对这片土地都有宗教般的情怀。刚才陈晓明同志用了一个"灵魂附体"的写作，我觉得这个词用得很恰当，就是把自己的灵魂全部附体在那个民族的根上，所以，应该是守根的文学，是民族的根、神的根，这精神的根就是整个人性的精神，不仅仅是中华民族的根，而是整个人性的精神。（2011 年 4 月 19 日中国作家协会《西夏咒》《白虎关》研讨会发言）

——彭学明　中国作家协会创联部主任

《西夏咒》完成了雪漠对历史的另类文本的表述。就像他在接受采访时所说，这里的西夏既是西夏，又不是西夏，这是对人类历史的另类文本表述，要突出一种历史精神，他以"西夏"来泛指整个人类的历史，似乎以写"凉州"来书写人类历史的一种栖居，他在历史和现实之间穿梭，在梦想和现实之间做一种很正式地秉持他内心的表达，这部书就有了人类历史探索的一种韵味和反思，具有人类学、社会学的广泛意义。那么就此意而言，我认为这是一部能够进入世界文学视野的书。（2011 年 4 月 19 日中国作家协会《西夏咒》《白虎关》研讨会发言）

——肖惊鸿　中国作家协会创研部副研究员

这部作品可能会让大多数读者摸不着头脑，但只要读进去，这部作品无疑是颇具内涵品质的。如此多的历史文化思考、宗教信仰、生与死的困苦、坚韧与虚无、时间之相对与永恒等等，这部名为小说的作品居然涉及这么多内涵，这显然是当代小说中的一部奇书，可能小说这样的概念都要随之变化，至少对我们当今小说的美学范式提出了

严峻挑战。(《文本如何自由：从文化到宗教——从雪漠的〈西夏咒〉谈起》，《人文杂志》2011 年第 4 期)

——陈晓明　北京大学中文系主任、教授

雪漠或许在文学之外，在文学圈和文坛之外。数年前我读他的作品《白虎关》，就觉得他是在文坛之外，那样的作品很硬气，但有些生涩，有些愣。但《西夏咒》确实让我意外，惊奇于数年时间，雪漠这部小说不同寻常，如此大胆，他像是被什么神灵附体，否则，哪有这样的胆量，哪有这样的手笔，哪有这样的气度？神灵附体或许有些夸张，但他从宗教关怀那里获取直接的精神动力和信心，这倒是不用怀疑。雪漠可以说是当代中国作家中极少数有宗教追求的作家。尽管他表示他不会成为教徒，但他确实有相当执著而深厚的宗教情怀。(《文本如何自由：从文化到宗教——从雪漠的〈西夏咒〉谈起》，《人文杂志》2011 年 4 期)

——陈晓明　北京大学中文系主任、教授

"大漠三部曲"追求的伟大是明晰的，具有可以触摸和掌控的实在感。到了近作《西夏咒》，雪漠仍然在追求伟大，但这种伟大与前者相比，有很大的转变，体现出一种新的创作追求：在超越性或者人类性的意义上进行价值探寻。与之相应，在艺术表达上，《西夏咒》打造了一种多元因素交杂，整体隐喻的混沌化文体。可以说，"大漠三部曲"是现实主义笔法下凉州农民生存的镜像，《西夏咒》则是混沌的寓言，它的凉州故事超越了具体的现实生存，在混沌之境中试图探问人类生命的终极价值。(《混沌之境中的终极价值探寻》，《河西学院学报》2011 年第 27 卷第 6 期)

——叶淑媛　甘肃联合大学讲师

如果说"农村三部曲"让我更加深切地认识、体味了西部人民生之艰辛、爱之甜蜜、病之痛苦、死之悲哀，那么《西夏咒》则让我深思时间与空间、历史与现在、道德与人性。如果说"农村三部曲"是关于"生存"的思考，《西夏咒》则是关于"存在"的探索。(《雪漠的超越——从"农村三部曲"到〈西夏咒〉》，《石河子大学学报》2011 年 8 月 30 日)

——李晓禺　兰州大学文学院博士

2012 年

雪漠是这个时代少有的用生命写作的作家之一，他一直秉承的真实、质朴的创作方式也是对当代中国文坛浮华夸饰、浅薄虚妄之风的一次扭转。雪漠的出现确实给当代中国文坛注入了一股新鲜的血液，也为中国乡土小说的创作提供了一个新的模式——用日常化的写作方式反映一代农民的生命历程。(《雪漠小说创作论》，2012 年 3 月兰州大学硕士论文)

——赵维娟　兰州大学文学院硕士

阅读《西夏的苍狼》，对于生活在世俗社会浮躁的读者来说，会有一种清凉的感觉，小说能让读者冷静下来，进而反思生命的意义与价值。之所以能有这样一种效果，这与小说采用的一种由"笔者"与书中人物建构的叙事框架有一定的关系。(《灵魂的清凉之旅——读〈西夏的苍狼〉》，《重庆三峡学院学报》2012 年 8 月)

——陈永有　上海师范大学人文与传播学院硕士

2013 年

雪漠是通过独立人性思考而书写西部的作家，正因为他拥有人类赋予作家的权利和自由与对西部实际存在的独特感受，才能写出一部部流传千古的"真实的西部人文神话"。(《西部：一个真实的神话——〈猎原〉启示录》,《榆林学院学报》2013年1月第23卷第1期)

——卢洪涛　陕西师范大学文学院教授

雪漠的小说是独一无二、无可替代的。从现实主义的胜利到超越精神的高标，这是对雪漠小说创作历程的总结。《大漠祭》《白虎关》《猎原》是现实主义，后来的《西夏咒》《西夏的苍狼》《无死的金刚心》是探索精神和灵魂的超越。从现实的世界上升到了心灵的世界，就像《大漠祭》中的灵官必然上升到《西夏咒》中追求灵魂自由的琼，写《大漠祭》的雪漠必然上升到写《西夏咒》的雪漠一样，这是对心灵追求的必然过程。(《厚重的现实和精神的超越——雪漠小说浅论》,《华中科技大学硕士论文》2013年1月5日)

——左燕梅　西藏大学农牧学院公共教学部讲师

雪漠君大名鼎鼎，他从长篇小说《大漠祭》走向全国，为文学注入了"精神钙片"披光而出，我们从未有过联系，但对他的追求志向我是钦佩的。他是一个优秀的作家，更是文化建筑师。心灵困惑的时候，我常去他的文化网站接受精神洗礼，他的篇篇文章都是自己的心验之作。在文中，他不掩藏，不伪饰，把自己真诚暴露得一览无余。读后，总有一种精神在此相逢的感觉。他是个具有灵魂根底的作家。(《一道耐品的清茶》,陈亚珍新浪博客2013年3月18日)

——陈亚珍　山西晋中作家协会副主席

2014年

从"大漠三部曲"到"灵魂三部曲"，雪漠完成了一次从对世俗生活的当下关怀到对终极价值的思索追问的创作转型。"灵魂三部曲"以其精妙的构思、先锋式叙事、丰富的思想层次，成为当代文坛一道

独特的风景线。(《从当下关怀到精神超越——雪漠小说创作转型研究》，2014年4月重庆师范大学硕士论文)

——刘泽庆　重庆师范大学硕士

雪漠"灵魂三部曲"的叙事，更因为对终极真理的探寻，因为"信仰的诗学"，其智慧之光也有着一般"灯"传统的文学无法比拟的穿透力量。在今天这个信仰普遍缺失的年代，雪漠以小说形式完成的这部"信仰的诗学"，无疑有着时代急需的思想价值、精神价值和文学价值，值得研究和探讨。(《信仰的诗学与"灯"叙事——解读雪漠"灵魂三部曲"》，《飞天》2014年第4期)

——陈彦瑾　人民文学出版社编审，《野狐岭》编辑

《野狐岭》不但有好看的故事和接地气的笔墨细节，宏观来看，它仍然是打上雪漠烙印的一部有寓意、有境界的小说。何为"雪漠烙印"？除了西部写生，还有一样，就是雪漠的文学价值观带来的写作追求——灵魂叙写与超越叙事。这一点，让雪漠在今日文坛总是显得很扎眼。刘再复、林岗在《罪与文学》中从叙事的维度来考察百年来之中国文学，他们发现中国文学几乎是单维的，有国家社会历史之维而乏存在之维、自然之维和超验之维，有世俗视角而乏超越视角，有社会控诉而乏灵魂辩论。这不奇怪，五四前的儒家文化重现世，克己复礼；五四后的文化讲科学实证，民族救亡；直到八十年代西方现代派和拉美魔幻现实主义等各路思潮为作家带来全新的创作资源，由此诞生的意识流、新潮、实验、现代派、先锋、寻根等文学样式，称得上是对文学存在之维、自然之维的补课了，但超验之维，至今仍处于失落中。从这一点看，雪漠的灵魂叙写和超越叙事，是有着为中国文学"补课"的价值和意义的。(《从〈野狐岭〉看雪漠》，《野狐岭》编辑手记)

——陈彦瑾　人民文学出版社编审，《野狐岭》编辑

雪漠的这本书里，有很多东西是未完成的，而雪漠的厉害和高明之处就在这里。这也是本书让我肃然起敬的地方。因为任何一种精神的东西，一种写作的视角，都是有限的，你不可能把整个世界弄到里面，只有造物主能做到这一点。所以，里面的采访人也罢，亡魂也罢，故事都只讲了半截，或者说讲了一部分。这，或许就是成为大作家的其中一个秘密吧，这个秘密，是隐藏在作家的精神和生命里面的密码，也是上帝或造物主赋予他的东西。（2014年8月18日上海季风书店，与雪漠对谈"从《野狐岭》和莫言小说看小说的民间性和世界性"发言）

——曹元勇　浙江文艺出版社副总编辑、莫言小说编辑

雪漠有一个比其他作家更出彩的地方，就是他能把丝绸之路的文化历史，跟整个中华传统文化的核心思想勾连起来，然后借助他的故事和刚才我们说的精神结构，让他的灵魂叙事能够突破中华文化的范畴，我觉得在这一点上，雪漠是有野心的。（2014年8月20日上海市作家协会《野狐岭》研讨会发言）

——宋炳辉　上海外国语大学教授

"大漠三部曲"的叙述视角大多是平视的，跟生活、跟土地基本上交织在一起，而《野狐岭》这部作品出现了一种俯视的视角。它的这种灵魂叙述特点，不是一般的"穿越"可以解释的。因为穿越小说往往在单纯地讲故事，而雪漠作为一个纯文学作家，是有抱负、有思考、有想象的。（2014年8月20日上海市作家协会《野狐岭》研讨会发言）

——杨扬　上海市作家协会副主席、
上海市作家协会理论专业委员会主任

我以前就认识雪漠，知道他歌唱得非常好。……我今天看到他的创作谈时，忽然发现，他写作的那种感觉，其实就像他唱歌一样，这印证了我对他作品的一种感受——他是一个大漠歌手。(2014年8月20日上海市作家协会《野狐岭》研讨会发言)

——薛舒　上海市作家协会副秘书长、创联室主任

雪漠依靠文学语言的独特能量，借助西部这样一种特殊的地域文化，对"灵魂"进行复魅，重新恢复"灵魂"的活力，这是《野狐岭》所揭示的一个重要命题。((2014年8月20日上海市作家协会《野狐岭》研讨会发言，发表于《北京青年报》2014年11月28日)

——王鸿生　同济大学人文学院教授

《野狐岭》的创新无论从汉语小说角度，还是从国际上的小说角度来说，都是值得探讨的。(2014年8月20日上海市作家协会《野狐岭》研讨会发言)

——曹元勇　浙江文艺出版社副总编辑

《野狐岭》这部小说，你会直观地发现，百年之后回顾百年之前的事情，看法确实会变得不一样。那么，雪漠就给我们提供了一个进入历史的全新渠道、全新角度，而这部小说也给了我们很多的启发。《野狐岭》给我们提供了一个思考的空间，让我们重新反思和认识百年来中国社会的演变。我觉得，从这个角度来讲，《野狐岭》是一本非常好的小说。(2014年8月20日上海市作家协会《野狐岭》研讨会发言)

——栾梅健　复旦大学中文系教授

作者站在一个很高的位置，几乎是站在空中俯瞰历史、俯瞰大地、俯瞰社会、俯瞰人类、俯瞰人性，看得非常通透，也悟得非常通

透。《野狐岭》说，人站在不同的角度、不同的立场，对历史的评判就会产生不同的结果，历史的走向是许多偶然变成的必然。这种说法当中充满了禅意，而且这种笔触在整部作品中时隐时现。雪漠用了很多角度去讲述历史的发展，讲述书中的人物，讲述故事，比如同一件事由好几个不同的人来讲述，就会出现很多不同的观点。(2014 年 8 月 20 日上海市作家协会《野狐岭》研讨会发言)

——于建明　上海市作家协会创联室原主任

这是一本叩问死亡之书。整部小说从一开始，死亡的阴影就笼罩着每一个人，当然，不是说笼罩着这支驼队，而是每个人都逃不出这个命数。在雪漠的长篇小说里，他除了外在的叙事结构之外，也始终有一个精神的结构。我一直强调——尤其对于长篇小说而言——单纯的外部结构不足以支撑一部庞大的小说，作品背后必须有一个强大的精神结构。(2014 年 8 月 20 日上海市作家协会《野狐岭》研讨会发言)

——周立民　巴金研究会常务副会长

雪漠在不断超越自我，从"大漠三部曲"到"灵魂三部曲"，再到今天的《野狐岭》，他一直在变化着。不管怎么说，我觉得雪漠已经以西部文学写作影响了文坛，影响了人生，在中国文坛奠定了他的影响和地位。(2014 年 8 月 20 日上海市作家协会《野狐岭》研讨会发言)

——杨剑龙　上海师范大学中文系教授

对我个人来说，雪漠作品确实一直给我很强的挑战。读他的作品，每一次都对我的理论产生巨大的冲击。我也一直认为，做评论不是用现成的理论概念去解释作品，而是从作品中获得新的理论元素，理论元素来自作品，是作品激发出来，然后重新凝聚而成的。所以，雪漠的作品总让我对文学有一种新的思考：过去我们所理解的文学是全面的吗？是完整的吗？是封闭的吗？雪漠作品让我觉得，文学始终是一个未完成时，始终是一个进行状态，甚至始终是一个开始状态。我觉得，这是讨论雪漠作品非常有意义的地方。（2014 年 8 月 20 日上海市作家协会《野狐岭》研讨会发言）

——陈晓明　北京大学中文系主任、教授

《野狐岭》中有一种超越，它实际上是雪漠在"大漠三部曲"后的全新开拓。第一，无论是叙述视角还是思考视角，它都有一种多维性。这让它超越了生死，超越了时空，超越了历史。第二，它的思想价值有一种多元性，因为雪漠超越时空，对晚清时期历史演变中的一些重大事件——包括人生意义、当时的社会价值观等等——有了深刻思考。比如革命与反革命、善与恶、美与丑、爱与恨、情与仇等，他都在多视角下有了一种新的审视。从中我发现，雪漠的思考比前作有了更深的挖掘。（2014 年 8 月 20 日上海市作家协会《野狐岭》研讨会发言）

——马文运　上海市作家协会党组副书记、秘书长

我觉得无论是雪漠的整个创作生涯，还是现在摆在这里的《野狐岭》，都是值得我们去研究和讨论的。他为我们呈现了一个如此独特的世界，将人类生活的小世界写得如此丰沛、饱满。在整个小说中，雪漠展示了这样一个复杂的世界。在这么多复杂的声音中，去展示一个精神的世界，一个超越层面上的世界。整体看起来，我个人对雪漠有一种发现。用"发现"这个词只能是对我个人的一种意义，其实雪漠已经不需要发现了，但是对我个人来讲，确实体会到雪漠非常雄强、非常阔大的力量，不由自主地被他打动，被他折服。（2014 年 10 月 19 日中国作家协会《野狐岭》研讨会发言）

——李敬泽　中国作家协会副主席、党组成员、书记处书记

雪漠天然就有一种呼风唤雨的能力。他能把各种各样的事物、各种各样的事件、各种各样的人物都召集到里边来。他有非常强悍的构建能力，这是特别适合写长篇小说的一个才华，格局特别大。他眼中的西部世界，好像隔绝于现代社会之外，自成一体，有一个整体性的信念在这儿，有个整体的核心。我惊叹他那种强悍性，还有那种很广阔、很浩荡的才华，这是长篇小说的"气"所在。(2014年10月19日中国作家协会《野狐岭》研讨会发言)

——岳雯　中国作家协会创研部青年评论家

雪漠是一个很有信仰、很有信念，也很自信的作家，这一点，我非常佩服，因为中国作家中灵魂写作的人毕竟还不多。《野狐岭》显示出雪漠创作思想、创作路数不断地在调整、在开拓，继续着成熟和探索。虽然他的作品可能有的人不一定能适应，不一定能读明白，但是我们打开一看，从这书的内容、形态，就立刻断定这不是一般的手笔，这就是一个作家的成熟。(2014年10月19日中国作家协会《野狐岭》研讨会发言)

——胡平　鲁迅文学院副院长

《野狐岭》这本书对纯文学有一个启示。雪漠把现代主义技巧、预言性和自我感受三者结合得非常好，而且能够写出来，这是一个大格局的过程。在探索现代主义里面，通过西部文化来写现代主义，是80年代后期的一个余脉，我们叫"老干新枝"。我觉得雪漠就是寻根文学的老干，最后发出的一枝新枝。80年代以来，很多人的写作势头都开始在衰退，雪漠保持旺盛的创造力，这难能可贵。(2014年10月19日中国作家协会《野狐岭》研讨会发言)

——张颐武　北京大学中文系教授

这部小说充满了一种反小说的表现，碎片化的叙述，人物都是模糊的，不像现实主义文学要求的那样，人物性格刻画得很鲜明，没有一个完整的故事。所以，这部小说不是一个简单意义上的故事，特色性非常强。（2014年10月19日中国作家协会《野狐岭》研讨会发言）

——雷达　中国作家协会创研部原主任、中国小说学会会长

在作家群里，雪漠是一个独立的存在。从"大漠三部曲"到"灵魂三部曲"，他的创作发展走了特别具有个人特色的一条路。《野狐岭》这部小说对于我来说，特点太鲜明了，而且这部小说是在"灵魂三部曲"的基础上进一步的发展。看了之后，有两个非常强烈的感受：一是他把沉默的力量和叙述的魅力都发挥得非常充分、非常强烈，甚至发挥到极致；第二就是他把爱和恨都写到极致，这是他的一个特点，写得这么充分又强烈。（2014年10月19日中国作家协会《野狐岭》研讨会发言）

——吴秉杰　中国作家协会创研部原主任

雪漠的《野狐岭》是今年我读到的最具挑战性的小说。看了《野狐岭》之后，我觉得雪漠还是一直在探索。这部小说很难概括，你说它究竟要写什么——按照我们过去的说法，它背后的诉求究竟是什么？我觉得混沌可能是这部小说最大的优点之一。此外，这部小说最大的特点，我觉得它对中国传统文学资源和古代文化资源有一种逆向的书写和借鉴。（2014年10月19日中国作家协会《野狐岭》研讨会发言）

——孟繁华　沈阳师范大学教授

从《大漠祭》《猎原》，到《西夏咒》，一路走过来，雪漠都在探索，都在创新。我看了《野狐岭》这本书以后出乎我的意料。……从小说这个角度来看，雪漠用了非常艰苦的努力去处理他那强大的信仰，或者说他心目当中的理想。历史生活的复杂性与不能单一穷尽的

现实人性，他要处理这个关系，在这本书里，我们看到了他的艰苦努力。（2014 年 10 月 19 日中国作家协会《野狐岭》研讨会发言）

——陈福民　中国社科院研究员

这部小说有先锋小说回响的意味。采取多个叙述者，追求文本形式美、形式感的角度和叙述方式，幽灵叙事的方式，多个叙事者这种平行的复调式的方式，我认为不仅仅对于雪漠来说可能是一种尝试和创新，同时也映衬了某些先锋小说以前的经验。（2014 年 10 月 19 日中国作家协会《野狐岭》研讨会发言）

——李朝全　中国作家协会创研部理论处处长、研究员

《野狐岭》是一个非常复杂的文本，不是说很简单地直接就能够把它抓住。究其原因，肯定是作者在叙事方式上进行了很多的探索，有点像我们 80 年代中后期、90 年代初期在阅读小说的时候，对我们的阅读构成一个巨大的挑战。灵魂性是雪漠小说中非常重要的一个东西。他叙事的能力，以及对文化的一种消化能力，让他具备了直陈其事的能力。（2014 年 10 月 19 日中国作家协会《野狐岭》研讨会发言）

——张柠　北京师范大学教授

雪漠的确是一个很有个性，也很有特点的作家。我最佩服他对文学的那种虔诚，让我非常感动。他把他全部的心血都注入到文学之中。他最大的特点还是他强大的写实能力。但是，我更佩服他的一点是，并不是因为他有写实能力，他就满足了。他总想找到一个突破点，总在进行一种新的探索，他不愿意被这种写实的能力所约束。《野狐岭》这部小说就是形式的神秘，很明显，他试图用一种特别的形式，来承载他的一个新的题材。（2014 年 10 月 19 日中国作家协会《野狐岭》研讨会发言）

——贺绍俊　沈阳师范大学教授

《野狐岭》的叙事确实能够展现雪漠在小说叙事方面的能力。从《大漠祭》开始，他的叙述能力越加成熟，最好的就是《野狐岭》，这是最能体现他的叙事才能的一部小说。叙事声音那么庞杂，所有的幽灵都可以参与叙事，再加上作家本人参与叙事，整个叙事驾驭得非常好，内在的逻辑和情节推动的力量非常强。（2014年10月19日中国作家协会《野狐岭》研讨会发言）

——吴义勤　中国现代文学馆馆长

　　把雪漠作为西北文学突出代表的作家，已经变得毋庸置疑，理解雪漠的作品也就离不开对"西部"这个大背景的把握。……雪漠并不是直接把日常经验临摹进作品，而是站在西部的大地上，激活了西部的文化底蕴、历史传承，以及那种来自大地的气息。西部有很多看起来神秘的传说、经验和体验，在这种经验的基础上去研究雪漠，就会发现，他确实能在自己的作品中，把西部神话重新激活，重新建构起一个神奇的超验世界；也能在这样一个后现代时代，以文学的方式挑战我们的感觉方式。这是雪漠作品的一个独特意义。（《发现动物与人的消失：关于雪漠〈野狐岭〉的断想》，《光明日报》2014年10月31日）

——陈晓明　北京大学中文系主任、教授

　　我读雪漠的作品有好几年了，这几年来，我发现雪漠的风格一直在变，他每一次的创作都非常不一样。其他作者虽然也在变化，但他们变化的线索非常清楚，而且可以从自身的完整性中去解释它，包括贾平凹、阎连科，甚至也包括莫言。但雪漠不是这样，他是一个非常怪的作家。你从《大漠祭》《猎原》看到《白虎关》，再到《西夏咒》，现在又跑出了《野狐岭》，你会觉得，他的变化不是表现手法上的变化，而是某种内在的作用于文学的灵魂上的变化，这一点是非常震撼我的。（《重构西部神话》，《中国艺术报》2014年11月5日）

——陈晓明　北京大学中文系主任、教授

至《野狐岭》面世，雪漠的小说创作经过现实感很强的大漠系列和几近于神话的灵魂叩问系列两个向度的探索，终于结于一处。对于作者来说，是一种回归，一种螺旋上升之后的回归。这种将历史、现实和灵魂叩问合为一炉的熔炼与重铸，体现了作家自我突破的自觉意识。这便是《野狐岭》的意义。《野狐岭》是雪漠创作道路上的又一个标志性成果，一次对自身的超越。（2014 年 12 月 20 日西北师范大学文学院《野狐岭》研讨会发言）

——彭金山　西北师范大学教授

雪漠的每一部作品都是厚积薄发的，尤其是对民间文化的体验和挖掘，确实具有丰富的内容。西部大地上的生活，西部的地理环境、文化土壤和社会背景，对他整个创作的影响是根深蒂固的。（2014 年 12 月 20 日西北师范大学文学院《野狐岭》研讨会发言）

——朱卫国　甘肃省广播电视大学党委书记

《野狐岭》是一个用完好的形式表现意义的文本，可以说，整个内容都是诉诸形式的。比方说，胡家磨坊有很强的象征性，那种对末日情绪的艺术渲染和叙述，比如沙尘暴、天空、大地、人、骆驼和狼——尤其是褐狮子和黄煞神，雪漠赋予了它们很强的象征意义，在形式上也处理得很好，虽然他写的是骆驼，但表现的却是人性的原始本能，以及人类的历史、前途与命运。我也非常看重这部小说的文本结构，也就是作者以第一人称进行采访，让鬼魂展开叙述的这种结构。这部书的结构呈现，是值得学者教授充分肯定的。（2014 年 12 月 20 日西北师范大学文学院《野狐岭》研讨会发言）

——邵振国　作家、甘肃省作家协会主席

《野狐岭》走的基本上还是雪漠以往的路子，看完之后，我想起了他的两部书：《大漠祭》和《西夏咒》。在《野狐岭》中，他糅合了这两部书的路子，既有《大漠祭》那种准确生动的叙述，又有《西夏咒》在精神层面那种较高的设计和建构。这是雪漠跟其他作家最大的区别，也是他独有的东西。（2014年12月20日西北师范大学文学院《野狐岭》研讨会发言）

——张存学　作家、《甘肃文艺》主编

纵观雪漠小说写作的历程，原貌记载与适度引用甘肃多民族民间（尤其是凉州本土）民歌一直是雪漠写作时的强项与偏爱。这种"强"有两个表现：第一，表现在雪漠对民歌的认真而感性的田野搜集上。第二，表现在雪漠引用时对民歌的象征意义、演唱语境等问题的准确拿捏上。《野狐岭》中那些具有情爱意义的各少数民族演唱的西北花儿、那些具有道德劝诫意义的凉州贤孝、那些押韵神秘的凉州童谣，从人物口中唱出时都带有一种明显的地域文化色彩，同时又带着一种丰富柔情、具有普世价值的人间感情进入了读者的心灵。（2014年12月20日西北师范大学文学院《野狐岭》研讨会发言）

——白晓霞　兰州城市学院文学院教授

《野狐岭》表达的野狐岭，不仅仅是地理意义上的野狐岭，而是一个"野狐岭"的世界。在我看来，这个世界非常宽泛，甚至将岭南文化包含其中，是一个多元的文化世界。所以，我在那两篇文章中，就围绕几个关键词对《野狐岭》进行了研究：一是雪漠老师的生命质感；二是灵魂叙事；三是理性的文字；还有一个，就是在文本的隙缝中找到某种感觉。（2014年12月20日西北师范大学文学院《野狐岭》研讨会发言）

——张凡　北京大学中国现当代文学博士

灵魂叙写是雪漠创作的利器和法宝，纵观其作品，我们可以发现雪漠一直在尝试并发展着灵魂叙写的方式。从《猎原》《白虎关》开始有意地转变叙述视角，尝试从更为广阔的生命视角对笔下众生进行审视，到《西夏咒》《西夏的苍狼》行文叙事中弥漫着浓郁宗教情怀的氤氲，以悲天悯人的神性视角观照西部风土人情，给荒地大漠增添一种不可知的神秘感。可以说，灵魂叙写是作者在进行文学创作时有意无意所依托的一种凭借，它为西部叙事开启了一种新的视角和维度，为读者展示了一个从"眼中的西部"到"心中的西部"的独特世界。（2014年12月20日西北师范大学文学院《野狐岭》研讨会发言）

——吴浪　西北师范大学现当代文学研究生

在经历了"大漠三部曲"的现实主义开掘和"灵魂三部曲"的神性写作后，雪漠的长篇小说《野狐岭》转向了对神话、历史和现实的全面整合。《野狐岭》的创作使雪漠又一次"打碎"了自己，不但在写作手法上转向了现实主义写作与神性写作的有机融合，而且在精神层面上转向了自我超越后的现实反观。雪漠如同觉世的苦行僧，在领悟、超越、升华后观照世人的心灵和现实社会。这既是雪漠写作的转型，又是雪漠精神的超越。（2014年12月20日西北师范大学文学院《野狐岭》研讨会发言）

——宋登安　西北师范大学现当代文学研究生

这部小说中，具体叙述者的叙述中，融入了更多的文体元素，比如复仇、侦探、悬疑、武侠、情爱，甚至大量的动物叙事。其中，最精彩的就是动物叙事。这部分描写常常让我想起奥威尔的《动物庄园》，非常精彩。如果《动物庄园》是政治寓言体的小说，《野狐岭》就是一部人性寓言式的小说。而且，这是一个精神容量非常大的文本，几乎每个叙述者的叙述都可以独立成为一部中篇，甚至是一部长篇小说。（2014年12月20日西北师范大学文学院《野狐岭》研讨会发言）

——李晓禹　西北师范大学文学院博士

我们不要仅仅把雪漠放在甘肃的背景下，要把他放进整个的中国文坛来看。他一直都是一个具有强烈宗教情怀的作家，而这几年，他与文坛的接触也越来越密切了。那么，他为什么关注小说的形式？也许，他和当下许许多多的作家一样，都在讲述中国故事，都在表达一种对中国文化的自觉和自信。（2014 年 12 月 20 日西北师范大学文学院《野狐岭》研讨会发言）

——张晓琴　西北师范大学文学院教授

《野狐岭》揭示人性的复杂性、劣根性的同时，也开通了由木鱼爸、驴二爷、马在波、齐飞卿、陆富基等形象铺就的一条路——一条大善的、宽和的、忍让的路。虽然作家想以开放性的叙述方式增加故事的视角和意义，但小说还是传达了一种价值观，就是人生在世应该注重修行、品德、宽宥。它在作品中占有显著的地位。（2014 年 12 月 20 日西北师范大学文学院《野狐岭》研讨会发言）

——雷岩岭　兰州城市学院文学院副院长

"灵魂三部曲"所彰显出来的自我价值和表达方式，恰恰是西部文学在往深处挖掘。今天，在这样一个空间里，雪漠开辟了西部文学新的一个领域。（2014 年 12 月 20 日西北师范大学文学院《野狐岭》研讨会发言）

——徐兆寿　西北师范大学传媒学院院长

对雪漠的创作状态，我打过一个比方："像火山一样喷发。"《野狐岭》再次证明了这一点。读了这本书后，我觉得，他又开始了新一轮的探索。（2014 年 12 月 20 日西北师范大学文学院《野狐岭》研讨会发言）

——张明廉　西北师范大学中文系教授

雪漠应该是我们甘肃的"文学英雄"之一。因为，在我的阅读中，甘肃的长篇小说在全国产生影响，应该是从雪漠的《大漠祭》开始的。以前虽然甘肃也有一些小说在全国产生影响，但多是短篇小说。在《大漠祭》出版的时候，作为甘肃的写作者，我们都感到非常自豪。（2014年12月20日西北师范大学文学院《野狐岭》研讨会发言）

——牛庆国　诗人、《甘肃日报》专题部主任

雪漠采用的极端形式霎时在我们眼中呈现为高度原生态的记忆表达，续接着民族性的传奇、传说、神话和史传性实录的香火而非单单是西方小说技巧的挪移，《西夏咒》的先锋性流淌着质朴而古拙的本土文化血液：从古西夏的母体溢出，属于中国西部，属于大手印佛学，更属于整个东方文明，是一种自我建构的本土先锋性。（《母体与更生——雪漠长篇小说〈西夏咒〉的本土先锋性》，《解读雪漠》中卷，中央编译出版社2014年12月）

——胡行舟　北京大学中文系本科生

2015 年

《西夏咒》虽然看起来非常梦幻，像一本魔幻小说，但实际上它留下的仍然是一种历史的真实，这种真实超越了人们概念上的真实，超越了地域，超越了时空，它穿梭千年，从心灵与灵魂的层面，记录了那片西部土地上曾经发生的故事。（《论雪漠的创作理念》，《哈尔滨师范大学社会科学学报》2015年第1期）

——孙英　兰州工业学院人文社会科学学院讲师

《野狐岭》的叙事有两条线索，却都贯穿和承载着关于"寻找"的主题。外层叙事在历史与自我的双重寻找中联结着宏大叙事与个体

言说的经络，内层叙事在"镜"与"灯"的双向寻找中用救赎与超越的智慧之光烛照着俗世的百态人性。两条线索上的各自"寻找"既构成了作品的叙事内容和形式表达，又在某种意义旨归上，开掘着作品题旨的多维性和丰富性。(《论〈野狐岭〉"寻找"主题的意蕴表达》，《甘肃广播电视大学学报》2015 年 2 月第 25 卷第 1 期)

——刘雪娥　西北师范大学文学院硕士

雪漠的《野狐岭》是"大漠"与"灵魂"两大叙写主题的一次碰撞与交融。……整部小说给人以强烈的生命质感，作家试图通过对个体、物种以及历史的超越来实现对人的灵魂的一次跨界，把万物生灵与人类相提并论，共同礼遇，以期在芸芸众生间筑起一座"众生平等"的神性桥梁。(《生命质感和灵魂超越——评雪漠的〈野狐岭〉》，《海南师范大学学报社会科学版》2015 年第 3 期第 28 卷)

——张凡　北京大学中文系博士生

党文静　石河子大学文学艺术学院硕士

小说《野狐岭》是一部幽魂的记忆追溯。对于作家来说，这本书的写作是一种灵魂深处的流淌，对于被采访者的幽魂来说，这同样是由挤压在他们灵魂深处的孤独所表现的宣泄。小说中每一位幽魂的故事都是由大量的心理独白组成的，这种不受外部客观环境限制的独白，更有利于作者塑造人物形象，也更可以实现自由化的语言表达。当然，这对于人物语言的提炼也是一个巨大的考验。从整体上来说，小说《野狐岭》的语言运用是成功的，每一位幽魂都有不一样的语言魅力，甚至读者凭借人物的语言可以勾勒出人物的具体形象。(《一场形式与内容角逐下的生命追寻——简评〈野狐岭〉》，《飞天》2015 年第 5 期)

——宋雯洁　西北师范大学文学院硕士

我为什么看重雪漠？我觉得雪漠与张承志是中国当代西部文学作家中最有精神性的。他不仅仅是小说写得多美啊，或者故事写得好看不好看啊，他不是这个问题，他关心的是人怎么活，人的生命应该放在什么样的地方——我们说安身立命。他追求一种超越性的东西。（2015年8月24日在上海思南读书会与雪漠对谈"西部文学的自觉与自信"发言）

——陈思和　复旦大学人文学院副院长、中文系主任、教授

雪漠是西部文化的名片。（2015年9月21日在北京师范大学与雪漠对谈"西部想象与西部文学的精神力"发言）

——张柠　北京师范大学教授

如同《钢铁是怎样炼成的》一样，雪漠的《一个人的西部》其实就是在写雪漠是怎样炼成的。他从西部那样一个贫穷的普通的农村家庭，经过几十年自己的努力，最后变成了今天可以坐在这里给大家讲课，在文学创作方面，包括在大手印文化方面都有很高成就的这样一位大作家，那么，他走过了怎样的一种生命历程？当然，每个人有每个人的人生历程，但雪漠的人生经验是不可复制的，雪漠只有一个。（2015年9月22日在山西大学与雪漠对谈"西部文学的地域性和超越性"发言）

——王春林　山西大学文学院教授

《一个人的西部》是雪漠老师将自己剖析给大家，让我们看到了曾经的雪漠，让我们知道雪漠是如何完成自己的，如果你有这份坚持和信心，你也可以完成自己。（《评〈一个人的西部〉》，《飞天》2015年11月号）

——瞿萍　西北师范大学文学院硕士

《野狐岭》采用了与超越叙事方式相匹配的独特的复合结构，这种复合结构在文本表现中，又呈现出心理杂糅和情节环包的两种结构类型。本文在雪漠文学创作本体论的宏观层面下加以讨论小说《野狐岭》中"超越叙事"与"复合结构"的表现特征，努力发掘雪漠小说创作在当下文学建设中所具有的不可替代的价值和意义。(《〈野狐岭〉的超越叙事与复合结构》，《唐都学刊》2015年11月第31卷第6期)

——程对山　武威市地方志编纂办公室编审

《西夏咒》是一部透过生活看人性，透过死亡看生存，透过人物看文化的悲悯之作。《西夏咒》看似是对遥远的西夏历史中小村落金刚家的记述与描写，但其实是对人类的描写，对人性的描写，充满了对现实的批判。善与恶的争斗，人类在困境中的妥协，善终于超脱、打碎了这个恶的世界，而堕入黑暗中的人们却像孤魂野鬼一样在世界飘零。没有具体批判哪个时代，却又批判了所有时代；没有具体批判哪个人，却批判了所有心怀恶意的人。(《浅论雪漠作品〈西夏咒〉》，《青年文学家》2015年第35期)

——熊天舒　武汉大学附属中学

雪漠作为虔诚的信仰者，对"冤孽"有一种觉悟，这种视点使得他的小说高出了一个层次，这是很令我吃惊的一个地方。在《野狐岭》，雪漠看问题的视点是，他把佛教对世界的看法，当成自己内部的生命。"冤孽"最后的走向，在佛教看来一定是超度，也就是最后的和解。这种和解令人觉得心情舒畅，让人感到这个世界有留恋、有可爱的一面。如果说中国当代文学在这一方面有进展的话，我觉得雪漠的作品可以作为个案去研究。雪漠没有相，他一直在不停地学习，不停地努力。我看过他的《一个人的西部》，他会武功，会算命，也读佛经，又是大手印文化传人，有好多种身份。你要说雪漠是谁，一下子很难回答。但是，他自己可能很愿意回答：作家。不过，很多作家到了一定程度，他就上不了台阶，不愿学习，不愿再进步，就是古人讲的"江郎才尽"。为什么会才尽呢？按理说才是尽不了的，你要不停地学习，有一定成就之后，脑子就更开阔，能学更多的东西。我觉得，在这一点上，我们都要向雪漠学习。（2015年12月3日第六届香巴文化论坛，与雪漠对谈"从《野狐岭》谈中国文学的灵魂维度"发言）

——林岗　中山大学中文系教授

雪漠是非常推崇陀思妥耶夫斯基的，他觉得陀氏才是真正能沉入人的心灵、挖掘人性深处的作家，但他自己所追求的创作状态却是彻底摒弃这种纠结，达到一种内心平和。一个本身有很高宗教修为的作者，以期用文学来展现自己超然的心境，虽然作品中有大量凡人的爱恨生死，但最终的指向仍是对这一切的摆脱和超越。作为写作的最高目标，这显然是一种"自觉的有意识"，一种指向性极为明确的功能，所以它与只沉浸于自己的喃喃自语而从不过分在意这言说背后之深意的另一种创作状态还是有着本质的区别。（《先锋写作的"原生"与"偏离"——以雪漠〈野狐岭〉为例》，《文学报》2015年12月17日）

——陈嫣婧　同济大学人文学院硕士

2016年

阅读雪漠老师的《一个人的西部》，笔者的阅读感受：一是感悟作者"心即命运"的主体感；二是感念作者"知行统一"，创造自己命运的心路历程。（《知行合一，创新生命——读雪漠的〈一个人的西部〉有感》，《新教育》2016年第2期）

——陈智慧　海南师范大学教育期刊社副教授

窥破了人间秘密的雪漠，层层否定了世俗世界中的救赎希望，进入到永恒的灵魂之境。这意味着他彻底斩断了现实主义的思考进路，以召唤灵魂的方式对现实进行蒙太奇式的剪辑。这样的书写方式确实为雪漠提供了"玩小说"的空间，同时也使他的小说丧失了内在的规定性。对现实和世界的决绝抛弃，使得小说丧失了进一步言说的可能，注定只是一场灵修式的顿悟。（《穿越尘世的窄门——〈野狐岭〉的救赎之道》，《扬子江评论》2016年第3期总第58期）

——李静　北京大学中文系博士生

雪漠是今天的中国很少有的有精神追求、有精神高度、有精神信念的作家，我觉得他的文字、他的生活状态、他的这样一种存在方式，就是一种精神的、文学的方式。（2016年4月23日北京大学"雪漠'故乡三部曲'与西部写作"研讨会发言）

——陈晓明　北京大学中文系主任、教授

雪漠的创作早已走出甘肃、西部，他的创作的日常性与俗世性、哲学性、宗教性都将使他的创作达到一种高度，成为当代文坛的重要收获，一种无法忽视的存在。（2016年4月23日北京大学"雪漠'故乡三部曲'与西部写作"研讨会发言）

——何莲芳　新疆教育学院人文学院教授

如果放在"寻根"的谱系中，雪漠的《一个人的西部》《野狐岭》《深夜的蚕豆声》等以西部为主题的作品会呈现出另外的意义：他把寻根的文化诉求向前推进了一步——我不能说雪漠完成了这种诉求，因为文化的耦合是不断磨合的过程，可能永远都无法完成——具体来说就是，雪漠对西部文化的这种书写、想象和确证的时候，他没有站在一个启蒙者的视角或者外来者的视角对其进行批判或者反思，而是完全用他自己的方式展示了中国西部文化的一种自主性，这一点对中国当下写作来说是非常重要的。在这样一个内在的视角里面，雪漠以西部为中心，其实是发现了中国文化的一种自主性和历史性。在今天文化再造或者文化创新的语境中，我觉得他的写作对我们来说有很大的一个启示意义。（2016 年 4 月 23 日北京大学"雪漠'故乡三部曲'与西部写作"研讨会发言）

——杨庆祥　诗人、中国人民大学副教授

我读《一个人的西部》的时候，如果从文学的角度来讲，觉得他可能有点把自己内心的东西外露了，但是作为一个作家来讲，这样综合的多面性的自我解剖，可以让我们更多地了解作家更真实的心路，了解他整个的追求。所以看他的长篇散文，你确实可以看到他整个的生命和文学的历程。我读雪漠作品的时候，也有很强的这样一种感觉。在这里你看到一个有强烈宗教情怀的人……他生活在西部，有那种神的灵性，但是没有现成的文化系统来接纳他这个情怀。所以你看到他这种写作和他后来的发展，他在自己写，自我补偿，同时把他的写作带给世人，所以才能对很多粉丝产生非常深的、非常强烈的精神上的、文学情怀上的影响。如果说雪漠在给西部定格，我觉得他是以自己的独特道路赋予了西部一种神格。（2016 年 4 月 23 日北京大学"雪漠'故乡三部曲'与西部写作"研讨会发言）

——邵燕君　北京大学中文系副教授

审视《深夜的蚕豆声》，我们会恍然大悟，只有民众的生活世界才能给西部写作提供具体可感的内容与形式，使之不至于成为一些空洞的符号和姿态。西部的文化、伦理、情感结构和精神世界，也是凝聚在故事人物鲜活的日常生活之中的。……对于西部文学来说，依据题材本身把故事写得好看，有时候并不困难。困难的恰恰是在宗教、历史、地域、民俗，以及神秘主义和幽灵叙事等修辞层面之外，捕捉更为内在的东西，挖掘人物的精神状态，这才是西部写作必须赋予的

　　　　　　　　　　　　　　　雪漠密码

稳固底色。这也是《深夜的蚕豆声》更让人感动的原因所在。（2016年 4 月 23 日北京大学"雪漠'故乡三部曲'与西部写作"研讨会发言）

——徐刚　中国社科院文学研究所助理研究员

谁是雪漠的理想读者？我也在问这个问题。特别我在读《一个人的西部》时，我想一定是有内心世界、有精神追求、有现实困惑，希望寻求精神超越的这样一些人。（2016 年 4 月 23 日北京大学"雪漠'故乡三部曲'与西部写作"研讨会发言）

——饶翔　《光明日报》"文荟"副刊副主编

雪漠老师的小说可以用一句话来概括：一切都是相由心生。这有几层意思：首先，所有的故事都要经过作者眼睛的注视，经过作者内心的淘洗，他的小说因此与他本人的精神格局、灵魂高度、文化忧思息息相关。其次，雪漠老师的小说一般比较重视对人物内心的探索，常常注重从平凡坚实的生活中探察人物的灵魂世界，这些都是对于人内部世界的勘察。这也是雪漠小说的一个特点，概括来说就是关注灵魂，定格文化。这个特点让他的小说有一种与别人不一样的东西，总有一种灵魂的思辨，有一种文化的情怀，因此余味绵长。（2016 年 4 月 23 日北京大学"雪漠'故乡三部曲'与西部写作"研讨会发言）

——龚自强　北京大学中文系博士生

雪漠认为小说的形式是由作品的内在精神塑造的。因此，理解《野狐岭》形式的特殊性意味着必须同时把握文本的精神构造。木鱼妹执著而孤独的复仇、哥老会盲目的群体革命、木鱼歌的礼乐教化都没能改变末日沉沦的命运。而野狐岭上的"胡家磨房"则是通往极乐世界的入口，木鱼妹和马在波在其中实现了灵魂飞升，上行到尘世之外。小说借助对世俗社会层层否定得以推进，这使得雪漠不得不采取一种旁观者的视角，用召唤灵魂的方式组织写作，用宗教启示去反对言语的逻辑，亦即"反小说"。在这样的研究视角下，才可能有机地理解《野狐岭》的内容和形式。（2016年4月23日北京大学"雪漠'故乡三部曲'与西部写作"研讨会发言）

——李静　北京大学中文系博士生

《野狐岭》是一部有着鲜明后现代主义叙事特征的作品。先从叙事者来说，"我"是这部小说的叙述者。这部小说的缘起就是"我"要探寻两百年前驼队在大漠失踪的原因。但是，在关键的十九会时，当蒙驼队长巴特尔决定要以突袭的方式逼迫汉驼队交出"黄货"的时候，"我"竟然没有任何感想和表现。巴特尔发动的这起事变在某种意义上正是导致两个驼队最终没能走出野狐岭的重要原因，但就在这个关键时候，"我"忽然没有了兴趣。二十会、二十一会也是这样。叙事者"我"在关键部分的突然离场，我以为正可以看作《野狐岭》后现代主义叙事特征的一个反映。（2016年4月23日北京大学"雪漠'故乡三部曲'与西部写作"研讨会发言）

——兑文强　北京大学中文系博士生

《野狐岭》，我个人认为，到现在为止是雪漠创作当中最好的作品，是值得一再阅读的作品。刚才说到"饱满"很准确，这个感受大家是一样的。如果是一个有经验的阅读者的话，你不仅读过《野狐岭》，还读过其他作家的很多作品，你比较一下就知道，为什么我们说《野狐岭》是非常饱满的作品。你会看到当代中国很多写作者的创作是拘泥于一面，以一面进去，非常狭窄地、非常单调地支撑起一个作品来，所以，那类作品配不上"饱满"这个词，但是《野狐岭》配得上。（2016年4月23日北京大学"雪漠'故乡三部曲'与西部写作"研讨会发言）

——陈福民　中国社科院文学所研究员

今天中国社会和知识界最关心的问题可以说是全球化时代中国文化的主体性问题,这种主体性的讨论,要寻找一个突破的路径。我在读雪漠作品的时候,经常会非常惊讶,他的文化素养,他的艺术想象力的资源,包括宗教性层面的内容,是我很不熟悉,但又觉得非常有意思的东西。我认为,恰恰是这些东西,是雪漠所讲述的中国故事中非常值得重视的内容。(2016年4月23日北京大学"雪漠'故乡三部曲'与西部写作"研讨会发言)

——贺桂梅 北京大学中文系教授

像《西夏咒》,我甚至很难定义它是小说,它那么富有宗教性和超越的精神的容量,跟我一般认识的小说非常不一样……《深夜的蚕豆声》是一个解密读本。现实生活太烦杂了,如果我们没有那样的精神超越性,耐不下心来读那么多长篇小说,雪漠创造力又那么旺盛,我们就可以读这本小说。这本小说是他精心选出来的,且精心阐释的一个作家的箴言书。(2016年4月23日北京大学"雪漠'故乡三部曲'与西部写作"研讨会发言)

——丛治辰 中央党校讲师

我注意到,很多评论指出了这部小说的奇幻性和超越性,但是我更留意的,是小说对历史进行反思的维度。在小说401—403页,比较集中地表现了作者对20世纪历史的某种荒谬性的认知,类似的论述其他地方也出现过,比如对于要去"革命"的人的描写。类似这种篇幅不多,但是我想这是小说一个特别基本的维度。(2016年4月23日北京大学"雪漠'故乡三部曲'与西部写作"研讨会发言)

——崔柯 《文艺理论与评论》杂志编辑部主任

如果仅仅把《野狐岭》视为西部小说,实际上就看轻了这部小说的高端思想艺术价值。很大程度上，所谓的西部写生也只不过是小说的外壳而已。借助于西部大漠这一外壳，跃入存在的意义层面，在这一意义层面上传达表现作家对于生命一种真切的思考与体验，方才应该被看作是雪漠最为根本的思想艺术追求之所在。与其说《野狐岭》是一部西部小说，反倒不如说是一部对于人类的生命存在进行着深度艺术思考的小说更恰当一些。(《直面历史苦难与人性困境的灵魂叙事》，《中国图书评论》2016 年第 5 期)

——王春林　山西大学文学院教授

与莫言、贾平凹的小说相比，雪漠小说也是在讲故事，但不是一般意义上的讲故事，也不是在文化层次上寻找叙事资源，而是讲述人类灵魂的故事。雪漠的利众之心驱使他把笔触探入灵魂内部，试图在缪斯现身的瞬间捕捉灵魂碎裂和重建的真实图像。因此，从灵魂自身内在结构出发，让灵魂自我分裂、自我搏斗，实现对自然结构、艺术结构和哲学结构的深层洞察，就成了文学赋予雪漠的使命。(《论雪漠"大漠三部曲"的精神内涵》，《小说评论》2016 年第 5 期)

——张建华　陕西榆林学院中文系讲师

雪漠作品中宗教文化的渗透，也是雪漠异于当代文坛很多作家的标志，更彰显了雪漠的独特和不可替代。研究雪漠的小说，不只是为了阐释西部凉州具有的文化，更是透过小说中彰显的凉州文化，认识和体验当地文化的深层内涵，在此基础上，挖掘这样的创作在当下文化语境中的价值与意义。(《雪漠小说中的凉州文化书写》，2016 年 5 月西北师范大学硕士学位论文)

——刘楠　西北师范大学硕士

如果你读雪漠的作品，包括听雪漠说教，认为雪漠的思想真是一种大智慧，你心中实际上就已经有了雪漠。剩下来的就是你对他的作品更加用心地阅读和体味，等到有一天你在不经意间油然一笑，也就是你真正领会了雪漠、懂得了雪漠的时候。(《主持人的话》，《小说评论》2016年第6期)

——於可训　武汉大学文学院教授

雪漠强大的主体性精神促使他不断超越已有的创作，是非常有创作活力的作家，他不受文坛大王旗变换的影响，听从心灵的召唤，沿着自己的精神脉络，走出了一条特立独行的道路。他最开始的创作具有魔幻现实主义的特点，1988年发表的《长烟落日处》相当成功，但是，他很快放下了这种创作方法。因为他想描绘父老乡亲痛苦艰辛无奈的生活，而现实主义创作方法最能表现生活的质感和切身的情绪感受。在现实主义受冷落的情况下，连续写出了《大漠祭》《猎原》和《白虎关》三部现实主义小说。然后为了释放他的跨时空的文化政治人性认知淤积，写下了时空一片混沌的《西夏咒》，颇具先锋色彩。随着他宗教精神的弥散，又写下了《西夏的苍狼》和《无死的金刚心》，这个时代缺乏的浪漫主义小说。六部长篇看似不同，实则都贯穿着作家的主体性和超越精神。(《雪漠的文学超越》，《小说评论》2016年第6期)

——王庆　华中科技大学中文系副教授

《野狐岭》的创作过程，可以视为雪漠小说观念的突变与实践的过程。他要从既有的小说观念的包围之中，奔突而出，颠覆原有的小说创作程式与规范，打破固有的小说创作的套路，另辟蹊径。[《包蕴宏富的混沌存在与言说的敞开——〈野狐岭〉叙事主题及叙事策略刍议》，《海南师范大学学报(社会科学版)》2016年第6期第29卷]

——杨新刚　曲阜师范大学文学院副教授

雪漠承继了我国20世纪20年代乡土小说的许多传统，其小说真实地展露了西部底层农民生活中的层层苦难，包括物质的贫困、城市对他们的掠夺和排斥、没有出路等，充满着浓浓的人文关怀气息。（《沉重的苦难——论雪漠小说中西部农民生存的艰辛》，《名作欣赏》2016年第8期）

——左燕梅　西藏大学农牧学院公共教学部讲师

雪漠的长篇小说《野狐岭》交替使用第一人称和第三人称叙述，采用了以倒叙和预叙为主的多种叙事方式。这些叙事方式，与小说故事内容相得益彰，既是对传统艺术手法的继承，更是基于传统艺术手法的艺术创新。《野狐岭》叙事人称的合理运用，以及叙事时间的巧妙处理，值得叙事学研究者和学习者关注。[《叙事人称与叙事时间在〈野狐岭〉中的运用》，《长江大学学报（社科版）》2016年10月第39卷第10期]

——韩一睿　甘肃广播电视大学文法学院副教授

2017年

雪漠不是我们传统意义上的作家，他不是只做小文学的，他走向了文化与大视野，这是雪漠近几年转型成功的秘密。在今天这个大转型的时代，人人都会遇到精神的困境，面对很多精神的问题，我们被物质的枷锁锁着，想跳跳不起来，所以我们会遇到很多人生的问题。雪漠很敏锐，同时我认为他的作品还是很民间、很通俗、很亲和地，一一直面这些人生的问题，去写关于生命、生活、人生的哲学、意义。他转向了关怀精神、关怀灵魂。雪漠是一个具有信仰精神的文化传播者，他还是一个大爱的传播者。在传承和弘扬中华民族精神、美学精神方面，在从中华传统文化里面发掘宝藏方面，雪漠做了很多工作。（2017年1月12日"雪漠图书中心"成立仪式上发言）

——雷达　中国作家协会创研部原主任、中国小说学会会长雪漠无疑是这个喧闹文坛的一股清流，他在"大漠三部曲"中塑造的每一个人物都仿佛是从土地里生长出来的音符，飘进读者的心灵，在他们灵魂深处谱写出足以洗涤内心的震撼乐章。在雪漠看来，民间文化并不是愚昧的标志，而是一代人生存的智慧以及对抗命运的武器。（《雪漠乡土小说的民间文化书写》，2017年3月兰州大学硕士研究生论文）

——张瑞娟 兰州大学文学院硕士

我读了《匈奴的子孙》以后，感到非常欣喜。我想用几个关键词来表达我的一个认识。第一个词是丰厚。雪漠生长在西部，在西部生活了多年，有着非常深厚的西部生活经验的积累。第二个关键词是独特。我读这部书的时候，充满了新鲜感，这里有西部独特的人文景观。第三个关键词就是真实，或者是客观。他没有刻意地去掩饰什么，也没有刻意地去挑剔什么，他完全就是用自己的一双眼睛，融合自己的经验，在做一个客观的记录，非常地真实。还有一个关键词是神性。我觉得雪漠的写作中有一种神性的东西存在，也可以说，有西部的人文情怀在里头。（2017年8月20日上海钟书阁，与雪漠对话《匈奴的子孙》发言）

——陈歆耕 《文学报》原社长、总编

雪漠小说以艺术的视角、丰满的形象、深刻的思想告诫并提醒世人，生态意识不能单纯地理解为保护动物、保护环境，更根本的是从生态的角度对人性进行反思，对人类文化进行重新定位，对人类中心主义进行批驳。当这个世界再也无法容忍人类的愚昧无知、自高自大时，大自然就会向人类发出警告。（《雪漠小说中的生态意识探析》，《佳木斯职业学院学报》2017年第9期）

——吕娟霞 兰州财经大学长青学院

雪漠老师给了我们很多启示：第一，他读的书特别多，真的是满腹经纶。第二，他是一个行者，他走了很多地方，《匈奴的子孙》是2014年他带着他的团队走出来的一部书。第三，他所在的西部，在某些程度上说是文化的边缘地带，但他长期保持着对那块土地上的文化的自信，一直甘愿在那块干旱的土地上打井。这些年来，他不断地累积、不断地深挖，现在他奇迹般的创作量，让他成了一个大汉子的雪漠。（2017年10月21日南昌席殊书屋，与雪漠对话《匈奴的子孙》发言）

——江子　作家、江西省作家协会副主席

《大漠祭》中所写到的小事、琐事正好构成了真实的、压在我们心头的西部。这样的西部不是消费品，而是值得我们瞩目、尊重、思索、体会的一个沉甸甸的生命世界。（2017年11月3日杭州钟书阁，与雪漠对谈《大漠祭》发言）

——翟业军　浙江大学文学院教授

我觉得雪漠先生比较好的一点是，就像他说的，他写作之前心里有一个人物，他写出来的就是这个人物。除了生活化之外，里面还有一种更为平淡的哲学。这样，看的人会觉得很舒服，因为他代入的往往是人物，代入作家的情况是比较少的，那么心灵压迫感就会小很多。（2017年11月3日杭州钟书阁，与雪漠对谈《大漠祭》发言）

——郑绩　浙江省社科院文化研究所研究员

2018 年

对于雪漠来说，无论生活是残缺的，还是完整的，只要"有一种能使我们的灵魂豁然有悟的智慧"，就应当被记录下来。因此，雪漠的小说并没有把生活故事的传奇性以及个人奋斗之路的独特性视为小说的内容，也没有把写作的重点放在小说的结构或故事性方面，而是把重点放在了揭示隐匿在生活背后的时代性这个方面。换言之，生活的意义取决于时代的意义，而时代的意义则取决于针对"时代性"的正确认识。(《论雪漠的"边地"书写》，《名作欣赏》2018年第1期)

——段平山　广东省韩山师范学院中文系副教授

"灵"与"肉"、"他"与"我"的合一，也许能够更完整地实现对一个全面、立体的西部的塑造，也更完整地体现雪漠小说的创作意义。雪漠小说尽管前后期差异巨大，但浓郁的西部地理和文化色彩却是共同的，也是其难以湮没的突出个性。在中国乡土小说历史上，其作品将有自己独特而不可忽视的重要位置。(《从"肉"到"灵"从"他"到"我"——评雪漠近年来的小说及创作转型》，《当代作家评论》2018年第3期)

——贺仲明　暨南大学文学院教授

雪漠小说中农民的归乡，旨在揭示心灵的回归。乡土是西部农民脱不掉的人生底色，是他们心灵的归属地。(《雪漠西部乡土小说的现代性焦虑研究》，2018年4月安徽大学中文系硕士学位论文)

——毛鑫　安徽大学中文系文学硕士

与很多文化散文相比，《匈奴的子孙》尽管纵横捭阖千年历史，横跨古今，但整本书里，没有晦涩难懂的专业术语，没有故弄玄虚的史料卖弄，作者用平实的语句，把他对匈奴文化的理解娓娓道来。即便是写到相当复杂的匈奴族群的发展变迁和种种不易理解的习俗，作者都能够结合现存的文化现象和痕迹或是现实生活中仅存的蛛丝马迹，予以清晰明了的表达与呈现。这种讲述，既尊重历史，又把作者的人生体验、生活洞察融合在一起，体现了一个作家为文为人的真诚。(《〈匈奴的子孙〉：不一样的"行走"：从历史到未来》,《中国艺术报》2018 年 8 月 10 日)

———赵阳　香港浸会大学中文系研究生

（注：评论者职务为时任）